近現代アイヌ文学史論

アイヌ民族による日本語文学の軌跡

〈近代編〉

須田茂
Suda Shigeru

寿郎社

近現代アイヌ文学史論

アイヌ民族による日本語文学の軌跡〈近代編〉

目次

第7章 285

近代後期の言論者たち

近現代アイヌ文学史論

――アイヌ民族による日本語文学の軌跡〈近代編〉

凡例

○本文中の〔　〕部分は人物・事象・年代・出典などについての筆者（須田）による補足である。註については〔註1〕〔註2〕……として示し、序章は章末に、以降は節末にその説明を載せた。

○原文を長く引用する際は、引用文の前後を一行あけて、本文より二字分下げ、末尾に〔　〕で出典を入れた。

○引用文中（　）部分は原文通りの表記である。引用文中にも筆者（須田）による補足がある場合は〔　〕内に入れて（　）と区別した。

○引用した短歌は一部を除き一行書きに改めた。

はじめに

本書『近現代アイヌ文学史論』は、札幌で発行されている文芸誌『コブタン』の第三六号〔二〇一三年三月〕から第四三号〔二〇一七年二月〕まで合計八回にわたって連載した「近現代アイヌ文学史稿」（一）～（八）の論考にくわえて『コブタン』第三三号・第三四号〔二〇一〇年五月、二〇一一年五月〕に寄稿した「武隈徳三郎とその周辺」（一）（二）の一部を含んでいる。本書にまとめるにあたっては改めて全文を見直し適宜修正を行なった。

『コブタン』は札幌市在住の須貝光夫氏が個人で発行している一九七七年二月創刊の文芸誌である。筆者は第二六号〔二〇〇五年一二月〕から毎号寄稿しているが、その大半は近現代のアイヌ文学に関する論考である。神奈川県川崎市在住の筆者は民間企業に勤務する者であり、もとよりアイヌ民族学・文学史などの研究者ではない。またそれらの専門教育を受けた者でもない。そのような者が近現代アイヌ文学史に関する論考を毎回誌面に発表するとなれば多くの方が違和感を抱かれたに違いない。在野研究と言えば聞こえはいいが、まさに一介の素人である。そんな門外漢の論考を毎回貴重な紙面に掲載することを許してくださる須貝光夫氏には心から感謝している。須貝氏との出会いがなければ本書が世に出ることなどありえなかったことである。

＊

筆者が近現代アイヌ文学の研究を志したのは、小学生の頃から頻繁に札幌を訪れていて北海道の自然、風土、歴史に対する愛着と関心が人一倍強かったことと、十数年前に機会があって知里幸恵の『アイヌ神謡集』に関する論考を書いたときに覚えた心からの感動がきっかけである。

アイヌ文学と言えばユカラなどの口承文芸をまず思い浮かべるが、近代以降、同化政策によって強制された日本語によって書かれたアイヌ文学については、まとまった研究がほとんどないことがその後勉強を重ねるうちに判明してきた。また、知里幸恵や違星北斗などの一握りの文学以外は、作者の名前も作品名も一般にはほとんど知られていない。そうした数々の近現代アイヌ文学の作品を読み、作者のことを調べていくうちに、筆者はそのようなアイヌ文学作品を一般に広く知らしめたいという願望を抱くようになった。それが「近現代アイヌ文学史稿」を書き始めた動機である。とくに本書にも収録した「武隈徳三郎とその周辺」は各方面から過分な評価をいただいたことから、一般には知られていないアイヌ文学の作者と作品を正面から捉え、また可能な限り既存の文献・資料を調査することで相応の成果を上げることができるかもしれないと思うようになり、二〇一二年に意を決して連載を開始した。そして二〇一七年三月、連載第八回をもって近代編を終えることができた。原稿量も相当になったことから、このたび『近現代アイヌ文学史論〈近代編〉』として出版することとした。なにとぞ寛容の精神で御一読を乞う次第である。

序章

本書は北海道の先住民族であるアイヌの人たちの近代以降現代にいたるまでの文学活動の歴史を辿ろうとするものである。

それは先住民族でありかつマイノリティの人たちの文学史であり、日本におけるマジョリティの人たちの「国民文学」の歴史ではない。したがって叙述を始めるにあたって、民族文学史へのアプローチはいかにあるべきかを検討し、いくつかの前提を明らかにしておかなければならない。それは本書の題名であり、また多くの人たち――つまり我が国のマジョリティであるところの和人――が持っている「近現代」「アイヌ」「文学」の概念が、本書での主体となるアイヌ民族の視点ではどのように考えられているか、ということを確認することから始められなければならない。つまりアイヌの人たちが持っている歴史観としての「近現代」、芸術・文化としての「文学」、そして近代以降に生まれ醸成されてきた「アイヌ民族の意識と定義」についてはじめに検討しておく必要がある。

人は見る物に対する角度や距離、またその背景などによって、本来の物とは違った形や大きさに見えることがある。それは視覚だけではなく思考の上にもありうる。それは、マジョリティの人たちは気づかぬうちに自分たちの感覚を常識化してマイノリティについても論じる傾向があり、そこからマイノリティの文化を歪めて論じてしまうことがあるということだ。筆者は、多くのアイヌの人たちと同様に日本国籍を有しているが、民族的にはアイヌ民族とは異なる和人である。他民族に属する者がアイヌ民族の歴史・文化を語る場合、それは自ずと限定的なものにならざるをえない。そこには無知・偏見・誤解・先入観が潜在している可能性があるからだ。本来であればまずアイヌ民族に民族的帰属意識〔エスニック・アイデンティティ〕を持つ人が、自らの文化を自らの視点から著すことが望ましいことは言うまでもない。したがって、〃一和人〃が書く近現代のアイヌ文学史論が、アイヌの人たちはもとより、読者一般にどれほどの意義を持ちうるかは本書の大きな課題である。

しかしながら、たとえば戦後の日本文学において、アメリカ人であるドナルド・キーン〔一九二二〜〕やエドワード・G・サイデンステッカー〔一九二一〜二〇〇七〕などの外国人研究者が日本文学研究を精力的に進め日本文学の国際化に大きく貢献したように、他者としての視点は民族文学の相対的な評価を可能にするとも言えよう。こうした試みは民族自らによる文化の伝承や保存と同様になにがしかの意義を持つのではないかと思う。たとえばドナルド・キーンの『日本文学史』〔古代・中世篇、近世篇、近代・現代篇〕のような作品は――質量ともに比較の対象とはなるべくもないが――本書の大きな目標となるものである。

次に、アイヌ民族の歴史と現在に関する筆者の視座とその基本的な認識を明らかにしておかなければならない。

遅まきながらも二〇〇八年に日本の国会が決議したように〔註1〕、アイヌ民族は二一世紀にいたってようやく日本における「先住民族」としての地位を認められた。ただしこれは国会決議であり、日本国政府の先住民族認定は二〇一八年三月現在行なわれていない。北海道旧土人保護法の廃止といわゆるアイヌ文化振興法の施行〔一九九七年七月〕以後、日本国内におけるアイヌ民族の地位は新たな段階に入ったとは言えるものの、アイヌの人たちと日本（和人）との歴史を振り返れば、一五世紀のコシャマインの戦い以降、ほぼ一方的に日本によってアイヌ民族への抑圧と差別が行なわれてきたという両者の関係は依然として変わっていない。アイヌ民族と日本とのより正確な歴史とその十分な理解にいたるまでにはまだまだ乗り越えなければならない課題があると言ってよい。

現在、北海道はまぎれもない日本国の領土であるが、歴史的に顧みれば、アイヌ民族が先住していた日本列島の最北の島である蝦夷地が正式に日本領土とされたのは一九世紀半ばのことであり、それ以前にこの島全体を外から統一支配したものは存在していない。一六世紀以降の徳川幕府による統治でも、幕府によってアイヌの人たちとの交易権を認められた松前藩は当時の蝦夷地の南端に居館を設け、沿岸部を中心に家臣に知行地代わりに与えた限られた地域〔場所〕で交易をしていたにすぎない。ロシアの側から見た樺太・北千島の場合も、その実効支配の程度において江戸幕府と大きな差はなかった。私たちはまずそうした事実を正しく認識しておかなければならない。そして、その地に先住者として長く居住してきたアイヌの人たちは、日本語とは全く異なる言語を持ち、その居住地をアイヌモシリ〔人間の静かな大地〕と呼んで、独自の生活文化・習慣により、生態系の秩序を重んじた生計を営んできたという固有の歴史を持っていることを知っておかなければならない。

そのアイヌの人たちは、一八七一年〔明治四年〕に和人と同じく日本国「平民」とされた。しかしその後も実質的には「旧土人」という名で統治され、日本政府によりアイヌ語など独自の文化・風習を、さらには漁労などの生活手段を奪われた。民族差別を伴う日本の同化政策が始まって以降、アイヌの人々のなかにはやむなく和人へ「同化」を進めた人々もいる一方で、アイヌ民族としてのアイデンティティを堅持し続ける人々も存在する。

北海道大学アイヌ・先住民研究センターが実施した「二〇〇八年北海道アイヌ民族生活実態調査報告書――現代アイヌの生活と意識」によれば、「ご自分をアイヌ民族として意識することはありますか」という民族意識についての設問に対して、五一七八名中一三・八パーセントにあたる七一二名の人が「常に意識している」と回答している。「意識することが多い」と回答した人を合わせると二五・二パーセント、一三〇四名に及ぶ。さらに「今後、どのように生活していきたいと考えていますか」との設問に対しても二四九九名中一八・二パーセントにあたる四五六名の人が「アイヌとして積極的に生活したい」と回答している。

同報告書は、「民族意識については、「アイヌ民族であることを常に意識している」者は全体の一三・八パーセントしかおらず、半数近くはふだん「まったく意識していない」。また、今後についても、アイヌ民族として積極的に生活したいという者は一八・二パーセントしかいなかった」とし、「若い世代において無意識化が急激に進んでいる」とする一方で、「アイヌ民族としての誇りを持っている者も少なくはない。とくに文化や歴史に対する誇りは高い」としている。この数字をどのように見るかは人によってさまざまであるが、少なくともアイヌ民族の存在を否定する根拠として用いることはできない。

しかしながら日本国内には「今ではアイヌは同化していなくなった」と、歴史を直視しないばかりか現実の社会をも見ようとしない人が少なくない。ましてアイヌ民族の存在すら知らない人、北海道が太古から日本の領土で和人が住んでいたと信じている人もいる。このような無知もしくは単一民族意識は、政治家から一般国民にいたるまで相当に根深いと言わざるをえない。

たしかに今日多くのアイヌの人たちは日本国籍であり、日本語を母語とし、北海道内を中心に日本全国で生活している。しかしそうした表面的な現象をもってアイヌ民族が法的にはもとより、民族的にも文化的にもすでに同化したと考えるのは大きな誤りである。アイヌの人たちによるアイヌ語や伝統的な文化の継承は絶え間なく続いており、アイヌ民族党の結党〔二〇一二年一月〕に見られるように、アイヌ民族の復権を目指す新たな民族的運動も起こりつつある。時の流れに関係なく、民族文化を尊びかつ維持してさらなる伝承に努力しているアイヌの人々は確実に存在しているのである。

ところで、いわゆるアイヌ文化振興法は、その第二条の定義に定める通り、アイヌ文化を「音楽、舞踊、工芸その他の文化的所産及びこれらから発展した文化的所産」としているが、ここには「文学」についての明示がない。アイヌ文化のなかでもとくに近現代のアイヌ文学については、その役割の大きさにもかかわらず、いまだ位置づけが十分に定まった（あるいは評価された）とは言えない状況にある。それは近現代のアイヌ文学が、アイヌ語ではなく日本語で書かれたことにより、「日本語文学」として「日本文学」のなかに紛れ、埋もれてしまっているからである。

筆者の狙いは、これから述べるような歴史的事実と向き合うことによって、近現代のアイヌ民族の軌跡を文学の観点から新たに素描することである。くわえてアイヌ文学が日本の近代にあって「内なる越境」文学を形成するにいたる歴史とともに、そのなかから、民族・国境を越える新たな越境文学としての潜在力と普遍性を発見したいと思う。それは同時に「日本」という自明の枠組みのなかに存在する文化の相対性・多様性を改めて確認することにもなろう。

一節 「近現代」という時代区分について

今や古典となった梅棹忠夫の『文明の生態史観』〔中公文庫、一九七四年〕は、東洋と西洋という伝統的な文明観への懐疑を呈し、「第一世界」「第二世界」という新たな概念・価値観を唱えた書物だが、その前例に捉われない柔軟な発想には今なお学ぶところが多い。一例として「アジアという観念」について論じた一節を見てみよう。

だいたい、アジア州などという観念はだれがきめたのだ。地理的な名まえとしても、ユーラシア大陸からヨーロッパをのぞいたものを、アジアとよんでいるにすぎないのである。それを平気で踏襲して、文化的にも歴史的にも、本気で「アジアは一なり」などとかんがえることは、アジアに関するおどろくべき無関心と思考の粗雑さをしめすものといわなければならない。〔傍点・須田〕

ここに書かれた「アジア」を「アイヌ民族」という言葉に置き換えて考えてみると、「アイヌ民族」という名称の付与から始まって、アイヌ文化、アイヌ語に対する和人の「おどろくべき無関心と思考の粗雑さ」があったことは否めない。和人によるアイヌ民族に対する過去の独善的な行動には反省すべきところが多い。アイヌ民族の価値観・歴史観に対しても同様の誤りを繰り返してはなるまい。

したがって本書は、その表題を「近現代アイヌ文学史論」としたが、「近現代」「文学」「アイヌ民族」といった言葉を一方的に規定して叙述することには慎重でなければならない。たとえば「近現代」という時代区分ひとつとっても、そもそも自民族の歴史における「近代」や「現代」の起点をどの時点とするのかは、他民族によって規定されるべきものではない。当然と言えば当然のことであるが、まずはアイヌの人たちが自らの歴史をどのように捉えているのか、アイヌの人たちにとっての「近現代」という時代区分の意義・歴史観の確認をしておかなければならない。

日本の歴史では明治維新以降を「近代」と呼び、太平洋戦争終結以降を「現代」と呼ぶのが一般的である。筆者を含めて多くの人も「近現代」の時代区分のイメージはそのあたりにあると考えてよいだろう。西洋中心史観の世界史では一般的に国民国家の成立時期をもって「近代」とし、第二次世界大戦の終結以降を「現代」と区分している。したがって各国の歴史において「近代」のスタートは一様ではないが、国民国家の成立という大まかな要件はほぼ共通している。「近現代」とは一見自明な歴史区分のように思える。しかしアイヌ史から見る場合、日本の歴史と同じように近代の始まりを明治維新以降と区分してしまってよいのだろうか。アイヌ民族も和人同様に、自らの歴史認識を持ち、時代区分を設定する権利を有しており、アイヌ民族の時代区分が日本史にしたがって一方的に決められるいわれはない。少なくとも、アイヌ史を日本史の一部として読むことがあってはならない〔註2〕。近年、過度に偏狭な自民族中心主義的歴史観がエスノセントリズムとして批判されているが、これはそれ以前の問題である。

欧米中心の歴史観とは一線を画して、各地域・民族に則した歴史の多様性を考えるべきだと言うのは『文明の生態史観』だけではない。たとえば、川田順造の『無文字社会の歴史』〔岩波現代文庫、二〇〇一年〕や、最近の羽田正『新しい世界史へ』（岩波新書、二〇一一年）などでも主張されている。マジョリティの固定観念に縛られない視座は、他者としてマイノリティを見る場合の基本であろう。要するに国家・民族にとっての「近代」「現代」の歴史観・時代区分は多様であるということだ。

それではアイヌ民族は自らの歴史をどのように捉えているのだろうか。

まず参考にすべきは、日本におけるアイヌ民族の最大組織である「公益社団法人北海道アイヌ協会」の見解であろう。

北海道アイヌ協会は、「北海道ウタリ協会」であった一九八〇年から自らアイヌ史編纂に着手し、北海道ウタリ協会アイヌ史編集委員会が『アイヌ史資料集』を逐次発行した。現在までに第一期全八巻（一九八〇年）、第二期全七巻（一九八四年）が刊行されている。これらは主に研究資料としての価値を認められた一次資料を収集・編纂したものである。しかしながらこれらはあくまで歴史的資料の収録が中心で、アイヌ民族独自の視点に立った歴史観が示されたものではなかった。また一部の差別的表現が問題となった（註3）。一九八四年当時も、北海道ウタリ協会アイヌ史編集委員会が発行した冊子『アイヌ史の要点』において、「これまでのアイヌ史のえがき方をふりかえってみると、（略）いまのところ満足できるアイヌ史の構成はない」、「時代そのほかの点について視野の片寄っているものが目立ち、アイヌとしての立場からえがいたものはまれである」との認識が示されている。そしてその後の北海道アイヌ協会によるアイヌ史の編纂は行なわれていないため、アイヌ民族の立場からの歴史観を集約した見解はいまだ明らかにされていない。

そこで現時点で手がかりになるのは、北海道アイヌ協会のホームページである。そこには「主な沿革」

と題した民族の主な歴史が年表として掲載されている。その年表の特徴は、「近世」「近代」「現代」などの時代区分がいっさいないことであり、年号がすべて西暦で日本の元号が使用されていないということである〔ただし一八六八年以降は、西暦の隣に明治・大正・昭和・平成を示すM・T・S・Hが括弧書きで併書されている。これは一般の閲覧者を念頭に西暦・和暦の年代把握の便を考慮してのことであろう〕。したがって、北海道アイヌ協会の作成した年表を現時点での民族の歴史認識をある程度反映したものと仮定すれば、アイヌ史では格別な時代区分は現時点でなされていないと見ることができる。むしろアイヌ史においては、国民国家による時代区分――マルクスの唯物史観、あるいはヨーロッパ中心史観等を問わず、すでに確立された「古代」「中世」「近世」「近代」「現代」など政治・経済体制の発展段階をベースとした時代区分――は先住民族の立場からは想定していないと考えるべきであろう。国民国家の自発的形成とは関係のなかったアイヌ民族は、国家の統治形態、支配地域の変遷、経済・社会構造の変化などを根拠とする時代区分は想定していないのである。

アイヌ民族にとっての「近現代」とは、自ら政治的意思を表明して国民国家を形成した時代のことではなく、また経済を発展させ富国強兵に走った時代のことでもなかった。それは彼らの居住空間が日本やロシアのような周辺の大国から浸食され、その生活圏が大国の領土に組み込まれ、さらには大国によって一方的に言語・風習を禁じられて、国籍を付与されてもなお社会的マイノリティとして差別の対象とされた時代のことであった。

このような認識の上で筆者が本書の表題に「近現代」と入れたのは以下の理由による。

基本的には時代区分を持たない北海道アイヌ協会の立場に依拠しつつも、アイヌ民族の歴史は、地理的に関係の深い日本やロシアはもとより、他の近隣諸国や北方少数民族との関係からそうした国家や民族の影響を受けないわけにはいかないことから――とくにアイヌ民族にとって「近代日本」との関係は好むと好まざるとにかかわらず不可避であった――アイヌ史についても民族を超えて東アジア地域の歴史との関連で捉える視点が必要であり、その共通項として「近現代」という言葉を、アイヌ民族をとりまく歴史的環境として用いることとした。

また母語が否定され、異語（日本語）が強制されるという事態は、民族の文学史上、時代を画さざるをえない大きな意味を持っていると考えられる。それは日本の明治維新が契機となって引き起こされた。その意味で、アイヌ民族はこの時期に歴史上での「近現代」の受容を強要されたのである。このようなアイヌ民族をとりまく客観的状況の変化をふまえた歴史的環境として「近現代」という言葉を使うこととした。筆者はその「近現代」という歴史的環境のなかからこそ、アイヌ民族の文学が民族の枠を超えた普遍性を持ち、偏狭なナショナリズムを乗り越える力を生んだということを確認できると思っている。

二節　近現代のアイヌ民族における「文学」

国民文学としての「日本文学」に馴染んでいる私たちには、万葉集から始まる和歌・俳句・随筆・戯曲・紀行文・小説などに「文学」の定義をあてはめる思考が根付いている。一般的にも、形式的かつ内容的にも、小説・詩歌・随筆・戯曲などの創作と評論を「文学」と定義するのが通説である。しかし民族に固有の歴史があるがごとく、民族文学の形態も千差万別であってしかるべきである。古来よりアイヌ文学には、神謡や英雄叙事詩などのユカラや散文の物語であるウエペケルなど、韻文・散文にわたってさまざまな「口承文芸」という形の「文学」が存在していた。一方で、そうした口承文芸以外にも、近現代において新たに生まれたアイヌの人たちの「文学」がある。その「文学」とはいかなるものであろうか。

「文学」とは言うまでもなく言語によって表現された芸術である。したがって言語によって表現されていれば文字によって書かれたものであるか否かは問わない。なぜならば、「言語は人類に普遍的に用いられているが、文字は少しも普遍的ではない」〔川田順造『無文字社会の歴史』〕からである。それが芸術となりうる要件は、人間に感動を与える普遍的な力を有しているか否かであり、文字で書かれている否かではない。ここで言う「感動」とは作品にふれることによって生じる受け手の心の動き、つまり感慨・感銘・哀愁・同情あるいは美意識の喚起などである。これらは人間のみに許された「心」の共感作用であり、受け手の感動が作者のそれと共鳴している状態でもある。こうした感動とは本来、生物にとって最も大事な生存欲求を満たすものではない。食べ物や金銭・権力などへの本能的欲求とは無縁な感情が「感動」なのである。いわば生存本能とは異なる人間固有の意識・感情であるが、人間には強制されなくとも好んで「感動」を求めるという性向もあり、私見ながら「感動本能」とでも呼ぶべきものを持っているとも考えられる。

　そこで本書では文学の通説的な形式枠に捉われず、人間固有の感動をもたらす著述全般を「文学」と位置付けた上で、アイヌ民族に帰属意識を持つ人によって創造され、民族意識や文化の上で価値が認められ、とくにアイヌ民族にとって影響力があると思われる著述を中心にこの文学史を書いていきたいと思う。

加藤周一も『文学とは何か』〔角川書店、一九七一年〕において「いかに文学史はあるべきか」という問いを設定し、次のように自答している。

文学の概念そのものにしても、詩、小説、劇、文芸評論だけを文学と考え、文学史の対象をその範囲に限定するのは、おかしい。

時代精神の最大のにない手が、常に詩人であり小説家であるとはかぎらない。

すなわち文学を文学以前の問題（なにが美であり、何が人間的であるかということ）との関連においてとらえることによって、われわれの文学史をもっとわれわれにとって意味の深いものにすることができるはずです。そのためには文学の概念そのものをまず広げなければならないでしょう。

これは文学の普遍的な概念と文学史のあり方についてのきわめて示唆的な言葉である。本書でもこの論旨を基本としておきたい。

したがってこれからこの文学史論に登場する作品は、私たちが通常考えている「文学」もあれば、その範疇には含まれないのではないかと思われるものもある。「文学史」というよりは、むしろ「著述史」あるいは「言論史」とする方が適当と思われるかもしれない。

このようにアイヌ文学の範疇を広くとりたい理由がもうひとつある。それは、村井紀〔和光大学教授〕が指摘する日本文学史における、アイヌ民族の日本語文学作品に対する和人による意図的な消去の実態、あるいは無視の現状に関係する。村井はアイヌ文学に対する「消去」というネグレクトは、「植民地支配の反省からきているにしても」、「日本語を強いられた近代のアイヌ民族の言語経験を無視した見方に他ならず、何よりアイヌ民族の近代の経験を無視している」〔「近代日本文学とアイヌ民族」『マイノリティとは何か——概念と政策の比較社会学』ミネルヴァ書房、二〇〇七年〕と批判し、その根底にはアイヌ民族を「滅亡するアイヌ」とする固定観念・潜在意識があり、その表れとして全集などで取り上げられるアイヌ作家はすでに物故した人とその作品に限られていると指摘している。

筆者は日本文学史のなかにアイヌ民族の文学を位置付ける考え方はとらないが、近現代のアイヌ文学の存在そのものが消去されないためにも、「日本語文学」というカテゴリーにおいて、アイヌ民族による言論・文学活動の裾野の広さを確認しておく必要があると考える。そのためには文学の範疇を広くとり、その作者・作品を網羅しておくことが重要であろう。形式的な「文学」の枠にこだわると、それ以外の言論に表れたアイヌの人たちの民族的精神、「時代精神」に富んだ言論を「消去」してしまうことになりかねない。これから叙述していくように本書の中核を担う作品群は、やはり文学作品が主となろう。しかしアイヌ民族の言論活動は広範であり、社会評論や宗教論にも及ぶ。それらのなかにも文学としての本質（感動）を秘めているものがあると筆者は考えている。また、「文学」としての普遍的な価値をそうした言論から見出し伝えることも本書の役割ではないかと考えている。

三節　「アイヌ民族」の範囲

自らがどの民族に属しているのか、それを決定するのは民族的アイデンティティ〔エスニック・アイデンティティ〕が唯一の要素である。法律的な国籍はもとよりその人の現在の居住地・所属団体・生活習慣・用いる言語は無関係である。本書で「民族」と言う時、この定義に基づいていることをまず明らかにしておきたい。したがって、前にふれた北海道大学アイヌ・先住民研究センター「二〇〇八年北海道アイヌ民族生活実態調査報告書――現代アイヌの生活と意識」でアイヌ民族として「常に意識している」、また「アイヌとして積極的に生活したい」と回答した人たちはアイヌ民族である。当然のことながら本書でアイヌ文学として紹介する作者と作品は、アイヌ民族のアイデンティティを持っていると認めることができたものを対象とする。

現在アイヌの人たちの大半は日本国内に居住しているが、もともとアイヌ民族が居住した地域は、北海道を中心に、本州東北地方の一部、樺太南部、千島列島北部にまで及んでいる。近代以降、日本とロシア〔旧ソビエト連邦を含む〕との国境線が複数回にわたって変更されたことにより、樺太・千島に居住していたアイヌの人たちをはじめ、ウイルタ、ニブフなどの北方少数民族の人々は、近代国家の国籍という法律的な枠組みに翻弄された。国籍を一方的に付与され、その居住地も強制的に移動させられてきた。アイヌ民族について言えば、樺太から北海道対雁《ついしかり》への移住、北千島から色丹《しこたん》島への移住があり、第二次世界大戦後も樺太・千島にいた人々はソ連により北海道に強制送還されている。しかし現在でも、ロシア領内に居住するアイヌの人がまったくいないわけではないようである。二〇〇八年五月二八日付の北海道新聞によれば、カムチャツカ半島にはナカムラ姓のアイヌの人〔アレクセイ・ナカムラ〕が別のアイヌの四家族とともに団体「アイヌ」を組織し、ロシア政府に先住民族としての認定を求めているという。二〇一二年四月一三日付北海道新聞にはさらに左のような続報が出ている。

　市民団体「アイヌ」の会員数が設立から5年間で約10倍の２１５人に増えた。会員はいずれもアイヌ民族を自称している人たちで、最近はロシア国内の新聞、テレビに取り上げられ、注目されているという。〔略〕「アイヌ」は２００７年4月、アイヌ民族を自称する22人で設立。千島列島最北端のシュムシュ島（占守島）、パラムシル島（幌筵島）のロシア正教寺院に保管されている記録などから、アイヌ民族に特徴的な洗礼名を抜き出し、その子孫をカムチャツカ地方で探した。先住民族の認定を求める署名活動などを通じ、新たにアイヌ民族を名乗る人も現れた。ロシア政府は、アイヌ民族については「第2次世界大戦後、日本に移住した」とし、公式に認めていない。ナカムラ代表は新聞、テレビの特集が相次ぎ、認知度が高まっていることから「1～2年で政府が先住民と認めてくれるのでは」と話している。

ロシアの国営ラジオ局「ロシアの声」の日本語版ホームページには「特集　アイヌの歴史」としてアレクセイ・ナカムラへのインタビューなど九つの記事が掲載されている。二〇一二年五月二〇日付の北海道新聞によれば、この記事の内容には誤りも多く、「アイヌ民族特集を通じて、ロシアによる北方四島の実効支配を正当化しようという、政治的な意図もうかがえる」とのことだが、このようにロシア国籍を得てロシア語で日常生活を送っていても、自らがアイヌ民族であるとのアイデンティティを持っている人はアイヌ民族なのである。もしその人が文学を創作していれば、それがロシア語によるものであったとしても、やはりそれは「アイヌ文学」と呼ぶべきである。第3章で詳述する千徳太郎治〔一八七二〜一九二九〕のように樺太生まれのアイヌの人のなかにはかつてロシア語教育を受けた人もあり、キリル文字による文書〔註4〕も残されている。しかしながら筆者にロシア語の能力がないことと、ロシア国籍のアイヌ民族の実態に関し、先述のようなメディア以外に情報を得る手段がないことから、筆者には現時点でそうした日本語以外のアイヌ文学の存在確認ができていない。またロシア以外の国——たとえば近隣の韓国・北朝鮮など——にもアイヌ民族としての意識を持って生きている人たちがいる可能性も否定できない。本書は「アイヌ文学史」と名付けながらもその実態は日本国内のみに取材しており、近隣諸国内に居住しているアイヌの人々を網羅できていないという欠陥があることをここで述べておかなければならない。

このような問題を抱えながらも、本書は国家という人為的な枠組みを越境した民族の普遍的価値観の重要性を訴えた文学として、近現代のアイヌ文学の歴史的な軌跡を辿りたいと思うものである。

〔註1〕二〇〇八年六月六日、衆参両議院において「アイヌ民族を先住民族とすることを求める決議」が全会一致で採択された。また同日付で「「アイヌ民族を先住民族とすることを求める決議」に関する内閣官房長官談話」（福田内閣、町村官房長官）が発表されている。

〔註2〕深澤百合子（東北大学大学院教授）は、『新北海道の古代―3　擦文・アイヌ文化』（北海道新聞社、二〇〇七年）所載の「アイヌ文化とは何か」でこれまで「「アイヌ史」と称しているのは、実のところ日本の他者認識方法の歴史であり、文字社会がアイヌ民族をどう見てきたか、どう取り扱ってきたかという歴史を表していることになる。厳密に言うと、これらは「アイヌ史」というよりは「日本史」であり、日本社会のアイヌ民族観、アイヌ民族認識史と言う方がわかりやすい」として、「アイヌ民族の主体的な歴史、アイヌ史を組み立てる必要がある」と主張している。

〔註3〕『アイヌ史資料集』については、第三巻「医療・衛生編」において、アイヌ民族に対する差別表現とともに過去のアイヌの人の個人名を伴う病名を公表したことでアイヌの人五名から人権擁護委員会に救済申し出がなされた。その後札幌地裁、札幌高裁で裁判が行なわれ、最終的には最高裁で控訴棄却により原告敗訴が確定した。アイヌ民族に対する差別表現があったとしても、法律的には直接的被害者ではない原告には損害賠償請求権は付与されていないとの判決理由であった。

〔註4〕『千葉大学ユーラシア言語文化論集4』（二〇〇一年）所載の荻原眞子（解説）、丹菊逸治（翻刻・訳注）の「〈資料〉千徳太郎治のピウスツキ宛書簡――「ニシパ」へのキリル文字の手紙」には、一九〇六年（明治三九年）に千徳太郎治によって書かれたポーランドの文化人類学者、ブラニスワフ・ピウスツキ宛のキリル文字によるアイヌ語書簡三通の原文とその和訳が紹介されている。

第1章

異言語(日本語)の強制と同化教育

「近現代」におけるアイヌ民族の歴史を全て叙述することは、たとえそれを文学上の出来事に限定してみても不可能である。イギリスの歴史家E・H・カー〔一八九二〜一九八二〕は『歴史とは何か』〔岩波新書、一九六二年〕のなかで「歴史とは歴史家と事実との間の相互作用の不断の過程であり、現在と過去との間の尽きることを知らぬ対話」であると述べている。筆者は歴史研究を職業とする「歴史家」ではないが、筆者にできることもまた近現代におけるアイヌ民族の文学経験およびその周辺事実と対話することでしかない。その第一歩として、アイヌ民族が近現代において異言語としての日本語を同化教育の名の下に強制され、その言語によって思想や心情の表現を行なうようになった事実から見ていきたい。

*

近現代におけるアイヌ民族の文学活動の最大の特徴は、その著述の大半が日本語によってなされたということである。この事実を強調するのは、当然のことながら日本語はアイヌの人々が母語としてきた本来の言葉ではないからである。仮にこれがロシア語であっても同じである〔註1〕。アイヌ民族に対して他民族の言語である日本語がどのような経緯で強制されたのか、また同化教育がどのように行なわれ、アイヌの人々はそれにどのように対応したのか。近現代のアイヌ民族の文学史ではまずこの歴史的事実を確認しておく必要があろう。

日本語とアイヌ語の大きな違いは文字の有無である。近現代のアイヌ文学は、同時に日本語文学でもあることから文字化されており、文字は現代のアイヌ文学にとっても不可欠なものとなっている。一方でアイヌ民族には、民族固有の文学として「ユカラ」と呼ばれる叙事詩などの口承文芸がある。アイヌ民族における口承文芸にとって文字はいかなる意味を持つのだろうか。古来より文字を持ってきた和人は、文字を持たぬ人々に文字を教育することはより高度な文明を授けることだと考えがちであるが、文学に限定して考えた場合、本当にそう言えるのだろうか。

明治以降、日本では東京帝国大学の言語学者上田萬年〔一八六七〜一九三七〕を中心に日本周辺言語の研究を進め、アイヌ語についても愛弟子金田一京助がその先駆けとしてアイヌ語研究、ユカラの記録収集に奔走した〔註2〕。現代のような音声記録装置のなかった当時は、アイヌ口承文芸はローマ字またはカナ文字によって筆録された。また金田一の要請に基づいて、コポアヌ、ワカルパ、平村コタンピラなどのアイヌの人々はインフォーマント〔情報提供者〕として記録に協力し、知里幸惠や金成マツは伝承していたユカラを自らローマ字〔一部はその日本語訳も含む〕で筆記して金田一に提供した。アイヌ民族の口承文芸は二〇世紀初頭にいたり本格的に文字によって記録されることとなり、金田一はその業績を高く評価された。しかしこうした文字化は口承文芸の特質を歪めることでもあった。北道邦彦は『アイヌの叙事詩』〔北海道出版企画センター、二〇一二年〕においてアイヌ叙事詩の本質を分析し、アイヌ叙事詩とは一言隻句間違うことなく忠実に暗誦・伝承されてきたものではなく、伝承者である「歌い手」が「伝承者であるとともに同時に一人の創造者」として口演のたびに創造され続けたもの、いわば不断のヴァリエーションであると結論づけている。その本質に注目すれば、むしろ「書かれた固定のテキストは不必要」なものである。なぜならばユカラは文字化されることでその言葉が固定化してしまい、変奏を前提としたアイヌ叙事詩本来の姿を喪失せしめるからである。変奏を前提としたアイヌ叙事詩――。目から鱗とはまさにこのことである。アイヌのユカラ演者にとって近代において日本語という文字言語を得たことは、言語芸術表現上の進化ではなく、むしろ退化と言ってもよい事態であった。文字を得ることが文化であり、進化であるという見方は、ユカラというアイヌ民族の伝統文化の本質からすれば必ずしも正解ではないのである。北道の「叙事詩は文字を使わないからこそできる芸術です。文字を使う人には決してできない芸術です」とはまさに至言である。

このように文字なき文学を創造してきた人たちの子孫が、一転して記載文学の創作に入るにいたった経緯こそ同化教育としての日本語の強制と言える。しかし、さらにその前に、アイヌ語自体の存続に大きな可能性を抱かせた出来事があった。それはローマ字によるアイヌ語の文字化であり、アイヌ語によるアイヌ語教育の実施であった。

アイヌ語の存続を前提とした民族文化としてのアイヌ語教育は、キリスト教宣教師によって試みられた。その試みは、日本政府によってあえなく頓挫させられたが、アイヌの人たちがその後どのような経緯により異言語としての日本語を強制され、その言葉と文字による著述を行なうにいたったかを本章において概観していきたい。

〔註1〕近代初期のアイヌの人による文字表現としては『近代民衆の記録5アイヌ』（新人物往来社、一九七二年）に掲載されている「アイヌ日誌」（作者不明、一八八〇～一八九〇年頃）がある。近代初期において通辞以外に日本語やロシア語などの異言語に通じたアイヌの人がどの程度いたのか定かではないが、樺太や北千島に居住したアイヌ民

族には進出してきたロシアによってロシア語を学んだ人たちが少なからずいた。小坂洋右『流亡――日露に追われた北千島アイヌ』（北海道新聞社、一九九二年）には、ウルップ島などに住んでいた北千島アイヌにはロシア語を読み書きし、ギリシア正教に帰依していたアイヌの人々の存在が指摘されている。

〔註2〕藤本英夫『金田一京助』（新潮社、一九九一年）によれば、当時東京帝国大学言語学科では、「日本語の起源、系統などを研究するには、日本語をとりまく諸国語と日本語の関係を探らなければならないという、共通した問題意識をもって」おり、上田萬年の門下では小倉進平が朝鮮語、伊波普猷が琉球語、後藤朝太郎が「シナ語」、金田一京助がアイヌ語と日本語との関係を研究することになったという。

一節　キリスト教によるアイヌ教育

一八七一年〔明治四年〕に「日本国平民」に編入されて以降、アイヌ民族が受けた「同化教育」には主に三つの系統があった。ひとつはキリスト教のアイヌ民族への布教と一体として行なわれた、主に英国聖公会系の学校教育であり、もうひとつは日本国政府、北海道庁の教育機関による公立学校教育である。さらに三番目の形態として独立系組織による学校教育の試みがある。

英国聖公会、バチェラーによるアイヌ教育

キリスト教は江戸時代初期に幕府によって禁教とされていたが、日本の開国とともに再び日本への布

教を開始した。多くのキリスト教会派が日本での伝道を行なったが、北海道内ではとくに英国聖公会が積極的であった。福島恒雄は『北海道キリスト教史』〔日本基督教団出版局、一九八二年〕において、「北海道のキリスト教史は聖公会をぬきにして考えることはできない。それほど精力的にまた、特徴的な伝道をしている」とし、「とくに先住民族であるアイヌのために教育、医療、社会福祉の領域までこれほど真正面にとりくんだ教派は他に例をみない」と評価している。同書によれば、一八八八年設立の幌別《ほろべつ》愛隣《あいりん》学校から一九〇〇年設立の函館アイヌガールズホームまで、春採《はるとり》、白糠《しらぬか》、茂尻矢《もしりや》、頓化《とんけし》、新冠《にいかっぷ》、姉去《あねさる》、白人《ちろっと》などの地域で一二校のいわゆる「アイヌ学校」が設立されている。それらのほかにも各地にできたアイヌ教育のための夜学校、ジョン・バチェラー〔John Batchelor 一八五四～一九四四〕が札幌で一八九八年に開設したアイヌガールズホームなどがある。

聖公会ではルーシー・ペイン〔Lucy Payne ?～一九三二＝註1〕、永久保秀二郎〔一八四九～一九二四〕、芥川清五郎〔一八五五～一九二七〕などの伝道者がアイヌ教育に携わり、聖公会以外でも三浦政治〔一八八〇～一九六二〕などが熱心に教育を進めたが、そのなかでも中心的存在であったのはバチェラーである。

聖公会のアイヌ教育の特徴は、教育言語をアイヌ語としたことである。バチェラーがアイヌ語での教育に熱意を持ったのには主にふたつの理由があった。第一に、バチェラーらが伝道を始めた一八八〇年代にはまだ十分に日本語を理解できる人がおらず、母語であるアイヌ語による宣教が必須であったからである。第二には、バチェラー自身がアイヌの人にとっての母語の重要性を認識していたからである。一八九三年一一月一〇日のC・C・フェン師宛の手紙にバチェラーは以下のように書いている。

再び申しますが、日本語でやる礼拝に出席するほど十分には、日本語を理解できていないとアイ

> ヌたちは申しています。私はこの人々に彼ら自身の言葉の小さいキリスト教文学を与えるという義務を持ったことを喜んでいます。これは彼らの母国語に対して強い愛着を甦らせる影響がありました。よりよい文学とクリスチャンの礼拝のためにアイヌ語をとの叫びは今こそ前進しました。
>
> 〔仁多見巌訳編『ジョン・バチェラーの手紙』、山本書店、一九六五年＝註2〕

竹ヶ原幸朗〔一九四八～二〇〇八、四国学院大学教授〕は『教育のなかのアイヌ民族――近代日本アイヌ教育史』〔社会評論社、二〇一〇年〕で、「バチェラーは、教授用語としてアイヌ語を使用したが、これは、母語教育――民族教育の基本原理――の観点から注目してよいであろう」と述べている。アイヌ語による宣教に意欲を持ったバチェラーは、多くの労力を割いて新約聖書のアイヌ語訳〔一八九七年〕とアイヌ語辞書『蝦和英三対辞書』〔一八八九年〕を執筆・刊行した〔註3〕。この二つの書物は、アイヌの人たちがローマ字をアイヌ語の文字として獲得するのに有力な手段となる可能性があった。とくに『蝦和英三対辞書』はアイヌ語・日本語・英語の翻訳回路を開いた画期的な辞書として位置づけられる。この辞書はアイヌ語をローマ字で引くことができ、たとえば「itak」というアイヌ語を引くと、「A word Language. Speech. Jap. Kotoba, 言葉」と書かれている。つまり、itakというアイヌ語を調べようと思えば、英国人でも日本人でもその意味を知ることができ、かつアイヌの人もローマ字を覚えれば、英語・日本語の意味を同時に知ることができるのである。

アイヌ語の研究書は『蝦和英三対辞書』以前にも上原熊次郎による初の辞書『蝦夷方言藻汐草』〔一七九二年〕、永田方正による文法書『北海小文典』〔一八八三年〕などがあるが、これらはアイヌ子弟の教育のために作られたものと言うよりは、和人のための辞書として著されたものである。バチェラーの辞書『蝦和英三対辞書』はその後、知里真志保〔一九〇九～一九六一、アイヌ語学者、北海道大学教授、知里幸恵、高央の弟〕から内容の正確性に大きな問題があるとして批判されることになるが、この辞書がアイヌ語研究だけではなく、アイヌの人たちの語学教育も目的として企図されたものであったならば、これはまた別な意義を持っている。なぜならば当時はアイヌ民族教育のためのアイヌ語の書物そのものが存在しなかったからである。バチェラーが行なったアイヌ語のローマ字による文字化は、右に掲げた手紙からも読み取れる通り、アイヌ語の存続という彼の強い希望を託したものであった。こうしたローマ字表記によるアイヌの人のための聖書や辞書が、各所に作られた聖公会のアイヌ学校でいかに利用されたのか、アイヌ子弟の教育に際しどのような効果があったのか、専門的な研究テーマとなりうる。

たとえば金成マツ〔一八七五～一九六一〕はバチェラー研究の泰斗である仁多見巌に対して、「私が函館の学校に行けたのはバチェラー先生が推薦してくれたからです。函館の学校でローマ字を習ったから文字を持たないアイヌの私にもユーカラが書けたんです。ですからバチェラー先生は私の恩人です」とその教育成果を語っている〔仁多見巌訳編『ジョン・バチェラーの手紙』より〕。また、後に養女となった向井八重子〔バチェラー八重子〕は歌集『若きウタリに』を著し、金成マツの姪知里幸恵はあまりに有名な『アイヌ神謡集』を執筆した。幸恵がアイヌ語〔ローマ字〕・日本語併記の『アイヌ神謡集』を執筆できた背景には、伯母の金成マツからローマ字を習得していたということがある〔幸恵は日本の学校教育ではローマ字を教わっていない〕。そのほかにもこれらのアイヌ学校からは清川戌七〔伝道師〕、パリソ〔伝道師〕、辺泥《べて》五郎〔伝道師〕、向井山雄〔伝道師〕などの多くの有能な人材が巣立っていることが挙げられる。このうち、清川、パリソ以外にはいずれも後に著述活動をした実績がある。

さらにバチェラーの教育成果としては、彼のCMS〔Church Missionary Society＝聖公会伝道協会〕への報告によれば、何人かのアイヌ子弟がアイヌ語での読み書きが可能となったとしている。『ジョン・バチェラーの手紙』には、一八九〇年四月二五日のC・C・フェンとバチェラーの会談想記として、「バチェラー氏が幌別にいた時には三〇名のアイヌたちが礼拝に出席していました。ヨハネとマタイはすでにアイヌ語に訳されました。五名のアイヌは読むことができます。一名のアイヌは日本語を読むことができます。他の二名は勉強中です」との記述がある。また一八九三年五月一〇日付のバチェラーからワーレン副監督宛の手紙には、洗礼希望者の二名のアイヌ少年にふれ、「二名とも学校〔CMS経営の函館のアイヌ学校〕の試験をパスし、方々の地方からきた少年のなかで成績はトップです。彼らは両名ともアイヌ語を読むことと書くことを学びました。現に少年たちは実際にやっています」〔傍点・須田〕と書かれている。

なお、『ジョン・バチェラーの手紙』に掲載されているのはバチェラーの手紙だけではない。このなかにはアイヌの人による著述の歴史的観点から注目されるべき手紙がある。それは一八八一年一二月一六日付の平取《びらとり》村のペンリウクほか七名連名によるCMS伝道協会宛の手紙である。これは主にバチェラーの宣教に対する感謝の念を述べたものだが、仁多見の解説によれば、この手紙は「ローマ字で書かれたアイヌ語であるが、バチェラーの筆跡と思われる英文に翻訳したものが添えられている」とのことである。私はこのローマ字表記のアイヌ語の手紙を実見していないので断定的なことは言えないが、もしペンリウクたちが実際にローマ字で書いたものであれば、ほぼ同時期に書かれた金成太郎の日本語による書簡〔註4〕と並んで、アイヌ民族の著述物としては、後に山辺安之助が樺太アイヌ語で口述し、金田一京助がカタカナ表記で日本語訳をつけた『あいぬ物語』〔博文館、一九一三年〕よりも三二年も早い注目すべき文献となろう。ただし、この時期〔一八八〇年頃〕はまだバチェラー自身がアイヌ語を学んでいる時期であり、アイヌの人々にローマ字を教えていたかどうかは不明である。

また、この手紙に名を連ねたペンリウクほか六人がローマ字を習得したという記録もないようである。したがって、彼らが口述したものを誰かがローマ字で記述したものか、あるいはバチェラー自身が聞き取って自身のアイヌ語学習を兼ねてローマ字で書いた可能性がある。より詳しい検証が必要であるが、バチェラーの英文手紙原本の確認は現時点では非常に困難である。したがってこの手紙の事実関係はなお不明であるが、アイヌ語がローマ字化〔文字化〕した嚆矢としての歴史的価値には注目しておきたい。

ローマ字によるアイヌ語教育の衰退

聖公会が設立した学校は、後述する北海道旧土人保護法に基づく公立の「アイヌ学校」が各地に相次いで設立された一九〇三年〔明治三六年〕頃までには、これに吸収されるか、あるいは閉校した。小川正人〔一九六三〜、現北海道博物館学芸副館長・研究部長・アイヌ民族文化研究センター長〕は、この背景には一八九九年の「私立学校令」の規制が「キリスト教伝道者による学校に及んでいた」事実があるとして次のように述べている。「〔この〕「私立学校令」により宗教教育の制限や道庁・支庁からの干渉・制限を受けるようになり、更に「委託教育」の受託校となるに及んで教授内容や成績評価も「旧土人保護法」「旧土人児童教育規程」に基づく通達等に従うことを余儀なくされた」〔小川正人「「アイヌ学校」の設置と「北海道旧土人保護法」・「旧土人児童教育規程」の成立」『北海道大學教育學部紀要』、一九九一年〕。

この経緯を福島恒雄も次のように述べている。

明治政府は同化政策をとり日本語教育を進めていた。〔略〕バチェラーによるアイヌ語教育はこの方針と反し、歴史の流れのなかでその使命が終わったものとして一九〇三年にはほとんど閉校されるにいたった。『日本聖公会北海道教区九十年史』には、「開拓が進むにつれて和人が増え、アイヌ人は次第に日本人に同化する傾向を強くし、自分の言葉を用いることさえ遠慮するようになり、アイヌ学校でのローマ字化したアイヌ語の教育は全く宙に浮いたものとなった」と哀感をこめてつづられている。

〔『北海道キリスト教史』二一三頁〕

アイヌの人たちを取り巻く生活環境は、同化政策により社会的にも個人的にも一層日本化が進み、ローマ字によるアイヌ語の文字化はバチェラーの努力にもかかわらず、とくに北海道旧土人保護法の制定後、急速に衰退していった。アイヌ語のローマ字化とは、すなわち非日本語化にほかならず、強制同化という大きな壁に阻まれてアイヌ語の存続を望んだバチェラーの努力は虚しいものとなった。当然のことながら日本政府の支援はなく、アイヌの人たちにとっても日本語の強制に抗う術はなかった。

しかしながらこの時期、すなわち北海道旧土人保護法に基づく日本語教育の組織化が始まるまでの一九世紀末の数年間、極めて乏しいものながら、アイヌ語がローマ字によって文字表現を行なう可能性があったということは記憶しておきたい。これがさらに発展していれば、アイヌの人々による文字表現はより多様な方法で可能になっていたかもしれない。とくにローマ字化は日本以外の国の人々のアイヌ語習得の利便性を高め、その結果としてアイヌ語が国際的に理解される環境が整う可能性があった。それに比してカナ文字化は、アイヌ語の準日本語化であった。わずかでもローマ字によるアイヌ語教育を継続していればとの思いもあるが、今日のように先住民族や少数民族の人たちの固有の文化や言語を尊重する多文化主義の思想は当時はまだ生まれていない。それが現れてくるのは第二次世界大戦後、それも一九七〇年代以降である。

繰り返すが、バチェラーのアイヌ教育には二つの特徴があった。ひとつは母語であるアイヌ語による教育を行なったこと、もうひとつはアイヌ語のローマ字化による表記の試みであった。この時期、日本語を理解できるアイヌの人が少なく伝道を効果的に行なうためには彼らの母語による布教が求められたという現実的な要請があったにせよ、バチェラーたち宣教師が多くの和人のようにアイヌ文化を蔑視せず、むしろその母語を尊重して、ローマ字による文字化を目指したことは再評価されなければならない。このような教育があったから、後に金成マツ、知里幸恵、バチェラー八重子などの著述活動が行なわれるようになったのである。バチェラーの蒔いた種の発芽と言ってよいであろう。次に述べるような日本政府が行なったアイヌ語を禁止し日本語を強制する強圧的な政策方針とは対照的であった。

〔註1〕ルーシー・ペインの生没年は、西田直敏「明治大正期の北海道・樺太における北方諸民族への日本語教育」(『甲南女子大学研究紀要』、一九八八年)に依拠した。

〔註2〕仁多見によるこの翻訳は意味がよくわからない。「小さいキリスト教文学」とは何のことを言っているのか知りたいところだが、英文の原文が入手困難なためバチェラーの意図が掴めない。以下はあくまでも筆者の推測である。ここで「キリスト教文学」と訳されている言葉の原文がもし「Literature」であったとすれば、「文学」ではなく「文献」と訳されるべきであろう。つまり「キリスト教文献」すなわち「聖書」を意味しているのではないだろうか。なおバチェラーは四年後、この手紙に書かれている通りアイヌ語新約聖書を刊行した。

〔註3〕財団法人日本聖書協会によれば、聖書の日本語訳はフランシスコ・ザビエル(一五〇六～一五五二)が来日し

た当初すでにマタイ伝の日本語訳があったようである。現存する最古の日本語訳聖書は、一八三七年にカール・ギュツラフ（一八〇三〜一八五一）が日本人漂流民の助力を得てマカオで翻訳した「ヨハネ伝」および「ヨハネの手紙」である。アイヌ語訳は日本語訳に遅れること約五〇年であったことになる。キリスト教布教に際し、聖書の現地語訳がいかに重要であったかは言うまでもない。バチェラーのアイヌ語訳新約聖書も、ルターの宗教改革以後の「母国語による聖書、母国語による礼拝」の理念に即した聖公会の布教方針を忠実に実行したものであったと思われる。

〔註4〕富樫利一『維新のアイヌ金成太郎』（未知谷、二〇一〇年）によれば金成太郎の手紙の原文は次の通りである。「愚墨拝呈仕り、然れ者、尊公益に御勇健に御勉学被遊、実に燕舞ノ至りに奉存候。次に小生儀も相変ず無事罷在候間、乍恐御休心可被下候。然る処此程尊公農学校へ御入学被成、誠に以重畳御事に御座候。就て者、御入学之ご祝儀として金五円些少ながら進上致し候。猶折角御勉学、専一と奉存候也。九月廿一日　金成太郎　斉藤次郎殿」

二節　日本政府のアイヌ教育

北海道旧土人保護法に基づく「アイヌ学校」

「近代日本のアイヌ教育」という研究分野では竹ヶ原幸朗と小川正人が泰斗である。本節はこの二人の著作に拠るところが多いことをはじめに述べておきたい。

日本のアイヌ民族に対する教育政策は、一八七一年〔明治四年〕にアイヌ民族を日本国平民に編入した翌一八七二年に、開拓使が東京の芝増上寺に開拓使仮学校を設け、アイヌの子弟三八名に対して行なった同化教育がその第一歩である。主な教科は、算術、習字、読み書き、農業等であったという。また、一八七五年のロシアとの千島樺太交換条約によって一八七七年に樺太から強制移住させられた樺太アイヌの子弟三一名のために対雁《ついしかり》教育所が設けられた。また、北千島から色丹《しこたん》島に移住させられたアイヌの人々には、一八八四年、同島に簡易教育所が設立された。しかしいずれも長続きすることなく閉校した。その後、北海道旧土人保護法ができる一八九九年までに道内各地にアイヌ学校〔平取、白老、遊楽部《ゆうらっぷ》、白糠などに設立され、小川正人はこれらを「初期アイヌ学校」としているので本書もそれに倣いたい〕が設置されたが、これらの学校にも見るべき成果は認められていない。その結果、一九〇一年頃までは、「アイヌ児童の就学率は、一〇パーセントにも満たなかった。「学制」以後、就学したアイヌ児童のほとんどは、〈日本人〉児童とともに官公立の小学校に入学＝共学していたとみてよい」〔竹ヶ原幸朗『教育のなかのアイヌ民族』二四頁〕状態であった。概してアイヌ児童に対する教育にはキリスト教伝道者の方に熱意があり、アイヌ児童にも歓迎されていたようである〔註〕。

不振の続いていた公立のアイヌ教育が本格化するのは、北海道旧土人保護法第九条に基づく「小学校」〔いわゆる「アイヌ学校」のこと。以下「」を省く〕が各地に設立することが決まった一八九九年である。北海道旧土人保護法によるアイヌ学校は全道で二五校が開設された。それに併せるように一九〇一年に「旧土人児童教育規程」が施行された。同規程はアイヌ児童に対する教育方法の詳細を示したものであったが、一九〇五年一二月に早くも改正が行なわれた〔第二次旧土人児童教育規程〕。これにより、アイヌ子弟の修業開始は七歳からと一年繰り下げられ、修業年も六年から四年に短縮された。同時に教科目についても変更が行なわれ、修身、国語、算術、体操、実業の五教科に削減された〔地理、歴史、理科が除外〕。

アイヌ学校は、アイヌ児童教育の中心に皇民化教育を据えたが、その後皇民化教育の進展に伴いアイヌ学校は徐々に廃止あるいは日本人児童のための一般の小学校との統合が進められた。そして一九三七年の北海道旧土人保護法第九条を削除する改正にいたり、全面的に廃止となった。その役割を終えたというのがその主な廃止理由である。

　アイヌ民族に対する日本政府の同化教育は北海道内にとどまらない。樺太、千島に居住したアイヌ民族に対する同化教育の歴史も忘れてはならない。千島樺太交換条約〔一八七五年〕、日露戦争後の割譲〔一九〇五年〕を経て日本領となった北千島と南樺太について、武田銀次郎編著『樺太教育発達史』〔青史社、一九八二年〕には、一九〇八年に落帆《おちほ》、多蘭泊《たらんどまり》に土人教育所が開かれたのを嚆矢として、一九一二年には白浜《しらはま》、新問《にいとい》、智来《ちらい》の三カ所に増設されたことが記述されている。その後、内淵《ないぶち》、樫保《かしほ》などにも土人教育所が開設された。そして最終的には敷香《しすか》に先住民族の集住地〔オタス〕を設け、一九三〇年、ここに土人教育所を設けている。この土人教育所は日本の敗戦まで続いた。

　日本政府のアイヌ教育の特徴は、前節で述べたキリスト教伝道者によるアイヌ教育の水面下での進展に対する警戒感とそれへの対抗意識から後発的に押し出されてきたことである。それは岩谷英太郎・永田方正による「あいぬ教育ノ方法」〔『北海道教育雑誌』第九号、一八九二年〕に「あいぬノ学校未ダ起ラズ徒ラニ外人ヲシテ之ニ着手セシム〔略〕之ヲ傍観シテ知ラズト為スハ国家ノ恥辱」と書かれたことからも明らかである。アイヌ教育は「北海道旧土人保護法」「旧土人児童教育規程」などの法律を基に重要政策に一気に格上げされ、道内各地に設置された公立のアイヌ学校はキリスト教系のアイヌ学校を吸収・淘汰し、アイヌ語の禁止、日本語教育を徹底することとなった。

アイヌ教育の実態

それでは、教育現場の実態はどのようなものであったのだろうか。小川正人の論文「「アイヌ学校」の設置と「北海道旧土人児童教育規程」の成立」が詳細に論じている。小川によれば、アイヌ子弟に対する学校教育が始まる前提として、政府のアイヌ「救済」に名を借りたアイヌ民族の生活破壊、強制移住、そして文化の破壊、「とりわけその伝承・教育の機会を奪うに及んだ」事実を踏まえ、初期アイヌ学校の実態については「一部で「積極的」に学校へ通いだすアイヌもいたものの、このころ就学したアイヌ児童はごく僅かだった。アイヌ児童の就学率は、全道では一八八六年で九・二%、一八八八年でも八・六%といった有様」であった。その理由は、アイヌの人たちが「自分たちの窮乏化と文化の否定・破壊をもたらしてきた諸政策とともに設置された学校に、子どもを通わせようとはしなかった」ためであった。

しかし、キリスト教伝道者によるアイヌ語存続を前提にした初期アイヌ学校がアイヌ語での授業を行なうなどしていたために、日本政府の同化政策への影響が危惧され、一方で公立のアイヌ教育の低調ぶりが明白になるにしたがい、政府はようやく本腰をいれてアイヌ教育に取り組まざるを得なくなった。その結果制定されたのが、北海道旧土人保護法と旧土人児童教育規程である。北海道旧土人保護法は、その名目と実態の乖離が大きな問題点として指摘されており、今や肯定的評価はほとんどない。また、旧土人児童教育規程の特徴は、アイヌ児童を和人児童から分離して、レベルを落とした別カリキュラムにより教育することにあった。同規程に対する今日的評価も北海道旧土人保護法と同様であり、強制同化、皇民化を推進したものとされている。しかしながら、政府のアイヌ教育は結果的には政府にとって一定の成果を上げることとなった。「一九一〇年にはアイヌ児童の就学率は九二・二%、就学者数は二〇七二名に及んだ」〔小川正人、前掲論文〕からである。小川はこの論文を、「かくして、これまで見てきたようにアイヌに対する抑圧・排除を歴史的前提として、教育がアイヌ政策の「主軸」であり学校がコタンの掌握・教化の「センター」となる時代に至るのである」と結んでいる。

この間のアイヌ民族出身の教員には金成太郎、千徳太郎治、高月切松、山根清太郎、山根留太郎、江賀寅三、武隈徳三郎、武隈〔川上〕タケなどがいる。これらの人々の教員在任期間は比較的短い。病気などを理由に退職しているケースもあるが、北海道旧土人保護法本来の趣旨からは教員には和人がなるのが当然とされ、保護すべきアイヌ民族自らが教員となりアイヌ学校で同族子弟の教育にあたることは政策矛盾とされたのであろう。同法を運用する和人の側からは、アイヌの人が教員となることについてはあからさまな反感があったのは事実である。たとえばアイヌ民族に理解ある教員として知られた吉田巖でさえ、江賀と武隈について、「自分もアイヌを教員にすることはまちがってある。あやまられたる生涯はつまり江賀なり、武隈なりの身上である。事の軽重大小から見て、江賀を教育界に働かせるはどういふものか、考へものである」と一九一七年一一月八日の日記〔帯広市図書館編集『吉田巖資料集』帯広叢書第二十八巻、一九八七年に掲載〕に書いている。

そのアイヌ教員たちは、日本政府のアイヌ教育に対して、どのような意見を持っていたのであろうか。右にあげたアイヌ教員のなかで、アイヌ教育に関する見解が残っているのは武隈徳三郎と江賀寅三である。武隈は著書『アイヌ物語』〔富貴堂、一九一八年〕において、旧土人教育体制下にあってアイヌ民族が平等な教育を受けることを主張している。具体的には、和人子弟と同様の教育を受ける権利と差別教育の排除の訴えである。とくに第二次旧土人児童教育規程の撤廃と小学読本の改訂〔差別的表現の訂正〕に力点をおいて訴えている。江賀寅三も同様の見解に立って、「旧土人児童教育規程廃止ニ関スル意見書」〔一九二二年三月二〇日〕を起草し、和人とアイヌ子弟の分離教育を批判し、混合教育を訴えている。小川はこれらの動きについて論文「「北海道旧土人保護法」「旧土人児童教育規程」下のアイヌ教員――江賀寅三と武隈徳三郎を中心に――」〔『北海道立アイヌ民族文化研究センター研究紀要』第二号、一九九六年〕で、武隈と江賀は「アイヌとシャモの「対等」を前提に「近代アイヌ教育制度」に対する批判を徹底した点で同時代のシャモとは一線を画した議論を展開している」と評価している。

なお、武隈徳三郎はアイヌ民族への平等教育を主張する一方、アイヌ教員に対する平等な処遇についても積極的に発言・行動している。具体的には、江賀寅三が一九一七〔大正六年〕の二月に新平賀尋常小学校から平取第二小学校へ転任し、和人子弟が通う平取第一小学校の藤原校長と協調して和人との混合教育を実施していた際に遭遇したトラブルに対して、江賀を擁護した書簡〔一九一七年一一月五日付、帯広市図書館所蔵〕を吉田巌宛に送っている。

一方、こうした同化教育の受け手であった児童たちの反応はどうであったろうか。ちなみに知里幸惠は上川第五尋常小学校、違星北斗は余市の大川尋常小学校、森竹竹市は白老第二尋常小学校、武隈徳三郎は第二伏古尋常小学校をそれぞれ卒業している。このうち、上川第五、白老第二、第二伏古は北海道旧土人保護法に基づいて設立されたアイヌ学校である〔違星北斗のみはアイヌ学校で学んでいないが、これは余市にはアイヌ学校がなかったからであろう〕。こうした学校での教育の実態はどのようなものであったのだろうか。

貝澤正は、「学校教育で、いわゆる日本語で教育を受け、良い日本人になれ、天皇の赤子として、忠義の子にならんきゃだめだ、という教育を徹底的に、修身科というのは毎日ありましたから、骨の芯にしみこむほど毎日毎日聞かされていた」と回顧している〔「アイヌ教育史：教育史学会コロキウム「アイヌ教育史」の記録」から「報告2：貝澤正「アイヌ学校で学んで——二風谷尋常小学校の回想」」、『北海道大学教育学部紀要』、一九八八年〕。貧乏だから差別される、と子供心に思った」と述べ、「いつかアイヌ民族差別のことを書いてやる」〔北海道新聞、一九九三年五月六日付〕と文学への思いの芽生えを述懐している。

また小説家の上西晴治〔浦幌高等小学校〕は、「学校でモノがなくなると、先生がアイヌの子に疑いをかける。

一方で、北海道ウタリ協会理事長を長きにわたって務めた野村義一のように「私は、学校、軍隊時代を通じて、アイヌであることで差別を受けた体験はないんだ。和人の子供とひどいけんかをした、という記憶もない」と言う人もいる〔野村義一『野村義一と北海道ウタリ協会』草風館、二〇〇四年〕。しかし、総じて学校がアイヌ差別を発生・増幅・再生産させる場所であったことは間違いない。そしてこれが抵抗文学としてのアイヌ文学の土壌のひとつとなったことは明記されてよいであろう。

竹ヶ原幸朗は『教育のなかのアイヌ民族——近代日本アイヌ教育史』において、「日本の近代学校教育をアイヌ差別の視点からとらえれば、それは、〈日本人〉児童には差別意識を助長する一方、アイヌ児童には〈日本人〉化と差別を強いてきたといってよい。アイヌ児童にとって最初に出会う差別は、学校においてである」と述べている。日本政府によるアイヌ教育の実態を的確に捉えた見解である。

〔註1〕小川正人「函館と近代アイヌ教育史——谷地頭のアイヌ学校の歴史から」には資料として新冠の鹿戸ヨシ（一八九〇年生まれ）の回想が添付されており、次のように回想されている。
「それから、わしなんぼかアメリカ学校行ったんだ。その学校は、新冠に別にあったわけでもないんだけど、どっからか、バチェラーさんと二、三人来て教えるんだ。弟は日本学校なんだ。日本学校は本も自分で買う。半紙も墨も学

校で使うものはみんな自分で買うべさ。安いんだけどね。アメリカ学校ではそのとき流行っている短靴とか靴下くれるんだ。それから、本もみんな銭こかかるものがかからないんだ」

三節　独立系のアイヌ教育

小谷部全一郎の虻田学園

キリスト教によらず、また日本政府の公立教育にもよらない第三のアイヌ教育についても言及しておく必要があろう。その代表的な学校は、虻田実業補習学校〔通称「虻田学園」〕である。設立者は小谷部全一郎〔一八六八〜一九四一〕で、小谷部は一九〇〇年五月に東京で北海道旧土人救育会を設立し、後に胆振国虻田村に虻田学園を開校した。竹ケ原幸朗「北海道旧土人救育会虻田学園の研究」〔『日本教育学会大会研究発表要綱』、一九九三年〕によれば、虻田学園は「『アイヌ』ヲ救育シ工芸、技術、農事ノ智識ヲ教へ自営自活ノ道ヲ教ヘル」〔会則第一条〕ことを目的とした。母体である北海道土人救育会は会頭に二条基弘、幹事に小谷部全一郎、坪井正五郎等八名とし、さらに評議員には大隈重信、板垣退助、近衛篤麿等六名の在京名士が名を連ねている。

小谷部は米国留学中にキリスト教の洗礼を受けているが、虻田学園には宗教色はなかった。福島恒雄『教育の森で祈った人々——北海道キリスト教教育小史』〔小樽朝祷会、一九八五年〕によれば、小谷部は米国留学で先住民族教育を学び、帰国後アイヌ民族教育に熱意を持ち、著名人の賛意を得たという。虻田での開校は一九〇七年二月で、後に第二伏古尋常小学校訓導兼校長となる吉田巌や隣接する虻田第二尋常小学校訓導兼校長の白井柳治郎等が教員として参加、生徒は二十数名が入学した。後に新平賀、平取、遠仏の各アイヌ学校で教員となる江賀寅三も入学している。教科は国語、算術、農業、体操、図画等で、入学者は一〇歳以上、尋常小学校卒業者もしくはこれに相当する者とされた。不幸なことに同校は資金難と一九一〇年の有珠山噴火で被害を受け、閉校した。主宰者であった小谷部は後にキリスト教の信仰から離れ、『成吉思汗ハ源義経ナリ』〔富山房、一九二四年〕を著すなど日猶同祖論でも当時の話題を集めている。

アイヌ文学史的に特筆すべきことは、同校関係者と近隣の虻田第二尋常小学校、有珠第二尋常小学校〔いずれもアイヌ学校〕の関係者とが親睦目的の雑誌『良友』〔有珠虻田土人学校良友会発行〕を発行したことである。小川正人・山田伸一編集『アイヌ民族近代の記録』〔草風館、一九九八年〕に一九一一年一一月発行の『良友』第一七号が掲載されているが、このなかに当時の生徒の作文が数点収録されている。いずれも日本国臣民としての立場を強調して書かれたもので、皇民化教育の成果がわかる内容となっている。生徒二名の文章の一部を左に引用する。

拝観　　虻田　世田羅千代松

〔略〕もったいなくも天皇陛下のおあとつぎの御方が北海道のすみの方までおいでになって私等まで拝顔することのできたのは此上のないありがたい事でございます我々北海道の臣民はだれも慶び祝は、なければなりません我等はこの有り難い事をわすれずいつしようけんめいに働いて国をとまし我日本国が千代八千代さゞれ石の岩ほとなつてそれにこけのはへるまで栄るやうに今よりいのる

皇太子殿下奉迎記　蛇田　管佐吉
〔略〕殿下ハ畏クモ挙手ノ礼ヲ以テ我等ニカヘサセ給ヒマシタ我等臣民ニ対シ斯クマデ御心ヲカケサセ給フモノカト感ジ思ハズ涙ガウカビマシタ其カラ本校ニ帰リ夕食ヲシ蓄音機ヲ聞キツヽ眠リニツキマシタヨク日ハ午後二時ノ定期船デ無事ニ帰リマシタ万歳〳〵〳〵

『アイヌ民族近代の記録』によれば、公共図書館などで閲覧できる『良友』はないとのことで、蛇田学園関係の資料としては、道立図書館北方資料閲覧室に『北海道旧土人救育会蛇田学園報』の一部のコピーと帯広市図書館編集の「帯広叢書」に当時の蛇田学園の生徒の日誌などがあるとのことである。

真宗大谷派の「不如学堂」

蛇田学園のほかに、仏教関係では真宗大谷派の僧侶、山県良温〔一八六六～?〕が帯広・本別において短期間ながらアイヌ教育を行なっている。山県については久木幸男の論文「山県良温のアイヌ教育活動」〔『横浜国立大学教育紀要』第二〇集、一九八〇年〕に詳細に書かれている。久木によれば、山県は一八九七年秋に十勝国布教を命ぜられて来道、伏根弘三〔当時安太郎〕の依頼により帯広で塾式教育を行なった後、一九〇一年七月から本別に居を移し、ここに「不如学堂」を建てて三三名の児童〔うち大半がアイヌ児童〕への教育を行なった。その期間は「一九〇一年七月から翌年二月までの僅か八か月にすぎなかった」が、「山県はアイヌ語によく通じており、〔略〕本別でアイヌ教育を行なった際にもアイヌ語を使用」したとのことである。「教授程度」は「北海道庁令に依り二学年の国民教育」程度であったが、山県の倫理教育は「少なくとも天皇制イデオロギーを押しつけようとするものではなかったことは確か」で、「山県の教育活動は「皇民化」を急いだ「官立旧土人小学校」や、アイヌ人を同じく「明治聖代の治に浴」せしめようとした北海道旧土人救育会の活動とは、全く異質のものであったというべきである」と久木は述べている。

このほかに「初期アイヌ学校」のなかには、ペンリウクによる平取学校のように独立系として扱うべき学校もあるが、「「初期アイヌ学校」は、行政側及びそれに類する立場の和人による設置が多い」〔小川、前掲論文〕ことから「日本政府のアイヌ教育の概要」でふれるにとどめた。

四節　金成太郎の位置

金成太郎〔一八六六〜一八九七〕はアイヌ民族として初めて体系的な近代教育を受け教育者となった人物として知られる。その短い生涯において、数点の著述が見られるだけでまとまった著書は残してはいないが、金成が近代初期に同族への教育者として存在したことが、その後のアイヌの人々に影響を与え、後に知里幸恵やバチェラー八重子、金成マツらによる本格的な文筆活動の端緒を開いたということは特筆されなくてはならない。ちなみに金成太郎は金成マツ〔一八七五〜一九六一、知里幸恵の伯母で金田一京助の協力者として『アイヌ叙事詩ユーカラ集』の元となる膨大なユカラをローマ字で残した〕と従兄妹同士の関係にある。金成太郎の人生と業績については、富樫利一が小説〔『エノン』『伏流』〕やその集大成としての評伝『維新のアイヌ金成太郎』〔未知谷、二〇一〇年〕で綿密な調査結果を著している。ここでは富樫の研究成果に基づいて金成太郎の業績を見ていきたい。

金成太郎の略歴

金成太郎は一八六六年北海道幌別郡幌別に生まれ、一八七七年室蘭常盤学校に入学。その俊秀ぶりは早くも一八八〇年一〇月二五日付の函館新聞に、友人斉藤某に宛てた書簡がその文章の見事さとともに紹介されていることでもわかる〔註1〕。金成の学業成績は極めて優秀であり、一八八一年には札幌師範学校に官費生として入学した。一八八三年に明治天皇より旧土人教育基金として一〇〇〇円の下賜があると、札幌県令〔調所広丈〕に「旧土人ノ教育ノ費ヲ賜ヒ学校創立セラレン事ヲ請フノ書」を提出した。富樫によれば、これは「金成太郎が書き残したもので現存する最も長文のものであり、彼の思想の一片を知る上でも非常に貴重なもの」である。それはまたアイヌ民族における「日本人社会、日本政府に向けて発信した最初の主張」であり、「公文書扱いとして開拓使が保存していたもの」だという。さらにこの文書の提出そのものが「アイヌ青年金成太郎の主張を何一つ取り上げることをしなかった日本政府と対峙した最初の事件」とも位置付けられている。この請願書原文は割愛する〔註2〕が、アイヌ子弟教育の充実を求める金成の要望は結局成就しなかった。その後金成は、同年一二月に小学初等科教員免許を授与され、翌年札幌県師範学校予備教員となった。

教員とはなったものの、まもなく職を辞して金成は幌別に帰郷する。一八八五年五月、その幌別でジョン・バチェラーと出会い、同年一二月二五日函館で洗礼を受けた。アイヌの人としては初めてのバチェラーの伝道による受洗者であった。バチェラーとの交流は、金成からバチェラーへアイヌ語を教授し、バチェラーから金成へはキリスト教の教えを伝える——という形であり、両者は相互援助の関係にあったらしい。

この後、一八八八年四月に金成は、父喜蔵が幌別に寄付した土地にバチェラーとともに私立相愛学校〔後に愛隣学校に改名〕を設立〔一八八八年四月〕し、九月に開校した。生徒はアイヌ子弟一五名、和人子弟一名であったという。しかし同年一二月には金成は過度の飲酒を理由にバチェラーから聖公会を解雇され、同じく愛隣学校の校長の職も失った〔『維新のアイヌ金成太郎』一一九～一二〇頁に記載された一八八八年一二月一五日付書簡〕。四月に設立し九月に開校したばかりの学校をわずか数カ月で解職されたのである。富樫は、日本政府に対する金成の積極的な姿勢とバチェラーの慎重な方針との齟齬が背景にあったと推測している。一般的にはこのような軋轢が金成を過度の飲酒に追い込んだと解釈されているが、富樫は同年一〇月に金成が書いた手紙の筆跡の見事さからこれには疑問符をつけている。その後金成は歴史の表舞台に登場することもなく、約一〇年後の一八九七年一月に病死したと伝えられている。

以上が金成太郎の略歴であるが、アイヌ文学史上における金成太郎の功績は、近代教育を受けた指導者として近現代アイヌ文学の端緒を開いたこととともに、アイヌ民族の主張を躊躇なく発信した点であろう。彼の言説はアイヌ語ではなく専ら日本語によってなされており、その捩れはまさに近現代アイヌ文学の典型的な先駆けたることを示している。

二つの請願書

『維新のアイヌ金成太郎』には、金成太郎の四つの文章が掲載されている。ひとつ目は一八八〇年一〇月二五日付の函館新聞に掲載された友人斉藤某に宛てた書簡〔一八七九年付、一三歳の時に書かれたもの＝〔註1〕参照〕、二つ目は一八八三年の札幌県令宛「旧土人ノ教育ノ費ヲ賜ヒ学校創立セラレン事ヲ請フノ書」、三つ目が日付不詳〔富樫は一八九〇年以降と推定〕の帝国議会の議長宛「国会議長あてのアイヌ保護を求める請願書」の文案なるもの。そして四つ目が「ヤイサマネーナ」と言われるアイヌ民族の抒情歌である。ひとつ目の一三歳の時の手紙は、アイヌの人による日本語書簡としての歴史的価値があり、二つの請願書は支配者となった「日本国」政府に対し、アイヌ民族の保護に重点を置いた先住民族政策の履行を要望した文書である。臆することなく正論を展開した金成太郎の人物と人柄をよく現している文書と言える。その熱意と同族への心情は後世の読者に改めて感動を覚えさせるものがある。二つの請願書からそれぞれ一節を引用しておきたい。いずれも富樫の『維新のアイヌ金成太郎』からの孫引きである。

而、旧土人ナル者ハ　古昔ヨリ教育ヲ受ケス　野蛮古風ヲ守リ来ル、教育ノ要用ナルヲ知ラズ、善一遷ルノ気象ナク、人ノ奴僕使スル所トナリ、或ハ、餓鬼トナル、実ニ禽獣ト異ル事ナシ。真ニ悠然ノ至リニ堪エザルナリ、且ツ　天豈ニ此民ヲ降ス、内地人トノ区別アランヤ、天豈ニ彼ニ利益ヲ与へ、之ニ利益ヲ不与ノ理アランヤ。

〔「旧土人ノ教育ノ費ヲ賜ヒ学校創立セラレン事ヲ請フノ書」、同書五二頁〕

尚現今の趨勢を以て推移候はは〔ママ〕私共種族の減少は勿論数多の歳月を經過仕候後には全く絶滅仕候事必然の勢に可有之候　私共の如き蠢愚の種族と雖も子孫の繁栄を□はさるもの一人も無之候に付

同族集合仕候際談偶此一事に及び候毎に紅涙に沈み苦悶せざるを無之候

前述仕候□に付ては其境遇に據らさるの人は或は針小を以て棒大となすの談と看做され候事も可有之と存候得共其際の困難は口筆を以て難盡實に際現無之候に付右は單に梗概のみ陳述仕候に不過候

〔「国会議長あてのアイヌ保護を求める請願書」、同書一三三〜一三四頁、□は原文のママ〕

ヤイサマネーナ

これらの文章のなかで金成太郎の文学として最も心に残るものは、従妹の金成マツが伝承していた「ヤイサマネーナ」であろう。「ヤイサマネーナ」とは、「自己の悲喜交々の感情、思慕の情、不運の境遇等を即興的に歌い出るもの」で、「アイヌの抒情歌謡中、最もポピュラーなものであり、民謡的色彩に富むもの」〔久保寺逸彦『アイヌの文学』岩波新書、一九七七年〕とされている。金成太郎のヤイサマネーナも久保寺逸彦の『アイヌの文学』に掲載されたものである。ここには前述の札幌県令に宛てた請願書に書かれた切り込むような筆致とは異なるひとりの青年の純朴な心情が現れている。日本語を学んだ金成太郎が母語で歌ったヤイサマネーナからは、当時アイヌ語と日本語のバイリンガルな言語環境下にあった金成太郎の複雑な心情を汲むことができる。アイヌ民族をとりまく環境は近現代に突入しているが、この時期のアイヌの人々はアイヌ語で心の深奥を語ることができた。このヤイサマネーナには日本の近現代に封じ込められたアイヌの人の心が歌われている。なによりも金成太郎のアイヌ民族としてのアイデンティティが現れている。近現代アイヌ文学の嚆矢と言ってよいその抒情歌の全文を『アイヌの文学』より引いておこう。

Tono irenka　お上の掟
shisam irenka　和人の規則（師範学校の学則）
an kusu　があるので（私は、それを守って）
Satpor kotan　札幌の町の
kotan upshor　街の中に
ku-e-horari.　住んでいる。
ku-utaripo　故郷の人々に
ku-e-shikarun,　会いたいものだ、
chikap ta ku-ne,　私が鳥であったら、
tori ta ku-ne,　禽になれたらいいになあ、
kiwane yakne,　そうしたら、
kamui-kar kanto　神様の造った空に
uko-hopuni,　飛び立って、
kanto kotor　天際を
ku-ra-ko-tesu　羽博き翔って
ku-ra-ko-chupu　翼すれすれに

ku-oman chiki wa
ku-kor kotani
Por-pet kotan
kotan enkashi
ku-e-shirappa,
ku-utaripo
utarorkehe
ku-nukar okai.
ku-utari utari
ku-yei anak
somo tapan na,
Shimoshi ne ya
ku-tureshpo
ku-eshikarun.
ku-kor operpo!
tapan-to otta
nep-monraike
e-iki-kor

私が行って
故郷の村の
幌別村の
村の真上に（行って）
ばたばた羽博きの音を立てて、
私の村の人々
あの人たちを
見たいものだ。
私の村人たちに
私が話しかけることは
しなくても、
シモシ（娘の名）
私のいとしい人には
会いたいものだ。
私のいとしい娘さん！
今日あたり
何の仕事を
汝はして

e-an ruwe ta an
ari ku-yainu chiki,
utarpa rakpe
rametok rakpe
ku-ne a korka,
tu-peken nupe
re-peken nupe
ku-yai-ko-ranke
ku-montum konna
ko-shum-natara.
a hai!

いることだろうか
と私が想えば、
首領の裔
勇者の子孫
たる私ではあるが、
二つらの熱涙
三つらの熱涙を
潸然と流して
我が身内の力も
衰えしなえてしまうことだ。
ああ、つらいなあ！

冒頭に「お上の掟」「和人の規則」という金成太郎を縛る日本との社会的かつ絶対的な枠組みが設定され、そこに金成が囚われていることが強調されている。札幌は本来アイヌ民族の地でありながら、そこはすでに和人の掟が支配する金成太郎にとっての異境と化しているのである。その地から故郷幌別とそこに残した人々を思いやるこのヤイサマネーナを単なる望郷の歌と位置付けるのには筆者は躊躇を覚える。なぜなら、ここにはすでに「内なる越境」下にあるアイヌの人の現実が認められるからである。「内なる越境」については第9章で詳述する。ここでは「いながらにして文化・言語・習慣を奪われ、同化を強制される越境」とだけ言っておこう。

筆者は第1章の冒頭において、「近現代におけるアイヌ民族の文学活動の最大の特徴は、その著述の大半が日本語によってなされたということである」と書いた。金成太郎のヤイサマネーナは久保寺逸彦によってローマ字のアイヌ語とそれを訳した日本語で記録されている。アイヌ文学のローマ字表記はユカラなど古い伝承の記録が大半である。金成太郎の口ずさんだものが、ほぼ同時代の金成マツによって伝承されかつ文字に記録されているのは珍しい例と言ってよいだろう。この意味でも、このヤイサマネーナは、アイヌの伝統文学と近現代のアイヌ文学の間隙に生まれた作品であり、近現代アイヌ文学の先駆けの作品として位置付けられよう。金成太郎は与えられた日本語で和人相手に理路整然とした主張を展開し、また母語たるアイヌ語で同時代のヤイサマネーナを歌った。内なる越境下での文学の複雑さを体現した金成太郎はまさに近現代アイヌ文学の嚆矢として位置付けられねばならない。

〔註1〕一節の〔註4〕でも挙げているが、ここでも金成太郎の手紙の原文を挙げておく。「愚墨拝呈仕り、然れ者、尊公益に御勇健に御勉学被遊、実に燕舞ノ至りに奉存候。次に小生儀も相変ず無事罷在候間、乍恐御休心可被下候。然る処此程尊公農学校へ御入学被成、誠に以重疊御事に御座候。就て者、御入学之ご祝儀として金五円些少ながら進上致し候。猶折角御勉学、専一と奉存候也。九月廿一日　金成太郎　斉藤次郎殿」（富樫利一『維新のアイヌ金成太郎』より）

〔註2〕請願書全文は『維新のアイヌ金成太郎』五〇～五三頁を参照されたい。

第2章

樺太からの発信〈その1〉

——山辺安之助『あいぬ物語』

近代国家によるアイヌ民族への干渉は、北海道以外のアイヌ民族に対しても容赦なく襲いかかった。樺太や千島列島で生活していたアイヌ民族は、日本とロシアの度重なる国境線の変更により移住を強制され、生活権は大きく侵害された。近現代アイヌ文学を語るとき、この樺太・千島列島の人々を念頭から外すことはできない。

一節　山辺安之助の『あいぬ物語』の梗概

南極探検隊からの帰還後、自叙伝出版

近現代のアイヌ文学の第一作としてまず挙げるべきは山辺安之助《やまのべやすのすけ》〔一八六七〜一九二三〕の『あいぬ物語——附あいぬ語大意及語彙』〔博文館、一九一三年、以下『あいぬ物語』〕であろう。山辺安之助の名は日本初の南極探検隊〔一九一二年、白瀬矗《のぶ》陸軍輜重兵中尉率いる探検隊〕に参加した樺太アイヌの人として知られている。しかし何よりも山辺は近現代アイヌ文学史上初の自叙伝をなし

た人として記憶されなければならない。『あいぬ物語』が出版されたのは一九一三年〔大正二年〕一一月で、山辺が南極探検から帰還した翌年のことである。発行所の博文館は当時日本有数の出版社であった。今日では入手の難しい『あいぬ物語』は現在、『アイヌ史資料集』第六巻の一冊として復刻されている。また、一九九三年に刊行された『金田一京助全集』第六巻にも「資料」として収録されている。

山辺安之助の略歴

山辺安之助のアイヌ名はヤヨマネクフ〔Yayomanekuh〕。一八六七年、日露雑居地時代の樺太南部弥満別《やまべち》の生まれである。幼いときに両親を亡くし、親戚の木下知古美郎らに育てられた。一八七五年、八歳のときに千島樺太交換条約によって樺太全島がロシア領となり、翌年、樺太南部に生活していた八四一名の樺太アイヌの人たちとともに渡海、宗谷を経由して石狩の対雁《ついしかり》〔現在の江別市〕に移住させられ、一八九三年、墓参を理由にロシア領となった樺太へ自力で帰還するまでの八歳から二六歳の一七年間を北海道内で過ごした。この間、一八七八年に開業式を行なった教育所〔対雁学校〕で初等教育を受け日本語を学んだ。一八八六～八七年には、天然痘やコレラの大流行により樺太から移住した多くの同胞が亡くなるという大災害に見舞われた。死亡者数には諸説あるが、江別市の調査によれば一八八六～八七年の死亡者は三六六名とされている〔註〕。

故郷を離れ生業を奪われた樺太アイヌの人たちは、気候など生活環境の違いも災いして多くの同胞を失い、次第に樺太へ帰郷する思いを強くした。そして一八九〇年頃から一時的な墓参を名目に樺太に戻る人が増えたという。山辺もこうした人々と同じく、一八九三年、家族と知人一三名を率いて樺太に自力で帰還した。川崎船と呼ばれる小型漁船での渡海には危険が伴い、実際、時化のために難破しながらも、苦難の末に無事に樺太に渡ることができた。樺太帰還後は生地でもある南部の富内《とむない》で日本人佐々木平次郎が経営する漁場で働いたが、一九〇四年〔明治三七年〕に日露戦争が始まると、山辺は日本側に立って輸送・道案内など後方支援で日本軍の進駐に協力し、その功績を認められている。日本側に立った理由として佐藤忠悦は、山辺安之助の唯一の評伝とも言える『南極に立った樺太アイヌ』〔東洋書店、二〇〇四年〕のなかで、漁場経営者であった「佐々木平次郎との信頼関係が山辺を日本軍に加担させたことは言うまでもない」と解説している〔同書一四頁〕。

金田一京助との出会い

日露戦争終結後のポーツマス条約の結果、樺太南部は日本領に編入された。一九〇七年には樺太の落帆《おちほ》に初めて調査に来た若き日の金田一京助が当地の長老ラマンテ〔東内忠蔵〕からハウキ〔樺太アイヌの口承文芸である英雄叙事詩〕を採録する。山辺はそれに際し、日本語と樺太アイヌ語両語に通じた能力を活かして協力している。このときの情景を金田一が『あいぬ物語』の「序」に記している。金田一との出会いから山辺は日露の狭間で翻弄される樺太アイヌの自立のためには同族子弟の教育が重要だと考えるようになり、金田一と出会った二年後の一九〇九年には同胞子弟の教育を行なう学校を落帆に建設している。

一九一〇年〔明治四三年〕に日本国内で南極探検構想が持ち上がると、極地での輸送手段として期待される樺太犬を扱うため、樺太日日新聞の求めに応じて探検隊に同行することを決意する。そして同族の花守信吉とともに白瀬隊に参加して約二年がかりで南極探検という偉業を成し遂げた。一九一二年六月に日本に帰還した山辺は東京の金田一を訪問し、樺太へ帰るまでの間に自叙伝『あいぬ物語』を樺太アイヌ語で口述〔金田一が和訳文を起草〕し、翌年一一月、東京の博文館より出版された。その後は樺太で暮らしながら同胞支援に尽力し、南極探検から一〇年後に落帆で亡くなった。享年五六であった。

〔註〕樺太アイヌ史研究会編『対雁の碑』北海道出版企画センター、一九九二年、一八六頁

二節　『あいぬ物語』の出版経緯

金田一京助を支援した柳田國男

次に『あいぬ物語』出版の経緯について見ていこう。山辺がなぜ博文館のような大手出版社から著作を刊行できたのか、その背景を確認しておきたい。

『あいぬ物語』は山辺の単著ではなく、編訳者金田一京助との共著〔正式な書名は『あいぬ物語——附あいぬ語大意及語彙』、著者山辺安之助、編著者金田一京助〕としての出版であった。しかしながら奥付に山辺の名はなく、金田一の名だけがある。実質的には金田一が出版の責を負っていた。

したがって、本書の出版経緯でまず容易に推測されるのは、編訳者である金田一京助の博文館への働きかけがあったのではないかということである。しかし金田一自身も当時はまだ少壮研究者にすぎず、一九一二〜一三年は勤務先の三省堂の解散などにより失職中で経済的にも困窮していた。大手の博文館に影響力を行使できたとは思えない。そこで推測されるのは、当時金田一を熱心に支援していた柳田國男の尽力である。藤本英夫『金田一京助』〔新潮社、一九九一年〕によれば、金田一と柳田の出会いは一九一一年〔明治四四年〕頃に遡り、『あいぬ物語』刊行〔一九一三年〕の前年一一月には、金田一が「明治四十年（一九〇七年）にオチョポッカで記録した樺太の叙事詩〝ハウキ〟（北海道アイヌのユカラに当る）三千行に訳をつけ」たものを柳田國男に見せた。「この訳は大正三年（一九一四年）三月、『北蝦夷古謡遺篇』と題し、甲寅叢書第一巻として刊行されるが、このシリーズは柳田國男が京助のこの本のためにわざわざ企画したものだった」〔同書一四五頁〕という。金田一に対する柳田の熱心な支援を物語るエピソードである。『あいぬ物語』の刊行に際しては、柳田は「自分が主宰していた雑誌『郷土研究』一巻十号（大正二年十二月）に、あたたかい紹介の筆を執って」〔同書一四五頁〕おり、さらには「編者の労を謝すると共に、印刷の面倒を厭はなかった博文館を難有く思ふ」との柳田の言葉が記載されている。わざわざ博文館という名前を出して感謝を述べているところに柳田の『あいぬ物語』刊行にあたっての働きかけの跡が見受けられよう。

このほかにも柳田は、金田一を東京帝国大学文科大学の嘱託に推薦する〔一九一二年〕など金田一への経済的支援を行なっており、『あいぬ物語』刊行もこうした柳田による金田一支援のひとつだったと見てよいだろう。さらに言えば、当時博文館で編集を担当し、金田一・柳田とも懇意にしていた中山太郎〔後の民俗学者、一八七六〜一九四七〕がかかわっていたのではないかと筆者は推測している。

山辺と金田一の接点

山辺と金田一の接点についてもう少しふれておこう。

金田一は日本のアイヌ語研究の第一人者としてさまざまな成果を上げてきたが、その研究成果のためには多くのアイヌ民族のインフォーマント〔情報提供者〕を必要とした。そうした人々の協力がなければ優れた業績を残すことはできなかった。山辺の場合は、金田一が比較的若い時期に出会ったアイヌ語研究におけるインフォーマント——というよりはむしろその協力者であった。前述の通り金田一と山辺の出会いは一九〇七年。樺太南部が日本領となった直後にアイヌ語調査に来た金田一がラマンテからのハウキ聞き取りに際し、日本語のできる樺太アイヌの人として山辺が協力したのがきっかけである。ただしこのときのインフォーマントはラマンテであって山辺ではない。山辺はむしろ日本語のできるバイリンガルとして金田一に協力した。そのとき、山辺は金田一の記憶に強く残ったのであろう。また山辺にとっても、金田一はアイヌ民族の研究者として深く記憶にとどめたにちがいない。

この後に山辺は日本初の南極探検隊に参加することになり、一九一〇年一一月、日本出発を前に上京し金田一を訪れている。このときは金田一が『北蝦夷古謡遺篇』の翻訳で不明な点を山辺に聞いている〔金田一京助『言語学五十年』宝文館、一九五五年〕。二年後の一九一二年六月、南極から帰還した山辺はやはり金田一を訪れた。このときに金田一宅で山辺が口述した自伝が金田一によって編訳されたものが『あいぬ物語』なのである。金田一による『あいぬ物語』の「凡例」には、「此の物語は大正元年の夏、著者山辺安之助君が南極探検の業を卒えて、郷里樺太へ帰る間、東京滞在の暇々に成ったものである」とある。すなわち一九一二年六月二〇日の帰国から同書「終りに臨んで」の日付一九一二年八月一七日までの二カ月弱の間に口述および編訳が行なわれたということになる。

このように『あいぬ物語』口述期間は南極探検後とされるが、金田一が一九五九年一〇月二六日に和敬塾で行なった講演の記録「文学のあけぼの――アイヌ叙事詩『ユーカラ』の研究を中心として」には、日本出発前〔すなわち一九一〇年一一月〕にも口述していたともとれる発言があることを付け加えておく〔三節〔註3〕参照〕。

三節　『あいぬ物語』の編集過程

日本語訳にアイヌ語原文のルビ

『あいぬ物語』の特徴は、山辺の樺太アイヌ語口述をカタカナで表したものと金田一京助によるその和訳が併記されていることである。冒頭の数行を見てみよう。

私《アン、》の親《チンケウ、》は、《ネアンペ、》樺太島《カラプト、》の弥満別《ヤマベチ、》と云う村の人でした《ナハ、アイ、イエ、コタン、オルン、アイヌ、ネー、》。私も亦、《アノカイ、ナー、》此《タン、》の弥満別村の産です《ヤマベチ、オロワ、ヘッ゚ツ、アン、》。
それで今に《ネー、クス、タニ》山辺《ヤマベ》の姓を名乗っている《ナハ、アン、レイ、アン、コロ、》。
併し私は、《ネー、ワカイキ、アノカ、》ごく幼少の折に、《ネアンペ、ハチコ、オロワノ、》双親《アン、チンケウ》に亡くなられたから、《イ、コシマコライ、レンカイ、ネ、》何も覚えが無い《ネイ、ランペ、カ、アネラミシカリ、》。双親の《アン、チンケウ、》

顔《ナヌフ、》でさえ《カ、》、夢《タラハ、》のように《ネイノ、》見た《アン、ヌカラ、》ような《ネイノ、》気がするけれど《アン、ラム、ワッカイキ、》、夢《タラハ、》のように《ネイノ、》も思える《アネラム、オカイ、》。

一般的に原文と翻訳文を併記する場合、知里幸恵の『アイヌ神謡集』のように見開きページを左右に分けて対照的に掲載することが多い。右のようにルビで一方の言語を表記する場合は、原文・翻訳文の主従関係が明確となる。『あいぬ物語』は山辺のアイヌ語による自伝なのだとすれば、当然、山辺が口述したアイヌ語が本文となり、和訳がルビとなるべきであろう。ところが本書ではそれが逆になっている。アイヌ民族の視点から見た場合、この逆転は見過ごせない問題を含んでいるように思える。坪井秀人〔国際日本文化研究センター教授〕は「みずからの声を翻訳する――『アイヌ神謡集』の声と文学」〔西成彦・崎山政毅編『異郷の死――知里幸恵、そのまわり』人文書院、二〇〇七年所載〕で次のように述べている。

> アイヌ語の〈語学テキスト〉としての性格を『あいぬ物語』がもつのなら、アイヌ語を本文とし、訳の日本語をルビとすべきだったはずである。「樺太アイヌ　山辺安之助著／文学士　金田一京助編」という記載にもかかわらず、著者によるアイヌ語による表現は小さな片仮名文字によるルビに押しやられ、編者が訳した日本語文の本文との間に視覚的にもはっきりとした主従関係を構成している。翻訳テクストが本文の座を占め、アイヌ語の原文がルビとしてその脇を飾るという、原文／訳文の主従関係が転倒した、何とも倒錯したテクストになってしまっているのである。〔同書九九頁〕

このようなアイヌ語口述と編訳はいったいどのような経緯から生まれたのであろうか。

金田一京助の「凡例」

金田一の「凡例」によれば、「山辺は日本語が上手で」、「山辺君の日本語を其まま記した方が善かったかも知れない」が、「其では、アイヌの著作とは信ぜられないという憾みがある」ので、「比較的不得手なアイヌ語をわざと選んで」、「一言一句、純粋なアイヌの口から成った文章であるということに、唯一人疑を挿む人」がいないようにしたとされる。しかし山辺の口述アイヌ語が生まれるには紆余曲折、試行錯誤があったようだ。具体的な口述の仕方としては、山辺に「まず色々の事を話さして」、それを金田一が速記、「時代に由って順序を立て、そして章節を分った上で、成るべく著者の言葉通りに日本文の安之助伝を作成」、「それを安之助にアイヌ語に口訳さした」ところ、山辺のアイヌ語訳は「梗概に止まり、二三行を一口に云ってしまうので甚だ簡単なものになり」、金田一の作成した「日本文とは釣合わなくなった」ため、「其日本文は全く棄てて安之助の口から流れ出たアイヌ語訳を原文とし」、新たに金田一が和訳したものが「上篇」となった。そして「下篇」は、「日露戦争のあたりへ話が進んだ頃には、話者が漸う談話に馴れて来て、すぐ始からアイヌ語で筋を伝って話すことが出来」、「それを速記してあとで邦訳をつけて、一語一語相対するように浄書して見た」という、実に複雑な経緯を辿って完成させている〔註1〕。

つまり原稿として、もともと山辺の日本語談話をもとに金田一が作成した日本文が存在したということであるが、その日本文を捨てて、山辺にアイヌ語で口述し直させ、それを改めて金田一が和訳したものが最終的な原稿となった。当初山辺が日本語で語ったものを金田一が編集・構成し、後に捨てたという日本語原稿〔仮にA原稿とする〕と、その後に山辺の口述アイヌ語を改めて金田一が和訳した原稿〔仮にB原稿とする〕の二種類の日本語原稿があったということになるが、ここで疑問が出てくる。それはA原稿とB原稿は全く別物であったのか、あるいはB原稿にA原稿が再利用されているのかということである。山辺がこの本の口述のために費やしたのは約二カ月である。分量も本書は一九〇頁ある。それほどの作業を口述者と翻訳者が確認しながら二カ月間で終えるのは大変なことだったのではないだろうか。A原稿とB原稿の混在、あるいは流用があったとしても不思議ではないと思われる。

意訳の問題、上篇と下篇の違い

金田一の和訳には別の観点からの疑問もある。それは「賊軍」「大西郷」などの和訳に見られる通り、歴史認識に対する価値判断を加味した意訳が行なわれているのではないかという疑問である。西南戦争の鹿児島勢を「賊軍」と見立てながら、西郷隆盛に「大」を付けて尊称する価値判断を含む翻訳が、山辺安之助の口述を正確に訳したものなのか〔右の推測に従えば当初山辺が日本語で語った際に彼の口から出た可能性もあるが〕、翻訳者金田一の価値観を反映した意訳であるのか、検証を要する課題であろう。さらにアイヌ民族を自ら卑下した表現〔「アイヌウタラ」を「土人風情」と翻訳〕もある。あるいはこれも山辺の口述そのままだった可能性もあるが、もし金田一の意訳を含んだものだったとしたら、時代背景を考慮したとしても研究者としての見識が問われてくるのではないだろうか。

もうひとつある。「上篇」に比べて「下篇」の和訳文は日本語としてたどたどしいということである。「上篇」の日本語訳は文法的にも概ね正しい文章となっているが、「下篇」の和訳には助詞の用い方などに不自然さが散見される。これは金田一が凡例で述べているように、「日露戦争のあたりへ話が進んだ頃には、話者が漸う談話に馴れて来て、すぐ始からアイヌ語で筋を伝って話すことができ」、「それを速記してあとで邦訳をつけて、一語一語相対するように浄書して見た」〔傍点・須田〕結果ということだろうか。速記のまま、アイヌ語からの直訳の形跡を示すためにあえてこうした翻訳表現にしたのだろうか。それとも金田一の文章の推敲が不足していたということなのだろうか。脱字・誤訳〔註2〕も散見され、十分な校正が行なわれたとは思えないふしもある。さらに「上篇」に比べて「下篇」の日本語翻訳文に対するアイヌ語ルビが少ない点も気になるところである。

金田一が「凡例」に示した通り、口述アイヌ語と和訳のプロセスにかなりの試行錯誤・悪戦苦闘があったことを斟酌しても、筆者のように樺太アイヌ語の知識がない者でも多少注意深く読めば気が付くような誤訳や意訳への疑問、不十分な校正などがあり、金田一ほどの学者が行なった翻訳にしては全体的に遺漏な点が多いと言わざるをえない。校正の時間も十分にとれぬほど押し迫った状態での出版となったのだろうか。山辺の口述が終わった一九一二年八月から刊行の一九一三年一一月までは一年以上あったのであるが。

真の言葉は何であったか

もう一度『あいぬ物語』の編集過程をふりかえっておこう。『あいぬ物語』は山辺の口述アイヌ語を金田一が和訳したという前提で、和訳文を本文にしてアイヌ語のルビを付すという体裁をとっているが、和訳文には当初のA原稿が捨てられずに再利用された可能性も推測される。さらにこの本は金田一編訳とはなっているが、金田一の凡例にある「成るべく著者の言葉通りに日本文の安之助伝を作成」したというように、当初のA原稿〔つまり山辺の日本語〕が全面的に生かされた和訳である可能性もある。つまりアイヌ語が本文で日本語が翻訳という理解ではなく、日本語文にも山辺の口から出た日本語本文とも呼ぶべき部分がある程度使われたという推測も成り立つ。その場合には日本語文も本文の一部を構成すると言えるのかもしれない。このような『あいぬ物語』のテキスト——日本語翻訳とアイヌ語ルビの相関性——についてはアイヌ語の専門家による研究を期待したいと思う。なぜなら『あいぬ物語』において何が山辺の真の言葉であったのか、山辺が実際に話した内容は何であったのか、その真実に迫りたいと思うからである。山辺があえて不得手なアイヌ語で口述を求められたことにより彼の思いが歪められるようなことがあったとしたら、その責任の所在は明らかにしておかねばなるまい。

金田一と山辺の関係は、『あいぬ物語』刊行後さらなる進展を見ることなく、山辺の樺太への帰郷によって関係は自然消滅したようだ。後に金田一は前節でもふれた一九五九年一〇月二六日の和敬塾で行なった講演で、山辺のことを「此の親爺」と呼んでいる〔註3〕。そこには金田一が知里幸恵を「幸恵さん」と呼んでいたような相手に対する尊敬の念は感じられない。金田一は「樺太アイヌ語の記録を作製して、アイヌ語学の資料に供したい」との意を「序」に述べているが、『あいぬ物語』がその後のアイヌ語研究にどれほど貢献したのかは不明である。筆者の知る限り知里真志保が『アイヌ語入門』のなかでこの本の「樺太アイヌ語彙」を参照しているところが一カ所あるが、このほかにはあまりないようである。『あいぬ物語』が金田一が目的とした役割を十分に果たせたのかどうか疑問が残るところである。

〔註1〕金田一は山辺に「まず色々の事を話さし」たと書いているが、それが日本語であったのかがアイヌ語であった

のかが金田一の「凡例」の説明ではわからない。西成彦は、論文「バイリンガルな白昼夢」（西成彦・崎山政毅編『異郷の死――知里幸惠、そのまわり』所載）のなかで、「まず色々の事を話さし」たのはアイヌ語であったとしている。「凡例」にあいまいなところはあるが、前後の脈絡から金田一の「凡例」を総合的に判断すれば、山辺はまずはじめに日本語で語ったと見るのが自然ではないだろうか。

〔註2〕たとえば『あいぬ物語』上篇「二、流転――帰化新附の民（五）」に、「先生は私の方が違ったのだったなと云われた。賤しい男であったが、学校にはまだ居る中に夭折した」とあるが、この「賤しい《アノシコロ》」とは「惜しい」の誤りであろう。

〔註3〕一九五九年一〇月二六日に和敬塾で行なわれた金田一京助の講演の記録「文学のあけぼの――アイヌ叙事詩『ユーカラ』の研究を中心として」によれば、金田一は次のように発言している。

「その他に樺太アイヌ・山部《ママ》安之助という南極探検に行って来た親爺、あの親爺、行きにも帰りにも私の所へ寄って、そして自分の自叙伝をアイヌ語でしゃべったのですが、樺太アイヌ語はこういうものだという標本はそれ迄無かったから、此の親爺の口から樺太アイヌ語の文章をそこに記録をして世間へ遺そうと、そのため一代の自分の物語、南極探検へ行って来た物語等を記録に留める事が出来ました」

つまり金田一の目的は樺太アイヌ語を「標本」として残し、「あいぬ語大要及語彙」という自らの研究成果を巻末付録として掲載することであって、右の金田一の口調からは、山辺の人生や彼の主張を世に残すことが目的ではなかったように思えてならない。なお藤本英夫は『金田一京助』で山辺の口述は南極行の出発前後二回としている（同書一一五頁）。

四節　『あいぬ物語』の文学的評価

近現代アイヌ文学の嚆矢としての価値

最後に『あいぬ物語』の文学的意義や評価などについて述べておきたい。

『あいぬ物語』の文学的意義としては何と言っても近現代におけるアイヌ民族文学の嚆矢となったことを第一に挙げなければならない。樺太アイヌの人たちの過酷な運命——強制移住や伝染病によって多くの人の命が奪われるなどの悲惨な境遇——が歴史のなかに埋もれようとしている今日、山辺安之助によって樺太強制移住体験者の声が記録として残っていることの意義は大きい。それは樺太から移住した八四一名の思いであり、伝染病で亡くなった三〇〇名超の人々の無念の声である。この作品はそうした人々の声を代弁するものとしても読まれなければならない。

次に注目すべきは、この作品が一人の人間の自叙伝として編集・出版されながら、実は樺太アイヌ語の記録・研究資料・テキストとして利用することを企図されていたということである。

山辺の故郷樺太は近代以降、国境のない日露雑居地から千島樺太交換条約によりロシア領となり、さらにポーツマス条約で南部が日本領へと変転した。山辺自身もその渦中で翻弄された。樺太に生まれ樺太アイヌ語で育った後、北海道への強制移住で日本語を学ばされ、長じては自然の流れとしてアイヌ語より日本語の方が得意となった。にもかかわらず『あいぬ物語』の口述では、金田一京助からあえて不得手な樺太アイヌ語での口述を求められた。山辺はあるときは日本語を強要され、あるときは日本語ではなくアイヌ語での口述を要求されるという理不尽を受け続けた人であった。『あいぬ物語』はこのような歴史的かつ個人的背景を理解した上で、読まれなければならない。その意味でこの本の刊行はアイヌ民族とアイヌ語が置かれた当時の状況を象徴している。近現代アイヌ民族文学はこのような背景から生まれたのである。金田一の身勝手とも言える口述の要求にも山辺は淡々と応じているように見えるが、その内心はいかなるものであったのだろうか。

山辺の「肉声」とは

金田一は『あいぬ物語』の「序」の最後にこう記している。

唯〻惜しいことに、この物語には、謙遜な安之助の幾多の手加減がある。安之助の真価、安之助の真功績、殊に安之助が心情の悲劇的色彩を十分に発揮せんが為には、まだまだ突込んで四囲の境遇を叙しなければならないのに、安之助は敢て之を云うことを好まなかった。為に本に仕上げると、案外印象の浅いものになってしまった。

もし山辺が自らの人生を自分の言葉で――それが仮に日本語であっても――、自分の精神を不自由なく語り尽くしたいというのが真の願いであったのなら、金田一の「比較的不得意なアイヌ語で」との要求は、山辺の自由を奪うもの以外の何ものでもなかったであろう。しかしこの本で語られているのは、山辺が理不尽な環境の変転にもかかわらず、その人生を自らの意思で妥協することなく勇敢に生きた物語である。北海道から樺太へ自力帰還を果たし、同族のための学校を設立し、日露戦争や南極探検では自らの信念に従って行動し、一度決断したことは節を曲げることなく貫徹した。すべて自らの意思と信念と責任の下において事をなした人の清々しい人生が語られている。

最後にその山辺の「肉声」の一部を紹介する〔アイヌ語のルビは省略〕。

終に臨んで私の思う所を云う。

さてこういう様に、二度までも、我が身を捨てる覚悟をして私は国家の事に出たのである。僥倖にも天は再び私をして生きて郷土の地を踏ましめた。これから後私は郷里へ帰ったなら、村の人々によく、色々と話をして聞かせる。思うに、小さい子供だちでも、学校をよく勉強してやったならば、後々には日本人だちと同じ位に何事でも覚え、余り悪い風儀はしないようになるであろう。私は、そうしてやり度い。どうか満天下の諸君子に於てもよろしく此情を掬んで頂きたい。

ほんとうに、どうにかしてあの可愛想なアイヌの子供等を、早く日本人並みに、同様な善良なる皇氏《ママ》にさしてやり度い。私が今後の希望は唯、これのみである。私の残年は、どんなにでもして、此の事に費して見ようという考である。此の拙悪な長物語を長々しく始めたのも、郷里の子供等の読物にして、何か少しでも悟らせ度いという考からやった事である。だから、勿論学識の高い日本の人方には一瞥値しないものであるかも知れないが、それでも若しもひょっとして此の本に日を通される方があったなら、どうか私のこの衷情を察して頂き度いと爾云。

金田一の学問的な狙いと山辺の民族の将来を思う心情――わけても「アイヌの子供等」を思う口述の動機――は、全くすれ違ったものであったことがわかる。このような山辺の信念の源泉は、アイヌ民族の存在を示すことにあるのは明白である。日露戦争での協力、南極探検隊への参加などは、自らの意思の強さもさることながら、和人にアイヌ民族の存在を承認させるための形を変えた抵抗であったとも解釈できる。また、山辺が樺太で教育を重視したのは、アイヌ民族の子どもたちに和人社会を生き抜く力をつけさせることを願ったからではないだろうか。『あいぬ物語』は同族に自らの言葉で呼びかけた近現代におけるアイヌ民族文学の嚆矢であるとともに、その内容において抵抗文学としての本質も備えている作品だと筆者は思っている。

求められる新たな「読み」

「若しもひょっとして此の本に目を通される方があったなら、どうか私のこの衷情を察して頂き度い」という山辺の願いはその後どのような波紋を広げたのか、もう少し見ておきたい。

北海道文教大学教授の神谷忠孝は、「大正期の北海道文学」〔『北海道文教大学論集』第一三号、二〇一二年〕で、「『あいぬ物語』はアイヌ学の分野ではよく知られているが、文学として扱ったのは樺太育ちの宮内寒弥である」と述べている。宮内寒弥〔一九一二〜一九八三〕は一九一二三年に父の任地である樺太に渡り、早稲田大学英文科入学までを樺太で過ごした。小説家としては樺太を舞台とした作品が多い。一九三五年に「中央高地」で芥川賞候補、一九七八年に「七里ヶ浜」で平林たい子文学賞を受賞している。宮内の『からたちの花』〔大観堂、一九四二年〕所載の「「あいぬ物語」の紹介」で宮内は、アイヌ語ルビ表記について「たとへアイヌ語を解せぬ読者にも、さながらアイヌの口述を聴くが如き不思議な効果を発揮している」とし、また「邦訳された日本文の五号活字の横で、その小さいルビのアイヌ語が、如何にも滅びゆく民族の溜息をついてゐるように私には思はれた」と述べている。一九四二年〔昭和一七年〕という時代、日本人がアイヌの人々をどのようにとらえていたのか推測できる記述である。この時代、「滅びゆく民族」というアイヌ民族観はそれまで以上に広がりつつあったと言わざるをえない。作品に対する評価は時代の意識が反映される。二一世紀となり、先住民族、少数民族の権利や文化への関心と評価が高まってきている今日、山辺の『あいぬ物語』は今日の新たな読者の「読み」を求めている。そこで試されるものは読者ひとりひとりの歴史認識と共感する「読み」の力ではないだろうか。

なお、先述したように『あいぬ物語』は長らく絶版状態で現在入手は極めて困難である。『アイヌ史資料集』もしくは『金田一京助全集』でしかその全文を読むことはできないが、近現代アイヌ文学史の嚆矢となった歴史的価値を知るためにも、また当時の樺太アイヌの人の心情を知るためにも、ひとりでも多くの読者にこの作品が読まれることを筆者は望んでいる。また、どのような形でもよいので復刊してもらいたいと強く思う。

山辺安之助略年譜

一八六七年三月	樺太弥満別《やまべち》に生まれる
一八七六年	北海道対雁へ強制移住
一八七八年	対雁学校開業
一八八六～八七年	対雁でコレラ・天然痘大流行
一八九三年	露領樺太（富内）に自力帰還、佐々木漁場で働く
一九〇四年	日露戦争で日本側に協力し道案内、後方支援
一九〇七年	金田一京助樺太初調査、ハウキ聞取りに協力
一九〇九年	トンナイチャ総代、落帆に学校を建設
一九一〇年	南極探検隊参加を決意、出航
一九一二年	東京に帰港、金田一宅で『あいぬ物語』口述
一九一三年	『あいぬ物語』出版
一九二三年	樺太落帆で病没（五六歳）

第3章　樺太からの発信〈その2〉

——アイヌの民俗誌

一節　『極北の別天地』
——バフンケ、アトイサランデ、シベケンニシの声

三人の樺太アイヌの「説述者」

今や知る人は少ないが、青山樹左郎『極北の別天地』〔豊文社、一九一八年〕という本がある。山辺安之助の『あいぬ物語』の五年後に発行された。著者青山樹左郎は和人と思われるが、「説述者」として三人の樺太アイヌの人が名を連ねている。すなわち、バフンケ〔木村愛吉、樺太東海岸栄浜郡相浜村、六三歳〕、アトイサランデ〔大村勘助、樺太西海岸眞岡郡広地村多蘭泊、六六歳〕、シベケンニシ〔野田安之助、樺太西海岸野田寒村登富津、四九歳〕である。「説述」の内容は、樺太アイヌの人たちの習俗・文化・言葉・宗教など民俗についてで、すべて日本語で記されている。「説述」した時期は一九一七年〔大正六年〕の三月から四月である。調査者〔青山?〕に対して「説術者」が答えるという形式だが、三人の説述には山辺の自伝『あいぬ物語』に見られるような人間としての信念、さらには時代に翻弄された樺太アイヌとしての体験や思いは語られていない。山辺同様、これらの人たちにもそれぞれに筆舌に尽くしがたい苦労があったと思われるが、青山樹左郎による『極北の別天地』という作品からはそうしたアイヌの人たちの心情を取り上げるという意図は感じ取ることができず残念である。また次に述べるように本書にはいくつかの不明点があり、数少ない樺太アイヌの人たちの「声」が掲載された貴重な記録でありながら、現時点での詳細な解説および

文学作品としての評価はひじょうに困難である。

『極北の別天地』の梗概

『極北の別天地』初版は一九一八年〔大正七年〕三月、東京の豊文社から出版されている。奥付には教文館・三省堂・東京堂・博文館の大手書店名とともに「大賣捌」という宣伝文句が併記されている。『極北の別天地』はこれまでほとんど注目されたことのない作品であるが、札幌の古書店、サッポロ堂書店の店主石原誠が「アイヌ民族自身による著作について」と題するセミナー〔二〇〇四年八月、大阪・札幌で実施〕のなかで紹介して知られるようになった。石原は本書の「附」として掲載されている「アイヌ人種処分論」〔著者は前樺太庁長官で三島由紀夫の祖父の平岡定太郎〕に着目し、この時代の日本人のアイヌ観を示した論考として注目すべきとの指摘を行なっている〔註〕。

なお、この本の初版〔豊文社版、一九一八年三月〕の表紙にはなぜか「北極の別天地」と印刷されている。第二版は翌年、広友社出版部から正しく『極北の別天地』として出版されているが、石原が指摘するように「樺太の産業」が追加され、理由は不明ながら著者青山樹左郎と「説術者」のひとりであるバフンケの写真が削除されている。

三人の「説述者」はいずれも樺太から北海道への強制移住者で、北海道での不漁続きにより樺太に帰還したという人たちである。バフンケは樺太の栄浜の有力者で、縁戚にあたるチュフサンマが当時樺太にいたポーランドの人類学者ブラニスワフ・ピウスツキ〔Bronislaw Piotr Pilsudski、一八六六～一九一八〕の妻になっている。当時六三歳のバフンケが、本に書かれているような正確な日本語で口述したのかどうか疑問が残る。アトイサランデの口述も同様である。もうひとりの「説術者」であるシベケンニシについては山辺安之助の一歳年少であり、対雁《ついしかり》学校で日本語を学んだ可能性がある。バフンケ、アトイサランデがこの本で「説述」したような日本語を用いるためには相当高度な教育を受けていなければならないはずである。彼らにそのような経験・機会があったのか調査する必要がある。いずれにしても三人の「説述者」がアイヌ語、日本語のいずれの言語を用いてどのような「説述」をしたのか、今となっては確認する術はない。

また、この本の冒頭には樺太庁長官昌谷彰の肖像写真が載せられている。本文中には樺太庁元長官の平岡定太郎の論考もあり、官側の深い関与が想像される本である。著者の青山樹左郎という人物もどういう経歴の人物なのか判然としない。当時の樺太アイヌ研究者のなかにそうした人物は見受けられない。青山樹左郎が筆名の可能性もあるが、国立国会図書館をはじめとする各図書館の検索機能を使って調べてみると、同じ著者の名で次の二冊の本が見つかった。『誰にでも出来るパンの製造法』〔豊文社書院、一九二〇年〕、『大震災から起る法律問題の解決』〔革新法学会、一九二三年〕であるが、いずれも全く分野の異なる本である。この青山樹左郎という人物の詳細についても残念ながら解明できていない。

〔註〕石原誠の発表は公益財団法人アイヌ文化振興・研究推進機構が実施しているアイヌ文化普及セミナーとして実施された。伝承を含むアイヌ民族自身による一九四五年までの著作を網羅した研究発表であり、本書も多くの点を参考にさせていただいた。

二節　千徳太郎治の『樺太アイヌ叢話』

千徳太郎治の略歴

近現代の樺太アイヌの人で山辺安之助と並び著述をなした人がもう一人いる。それが一九二九年〔昭和四年〕に『樺太アイヌ叢話　全』〔市光堂、一九二九年、以下『樺太アイヌ叢話』〕を著した千徳太郎治《せんとくたろうじ》〔一八七二〜一九二九〕である。千徳は一八七二年、樺太の内淵《ないぶち》に生まれている。『北海道大百科事典』上巻〔北海道新聞社、一九八一年〕によれば、母は樺太アイヌのタラトシマ、父は和人の瀬兵衛である。千徳太郎治の略歴には、山辺安之助と共通するところが多い。山辺同様、樺太からの強制移住者の一人で、対雁で山辺とともに日本語教育を受けている。また山辺と同じくロシア領時代の樺太に自力で帰還を果たしているが、千徳の場合、山辺が帰還してから二年後の一八九五年のことである。

その後の経歴は、田村将人「樺太アイヌ教育の黎明期（1）——千徳太郎治と山辺安之助の動きを中心に」〔『itahcara』二〇〇三年〕に詳しい。この論文によれば、対雁から帰還後、千徳も山辺同様に同胞教育へ意欲を燃やしているが、山辺と異なる点は、千徳は自ら教員となってロシア領時代からすでに同胞教育に従事していたことである。また前述のポーランドの人類学者ブラニスワフ・ピウスツキと親しく交際し、自らロシア語を習得したばかりでなく、ロシア領時代の一九〇一〜〇三年、教員としてアイヌ児童にロシア語教育を行なったと思われる点も特筆に値する〔註1〕。なお、山辺安之助もこのピウスツキとは交流しているが、インフォーマント〔情報提供者〕としての関係にとどまったようである。

ピウスツキとの交流

千徳と山辺にはこのように共通点が多いが、千徳は樺太帰還後ピウスツキとの交流からロシア語を学び、アイヌ民族の同胞子弟にロシア語教育を行なうなどロシアとの結びつきを強めたのに対し、山辺は日本人漁業経営者との関係を深め、心情的にも日本びいきとなっていった。同族子弟に対する教育への熱意などは同じであったものの、こうした経緯が影響しているのか両者の間はしっくりとはいっていなかったようだ。金田一京助も随筆「樺太便り」に、「樺太へ帰って以来は、安之助は部落の総代として働き、千徳は、内淵で自家の事業に没頭していましたので、意見が合いませんでした」と述べている〔註2〕。

なお、ピウスツキは当時、ロシア皇帝アレクサンドル三世暗殺計画〔一八八七年〕に連座して樺太に流刑中の身であったが、樺太で先住民のための教育やアイヌ民族研究を行なった。樺太滞在中に前述のチュフサンマと結婚し、一男一女を樺太でもうけている。日本本土へも渡っており、鳥居龍造〔一八七〇〜一九五三〕や坪井正五郎〔一八六三〜一九一三〕などと交流した。ポーランド帰国後は独立運動に参加したが、一九一八年パリで自殺した。自殺の原因は不明とされる。

出版後の「頓死」

樺太南部はその後、日露戦争後のポーツマス条約〔一九〇五年〕によって日本領となり、千徳は一九〇七年から内淵で渡船業を営みながら、一九一二年には内淵の「土人教育所」で教職に復帰した。武田銀次郎編著『樺太教育発達史』〔青史社、一九八二年〕には、一九一九年九月の樺太土人教育所教員講習会に内淵教育所教員として参加した千徳の写真が掲載されている。田村によれば、「土人教育所」とは樺太庁が「1909年より運営を開始した「土人漁場」〔略〕からの収益金を基に、シャモ（和人）とは別学の「土人教育所」〔略〕を各地に設立していった」ものである。

その後、千徳は一九二九年八月に彼の唯一の著作である『樺太アイヌ叢話』を出版し、その刊行とほぼ同時に「頓死」している。ここで「頓死」と書いたのは、金田一京助の「樺太便り」に「内淵の千徳太郎治は、アイヌ語の辞典を著して頓死いたしました。この八月に」と記載されていることから引用した。

〔註1〕田村将人の同論文によれば、ピウスツキはロシアのサハリン総督の援助を得て内淵にアイヌ民族のための寄宿学校（あるいは識字学校）を設立し、千徳を教員としてアイヌ教育を実施した。田村は「彼等から教わったという樺太アイヌの証言を確認することはできなかった」ものの、「千徳はピウスツキからロシア語を学んだということであり」、アイヌ「児童への授業はロシア語で行われたと考えるのが自然」であろうとしている。また、千徳の語学習得のレベルについては、序章三節〔註4〕に示した一九〇六年（明治三九年）に千徳太郎治によって書かれたピウスツキ宛のキリル文字書簡三通がその習熟度を示している。

〔註2〕金田一京助『ユーカラの人びと』平凡社、二〇〇四年、四一頁

三節　『樺太アイヌ叢話』について

樺太の民俗誌・地誌として

千徳太郎治の『樺太アイヌ叢話』は、一九二九年〔昭和四年〕八月一〇日、東京の市光堂市川商店から発行された。全一〇六頁で一九八〇年に『アイヌ史資料集』〔北海道出版企画センター〕第六巻に復刻、収録されている。

全体は五九の項目に分けられ、一の「樺太島南北土人の呼称」から一九の「(一)結婚」「(二)離婚」「(三)誕生」「(四)葬儀」までの一九項目は、樺太アイヌを中心にした歴史・風俗・文化・生活に関する民俗誌であり、二〇の「西能登呂《ノットロ》」から五五の「多来香《タライカ》」までが計四〇の南樺太集落に関する地誌となっている。

ちなみに「樫保《かしほ》」の項では次章で詳述する武隈徳三郎〔『アイヌ物語』の著者〕が教員として一時樫保に赴任していたことが書かれており、千徳と武隈の関係を示唆した貴重な記述と言える。そして五六の「露領当時の行政の概略」から最後五九の「明治三十八年七月の頃日本の軍艦二隻東海岸に廻航し相濱を砲撃す」の項にロシア領時代の南樺太の歴史・概略が記述されている。

千徳太郎治の思想・信条

この本は基本的には民俗誌・地誌の範疇に入る著作であって、いわゆる「文学」とはその性格を異にするものに見えるが、著者千徳太郎治のアイヌ民族としての精神が全く表れていないものではない。たとえばその「序文」には次のような千徳の思想が述べられている。

世は文明を越えんとして進々文明に向はんとする新世界となり、此の新世界幾多の先進後進の列國は知に富に相競ふて自國の領土を拡張せんとしつゝある。此の大小列國に属する小國又は一小島には土人が住んで居る。其國々に依りて土人の言語風俗又一様ならずと雖も我がアイヌは露政當時も自己が古風を守り少しも露風の馴化を受けざるものなり。
然して世界に於ける土人中我アイヌ族は尤も僅少なり、又古來アイヌ人の住めるは北海道千島及び樺太とす、人口僅か二萬人（最近の調査）なり。〔略〕
時勢の進運に伴ひアイヌ民族も今や此の光輝ある大日本帝國の御聖恩に浴するの馴化を受け舊習を脱せんとしつゝある今日に於て本書を起稿し、永遠樺太アイヌの遺風を参考に供せんとす。

かつてのロシア領時代にはロシア語を学びポーランド人学者ピウスツキと交流した千徳であるが、南樺太が日本領となった一九〇五年から二四年の月日を経て、日本語で著された文章に日本統治下の現状を容認する表現があるのはやむをえない。「緒言」にも「明治の御聖代の恩恵に浴しつゝ、習得したる浅學を以て本書の起稿するを恥る」といったように日本を賛美し、自らを卑下するような文章もある。しかしながらそうした文章のなかにおいても、民族としての意識は失われておらず、樺太アイヌとして自らの文化を書き残すことでその存在を主張しようとする意志を行間から感じ取ることができる。

たとえば「永遠樺太アイヌの遺風を参考に供せんとす」という一節にはそのことが色濃く表れていると思う。北原次郎太〔北海道大学アイヌ・先住民研究センター准教授〕が「これは、千徳が同化を受容していたことを表すものではなく、日本語で表現するという条件下で、読者を多分に意識した結果と考えるべきである。そのことは、〔略〕ピウスツキへの手紙が、一様に親ロシア的に書かれていることからも推測できる」〔「樺太アイヌの歴史」『樺太アイヌ民族誌――工芸に見る技と匠』アイヌ文化振興・研究推進機構、二〇〇四年〕と述べている通りである。

なお、この千徳のピウスツキ宛書簡は序章三節の〔註4〕で紹介したキリル文字で書かれたアイヌ語の手紙であるが、参考までに日本を批判している部分を引いてみる。

我々は今は本当によくない暮らしをしています。以前はロシア人がいて少しは良い暮らしができました。けれども今は本当に、(日本人のせいで)よくない暮らしをしています。日本人の役人は、ただアイヌ人に日本人の文化・生活習慣をさせたがっていますが、アイヌ人たちは今すぐに了解するのを断りました。〔一九〇六年八月一一日付書簡。荻原眞子・丹菊逸治「〈資料〉千徳太郎治のピウスツキ宛書簡――「ニシパ」へのキリル文字の手紙」より〕

日本領となり、日本人の進出で漁場を狭められ、ピウスツキを通じてロシア皇帝に対し新たな漁場の提供を求めているもので、日露両国間で翻弄される樺太アイヌの人の状況がよく表れている。

四節　『樺太アイヌ叢話』の謎

発行所と書名の謎

この『樺太アイヌ叢話』という本にはいくつかの謎がある。

まず第一に、千徳と発行所である市光堂市川商店との関係である。市光堂は東京市外大井町三つ又本通り四一四〇番地〔現東京都品川区大井四丁目付近〕にあった会社であるが、千徳がどういう経緯でここから刊行したのかが不明である。当時の山辺安之助や後に述べる武隈徳三郎、知里幸惠らが著作を刊行する際には、その背後に有力な和人の協力者がいて、その伝手を通じて出版が実現するのが普通であった。しかし千徳の場合はそのような和人の協力者の影が見えず、千徳と市光堂を結ぶものが見えてこない。また、この市光堂という発行所〔出版社？〕についても情報がほとんどない。筆者は国立国会図書館のデータベースで出版社名から検索したが、「市光堂」「市川商店」のいずれもこの『樺太アイヌ叢話』以外には検索結果が得られなかった。

第二の謎は、『樺太アイヌ叢話』の正式な書名『樺太アイヌ叢話　全』にある「全」の意味である。「全」と名乗る以上、この本の発行以前に分冊の形で刊行された形跡がなければおかしい。あるいは樺太の地域新聞などに連載されていたものを一冊にまとめたというようなことだろうか。想像力を働かせて調べてみたが現時点で何の情報もつかめていない。

さらにこの本は千徳自身による「緒言」「序文」を設けていながら、最後には結びの言葉や「あとがき」がなく、いきなり「五九、明治三十八年七月の頃日本の軍艦二隻東海岸に廻航し相濱を砲撃す」という項目の記述をもって唐突に終わっている。「緒言」「序文」を設けた以上、擱筆にあたっては「結語」や「あとがき」に相当する文章で全体の構成を整えるのが普通かと思うが、この本はあたかも執筆途中で出版されてしまったかのような印象である。金田一の言う千徳の「頓死」と何か関係があるのだろうか。

千徳による「アイヌ語の辞典」の謎

次に『樺太アイヌ叢話』に対する評価に移ろう。現時点で読める『樺太アイヌ叢話』についての記述は、金田一京助の随筆「樺太便り」が唯一のものである。ここには千徳が書いたというアイヌ語辞典についても興味深いことが記載されている。

> 内淵の千徳太郎治は、アイヌ語の辞典を著わして頓死いたしました。この八月に。〔略〕この辞書は、少しも私が存ぜずにおりましたが、〔略〕十月に出るということですが、その前に、この八月十日に『樺太アイヌ叢話』という七十銭ほどのが同じところから出ました。
>
> 〔金田一京助『ユーカラの人びと』、四〇〜四一頁〕

金田一によれば、千徳は『樺太アイヌ叢話』に続いて「アイヌ語の辞典」の出版を予定していたが、金田一もそのことを知らなかったようである。この随筆の最後で金田一は千徳を次のように評価している。

ロシア語、ロシア文にも通じたアイヌ中の学者で、〔略〕日本語、日本文にも長じていましたから、本当に自力で著書をしていたので、とにもかくにも、その辞典こそは括目に値するものでございます。〔同書、四一頁〕

不思議なことは、金田一が書いているように千徳の「アイヌ語の辞典」は書き上がっていたはずなのに、その後ついに出版されることがなかったことである。それは千徳の「頓死」によるものなのか。いずれにしても、金田一も注目した千徳の辞典が遺稿として出版されることもなく、全く世に出なかったことは不思議であり、同時に残念なことである。それにしても金田一は千徳の辞典の情報をどこから得たのだろうか。「樺太便り」は「柳田國男氏宛私信」として東京朝日新聞、東京日日新聞に掲載されたものらしく、一九二九年の発表である。ただし何月に書かれたかは不明である。「この八月十日に『樺太アイヌ叢話』という七十銭ほどのが同じところから出ました」との記述から『樺太アイヌ叢話』が発行された後に書かれたものであることが推察されるだけである。ただ、千徳が金田一のインフォーマントであったことはなかったと思われ、両者の交遊記録もとくに残っていない。しかし金田一が何らかの手段を使って千徳の動向について情報を得ていたことは間違いない。当時、金田一とは別に樺太アイヌの研究をしていた石田収蔵〔一八七九〜一九四〇〕や鳥居龍造〔一八七〇〜一九五三〕あたりからの情報であったのかもしれない。いずれにしても「アイヌ語の辞典」の原稿が存在したとすれば、現存しているのかを含めとても気になるところである。

当時の樺太アイヌの人々の意識

先に述べたように『樺太アイヌ叢話』はいわゆる樺太民俗誌・地誌の範疇に入り、一般的な文学書とは性格を異にするものであるが、樺太アイヌの人自らが著した民俗誌として貴重であり、この時代の樺太アイヌの人々の精神も反映されている。『あいぬ物語』の山辺同様、同胞教育にかける熱意や樺太アイヌの歴史・文化・言語を紹介し後世に遺したいという強い思いがうかがわれる。日本への同化を肯定するかに見える表現もあるが、先に引用した論文のなかで北原次郎太は次のように述べている。

『樺太アイヌ叢話』には、樺太島が日本領となったことを「明治の御聖代の恩恵に浴し」、「大日本帝国の御聖代に浴す」と表現した部分が散見する。これは、千徳が同化を受容していたことを表すものではなく、日本語で表現するという条件下で、読者を多分に意識した結果と考えるべきである。〔略〕千徳には、そのような制約を受けながらも、樺太アイヌの存在を世に示し、一国民としての対等な立場を主張したいという意図があったのではないだろうか。〔略〕この時期の樺太アイヌには、社会的地位の向上を意図したと思われる行動がいくつか見られる。

〔「樺太アイヌの歴史」、一〇八頁〕

北原の指摘には筆者も同感である。当時のアイヌの人たちが用いた「同化」という言葉の意味は、民族意識を捨て去り、和人の文化・習俗・言葉を無条件に受け入れ、心身ともに和人化するという意味ではなく、和人と同じ日本国民としての「対等化」であり、差別を受けない平等な立場に立つことの意味に捉えていたと考えるのが妥当である。千徳がこのような言葉で語るにいたった歴史的事実を直視し、その深層にまで立ち入って理解しようとする姿勢が現代の読者には求められる。

樺太・北千島の人々の沈黙

千徳太郎治が『樺太アイヌ叢話』を出して以後、樺太アイヌの人たちよる出版・言論活動は筆者の知る限り行なわれていない。それは強制移住という同様の運命を辿った北千島アイヌの人についても同様である。北千島で主に漁労に従事していたアイヌの人たち九三名は、一八八四年に色丹《しこたん》島に強制移住させられた。その後の彼らの境遇について、村崎恭子は「千島アイヌ語絶滅の報告」（『民族学研究』第二七巻第四号、一九六三年）において、「千島アイヌの純粋な血をひいていると思われる」数名を訪れ言葉の調査を試みたが時すでに遅く、不成功に終わり、「千島アイヌ語は殆ど絶滅してしまった」と結論付けた。村崎の報告のなかで印象深いのは、最後まで「コトバなんかナンも知らない」と協力を拒否した女性のエピソードであった（川上淳「〈解説〉北千島アイヌと色丹島の歴史」および長見義三『色丹島記』新宿書房、一九九八年を参照）。北千島アイヌの人たちは、占守《しゅむしゅ》島から色丹島へ、そして第二次世界大戦後はソ連による色丹島占領によって北海道へ送還、という二回の強制移住を体験させられた。周辺大国の都合によるこの理不尽な強制に対して、最後まで何も話そうとしなかったのは、千島アイヌの人々の抵抗精神の表れだったのではないだろうか。

千徳太郎治略年譜

一八七二年　樺太内淵《ないぶち》に生まれる
一八七五年　北海道対雁へ強制移住
一八九五年　樺太内淵に帰還
一九〇一～〇三年　ピウスツキからロシア語を学びつつアイヌ児童への教育開始
一九〇六年　ピウスツキへキリル文字によるアイヌ語の手紙
一九〇七年　内淵で渡船業
一九一二年　内淵土人教育所
一九一九年　樺太土人教育所教員講習会に内淵教育所教員として参加
一九二九年　『樺太アイヌ叢話　全』出版、同年八月死去

第4章

武隈徳三郎の『アイヌ物語』とその周辺

一節　武隈徳三郎の『アイヌ物語』の出版経緯

バチェラーが「嚆矢」とした著述

第2章と第3章では近代における樺太アイヌの人たちの著述を見てきたが、この章からは北海道アイヌの人たちによる文学・論考を取り上げていきたい。その筆頭に挙げられるのは武隈徳三郎《たけくまとくさぶろう》である。

武隈徳三郎は一九一八年〔大正七年〕に刊行された『アイヌ物語』〔富貴堂書房〕で知られる。『アイヌ物語』は、その序文を書いたジョン・バチェラーの言葉から「アイヌ人著述の嚆矢」とされ、著者武隈徳三郎の名とともに近代アイヌ民族の歴史にその名を残している。ただ、アイヌの人の著述の「嚆矢」としては、第1章で述べた金成太郎の意見書や第2章で述べた山辺安之助による『あいぬ物語』〔一九一三年〕がすでにある。バチェラーはそれらを知ったうえで、アイヌの人自らが執筆、刊行した著作として武隈の『アイヌ物語』を「嚆矢」〔the first native Ainu known to have written any book about this, his own race〕としたのであろう。

武隈は執筆当時、井目戸《いもっぺ》尋常小学校〔現・むかわ町立宮戸小学校〕の訓導兼校長であった。井目戸尋常小学校は北海道旧土人保護法に基づいて設立されたアイヌ学校である。近代アイヌ民族史ではこの書物が世に出た後、一九二三年には知里幸恵の『アイヌ神謡集』が刊行され、以後、違星北斗、バチェラー八重子、森竹竹市らが現れてくる。ところが「嚆矢」となった著書をものした武隈の名が消え去るのは早く、『アイヌ物語』刊行後にその名を見ることはできない。アイヌ史の概説書の多くが、武隈徳三郎が『アイヌ物語』を著した事実の説明にとどまっている。高名なジョン・バチェラーや河野常吉の序文を得て彗星の如く登場した武隈がなぜその後の歴史に名前を刻んでいないのか。この章で筆者は『アイヌ物語』の意義とともにその疑問に可能な限り答えていきたいと思う。

武隈と河野常吉との関係

武隈徳三郎が『アイヌ物語』を刊行するまでの経歴は、同書を校訂した河野常吉の「アイヌ物語を讀みて所感と希望とを陳ぶ」で紹介されている。

氏は十勝国河東郡音更《おとふけ》村のアイヌにして小学校に学びたる後、帯広准教員講習所に入り、尋で北海道教育会教員養成所に入り、所定の科目を修了して、大正三年尋常小学校本科正教員の免許を得たり。尋で郷里音更尋常小学校訓導と為り、数月にして退職せしが、大正五年胆振国勇払郡鵡川村井目戸旧土人学校に奉職し、以て今日に至れり。年齢二十三。〔旧仮名遣いを現代仮名遣いに変換〕

武隈に関する評伝は筆者の知る限り存在していないが、その生涯をある程度記述したものとしては『近代日本社会運動史人物大事典』〔日外アソシエーツ、一九九七年〕の「武隈徳三郎」の項〔松本尚志執筆〕と小川正人「「北海道旧土人保護法」「旧土人児童教育規程」下のアイヌ教員――江賀寅三と武隈徳三郎を中心に」〔「北海道立アイヌ民族文化研究センター研究紀要」第二号、一九九六年〕、そして帯広市図書館編集『吉田巖資料集』一六〔帯広叢書第五〇巻〕の解説〔七一〜七二頁〕がある。これらの文献によれば、武隈は一八九六年八月三日に帯広伏古《ふしこ》に生まれている。父は武隈熊次郎、母はカツ〔旧姓・宮島〕である。武隈は第二伏古尋常小学校を一九一〇年に卒業し、帯広准教員講習所で准教員、尋常小学校本科正教員養成常設講習会で本科正教員の資格を得て、中川郡高島尋常小学校の准訓導を皮切りに、音更尋常小学校、井目戸尋常小学校で訓導兼校長を務めた。

武隈が教職を志した契機としては、第二伏古尋常小学校の初代校長三野経太郎の嘱望を得たことによると『吉田巖資料集』には記載されている。また、『アイヌ物語』刊行の経緯について、武隈の直筆署名入りの二月一六日付書簡〔札幌・富貴堂書房の中村信以宛〕の写真が載っているので左に全文を紹介する。なお原文は毛筆の草書体である。

拝啓　時節柄益々御繁栄の趣き奉賀候　扨て小生は元来土人に生れ土人教育を志し大正三年以来之に従事致し居り候　世上土人に関する著書出版致され候もの種々有之候へども土人の実況を穿ちたるもの少く誠に遺憾に存候に付拙文を顧みず「アイヌ物語」と題し聊か著述いたし度既に起草中に有之候　尤も物語のみならず土人教育の状態其の他土人研究者の多少参考と相成る事をも記する心得に御座候　土人は今尚憐むべき境遇に有之候　之が救済には世上有志諸賢の御同情と御助力とを仰ぐの外無之と存候　拙著は小形の本にて約百頁内外写真等も多少挿入すべき予定に御座候　右に付出版販売等御店に御依頼致し度幸に御承諾下され候はば詳細御協議いたすべく候　先は右御伺

申上げ候　草々

二月十六日　武隈徳三郎

中村信以殿

この書状からは、武隈が著作の出版を札幌の富貴堂書房の中村に自ら持ちかけたように読めるが、当時無名の小学校教員の原稿がいきなり道内有数の出版社に持ち込まれ刊行されたとは考えにくい。筆者はこの本に序文を寄せた二人〔ジョン・バチェラーと河野常吉〕、なかでも河野常吉から出版社に対して何らかの働きかけがあったのではないかと推測し、とくに武隈と河野との関係に注目している。

開道五〇年記念博覧会を機に？

河野は息子広道、孫の本道と三代続くアイヌ研究者であり、その履歴は石村義典『評伝河野常吉』〔北海道出版企画センター、一九九八年〕に詳しい。同書年譜によれば、河野は一八六一年の生まれで、本州各地の気象台・測候所勤務の後、一八九四年に渡道、北海道庁に勤務した。『アイヌ物語』の序文で河野は「予は先に武隈氏と面識ありて、既にその履歴を知れり」と述べているように、刊行時、両者の間には往来があった。河野は一九一五年四月から北海道史編纂主任を務めており、武隈と知り合ったのはおそらくその時期だと思われる。

二人の交遊がわかる最初の資料は、一九一五年一一月二三日付の河野による武隈〔当時音更尋常小学校長〕からの聴取メモと一九一六年一月四日付の武隈から河野へ宛てた書簡〔いずれも『アイヌ史資料集』第二期第七巻、北海道出版企画センター、一九八四年に所載〕である。いずれもアイヌの生活実態や風俗に関する内容が書かれている。河野の影響を受けてのことか、武隈はアイヌ民族に関して人類学や民俗学の見地から研究することに関心を持ったようで、後に河野が主催する北海道人類学会へ乙賛助会員として参加している。

武隈にとって河野の知己を得ていたことはさまざまな面で役に立った。たとえば武隈が「世の悪徳者のため」音更尋常小学校の職を失った際には、河野に斡旋を求める手紙を出しており、その成果かどうかはわからないが後に井目戸尋常小学校への転任が実現している。その後河野は、一九一九年三月から吉田巖とともに財団法人啓明会からアイヌ調査事業の助成を受けてアイヌ研究を開始するが、河野にとってもアイヌ民族のインフォーマント〔情報提供者〕としての武隈への期待があったものと考えられる。

その後も両者の関係は続いた。一九一九年九月に河野が啓明会へ提出した「第一期アイヌ調査事業報告」には、当時井目戸尋常小学校にいた武隈他に調査を委嘱し資料を蒐集した旨の記載が見られる。武隈のほうも『北海道人類学会雑誌』の第一号に短文「不條理の理髪屋」を寄稿している。ところがそれ以後は武隈と河野の交流記録は見つかっていない。

武隈が札幌の富貴堂書房から『アイヌ物語』を出版した一九一八年〔大正七年〕は、開道五〇年記念として北海道博覧会が八月一日から開催されていた。小川正人・山田伸一編集の『アイヌ民族近代の記録』の「解題」に『アイヌ物語』について次のような記述がある。「発行当時の新聞広告を見ると、同年夏に札幌などで開催された「開道五十年記念博覧会」に合わせた「記念」「土産」としての売り込みや、「アイヌ人」の著であることを強調した宣伝が目につく」。河野は道庁のアイヌ政策、とくに同化政策の成果について官側を代弁する立場にあり、その成功例として武隈徳三郎の存在を広く世に知らしめることは、河野にとって大きなメリットがあったと言える。河野が知り合ったアイヌの人のなかで最も才能があったと思われる武隈に、開道五〇年記念博覧会を機に著作を勧めた可能性は考えられないだろうか。

バチェラー、吉田巌との関係

序文を寄せたもう一人、英国人宣教師ジョン・バチェラーについても武隈との関係を見ておこう。ジョン・バチェラーは第1章でもふれた通り、現在では功罪ともに語られる人物であるが、『アイヌ物語』刊行当時六五歳のバチェラーの名声は全国に鳴り響いていた。バチェラーは『アイヌ物語』の序文で著者武隈を「My Friend」〔同書邦訳では「知友」〕と記述しているように、武隈とは序文の日付である一九一八年六月一日以前からの知り合いであったことがわかる。仁多見巌訳編『ジョン・バチェラーの手紙』には、吉田巌の「心の碑」に、バチェラーが一九〇八年一一月一七日と一九一二年九月二六日の二回、第二伏古尋常小学校を訪問したことが同校の来館記録にあると書かれている。しかし筆者の調査では、その頃バチェラーと武隈が会ったという記述は見つけ出すことができなかった。なお、武隈とバチェラーおよびキリスト教との接点については後節で述べることとしたい。

武隈と最も親しかった人物としてその吉田巌との関係についてもふれておく必要がある。

吉田巌〔一八八二〜一九六三〕は、一九一六年に第二伏古尋常小学校〔後に北海道庁立日新尋常小学校〕の校長として着任以来、一九三一年八月の同校閉校までその職にあった。福島県宇多郡中村に生まれた吉田は、後世アイヌ研究者として著名な存在となるが、三五歳で第二伏古尋常小学校に着任するまでは、本州を含めた各地の小学校で代用教員や准訓導などを務めた。アイヌ教育に関しては、音更尋常小学校、虻田学園などでの職歴がある。『日新随筆――東北海道アイヌ古事風土記資料』〔帯広市社会教育叢書、一九五六年〕によれば、武隈徳三郎との出会いは、一九一三年九月一四日に吉田が第二伏古尋常小学校を訪問したときが最初であった。このとき武隈は一七歳で、吉田を自ら伏古コタン〔「コタン」はアイヌ民族の「集落」を指す〕に案内している。吉田は若い武隈を当時、第二伏古尋常小学校校長三野経太郎の「教弟」と表現している。高島尋常小学校の准訓導を経て尋常小学校本科正教員養成常設講習会に入学する直前の時期であった。吉田と武隈は年齢差が一四年とひと回り以上離れており、教員としてはアイヌ民族教育の先輩であり、また母校の校長でもあって、武隈にとって吉田は兄事する存在となっていたことであろう。

吉田巖と武隈の信頼と確執

一方で、吉田は武隈に対する別な側面も見せている。帯広市図書館が刊行する帯広叢書に収録されている吉田巖の日記には、アイヌ学校教員としての苦労とともに次のようなことも書かれている。「自分もアイヌを教員にすることはまちがってある。あやまられたる生涯はつまり江賀なり、武隈なりの身上である。事の軽重大小から見て、江賀を教育界に働かせるはどういふものか、考へものである」〔一九一七年一一月八日の日記〕。武隈徳三郎、江賀寅三といったアイヌ教員に対する吉田の本音を物語る記述である。

後に武隈は井目戸小学校の廃止により教職を失い、室蘭管内から浦河管内への転任希望とその斡旋を要望する書簡を吉田に出しているが、これに対する吉田の回答〔一九一九年五月二〇日の日記〕は「両支庁管下は、小生嘗て奉職致候へども、今や年を経たる事、関係者等にて殆知己なく、随って他管内に奉職の身には、何等御便宜を与ふる位置にもあらざるを遺憾に存候。要は貴殿の熟慮と、決断とに信頼せらるるを至当なりと存申候。「飛ぶ鳥はあとを濁さず」と俚諺にも有之候」と実に素気ないものである。

このように武隈と吉田の関係は微妙であった。とくにアイヌ教育についての考え方には、根源的な部分での両者の食い違いは明白であった。たとえば一九一七年の一〇月一〇日の日記に吉田は、「旧土人教育卑見」として、「旧土人は満三才より十年まで、全然寄宿制度の感化院的学校教育の下に、家庭と隔離教養し、軍隊的監獄的主義による取扱をなすこと。但監獄的の意義は善義に解釈すべきものとす」と記載している。当時の吉田のアイヌ教育についてのおおよその考え方は伝わってこよう。アイヌ民族子弟の日本への同化と教育水準の向上を急ぐために徹底的な隔離教育を指向していたのである。

これに対し武隈は、『アイヌ物語』の「第四章　アイヌの教育」に書いている通り、同族に精神的な覚醒を求めつつも、一九一七年四月から施行された旧土人児童教育規程における差別的教育を批判し、かつ『小学読本巻十』「第二二課　あいぬの風俗」の撤廃ないし差し替えを要求している。江賀寅三にいたっては旧土人児童教育規程そのものの廃止を求め、和人と平等の学校教育とすることを主張し続けていた。アイヌ教育の方針については、当時の吉田と武隈・江賀は明らかに違っていた。

吉田からすれば、そのような考えを持つアイヌ教育者はふさわしくないと思えたのであろう。吉田は教育に関しては中立性と専門性を維持しようとしていた。そのためキリスト教など宗教の教育への関与を好まず、ある意味プロフェッショナルな教員であった。吉田日記に垣間見える武隈に対する吉田の距離感は、そのようなところにも原因があるのではないかと思われる。

さらにいえば、武隈は伏古生まれの同族として母校の教壇に立ちたかったというのが本音であったろうし、そこに吉田のようなアイヌ教育の経験豊富な先輩が赴任したことを目の当たりにすれば、やはり心中穏やかならざるものがあったのではないだろうか。一方、吉田にしても、自らの教育理念に基づく学校運営において、地元出身のアイヌ教師は、過剰に意識される存在だったであろう。後に武隈の『アイヌ物語』が出版された際、その新聞広告を見た日の日記、同書を購入した日の日記には肝心の感想や感慨を吉田は何も書いていない。

それでも吉田は武隈とその家族をよく支援した。一九一九年四月から九月にかけて、多忙にもかかわらず、武隈の妻タケが准教員資格を得るための勉強を見ており、武隈の父熊次郎にもコタン巡回の折に何かにつけ心配りをしている。後に武隈が二人の子供を連れて伏古に戻ってきた際〔一九三〇年一二月〕にも子供の転入手続きなど、多くの相談を受けていた。

このように吉田と武隈の関係は微妙であった。そうした微妙な関係が何らかのきっかけで確執へと変わり武隈の転落につながっていったのかどうか、今となっては知る術はない。

二節　『アイヌ物語』の内容と意義

「アイヌの教育」を主軸にした内容

次に『アイヌ物語』の内容と近現代アイヌ文学史における意義を整理しておきたい。まずは目次に沿ってその内容（頁数）を見てみよう。

アイヌ種族　（一五頁）
アイヌの風俗習慣　（二〇頁、写真・挿絵四頁含む）
アイヌの宗教　（八頁）
アイヌの教育　（二一頁、写真一頁含む）
アイヌの工藝　（四頁）

頁数の配分を見ても、この本は「アイヌの教育」の章に力がそそがれていることがわかる。武隈が『アイヌ物語』を執筆した一九一八年は「第二次旧土人児童教育規程」が施行された直後であり、この政策に対する現場教員としての見解が「アイヌの教育」では述べられている。『アイヌ物語』刊行の背景に「開道五〇年記念博覧会」があったことは前節で紹介したが、武隈からすれば旧土人児童教育規程に対する意見の開陳こそが執筆の大きな動機だったことが推察される。

アイヌ民族に対する教育政策は北海道旧土人保護法第九条によって進められ、全道に二五校のアイヌ学校が設置された。教育内容については旧土人児童教育規程が定められ、一九一六年にはその改正（第二次旧土人児童教育規程）が行なわれた。これによりアイヌ子弟の就学年齢は七歳に引き上げられ、修業年限も六年から四年に短縮された。教科目についても変更が行なわれた。地理・歴史・理科が除外され、修身・国語・算術・体操・実業の五教科に削減された。武隈が『アイヌ物語』刊行で訴えたかった最大のテーマはまさにこのアイヌ教育のあり方であった。具体的に言えば、旧土人児童教育規程の改正に対する批判と『小学読本巻十』における「第二十二課　あいぬの風俗」の削除である。『アイヌ物語』のなかの「アイヌの教育」の章に書かれた武隈の主張を見てみよう。

右改正の趣旨を承はるに、アイヌの現状に適合し、其の生活を安定ならしむる為めに出でたるものにして、教科目は實生活に密接なるものを授け、修業年限は之れを短縮し、卒業を早からしめて、家の手助を為し、他日實業家たらしむるを目的とせしに外ならずと云ふ。其の實際に適合するや否やは、之れを措き筆者はアイヌの子弟が和人と同様の教育を受くること能はざるを思ひて轉た悲しみに堪へざるなり。

特別教育規定に依り、入學々齢満六歳を満七歳に、修業年限六ヶ年を四學年に改められしは先きに述べし如く、旧土人生活状態を斟酌せしものならんも、児童教育を完全ならしむる上に於て遺憾に堪へず。〔略〕土人をして、向上發展せしめんと欲せば、現在の生活を改善すると共に、其の子弟の學齢並に修業年限を旧に復する必要あるべし。

和人土人の児童をして、相互に了解会得して同情の念を起さしむべし。小学読本巻十「第二十二課あいぬの風俗」は、之れを省きて、更に適当なるものを加へられんことを望む。

差別に対する指弾

このように武隈は、日本政府主導の教育体制下にあって、アイヌ民族教育に関する私見を『アイヌ物語』の刊行によって公にした。公立学校の教員が皇民化教育を行なう政府の方針に敢然と反対意見を公表したのである。異例のことと言ってよい。当時の武隈は気力充実しており、同じアイヌ教員であった江賀寅三が平取尋常小学校で遭遇した和人児童との混合教育をめぐる問題に対しても、同族教員として正論を憚ることなく主張した〔帯広市図書館所蔵、一九一七年一一月五、六日付の吉田巖宛書簡〕。そのときのことを書いた吉田巖宛の手紙を見てみよう。

去る二十八日午前、バチラー博士来訪され、平取土人学校江賀先生の一身上の御話承り候。即ち平取村和人は、江賀先生は土人なる故（校舎一つの関係上ならん）平取を去られ度しとの意見にて、支庁長巡視の折り陳述し事容易ならぬ事にて御座候。不肖私は「アイヌだから」との事は私等同族の大問題と信じ、十一月三日（土曜）平取に参り江賀先生に会ひ、其他藤原先生、高橋牧師（聖公会）に面会、事の顛末を細に承り候。其の排斥の理由は、平取校学務委員二人共は矢張り「アイヌだから」との意見に結着致すらしく候。〔略〕何卒江賀先生河西支庁に転ずるの方法を講ぜられ度く伏して御願申上候。尚ほ江賀先生は当方に於て何等失敗の点無く和人教員以上との事、之れを承り益々私等種族の敗残者たる事実に悲しく感ぜられ候。〔一一月五日付〕

尚ほ（此頃）巡郡当時の那須支庁長の意見と言はるる意見を藤原先生より承り候間一寸付記申上候。即ち「土人はお役人乃至教員志望する半生者。出来る場合は大変なり。土人は皆農業を以て足れり。故に江賀先生は如何せんか。若し他管内に転ずる場合は便宜を計らふべしと」之れ果して支庁長の所見なりや。又は官庁としての意見かは甚だしく疑はしく候。〔略〕若し之れ政府の方針とすれば黙止難き事と存じ候。何れにしても火の手□らぬ内に江賀先生転任の事を願度く、若し失職等の如き事ありては私達土人教育の大問題に御座候。

〔一一月六日付、□は原文のママ〕

アイヌ民族差別に対する武隈の指弾である。しかしこうした激しい武隈の批判に対して、吉田の反応は前節で見た一一月八日の日記の通りであった。和人教員のアイヌ教員に対する拒否感の根強さが垣間見えるエピソードだと言える。

このような姿勢が災いしたのか、武隈は『アイヌ物語』刊行の翌年、勤務していた井目戸尋常小学校の廃止によって教員としての職を失い、希望していた道内での転任もかなわなかった。

アイヌ学校は一九一九年以降、移管・統合により順次削減され、一九四〇年までに全廃された。小川正人は「周囲の議論におけるアイヌ教員の位置づけは、もっぱらアイヌ学校での勤務を想定しており、しかもアイヌ学校の特設制度は為政者にあっても早晩廃止するプログラムであった。〔略〕そして他方で、「近代アイヌ教育制度」廃止後には、アイヌ教育そのものへのアイヌ教員の意欲を引き継ぐ回路を、為政者はアイヌ教育の中には用意することがなかったのである」と述べている〔註1〕。この間、武隈・江賀を含めて資料に残っているアイヌ民族出身の教員は、累計で八名に及ぶが、概して在任期間は短かった。その原因を小川は「アイヌ教育が置かれていた袋小路状態が色濃く反映している」と分析している。

「同化」についての捉え方

次に武隈の「同化」についての考え方を見ておこう。『アイヌ物語』から引用する。

現今のアイヌは日本帝国の臣民たることを自覚せり。其の進歩せる者に至りては、君に忠を致し国に恩を報いんとの精神は溢る、ばかりにして、敢て和人に引けをとるが如きこと無きは、爰に断言して憚からざる所なり。況して和人との接触に慣れ、周囲の事情に漸く打ち勝つことを得つ、ある折柄、決して和人と離隔する要を認めず。否、土人をして和人に同化し、立派なる日本国民たらしむるこそ、アイヌの本懐なれ。又国家より見るも、之れが至当のことならん。或る一部の学者・識者は、アイヌ種族の亡ぶることを憂ひらると雖も、「アイヌ」は決して滅亡せず。縦令其の容貌風習に於て漸次旧態を失ふべきも、「アイヌ」の血液の量は必ず減少せず。故に予は「今後アイヌ」種族は滅亡するが如きことは無くして、大和人種に同化すべきものなりとの信念を有せり。

一読すると武隈の同化への賛同と民族不滅の信念は矛盾するように思える。しかしここで武隈が書いた「同化」の意味は、和人との対等化の意味であって、アイヌ民族の滅亡を容認するものではないと読むべきであろう。そうした「同化」の捉え方は以後、武隈以外のアイヌの人の著述にも頻繁に表れてくるもので、武隈が『アイヌ物語』で展開した思想は、今日の多文化共生論の萌芽とも見ることができる。武隈の言う「同化」とは、「容貌風習」における「旧態」からの変化ではあっても、「民族」としてのアイデンティティを失うことを意味してはいないのである。また、日本国民になることは、アイヌ民族であることの意識を捨てることを意味してもいない。

たとえば『アイヌ物語』の第二章「アイヌの風俗習慣」で、「文身《いれずみ》」について、「世界の各人種は容貌の異るが如く、其の趣味も亦一様ならず。西洋婦人の胴を細くし、日本婦人の「おはぐろ」を塗るが如く、アイヌ婦人も文身によりて始めて女らしく見えしため、斯くは習慣と為りて行はれ来りしものならん」と述べている。各民族の習慣を相対化し尊重することで絶対的な価値観を否定している。ここに武隈の思想の独自性、先見性を見ることができる。高倉新一郎〔一九〇二～一九九〇、農業経済学者、北海道大学名誉教授〕は一九三八年に発表した「北海道に於けるアイヌ研究家」で、「アイヌ自身の研究家は未ださう多く出て居ない。「アイヌ物語」――是もアイヌ人の手になつたとしたら餘りに獨創のないものだつた」〔註2〕と断じているが、今日の視点から見れば、むしろ高倉が武隈の「獨創」を読み取ることができなかったことを露呈した一文になってしまっている。なお、「同化」は近現代アイヌ文学の最大のテーマである。この点については最終章で包括的に取り上げることとしたい。

宗教についての捉え方

次に宗教に対する武隈の考え方を端的に示しているのが『アイヌ物語』第三章のなかの「二一、現今のアイヌと他の宗教」の一節である。

近年アイヌにして「キリスト」教又は佛教に入るもの少なからず。之れが為め、酒を暴飲することを戒め、或は粗暴なる性質を矯むる等種々の裨益を得たり。是れ全く傳道師等が、多額の費用を惜しまず、熱心に布教せられたる結果にして誠に感謝せざるを得ず。然れども其の信徒の中には往々真に帰依するにあらずして、唯世渡りの為め、外見を飾るべき一つの手段として帰依する者あり。其の證としては次の如き實例を目撃することあり。即ち「キリスト」教徒又は佛教徒にありつゝ、病人發生の場合等には在来の神に祈願し、「ツスクル」（易者）に依頼せり。又葬儀は先ず在来の習慣を以て之れを行ひ、然る後アイヌの長をして、神に、『現今はシーシャムプリ（和人の風習）にせざる可らざる時なれば、茲に形式的にのみ何教の儀式を行ふべし。乞う諸の神様之れを諒せられんことを』と断らしめ、茲に始めて他教に則れる式を行ふなり。

謹みて考ふるに、教育を受けしアイヌは、漸次高尚なる宗教に移り得べしと雖も然らざるものは、殆んど絶對に旧来の宗教を棄つること能はざるべし、されば此れ等に對しては、成るべく在来の宗教を改良して、現今の文明に適應する様にし、以て宗教の弊害を防ぐこと肝要ならんと雖も、此の改良も亦一大難事たること明かなり。

ここで武隈は、外来宗教による飲酒癖矯正の効果を評価する一方で、外来宗教への表面的な帰依の実態を暴露している。また、教育を受けたアイヌは高尚な外来宗教を受け入れるが、そうでないものは旧来の宗教を棄てるのは難しい、旧来宗教の改良も同様であるとしている。外来宗教とは「高尚」なものであり、「高尚」であるがゆえに教育が必要なのだということを言外に訴えているところに、アイヌ教育者である武隈の宗教に対する考え方の特徴がある。

しかしながら武隈の宗教に関する言説は、いわば同族の昨今の宗教事情を述べているにすぎず、彼自身の根源的な宗教観や信仰について述べているわけではない。小川正人は前掲論文で「彼がここで言う

「高尚な宗教」とは近代社会におけるキリスト教や仏教のことであろう。これに「旧来の宗教」を対置して考え、その根強さの理由を「彼等は理化学的の知識極めて乏しく且つ迷信の深きに因るなるべし」と述べ、そこに「宗教の弊害」をも認める論調は、明らかに伝統文化に距離を置くスタンスである」と的確な分析をしている。

武隈はなぜこのような短絡的な宗教観しか持ちえなかったのだろうか。それは武隈が近代教育の合理性を重視するあまり、宗教というものの本質を十分に検討していなかったからであろう。同族のなかでは数少ない教育者としての自負から、教育的かつ科学的立場を堅持した批評者に自らを位置付けていたように思える。武隈にとって外来宗教とは近代化の象徴であった。表面的な帰依にとどまる者とは近代化を受け入れない者を意味し、そうした同族の実態を暴露することで彼なりの危機感を訴えたのであろう。つまり武隈の考える「外来宗教」とは「先進文明」と同義であり、「同化」についても武隈は「近代化」とほとんど同義に考えていた。

結果、武隈は宗教のことを論じているようではあるが、実は民族の近代化・同化の実態について述べているのである。武隈はその思想(信仰)においても、また後に見るようにその行動においても、本質的・根源的な宗教観ないしは信仰を持っていなかったと言わざるをえない。

『アイヌ物語』は今日注目されることの少ない著作であるが、一九一八年という時期にあって、アイヌの人自らが自民族が置かれた立場について論じ、そのことを広く世に訴えた点において、また、宗教や教育論にも言及しながら政府のアイヌ教育政策を批判した点において他に類を見ない勇気ある書と位置付けられなければならない。その根底には時代を先んじる相対的な価値観の尊重、多文化共生につながる思想があり、その後のアイヌ民族による多くの言論を見るとき、同書はまさに近現代アイヌ文学史における「嚆矢」たるにふさわしいと言えよう。

〔註1〕小川正人「「北海道旧土人保護法」「旧土人児童教育規程」下のアイヌ教員――江賀寅三と武隈徳三郎を中心に」『北海道立アイヌ民族文化研究センター研究紀要』第二号、一九九六年。
〔註2〕『ドルメン』第二巻第八号、一九三八年。著者の高倉新一郎は当時北海道帝国大学農学部助教授。

三節　知られざる武隈の生涯の解明

武隈の足取りを辿って

武隈徳三郎の名前が、その唯一の著書『アイヌ物語』の刊行後――とくに翌年の井目戸尋常小学校廃止後――消え去ってしまったことはすでに述べた。その後の武隈の足跡を可能な限り辿ってみた結果を記しておきたい。なお記述にあたっては、吉田日記等の刊行物のほか、帯広市図書館、板橋区立郷土資料館、遠野市立博物館の協力をえて確認できた武隈の書簡等の一次資料を参考にした。

まず武隈徳三郎がいつまで教職にあったのかについて考えてみたい。

記録の上で武隈の最終勤務校は鵡川《むかわ》の北海道庁立井目戸《いもっぺ》尋常小学校である。ここが一九一九年〔大正八年〕四月に廃校となった後も、河野常吉宛書簡や吉田日記には武隈が同校にいたことが推測できる記述がある。また『汐見二区沿革史――大地は語り継ぐ』〔鵡川町汐見二区自治会、一九八七年〕は、井目戸校の廃校は「大きな誤りである」と述べ、それは「大正九年に十一名、大正十年も十名をうわまわる入校者があったことからも証明され、大正十年に入学した汐見二区在住の木下良一氏は、『私の入学したのは井目戸土人学校であった、みんなウタリの子どもたちばかりで先生もウタリの人であった』（先生というのは武隅《ママ》徳三郎氏と思われる）と話されている」との証言を記載している。一方、小川正人は『アイヌ民族近代の記録』の「解説」で、武隈が井目戸廃校後、新平賀尋常小学校に勤務していたとの教示を鍋沢強巳からえたと書いている〔六一〇頁〕。

教員退職後の関心

武隈は河野常吉が主催した北海道人類学会にも乙賛助会員として参加するなど、人類学、あるいは民俗学への関心を示していた。この時期の武隈の足跡を諸文献で辿るうちに、武隈が教員退職後も複数の和人学者と接触していたことがわかった。

まずは一九一九年八月一五日の吉田日記に武隈の名前を見ることができる。「遠藤博士帰京の見送人一行」のなかに武隈徳三郎がいた。「遠藤博士」とは東京帝国大学出身の文学博士で、後に巣鴨学園を創始した遠藤隆吉〔一八七四～一九四六〕のことである。当時四六歳ですでに私塾「巣園学舎」を設立していた。一一月一九日の吉田日記によると、遠藤は九月二七日に巣園学舎印刷所から発行した二〇頁の冊子〔冊子名不明〕に武隈との会見の模様を記している。それによれば、遠藤の帰京前日、武隈は遠藤を訪問し、自著『アイヌ物語』を贈呈した。遠藤は武隈を励まし、次のような話をした。

> 余君に謂て曰く。内地の人古来アイヌを以て蛮族となす。其の人を以て化す可からざる者となす。今来りて之を閲するに、文化君の如きあり。伏根君の如きあり。〔略〕希くは君率先して此情を去り、同く王化に潤はしめんことを。君其れ之れを勉めよ。余は断言す。アイヌの人は蛮民にあらず。然れども社会は即ち蛮域を脱せずと。君も亦首肯す。
>
> 〔吉田日記、一一月一九日〕

この記述によって会見での遠藤の善意は伝わるものの、「蛮族」「蛮民」「蛮域」と繰り返す遠藤の励ましに、武隈は果たしていかなる感情を抱いたであろうか。この後の二人の交遊は確認されていない。

佐々木喜善からの書簡と武隈の転職

また、この時期に武隈は、おそらく予想もしなかった人物から書簡を受けとった。それは柳田國男の『遠野物語』の話者として著名な佐々木喜善〔一八八六〜一九三三〕からであった。一九一九年八月、佐々木喜善は「ザシキワラシ」の調査に際して、吉田巖と武隈徳三郎宛に照会状を出していた。これに対して吉田は、アイヌには「アイヌカイセイ」というお化けがいることを返信している。武隈が返信したのかどうかはわからない。ただ、書簡を通じて武隈が佐々木と接点を持ったことは確かであり、このことがきっかけとなり二人の交流は後にさらなる発展を見ることとなる。

翌一九二〇年、武隈は二月二日から札幌駅の貨物掛に職を得た。下宿先は、同年一月三〇日付はがきから、札幌区北八条西四丁目の「片岡方」であることがわかる。さらに同年三月には住所を札幌の「バチェラー方」とした印刷はがきで転職したことを関係者に通知している。注目すべきは「ジョン・バチェラー方」という住所で、バチェラーとの交流がこの時期なお継続していたことがわかる。転職についてはがきには「小生儀宿年の希望を貫徹の一階梯として感ずるところ有之井目戸小学校奉職を辞し今般札幌鉄道管理局に就職致し候」と書かれているが、武隈があれほどこだわった教職を退き、なぜ全くの異業種へ転職したのか、その理由は定かではない。

次に吉田日記に武隈の記載があるのは一九二一年一月である。武隈はこの頃、札幌から帯広に戻っており、帯広駅に勤務していたと思われる。この二カ月後に、些事ながら事故が起こっている。三月一九、二〇日の吉田日記に次のような記載がある。


朝六時武隈徳三郎、昨夜午后十時より、駅より帰宅せんとて中村商店の西より途にまよひ、凍死せんとせしをあやうくしてここまでたどりつけりとてはひこむ。暖をとらしめ、且朝食を与へて休養せしむ。十時頃室谷母子来校。馬にのせて武隈を拉し去る。

〔吉田日記、三月一九日〕

室谷ウタに聞けば武隈、昨日退出后経過悪く、午后三時より出帯、十勝病院に入院した。足頚からもげなければよいがと医者にいはれたさうで、妻タケがないていたとのこと。さもあるべし。

〔吉田日記、三月二〇日〕

この事件について、堀内光一『軋めく人々アイヌ』〔新泉社、一九九三年〕には「吉田巖校長の日記（一九二一年三月十九日付）によると、武隈は前夜十時ごろ、帯広駅から帰宅の途中、どこの酒屋にたち寄ったものか、道に迷うほどに泥酔して一九日朝六時ごろ、すんでのことで凍死をまぬがれ吉田校長宅に這いこんで一命をとりとめた。校長は暖をとらせ、食事を与えてしばらく休ませているところに武隈の妻子が馬車でやってきて夫を連れていった」〔傍線・須田〕と書かれているが、吉田日記には武隈が酒屋に立ち寄り泥酔したとの記述はない。また連れ帰ったのも妻子ではなく、室谷母子である。

この後武隈は足首をもがれることもなく、翌四月、佐々木喜善に書簡を送っている。佐々木の四月一二日の日記〔『佐々木喜善全集Ⅳ』、遠野市立博物館、二〇〇三年〕には「アイヌ武隈徳三郎君ヨリ突然の来状アリ」と書かれている。その後も一〇月までに少なくとも四回の書簡のやりとりをしているが、四月二九日付武隈宛返信のなかに、「「ハッタラ」という語につき質問してやる」との記述がある。ハッタラとはアイヌ語で「淵」を意味し、十和田湖を創ったという八郎ないし八郎太郎の伝説との関係もあると言われている語であることから、佐々木の関心分野である東北地方の伝説とアイヌ語との関連を尋ねた書簡であったのだろう。これに対する武隈の回答は次の通りである。

次に兼ねて御照会の「ハッタラ」云うアイヌ語ハ仰せの通りアイヌ語にして「河渕」「深渕」の意なり。古老の土人に尋ね実地に該地を調べしに、全く相違なく（到る所にあり）ソープイラ（滝、落所）、エン（大）ハッタラ（深渕）なる語ハ日常使用せらるるものにして、右の内エンハ悪の意なるが、恐るるとも使用せられ、遂に大ともなる事にして古の意は察せらるるなり。又単にエンを省きソープイラ　ハッタラとも云ふべし。其の他河川の流れに岩などにさへぎられ、うづを巻く大渕をも其地のハッタラと称す。

現今の北海道にハッタラの地名は後志国岩内郡發足（ハッタラは原語なるも現今はハッタリとも称す）村に御座候。然して該地方ハ私が実地に調査せるものにも非らず只古老の土人の云ひ傳にして当地の如何なる所かハッタラがあるか私に於ては説明し能はざる所に御座候。故に実地を調査するか又ハ当發足村長に依頼して回答を俟つの外無之と存じ申候。尚ほハッタラが八郎又ハ八太郎と転化せるとの御説ハ更に知る由もなく学者諸先生の御高説と、アイヌ実地に使用しつつある言語と地名、河川名、山岳名等照合はせ何か程と考へらるる事に御座候。

□の次も何か私等に関し私に参考となるべき事を御教示を賜り度、右御願と御答まで申上候　謹言

大正十年六月二十四日　武隈徳三郎

〔□は判読不明、以下同じ〕

佐々木喜善様

この回答の内容が当時のアイヌ語学あるいはアイヌ地名の研究上どの程度のレベルであるのか判別しかねるが、語源につき古老に聴取し、実地を検分するなど、回答としては誠意ある内容であると思われる。また自らの知見の範囲を明確にして報告しており、調査研究に向き合う武隈の真摯な姿勢がうかがえる。

さらに武隈は佐々木への一九二一年〔大正一〇年〕四月二一日付の書簡で、入院中にもかかわらず旅行の計画を立てていたらしく、旅程や高名な学校の教師の事情につき助言をえた礼を述べ、小樽へ行くかもしれないことを示唆している。また、喜田貞吉の『民俗と歴史』を是非とも読みたいとも記している。

喜田貞吉〔一八七一〜一九三九〕は、考古学・民俗学の見地から先住民や部落を研究した歴史学者で、一九二一年当時は京都帝国大学教授であった。この手紙に書かれた『民俗と歴史』とは正しくは『民族と歴史』で、「大正八年（一九一九）一月から刊行した月刊の個人雑誌で半年で一巻とし、第九巻から『社会史研究』と改題、第一〇巻第四号まで続けたが、大正十二年の関東大震災の影響で同年十二月廃刊」〔『喜田貞吉著作集 第一三巻』所載の「解説」〕となった。武隈が興味を持ったのは、おそらく前年九月発行の『民族と歴史』第四巻第三号に掲載された「金田一君のアイヌ人およびアイヌ語研究」であろう。後の一九二四年三月に武隈が佐々木喜善を訪問した際に金田一宛に手紙を依頼したと思われるのだが、武隈はこの喜田貞吉の文章によって金田一京助というアイヌ語研究者に関心を持ったのではないかと思われる。

さらに同年九月一五日付佐々木宛書簡では、「兼ねて御引合せ下さり候小樽高商教授露西亜貴族の御方の御名をお知らせ願□度、北海道出発の折書類に紛れ込み困難□候」と佐々木に照会している。この「小樽高商教授」の「露西亜貴族」とはニコライ・ネフスキーのことであろう。

ニコライ・ネフスキー〔一八九二〜一九四五〕はロシアの東洋学者で、一九一五年に留学生として来日、以後一四年にわたって滞在し、小樽高商・大阪外国語学校などの教師を務めるかたわら、沖縄・宮古・アイヌなどの民俗・言語を研究した。来日中に日本人妻イソをえてその後ソ連に帰国したが、スターリン粛清に遭い、一九三七年に逮捕・投獄され、後に病死した。武隈はこの書簡を樺太の栄浜《さかえはま》駅から出している。その後、樺太から小樽へ帰港した際にネフスキーを訪問した可能性が考えられる。

武隈の樺太時代

さて、武隈徳三郎は帯広駅で勤務した後の一時期、樺太にいたとされている。しかしその正確な時期と樺太行の目的などは不明であった。その時期と目的について筆者の調査結果を述べてみたい。

まず樺太行の時期であるが、前述の遠野市立博物館と帯広市図書館が保管する書簡のなかで、樺太から出された二通〔一九二一年九月一五日付佐々木喜善宛、一九二二年二月一七日付吉田巖宛〕の書簡の存在、および一九二三年三月一〇日には帰道してすでに伏古にいて吉田巖を訪問している事実〔吉田巖日記〕から、武隈の樺太滞在は一九二一年夏以降、長くて一九二三年初頭にかけてであろうと推測される。ただし、当時の樺太航路は稚泊《ちはく》航路の開設前で冬季の欠航が多かったことから、前年一九二二年の夏から秋にかけて樺太から帰道していた可能性はある。

次に樺太行の目的であるが、筆者は武隈が井目戸尋常小学校を退職したあと、心機一転して鉄道に職をえ、札幌駅や帯広駅で勤務したものの凍傷でそれも挫折し、樺太で再度同族教育を行なう教職につく可能性を探りに宗谷海峡を渡ったのではないかという仮説を立ててみた。当時の樺太移住者の多くが林業・漁業・農業にかかわる職についたが、武隈が単にそうした仕事につくためだけに樺太を目指したとは考えにくい。武隈の樺太行の目的を示唆する資料としては、まず筆者の調査で明らかになった遠野市立博物館所蔵の一九二一年九月一五日付佐々木喜善宛の書簡〔発信地は樺太栄浜駅〕がある。

拝啓。久しく無音に打ち過ぎ御変りは御座なく候や。人生の運命は実にはかるべからず、小生ハ病気の為め依願退職となり、其の後何等為す事なく、病気保養の結果全快。樺太視察を志し目下表記〔樺太栄浜駅〕を根拠と致し居り候。

この書簡は前述のネフスキーのことを問い合わせた佐々木宛の冒頭であるが、樺太行きの理由を「視察」としている。武隈の多少の「見栄」はあるにしても、単に生活のために樺太に渡ったわけではないことをうかがわせる。

後の一九三六年七月五日の日記に、武隈の長女節子の来訪を受けた吉田巖は、節子の述懐を記している。そのとき節子は「実母は十数年来樺太に在りて　樫保にありしも　目下敷香（シスカ）に在住」と述べた旨が記されている。武田銀次郎編著『樺太教育発達史』〔一九一一年の樺太庁内務部学務課内樺太教育会発行の復刻〕によれば、樫保《かしほ》は落帆《おちほ》・白浜《しらはま》・新問《にいとい》・多来加《たらいか》などとともに一九一二年〔大正元年〕から「土人集住地」の一つであった。

樺太でも教職についた？

武隈が樺太に一時期滞在していた事実を裏付ける資料について見ていこう。前章で紹介した千徳太郎治『樺太アイヌ叢話』には次のような一節がある。

又此處〔樫保のこと〕の教育所の駒杵氏は大正十年の頃一寸休職したが其後任に、北海道の土人武隈徳三郎氏が就かれたが幾何もなくして辞職され北海道へ帰られたと云ふ。

右の記載からは短期間ではあるが武隈が樺太でも教職についていたことがわかる。武隈は当時まだアイヌ研究とアイヌ教育に希望を持ち続けていたのであろう。また『平取町史』〔北海道出版企画センター、一九七四年〕には、振内《ふれない》小学校の歴代校長のひとりとして武隈徳三郎の名前が記されている。振内小学校は当時、池売《いけうり》尋常小学校と称されていた。現在の平取町立振内小学校に武隈の在任期間を照会したところ、ほどなく職員名簿の写しをいただくことができた。名簿の写しによると武隈徳三郎は一九二三年〔大正一二年〕五月四日から同年一二月二二日まで同校の訓導兼校長として在任していたことが判明した。武隈の道内での教員歴は一九一九年の井目戸尋常小学校が最後と思われたが、その後少なくとも平取村振内で教員在職していた事実が判明したのである。武隈がいかなる経緯で池売尋常小学校に教員として復職することになったのかは不明だが、この時期にあってなお武隈が教職に意欲を持っていたことがわかる。それにしても在任期間が約半年というのはいかにも武隈らしいと言えるかもしれない。

さて、武隈が佐々木喜善に宛てた一九二四年三月一二日付書簡に、「私ハ樺太の東海岸の一部を視、昨年よりハ日高の沙流郡にいささか同族研究の為め止まり居り申候」〔傍点・須田〕と書いたのもあながち見栄や誇張ではないように思われる。しかし一九二三年一二月一七日付の吉田巖宛書簡の差出人名は、「樺太浪人　武隈徳三郎」と記されており、投函地は不明である。その当時、樫保での教職をすでに辞めていたのかどうかは不明だが、「樺太浪人」というやや自虐的な書きぶりに目的が思うように果たせていない自暴自棄的な気持ちが垣間見える。

遠野の佐々木喜善を訪ねる

武隈徳三郎はこのように樺太でも安住を果たせずに北海道へ帰っている。そして一九二四年三月二八日から四月一五日にかけて、武隈は突如遠野の佐々木喜善を訪問するのである。武隈滞在中の佐々木の日記から武隈に関連する箇所を抜粋する。

三月二八日　突然に来客あり、北海道アイヌの武隈君なり。
三月二九日　終日、武隈君と談じ、阿部翁来て例の居眠りをして居た。
三月三〇日　やつぱり今日も武隈君と話して暮らす。武隈君のために金田一君及び石田君に手紙を書く。夜同君からアイヌの昔話三つばかり聞く。
四月五日　武隈君の帰へりが遅いので心配してゐると、赤石君と一緒に酒を飲みに行つたとのこと。それから又帰つてから正一の家のドウヅキ搗きに行つて酒を飲み、にぎり飯まで貰つて来た。腹が立つて一言も言わずに寝た。
四月六日　金田一君からはがきが来た。武隈君の昨夜の失態があるので、午後余はうんと怒つてやつた。
四月七日　金田一京助氏に武隈君のことについての手紙を出す。武隈君昨日から沈んでゐるので気の毒になつた。
四月八日　今日も武隈君は沈んで何となく元気がない。昨夜も家内を親切にするやうと呉々言ひつけた。
四月一二日　本山君を連れて伊能先生に行く。〔略〕夜は伊能先生、釜石からわざわざ出て来られた山本さん、松田君、笹村君、武隈君などと会合す。武隈君がゐるものだから町へ泊まることも出来ず家にかへる。

四月一三日　武隈君また昨夜一円貸したので若竹へ行つて酒を飲んで来た。実に困つた。

四月一四日　武隈君が茶盆を洗ふとして私の大事の茶碗およびキユウスを流してしまふ。

四月一五日　今日いよいよ武隈君にカワセが来て、午後止めるのもきかずに出て行く。うまく北海道へ帰へればよいが。

この日記で注目されるのは、武隈の酒癖の悪さ、粗忽さに加え、佐々木を介して金田一京助へアプローチを試みていることである。

長期にわたる佐々木喜善宅への滞在目的が金田一京助へのアプローチであったことは明白である。最後に「いよいよ武隈君にカワセが来て」との記述が見られるが、この「為替」はいったいどこから来たものだろうか。あくまでも推測であるが、筆者はこれを金田一から来たものだと考える。

もうひとつ、佐々木が金田一と同時に手紙を出した「石田君」であるが、この人物は当時東京人類学会で幹事的な仕事をしていた石田収蔵であろうと思われる。一九二四年四月二一日付の佐々木日記に「人類学会の石田君」との記述があることからそのように推定できる。

前章でもふれた石田収蔵（一八七九〜一九四〇）は東京農業大学教授で、樺太アイヌやウイルタなどの北方民族研究の先駆的な存在として知られている。石田は一九一五年（大正四年）三月から一九二五年（大正一四年）まで東京人類学会が発行する『東京人類学会雑誌』の発行人兼編集人も務めている。

また、四月一二日付佐々木日記には、「本山君」「伊能先生」と武隈を交えての会合が記されている。「本山君」とは民俗学者の本山桂川（一八八八〜一九七四）であり、伊能先生とは人類学者・民俗学者の伊能嘉矩（一八六七〜一九二五）である。この佐々木喜善宅に滞在している間に武隈は、佐々木を起点にして、金田一京助、石田収蔵、本山桂川、伊能嘉矩らとの接点ができている。いずれも人類学・民俗学・アイヌ研究の専門家であるところが共通している。

なお、佐々木喜善は後に武隈から聞いたアイヌの昔話を記述し、一九二四年七月の『女学世界』（第二四巻、第七号）に「ペナンペ、パナンペの話」を、一九二五年一月の『童話研究』に同じく「ペナンペ、パナンペの話」と「魚と娘の話」を発表している。佐々木はこの『童話研究』で武隈を「同君は現今のアイヌ族唯一の小学校長たる人で本年三十、アイヌ物語と謂う著書もありエスペラントなども研究して居ると謂うやうな所謂新人であります」と紹介している。佐々木喜善がエスペラント語の研究者であることは知られている。武隈がエスペラント語を研究していたというのは意外であるが、おそらく佐々木宅滞在中に佐々木がエスペラント語について講釈し、武隈は興味を示したのではないだろうか。

石田収蔵、金田一春彦の記述

佐々木が「止めるのもきかずに出て」いった武隈のその後の足取りはどうであったか。筆者は東京の板橋区立郷土資料館に保管されている石田収蔵の日記・書簡類を閲覧したところ、石田が使っていた小型の手帳の一九二四年（大正一三年）五月一九日の欄と八月六日の欄に次の記載を見つけた。

五月一九日　晴　〔略〕　夕刻　兵隊さん　土人来り一泊
八月六日　晴　午後　下の土人来訪

ここには「土人」とのみあって、「アイヌ」とも「武隈」とも書かれてはいないため、この手帳の記載をもって武隈が石田を訪問したという証拠にはならないかもしれない。しかしこの年の石田の日記にはこの二カ所以外に「土人」についての記載はなく、四月半ばに佐々木喜善宅を出た武隈がこの五月から八月という時期に上京して石田宅を訪問していた可能性は十分考えられる。あくまで筆者の推測であるが、この「土人」がもし武隈徳三郎であったとすれば、五月一九日に一泊した際に例の酒癖の悪さが露呈してしまい、八月六日に来訪したときには軽蔑されてもはや「下《げ》の土人」としてしか遇されなかったのかもしれない。

このように武隈が佐々木に依頼して開こうとした金田一ルートであったが、金田一が武隈について書いたものは現時点において確認されていない。しかし金田一京助の長男である金田一春彦の随筆に気になる記述がある。それは春彦の著作『日本語の生理と心理』〔至文堂、一九六二年〕に収められた次の一節である。

私がまだ子供のころ、父のところへ出入りしていたアイヌ人にイボシという姓のものがあって、これが風体が薄ぎたない上に金を借りていっては酒を飲み、しかたがない。私の母などは大嫌いで、イボシという名を聞くたびに毛虫にさわるように眉をひそめていたが、いつか父不在の時に二三回来て、そのたびに玄関払いを食ったあと、姿を見せなくなった。

ここで「イボシ」という名で書かれた「アイヌ人」とは、違星北斗のことだと思われるだろうが、筆者は金田一春彦が違星北斗と武隈徳三郎を幼い日の記憶のなかで取り違えたのではないかという仮説を立てている。金田一京助のアイヌ語研究は、自ら北海道・樺太へフィールドワークに出かけて行なうことと併行して、ユカラやアイヌ語の練達者を東京の自宅に呼び寄せて行なわれている。金田一の自宅に呼ばれた「アイヌ人」は限られてくる。金田一春彦が子供時代の来訪者となればさらに絞られてくるだろう。時系列を整理すると、武隈が佐々木喜善に頼んで金田一へ手紙を出してもらったのが、一九二四年四月。その翌年の一九二五年二月に、金田一は本郷区真砂町から杉並の成宗に転居する。そして違星北斗が成宗に金田一を初めて訪ねたのが同年五月のことである。当時春彦は小学校六年の一二歳で、翌一九二六年の四月に東京府立第六中学校に入学している。仮に武隈が金田一宅を訪問していたとしたら、間違いなく本郷の真砂町のほうであっただろう。右の時系列から言えば、本郷の住所しか知り得ないからである。春彦の「私がまだ子供のころ」というその記憶が、真砂町時代のものか成宗転居後のものかによって、来訪した「アイヌ人」が判明するのではないだろうか。

仮に武隈が金田一宅を訪ねていたとしたら、その時期は違星北斗の訪問時期ときわめて接近していたと思われる。少なくとも春彦が後年子供の頃の記憶を蘇らせたときには、武隈と違星の訪問時期を峻別することはほとんど困難であったのではないかと思われる。くわえて、筆者がそのときの訪問者が違星ではなく武隈だと仮定する根拠は、「金を借りていっては酒を飲み」という春彦の記述である。佐々木喜善も困惑した酒癖の悪さが武隈の行動を彷彿とさせるのである。現在、違星北斗研究会を主宰している山科清春の研究によれば、金田一京助は後に、息子春彦の違星北斗に対する記述を金田一に照会した谷口正に宛てた返書で、「あれは辞世の歌の一例をあげるのに、つまらない愚言を前書き致したもので全然、春彦の想像で、ウソです。私は責めて叱って居ります。違星君は私へ金貸してくれなど一度も申したこともなく、酒もタバコも用いない純情そのものの模範青年でした」と否定していることを明らかにしている。

「うまく北海道へ帰へればよいが」との佐々木喜善の記述は、酒癖のよくない武隈が東京の金田一を訪ねて迷惑をかけなければよいが……というふうにも読みとれる。

晩年の武隈徳三郎

その後の武隈徳三郎の動きは、吉田巖の一九三〇年一一月二九日付の日記に次のように記載されるまで空白となる。

昨日午后一時帯広着列車で、武隈徳三郎が節子、彰重《〔ママ〕》の二名を伴ひ帰宅すと、本日節子が午前中来校。〔略〕夜九時半頃、武隈徳三郎両児入学手続につきて来校。

当時の武隈徳三郎の評判は、一九二六年四月一九日付の森竹竹市の日記に、

近頃の人では武隈と云ふ人も教育家であり乍ら酒の為に遂失敗しました。

と書かれているように、すでに同族からも失敗者として位置付けられていた。さらに『蝦夷の光』第二号〔北海道アイヌ協会、一九三一年三月一日〕には、地元帯広の古川忠四郎が書いた「吾等同族の『怨敵』、酒を葬れ――酒はアイヌを亡す」という次のような文章がある。

私の部落〔伏古コタンのこと〕からも曾ては小学校の正教員を出した事もありました。又先輩諸氏の中にも相当頭のよい、和人に劣らぬ方々も可なりありました。然し悲しい事には、酒に溺れて身を持崩す為に、家庭を破壊し、妻子と別れ転々放浪の旅に漂白《さすら》ひます為に、人間らしい生活をする事が出来ないのみか、社会からは毛虫の様に忌み嫌はれて、動物に劣る取扱を受けてゐる事は、洵に遺憾な事に存じます。

実名は出さぬまでも暗に武隈を批判した記述である。このようにアイヌ協会の機関誌にまで書かれたことに武隈は相当のショックを受けていたに違いない。

その後、長女の節子が一九三六年七月五日に吉田巖を訪問した際には、「父宮島徳三郎〔この頃武隈は母方の旧姓となっている〕は酒精中毒〔アルコール依存症〕にて不健康、本年一月より日高浦河方面に放浪」しており、「宮島、武隈両家の畑収入をあます処なく　伏古互助組合より引出し　家族即両人の生活には一銭も宛てず、日高にゆきたるままたまに通信あり」と話したことが吉田日記に記載されている。このなかで節子は「両親とも教養あり、教員の本職経歴をもてるにもかかはらず　節は女でもあれば　とにかく、弟だけでも何とか一かどの勉強をさせてくれればよいのに　親は何等考へてくれず　為に、父子の間は粗隔してとりかへしがつかぬ」

とも述べている。崩壊してしまった武隈の家庭の様子がわかる。『近代日本社会運動史人物大事典』の「武隈徳三郎」の項には武隈の家族の死亡日が次のように記されている。

長男中村頼重は、44年12月6日、フィリピン・バシー海峡で戦死、武隈は51年11月28日頃、長女の宮島節子は62年5月24日頃死亡とみなされ、ともに71年失踪宣告をうけ、武隈の血筋は絶えた。

武隈の最後について、右には「51年11月28日頃」とあるが、帯広市図書館編集『吉田巖資料集』二八には「昭和一四年」の吉田日記に次のような記述がある。

十一月三十日、晴、〔略〕山本正一が本日奉告祭後　直ちに応召　今夜出発のあいさつに来る。伏古の現況をきくをえたが　今春　武隈徳三郎が芽室方面で吹雪中を列車の後方より轢殺されたこと外いろいろきくをえた。

これまで武隈の「悲劇的な最後」は知られていたが、その具体的な様子が一次資料から確認されたのはこの資料が初めてかもしれない。

武隈は期待された役割と人生を酒で棒に振らざるをえなかったとの言説は多く、おそらく事実もそれに近いものと思われる。佐々木喜善宅で酒癖の悪さを怒られた後の落ち込んでいる様子に見られるように、酒による失態のつど、後悔と再起へ感情の波が交互に訪れるさまはアルコール依存症の典型的なパターンと思われる。またこの病は事故死・不慮死が多いともされる。「芽室方面で吹雪中を列車の後方より轢殺された」などはまさにこの病による死の典型であったようにも思われる。

死にいたる前の武隈の動向を記した資料はほとんど残っていないが、『アイヌ民族博物館伝承記録――山川弘の伝承』〔財団法人アイヌ民族博物館、一九九四年〕には、山川弘〔一九一四～一九八八〕が一七歳か一八歳の頃〔一九三一～三二年の頃であろう〕、「糠内の奥にいたころ、武隈徳三郎さんが自分の家にひと冬、ひと夏いたことがある。夏頃は農家の草刈り、冬は自分の親父の薪切りを頼まれていた。そのときはもう学校の先生を辞めていた。当時はもう五〇歳を過ぎていたと思う。この人は樺太でも学校の先生をしていた」との証言がある。一九三一年〔昭和六年〕か三二年であれば武隈は三五ないし三六歳の年齢であったが、五〇歳を過ぎていたと見えるくらい老け込んでしまっていたことがわかる。武隈の辛酸が偲ばれるエピソードである。

「隈星」で書かれた短文三編

ところでバチェラーが属していた聖公会の発行したアイヌ民族への伝道・教化のための機関誌『ウタリグス』〔一九二一年の第一巻五号から八号〕に「隈星」のペンネームで掲載された三編の短文がある。筆者はこの「隈」という文字に注目し、これが武隈徳三郎のペンネームではないかとの仮説を立てた。武隈徳三郎はジョン・バチェラーとは旧知であり、聖公会で洗礼を受けたとも言われている。一九二〇年の一時期、武隈はバチェラー宅に寄寓していたこともあり、『ウタリグス』の編集・発行の実務を担当していた片平富次郎〔バチェラー八重子の甥〕とも知遇があったと思われる。その片平から同誌への寄稿を求められたのではないかと筆者は考えた。『ウタリグス』に掲載された「隈星」による三編は一九二一年五月から一二月に発表されたもので、この時期武隈は足首の凍傷のため帯広の十勝病院に入院し、それが原因で帯広駅勤務を失職〔三月〕、入院中より遠野の佐々木喜善と書簡のやりとりをし〔四月〕、その後樺太へ渡り〔九月頃?〕、樫保教育所で一時期教職についている。時期的に三編の短文を書けなくはない。

北海道立図書館北方資料室に保管されている『ウタリグス』を閲覧してみた。すると、この三編は具体性に乏しく、観念的でミステリアスな文章であるが、これは武隈の書いたものではないかと思わせる文章であった。印象的な一文を引用しておこう。一九二一年九月二九日発行の第一巻七号に掲載された「隈星」の短文である。この短文が発表された頃は失職した武隈が北海道を離れ、「樺太視察」と称して樺太に滞在し始めた時期である。

懺悔　　隈星

自分はどんな要らざることをしてゐるのかわからない。これまでほんとうに神様より見たならば、どれほど要らざることをしてゐたかわからない。読んだこと、考へたことの中、殆んど全部は要らざることではなかつたろうか。今も自分はうそつきであるが、嘗てこれまで、どんなにうそをついて來たか分らない。

樺太に渡った武隈がそれまでの人生を回顧しているように読める文章だと思う。さらに梅木孝昭編『江賀寅三遺稿――アイヌ伝道者の生涯』には、武隈徳三郎のことが書かれていると思われる江賀の次のような手記がある。

かつて彼の酒乱の狂態をたびたび見せられた私は二度三度忠告したが、その都度彼の豪語に曰く、「――ナアニ俺は勉強のために、妻を娶るためにバチラーさんのもとに世話になったのだ。クリスチャンになったのは一方便であったんだよ。〔略〕

仮にこれが武隈の本心であり事実だとすれば、彼はキリスト教に入信していたということになる。また、バチェラーの世話になったのは「勉強のため」「妻を娶るため」であったと言っていることは見過ごせない。武隈は『アイヌ物語』のなかで「其の信徒の中には往々真に帰依するにあらずして、唯世渡りの為め、外見を飾るべき一つの手段として帰依する者あり」と書いているが、武隈自らがまさにそこで書いたような人物を自作自演していたということになるからである。「懺悔」という短文を含めて「隈星」によって書かれた三編が武隈徳三郎の著述であるという証明はできない。しかしそれらの文章は、武隈が当時置かれていた境遇のなかで、その本心を正直に語っているような気がしてならない。

「東京アイヌ学会」での金田一の講演

最後に武隈徳三郎転落の要因について考えてみたい。

沖縄の民俗学者伊波普猷〔一八七六～一九四七〕の『目覚めつつあるアイヌ種族』に、一九二五年三月一九日、東京永楽クラブで第二回の「東京アイヌ学会」〔註〕が開かれたとの記述がある。伊波普猷は金田一同様、東京帝国大学言語学教室の上田萬年の門下で、沖縄民俗学が専門であるが、一九二五年五月に執筆した「目覚めつつあるアイヌ種族」に「先年私は北海道の師範学校を卒業した武隈徳三郎といふアイヌから、その著書『アイヌ物語』を贈って貰ったことがあります」と記述している。金田一京助はその第二回東京アイヌ学会で上京した違星北斗を伴って講演を行なうのだが、伊波によれば、金田一は講演のなかで次のようなことを話したという。

> 今日では師範学校を卒業して、教鞭を執つてゐる者が数名に及んでゐる。けれども和人（シャモ）の児童の父兄達の中に自分達の子弟をアイヌに教育させ事を快しとしないものがある為に、これらの青年教育家は、大方山間にあるアイヌの分教場などに追ひやられて、いつしか酒色の為に身をもちくづして了つた。〔傍点・須田〕

筆者はこの講演での金田一の言葉が武隈徳三郎に致命傷を与えたのではないかと考えている。武隈は当時すでに酒癖に問題があったが、公然と批判されるまでにはなっていなかった。アイヌ研究への熱意はまだ維持しており、それが上京の最大の目的であったはずである。そうした武隈をアイヌ語研究の第一人者である金田一が「東京アイヌ学会」という公の場で、「アイヌ研究に熱心な二十名近くの会員」を前に、容易に武隈徳三郎だとわかる人物を取り上げ、その「酒色の為」の失敗を暴露した。これで武隈の酒癖の悪さは公然の事実となり、それを知った武隈は絶望の果てにアイヌ教育者さらには研究者として立つ夢を断念し、人知れず帰郷したということではないだろうか。それから先の彼の人生はアルコール依存症と放浪の境涯となった。その果てに厳寒の北海道芽室で轢死し、その人生を閉じるにいたった。

小川正人「音更（開進）尋常小学校関係資料」〔『北海道立アイヌ民族文化研究センター研究紀要』第五号、一九九一年〕によれば、一九一五年九月一〇日、当時武隈が訓導兼校長として勤務していた音更尋常小学校を吉村貢三郎〔北海道庁拓殖部〕が訪問した際の光景が「十勝北見紀行　其一」〔『殖民公報』八七号、一九一五年一一月〕として残っている。

武隈氏は齢二十四五温厚有為の青年、鄭寧に余を教員室に招せらる流調なる弁舌、明敏なる頭脳、態度応接些の晦渋なし対談中一童室に入来りて余に鄭寧に辞儀し後武隈氏に一揖して徐に「先生鋏を貸して下さい」と云ふ氏は卓上に在りし鋏を取り上げ「御使ひなさい」と之を渡す此間師弟の情誼穆々として家庭に於ける母親子の如く而かも礼儀頗る粛し。

ここには「流調なる弁舌、明敏なる頭脳、態度応接些の晦渋なし」と絶賛された音更小学校時代の武隈がいる。後にアルコール依存症となるのが想像できないくらいである。アイヌ教員としての名声を得てからの暗転。その引き金となったのは和人社会でのアイヌ差別であったのか、あるいは武隈個人の資質によるものであったのか、それともその両方が入りまじったものだったのか――。武隈徳三郎の弁明を聞くことはかなわない。

〔註〕伊波普猷はこのように書いたが、「東京アイヌ学会」という名称の会には一九三七年四月に設立された組織もあり、金田一京助が会長、久保寺逸彦、知里真志保らが委員に名を連ねている。筆者はこの二つの組織の違いを現時点で検証できていない。

武隈徳三郎略年譜

一八九六年　八月　帯広伏古《ふしこ》に生まれる
一九一〇年　三月　第二伏古尋常小学校卒業
一九一二年　　　　帯広准教員講習所入所
一九一三年　八月　中川郡高島尋常小学校准訓導
　　　　　一〇月　尋常小学校本科正教員養成常設講習会入学
一九一四年　四月　音更尋常小学校訓導兼校長
一九一五年一二月　川上タケと結婚
一九一六年一一月　井目戸尋常小学校訓導兼校長
一九一八年　三月　長女節子誕生
　　　　　　七月　『アイヌ物語』を刊行
　　　　　一一月　北海道人類学会に入会（乙賛助会員）
一九一九年　四月　井目戸尋常小学校廃止
一九二〇年　一月　札幌鉄道管理局勤務に転ずる（井目戸後任は妻タケ）
　　　　　　九月　長男頼重誕生
一九二一年　三月　帯広駅からの帰途道に迷い凍傷、入院
　　　　　　四月　佐々木喜善へ書簡

一九二二年　九月　樺太・栄浜より佐々木喜善へ書簡
　　　　　二月　樺太より吉田巖宛書簡、この間樺太樫保の教育所にて教員となる
　　　　　　　　のち北海道へ帰る
一九二三年　三月　帰道後、吉田巖を訪問（五、七月にも訪問）
　　　　　五月　平取村池売尋常小学校にて教員。のち新平賀で同族研究
一九二四年　三月　遠野の佐々木喜善を訪問、金田一京助、石田収蔵への書簡を依頼
　　　　　五月　石田収蔵日記に「土人来たり一泊」
一九三〇年一一月　子供二人を連れて帯広に帰還
一九三六年　七月　長女節子、吉田巖を訪ね徳三郎近況を報告
　　　　　　　　「徳三郎は酒精中毒にて不健康、本年一月より日高浦河方面に放浪の由」
一九三九年一一月　吉田巖日記に「今春武隈徳三郎が芽室方面で吹雪中を列車の後方より轢殺され」
　　　　　　　　との記述

第5章
知里幸恵の『アイヌ神謡集』
――原風景の創出

知里幸恵《ちりゆきえ》ほど近現代のアイヌ文学史において著名な人物はいない。しかし幸恵が著した『アイヌ神謡集』は、一九二三年〔大正一二年〕に郷土研究社から出版されてから一九七〇年に弘南堂〔札幌〕から復刊されるまで、知る人ぞ知る書物として歴史のなかに半ば埋もれた存在であった。発刊直後に関東大震災に見舞われ、その後も日本の軍国主義化、アジア太平洋戦争の開戦によって、アイヌ民族の復権運動が大きなうねりに成長しえなかったことが『アイヌ神謡集』を埋もれさせた背景として考えられる。しかし復刊を機に、藤本英夫が著した知里幸恵の評伝『銀のしずく降る降る』〔新潮社、一九七三年〕が刊行され、幸恵が一九歳という若さで成しえた業績とその生涯が改めて広く注目されるようになった。

『アイヌ神謡集』は今日では中学校の国語や歴史の教科書にも掲載されている〔註1〕。知里幸恵の生涯と『アイヌ神謡集』が先住民族の文化の尊重や自然との共生を考えるための教材となったわけである。近現代アイヌ文学史における画期的な出来事と言わなければならない。この小さな書物がアイヌの人々の中におこした波紋はその後大きな弧を描き、近現代アイヌ文学の裾野を広げたと言うことができる。

一節　知里幸恵の略歴

知里幸恵は一九〇三年、北海道登別に父知里高央《たかなか》、母ナミの長女として生まれた。ナミは姉の金成マツとともにキリスト教聖公会の信者となっており、幸恵に幼児洗礼を施した。一九〇九年、六歳になると幸恵は、旭川近文《ちかぶみ》の伝道所で日曜学校を主宰していた伯母マツに預けられ、祖母モナシノウクと三人の生活を始める。幸恵はこの祖母と伯母からアイヌ語とユカラを、長じてからは伯母からローマ字を学んだ。小学校の成績は優秀で、高等小学校卒業後は旭川区立女子職業学校に入学した。女子職業学校での成績も優秀だった。そして女子職業学校在籍中の一九一八年の夏、幸恵は、ユカラ研究とその採集のため祖母モナシノウクを訪ねて来たアイヌ語学者金田一京助と出会い、金田一からアイヌ民族の口承文芸ユカラの希少性と世界文学史におけるその価値を教えられ、民族の誇りに目覚めることになる〔註2〕。

和人によるアイヌ差別があたりまえの日常を送ってきた幸恵は、金田一の言葉に強い衝撃を受けた。民族文化の継承に誇りと意欲を抱いた幸恵は、その後、金田一の勧めにしたがい、祖母や伯母から伝承されたユカラをアイヌ語のローマ字表記で書き始め、ついにはカムイユカラ一三編とその日本語対訳を完成させた。これが後に『アイヌ神謡集』として刊行されるのである。それは文字を持たなかったアイヌの人々の言葉であるアイヌ語が、ローマ字表記という形をとってアイヌの人自身の手で初めて記録された歴史的作品であり、誰も成しえなかった偉業であった。これはアイヌ語と日本語のバイリンガルであった知里幸恵だからこそできたことだった。

才能を開花させた幸恵は金田一の強い招請にしたがって一九二二年〔大正一一年〕五月に単身上京、金田一宅に寄居して金田一の研究支援、自らの英語の勉強などをしていたが、同年九月一八日、刊行が決まった『アイヌ神謡集』の校正を終えた直後に、幼い頃からの持病である心臓病の発作により急逝した。一九歳三カ月の生涯であった。『アイヌ神謡集』が刊行されたのはそれから約一年後のことだった。

後に幸恵のことを知ったさまざまな人の努力により『アイヌ神謡集』を書くにいたった幸恵の人生――類まれな才能を持ちながらも一九歳という若さで亡くなったこと――がつまびらかになると、幸恵への共感と哀惜の念は幅広い層に共有され、知里幸恵の名はその志・作品とともに多くの人々の記憶に刻まれた。

〔註1〕二〇一三年六月一四日付室蘭民報は、登別の知里幸恵銀のしずく記念館に「教科書コーナー」が設置され、『中学歴史社会』『伝え合う言葉』(中学国語)など、これまで『アイヌ神謡集』が掲載された六冊の教科書が展示されたことを伝えている。

〔註2〕幸恵が民族の誇りに目覚めた出来事については金田一の随筆「近文の一夜」が有名である。

二節　アイヌ文学史における業績

知里幸恵の著作物

知里幸恵についての研究は一九七〇年代以降、藤本英夫や北道邦彦をはじめとする多くの研究者の尽力によって進み、埋もれていた日記や書簡から、幸恵の多くの事績が明らかとなっている。二〇一〇年九月には、幸恵の生まれ故郷である北海道登別市に、幸恵の姪にあたる横山むつみ（一九四八〜二〇一六）が代表の知里森舎《ちりしんしゃ》によって「知里幸恵銀のしずく記念館」が完成し、貴重な所蔵品が展示された。この記念館は現在、知里幸恵の研究とその成果の発信拠点となっている。

その知里森舎が作成した『知里幸恵書誌』（知里森舎、二〇〇四年）に基づいて、幸恵の著作をまず整理しておきたい。

知里幸恵の単著として刊行されたのは『アイヌ神謡集』一冊であるが、活字となった作品としては、旭川の豊栄尋常小学校（幸恵が卒業した上川第五尋常小学校の後身）で校長を務めた佐々木長左衛門（一八七九〜一九五三）が一九二二年七月に発行した『アイヌの話』（佐々木豊栄堂、一九二二年）に収録されたユカラ二編（「カムイ、ユカラ　小さいオキキリムイの物語」、「イタク、ウコラムヌカラ（智恵くらべ）」）がある。この二編のことはあまり知られていない。『アイヌの話』は『アイヌ神謡集』が刊行される一年前に発行され、その後一九三一年の第四版まで版を重ねている。

『アイヌ神謡集』の刊行は一九二三年（大正一二年）八月一〇日で、発行所は郷土研究社である。郷土研究社は柳田國男によって設立された出版社で、『アイヌ神謡集』は郷土研究社がシリーズで刊行していた「炉辺叢書」の一冊として企画された。これには金田一京助はもちろん、柳田國男に連なる渋沢敬三や岡本千秋らの協力があった。

『アイヌ神謡集』の構成は、知里幸惠による「序」、「梟の神の自ら歌った謡「銀の滴《しずく》降る降るまわりに」」、「狐が自ら歌った謡「トワトワト」」、「蛙が自ら歌った謡「トーロロ　ハンロク　ハンロク！」」など一三編のカムイユカラ〔神謡〕、そして最後に付された金田一京助による「知里幸惠さんの事」から構成されている〔註〕。

一三編のカムイユカラは、熊や狐・兎・蛙・沼貝など人間以外のさまざまな生き物〔カムイ〕が物語の主人公となっている。生き物〔カムイ〕自らが体験を語りながら、アイヌ〔人間〕にとって大切な教訓を伝えていく。山辺安之助の『あいぬ物語』の翻訳〔翻訳文（日本語）にアイヌ語（カタカナ）のルビを振る〕とは異なり、『アイヌ神謡集』における翻訳の仕方は、見開き頁の左頁にローマ字で記されたアイヌ語の本文を、右頁に日本語の翻訳文を記載している。ローマ字によるアイヌ語と知里幸惠自身による流麗な日本語訳が、アイヌの人たちが語り伝えてきた文化の精髄とも言える自然観・人間観をわかりやすく伝えてくれる。アイヌ語のローマ字化の面でも、それまで和人学者が試みてきたアイヌ語の発音表記上の改良が、知里幸惠によってアイヌの人自らの手で行なわれたということも画期的なことだと言える。この本によってアイヌ民族の口承文学が一般に広く知られることとなり、その後のアイヌ文化の継承・発展に多大な影響を及ぼした功績は大きい。

このほかにも幸惠が金田一宅に滞在中に書いた作品がある。それは北道邦彦により『ケソラプの神・丹頂鶴の神』〔北海道出版企画センター、二〇〇五年〕として出版されている。この本には表題二作の神謡がアイヌ語と日本語〔北道訳〕

で収録されているほか、神謡「この砂赤い赤い」と専門的で詳細な「解題」も併録されている。

幸恵のノート・資料

これらのアイヌ神謡を書いた幸恵の自筆ノートと、金田一宅で平村コタンピラが口述したユカラを記録したノートは、長年金田一京助によって保管されてきたが、金田一の死後、息子の金田一春彦から北海道立図書館に寄贈された。それらのノートは、「アイヌ民俗文化財口承文芸シリーズⅠ〜Ⅴ」（全五冊）として北海道教育委員会によって一九八二年から八六年にかけて刊行された。二〇〇二年には知里森舎から平村コタンピラの口述記録分二冊を除いた四冊のノートが復刻された。それらは幸恵の自筆ノート（原稿）の復刻であり、その筆致や行間から活字では読み切れない当時の幸恵の心情を垣間見ることができ、『アイヌ神謡集』研究に欠かせない貴重な資料となっている。また復刻にはいたってはいないが、旭川市博物館には「知里幸恵嬢遺稿」という名称で幸恵の直筆ノートが永久保存されている。

これらのノート以外にも幸恵の日記や書簡類が残されている。代表的なものは『知里幸恵遺稿　銀のしずく』（草風館、二〇〇一年）と富樫利一『銀のしずく「思いのまま」——知里幸恵の遺稿より』（彩流社、二〇〇一年）に収録されている。前者には一九一六年一〇月一日〜二二年九月一四日の一七通の書簡と、幸恵が金田一宅滞在中に書いた日記が、後者には幸恵の日記「おもひのまま」が詳細な解説とともに収録されている。いずれも『アイヌ神謡集』だけではうかがい知ることのできない知里幸恵の悩みや思索の過程がわかり、知里幸恵という人を知る上で大きな手がかりを与えてくれるものとなっている。

〔註〕知里真志保を語る会が発行した『アイヌ神謡集』の復刻版に掲載された北道邦彦の「『アイヌ神謡集』初版本の本文について」によれば、一九二三年（大正一二年）に刊行された初版には誤植が四八カ所近く存在し、第二版、弘南堂の復刻版、岩波文庫版においても誤植の訂正は不完全であるとされている。知里幸恵が身命を捧げた著作であり、北道の指摘を反映した誤植のない正本の刊行を望みたい。

三節　知里幸恵の文学の鉱脈

知里幸恵の略歴と近現代アイヌ文学史におけるその業績を俯瞰してきた。ここからは、幸恵の日記や書簡から、彼女の作品がどのようにして生まれたのか、その文学の鉱脈を探ってみたい。

「私はアイヌだ」――アイヌ民族としてのアイデンティティ

知里幸恵が一九年三カ月という短い生を終えた一九二〇年代はアイヌ民族に対する強制同化政策が進み、日本国内には「適者生存」「優勝劣敗」「アイヌは滅びゆく民族」といった考え方が蔓延していた。それに伴い学校教育の現場ではアイヌ児童への差別が横行していた。そうしたなかで、アイヌの人々がアイヌ民族であることのアイデンティティを積極的に持ち続けることは容易ではなかったと思われる。知里幸恵も小学校・女子職業学校を通じて常に自身をとりまく民族差別に悩んできた一人であった。しかし、金田一京助との出会いによって、「アイヌの神謡・詞曲の貴重な文学であること」〔註1〕を知り、アイヌ口承文芸を未来に伝える仕事に取り組むことを決意した。幸惠は金田一宅で書き続けた「おもひのまま」という日記〔一九二二年七月一二日〕に次のようなことを記している。

> 私はアイヌだ。何処までもアイヌだ。何処にシサム〔和人のこと〕のやうなところがある？ たとへ、自分でシサムですと口で言ひ得るにしても、私は依然アイヌではないか。つまらない、そんな口先でばかりシサムになったって何になる。シサムになれば何だ。アイヌだから、それで人間ではないといふ事もない。同じ人ではないか。私はアイヌであったことを喜ぶ。私がもしかシサムであったら、もっと湿ひの無い人間であったかも知れない。アイヌだの、他の哀れな人々だのの存在をすら知らない人であったかも知れない。しかし私は涙を知ってゐる。神の試練の鞭を、愛の鞭を受けてゐる。それは感謝すべき事である。

この文章が書かれるにあたっては前段がある。『アイヌ神謡集』の発行に携わった岡村千秋が金田一宅を訪問した際に、岡村と幸惠との間で次のようなやりとりがあったと幸惠は日記に書いている。

> 岡村千秋さまが、「私が東京へ出て、黙ってゐれば其の儘アイヌであることを知られずに済むものを、アイヌだと名乗って女学世界などに寄稿すれば、世間の人に見下げられるやうで、私がそれを好まぬかも知れぬ」と云ふ懸念を持って居られるといふ。

そうした岡村の懸念に対する幸恵の回答が「私はアイヌだ」という心の叫びなのである。旭川で小学生のときからさまざまなアイヌ差別を体験してきた幸恵が、日記とはいえこのような明快な表明をしたことは、この時点で幸恵が民族意識に目覚め、アイヌ民族としてのアイデンティティを持っていたということにほかならない。アイヌ民族としてのアイデンティティを明確に持つことができたその背景には、自分たちの文化が——ことにアイヌの口承文芸、アイヌの言葉が——他民族の文化になんら劣らないのだという自信を持ったことと、そのことを広く世に伝えてゆくことが自分の役割であると確信したことがあったのだと思われる。

幸恵は「おもひのまま」という日記の第一日〔一九二二年六月一日〕に次のように書いている。

> 私の為、私の同族祖先の為、それから……アコロイタクの研究とそれに連る尊い大事業をなしつゝ、ある先生に少しばかりの参考の資に供す為、学術の為、日本の国の為、世界万国の為、〔略〕私は書かねばならぬ、知れる限りを、生の限りを、書かねばならぬ。

「生の限りを、書かねばならぬ」という覚悟なくして、またアイヌ民族としてのアイデンティティを持つことなくして、自らの命と引き換えにした『アイヌ神謡集』という畢生の仕事は生まれることはなかった。

闘病と葛藤

知里幸惠には心臓に持病があり、幼少の頃から自身の健康上の問題には気付いていた。それは短命に終わるかもしれないという恐怖と背中合わせの生活だったであろう。そのようななかで幸惠は結婚を意識するようになる。名寄《なよろ》の青年、村井曾太郎との出会いがあり、許嫁《いいなずけ》となったのである。当時の若い女性にとって結婚は大きな目標であり憧れであった。しかし心臓に病を抱える幸惠にとっては憧れであると同時に新たな悩みの種でもあった。藤本英夫の研究によれば、村井との結婚については、病身の幸惠が肉体労働を要する農家へ嫁することを心配した母ナミの反対があった。病気と結婚、さらには母親の反対。この狭間にあって幸惠は深く悩んでいたとされる。一九歳の幸惠はあまりにも大きな苦悩を背負う境遇に置かれていた。そうした状況のなかで『アイヌ神謡集』刊行の話が持ち上がり、金田一京助から上京の要請がきたのだった。幸惠にとってそれは一時的にせよ現実から距離をおくチャンスだったのだろうか。アイヌ文学を現代に伝えるという幸惠の生涯を賭けた仕事は、こうした苦悩の渦中で行なわれたのである。

幸惠の文章を大正時代の少女特有な文体〔オトメ体〕と捉える見方があるようだが、筆者はそうは思わない。持病の心臓病によって短命かもしれない自身の生、許嫁との結婚に反対する母との関係、そのなかで自らに課したアイヌ文学の継承を成し遂げたいという思い。それらが複雑にいりまじった懊悩から幸惠の文章は生まれた。幸惠の文章は、時代の流行や興味から綴られたものではない。人生の葛藤は、知里幸惠という女性がかけがえのない人生のなかから紡ぎ出した文学のもうひとつの鉱脈となった。換言すれば、知里幸惠はバイリンガルという特別な能力を持ってはいたが、悩み多き人生を送っていたという点ではあまりに人間的であった。それが知里幸惠の文学に人間的な血の通ったいまひとつの鉱脈を形成していたのである。

祖母モナシノウク、伯母金成マツの影響

『アイヌ神謡集』はある意味で奇跡的な書物である。それが生まれるためにはいくつかの条件が整わなければならなかった。ひとつは著者がカムイユカラをアイヌ語で正確に覚えていること、またひとつはカムイユカラの世界を正しく表現できる日本語能力を有していること、さらにもうひとつ、ローマ字の読み書きができることである。このうちどれが欠けても『アイヌ神謡集』は成り立たなかったと言える。

カムイユカラの伝承については、祖母モナシノウクとの生活が長かったことが僥倖となった。モナシノウクは金田一京助が「アイヌの最後の最大の叙事詩人」と形容したほどの伝承者であったからである。幸恵は四歳〔一九〇七年〕の頃から祖母と二人で生活しており、一九〇九年秋からは伯母金成マツの転勤先である旭川の近文《ちかぶみ》でモナシノウク・マツ・幸恵の三人で生活していた。モナシノウクはアイヌ語しか話せなかったため、家庭内での会話は全てアイヌ語となった。そうした環境のなかで幸恵は祖母から完全なアイヌ語とカムイユカラなどの口承文芸を受け継ぐことができたのである。藤本英夫は、幸恵と祖母モナシノウクとの密接な関係が長く続き、むしろ両親と過ごした時間よりも長かった点に注目した〔註2〕。

さらに、幸恵は金田一の求めに応じてカムイユカラをノートに筆記する際にローマ字を使用しているが、このローマ字は学校教育で学んだものではなく、伯母金成マツに教えられたものであった。マツは函館の私立アイヌ学校〔註3〕でローマ字を学び、妹のナミ〔幸恵の母〕とはローマ字で筆記した手紙のやりとりをするほどであった。当時の学校教育では教えられなかったローマ字を伯母マツから学べた幸運は

『アイヌ神謡集』を生み出すひとつの鉱脈となった。藤本は『知里幸恵——十七歳のウエペケレ』〔草風館、二〇〇二年〕で「知里幸恵の『アイヌ神謡集』は、つまり知里幸恵という人は、モナシノウクとその関係を見守り育てた金成マツという二人の女性の珠玉の名品であったのだ」〔二九四頁〕と述べている。

キリスト教の影響

知里幸恵に『アイヌ神謡集』出版という偉業をなさしめた要因がもうひとつある。それはキリスト教との関係である。幸恵がその生涯をかけた仕事を行なうにあたっては、キリスト者としての人間形成が重要であったと思われる。幸恵とキリスト教との関係については小野有五の論文「生きる意味——知里幸恵とキリスト教」〔北海道文学館編『知里幸恵「アイヌ神謡集」への道』東京書籍、二〇〇三年所載〕が参考になる。

幸恵の日記「おもひのまま」には彼女とキリスト教との関係をうかがうことができる記述がある。たとえば上京後早い時期に幸恵は、キリスト教〔聖公会〕に対する率直な疑問を書いている。幸恵は北海道に「聖書を忘れて来た」と書いているが、熱心な信者であった幸恵が聖書を忘れるということは普通では想像できない。このことから筆者は、幸恵が上京する以前からキリスト教に対して漠然とした疑問を抱いていたのではないかと推測する。そしてその背景には所属する聖公会との確執があったと考える。たとえば六月二二日の日記には次のような記述がある。

救世軍の人に対してニシパ〔ジョン・バチエラーのこと〕が非常に悪感情を持って居られるといふ。〔略〕救世軍！私は救世軍が好きだ。形式ばっかりの宗教よりもだんだん〳〵内容充実となる様に進んで行く。何故、聖公会だの救世軍だの何だのかんだのとわかれわかれになっているのだらうか。仏教だのキリスト教だのって……。

自分の神さまを信ずる人のみが天国へ行き、あとのすべての人は地獄へ行くといふ。私にはわからない。あゝもう宗教の事なんかわからない。たゞ神様はある、たしかにあるといふ事だけを私は確信してゐる。


救世軍はキリスト教会派のひとつで、ロンドンの貧民地区の救済など社会奉仕活動を重視するところに特徴がある。幸恵は上京する前の旭川にいた頃からこの救世軍の姿勢に共鳴しており、自らが属する聖公会およびその宣教師ジョン・バチェラーの考え方への違和感を顕わにしていた。「自分の神さまを信ずる人のみが天国へ行き、あとのすべての人は地獄へ行くといふ。私にはわからない。あゝもう宗教の事なんかわからない」というのは、一神教に対する素朴な疑問の吐露だろう。あるいはアイヌ民族の伝統的な宗教観との違いにとまどっていたのかもしれない。幸恵は、こうした疑問を解決しうる新しい発見を東京の教会に期待していたのだろうか。実際、幸恵は上京後いくつかの教会を訪れている。しかしそこで新しい発見はなく、むしろ右の日記にあるように、キリスト教の会派の対立や世俗化し形骸化した教会のあり方を目のあたりにしたことで、キリスト教信者や信仰のあり方に疑問を投げかけ反発を覚えている。小野は前掲論文で「信仰とはそもそも疑うことを前提として成り立つ行為である」と述べ、幸恵の悩みは極めてキリスト者的な葛藤であったと指摘している。

東京という新しい世界に身を置いてもなお幸恵の苦悩は解消されていない。幸恵はそれを払拭するかのようにそれまで以上に聖書を中心とした信仰を貫こうとする。日記にたびたび現れる聖書からの引用がそのことを物語っている。

この段階でキリスト教とは幸恵を苦悩から解放するものではなかった。むしろ苦悩を深める元となっていた。それは自己探求と同時に自己の信仰に対する懐疑を強いる苦悩であった。そうしたなかで幸恵の苦悩を根底から大きく揺さぶる事態が発生した。幼い頃から心臓に疾患を抱えていた幸恵は、蒸し暑い夏の東京で体調を崩し、九月になって金田一の知人である九州帝国大学の小野寺博士の診察を受けた。幸恵を診た小野寺博士は「僧帽弁狭窄症」と診断を下し、「結婚は不可」であることを幸恵に告げた。以前から覚悟はしていたものの、このことによって幸恵は名寄にいた婚約者村井との結婚を諦めざるをえなくなった。そして幸恵はこの宣告を受けて自分に残された道はひとつしかないということを悟るのである。九月一四日付両親宛書簡には次のように記されている。

然しそれは心の底での暗闘で、つひには、征服されなければならないものでした。はっきりと行手に輝く希望の光明を私はみとめました。過去の罪怯〔ママ〕深い私は、やはり此の苦悩を当然味はなければならないものでしたらうから、私はほんとうに懺悔します。そして、其の涙のうちから神の大きな愛をみとめました。そして、私にしか出来ないある大きな使命をあたへられてる事を痛切に感じました。それは、愛する同胞が過去幾千年の間に残しつたへた、文芸を書残すことです。この仕事は私にとってもっともふさはしい尊い事業であるのですから。〔略〕神の前に、御両親様にそむき、すべての人にそむいた罪の深いむすめ幸恵は、かくして、うまれかはらうと存じます。〔略〕たゞ一本のペンを資本に新事業をはじめようとしているのです。

「たゞ一本のペンを資本に新事業をはじめよう」という決意を、幸恵は結婚断念という苦しみの末に搾り出した。幸恵の決意は、「うまれかはらう〔生まれ変わろう〕」というキリスト者の心の底からの叫びを伴ったもので、その言葉は筆者をしてキリスト教における「復活」を連想せしめる。

キリスト教における「復活」は象徴的には十字架上で死んだイエスが三日後に甦ったことをさすが、キリスト教神学では、単に死んだ人が生き返ったという事実にとどまらず、神の愛を知り、人間の原罪を悟り、悔い改めることによって本来の人間性を回復するということになる。このとき幸恵が悟ったものとは、「私にしか出来ないある大きな使命をあたへられている事を痛切に感じました。それは、愛する同胞が過去幾千年の間に残しつたへた、文芸を書残すことです。この仕事は私にもっともふさはしい尊い事業であるのですから」という言葉からわかるように、アイヌの人の口承文芸を文字にして後世に残していくことであった。つまりそれを「復活」させるために、幸恵自身を（イエスのごとく）その犠牲に供するということではなかったか。筆者はこうした「復活」の観念を幸恵に与えたものこそキリスト教であったと考える。ゆえにキリスト教なくして幸恵の苦悩は生まれず、その苦悩なくして「復活」への思い、すなわち近現代を生きたアイヌの人の文学創造はありえなかったのである。

〔註1〕金田一京助「近文の一夜」『ユーカラの人びと』平凡社、二〇〇四年、一一三頁

〔註2〕藤本英夫『知里幸惠——十七歳のウエペケレ』（草風館、二〇〇二年）一二頁には「知里幸惠理解は、この「お婆ちゃんっ子」がキーワードである」ことと「幸惠の「お婆ちゃん」＝モナシノウクという人は知里幸惠が形成されるうえでの欠くことのできないキーパーソン、だった」ことが指摘されている。

〔註3〕浅野清「アイヌ口承文芸の伝承者——金成マツ略伝（第一回）」（『いぶり文芸』第四五集、二〇一四年一一月）によれば、浅野の現地事実調査の結果、諸文献で書かれている「函館愛隣学校」は存在せず、「私立アイヌ学校」が正しいとしている。

四節　『アイヌ神謡集』の波紋

『アイヌ神謡集』の「序」

知里幸惠は『アイヌ神謡集』に続く、『アイヌ民譚集』を準備していたと言われている。幸惠の死去でそれが出版されることはなくなった。しかし幸惠が『アイヌ神謡集』の「序」に再現したかつてのアイヌの人々が豊かに暮らすアイヌモシリの原風景は、後に登場するバチェラー八重子、森竹竹市、違星北斗らの文学に大きな影響を与えていった。彼らの文学に底流する幸惠への共感は、さまざまに伝播し、やがてアイヌ民族の復権運動につながっていく。社会変革のために文学が大きな役割を果たしうることの証であった。幸惠が放った『アイヌ神謡集』という書物はアイヌの人々のなかで大きな波紋を広げた一石だったと言うことができる。

『アイヌ神謡集』の「序」は今日ではあまりに有名であるが、主要な部分を引用しておきたい。まさに近代アイヌ民族の宣言として歴史上に位置付けるべき価値を持つ一文であり、民族文化と尊厳の回復、自立希求の精神を明確に述べているからである。

その昔この広い北海道は、私たち先祖の自由の天地でありました。天真爛漫な稚児の様に美しい大自然に抱擁されてのんびりと楽しく生活していた彼等は、真に自然の寵児、なんという幸福な人たちであったでしょう。

「序」の冒頭には、このようにアイヌの人たちが「静かな大地」で春夏秋冬、折々の自然に育まれながら平和に生活していた頃の情景が美しく描写されている。しかし、「序」の後段では一転、このアイヌの人たちから言葉が失われていく悲しみが述べられる。

けれど……愛する私たちの先祖が起伏す日頃互いに意を通ずる為に用いた多くの言語、言い古し、残し伝えた多くの美しい言葉、それらのものもみんな果敢なく、亡びゆく弱きものと共に消失せてしまうのでしょうか。おおそれはあまりにいたましい名残惜しい事で御座います。

言葉が失われれば、父母の名前も、先祖の名前も、自分たちが動物・植物・自然に与えてきた名前も、そしてカムイユカラをはじめとする多くの口承文芸もすべて消え去る。それはまた自分自身の存在を否定することにもつながるものだ。言語喪失への危惧は想像を絶する苦痛であったに違いない。幸恵の願いはアイヌ民族の自立と文化・言語の伝承であった。

その昔、幸福な私たちの先祖は、自分の郷土が末にこうした惨めなありさまに変ろうなどとは、露ほども想像しえなかったでありましょう。

時は絶えず流れる。世は限りなく進展してゆく。激しい競争場裡に敗残の醜をさらしている今の私たちの中からも、いつかは、二人三人でも強いものが出て来たら、進みゆく世と歩を並べる日も、やがては来ましょう。それはほんとうに私たちの切なる望み、明暮祈っている事でございます。

この「序」の精神が、アイヌの人たちにいかに受け継がれ、波紋を広げたのか、その後のアイヌ文学の担い手たちの文章のなかから見てみたい。

後進に与えた影響

歌人として著名な違星北斗〔一九〇一～一九二九〕は、自ら発行した同人誌『コタン』〔一九二七年〕に『アイヌ神謡集』の「序」を引用し、知里幸恵を賞賛した。また評論「アイヌの姿」では次のように書いている。

北海の宝庫がひらかれて以来、〔略〕保護と云う美名に拘束され、自由の天地を失って忠実な奴隷を余儀なくされたアイヌ…、〔略〕アイヌ！　ああなんと云う冷ややかな言葉であろう。見よ、またたく星と月かげに幾千年の変遷や原始の姿が映っている。山の名、川の名、村の名を静かに朗詠するときに、そこにはアイヌの声が残った。然り、人間の誇は消えない。アイヌは亡びてなるものか、違星北斗はアイヌだ。今こそはっきり斯く言い得るが……反省し瞑想し、来るべきアイヌの姿を凝視《みつめる》のである。

また、歌集『若きウタリに』を著したバチェラー八重子〔一八八四～一九六二〕が一九三一年八月に『婦人公論』に発表した「同胞の立場から」には次のように書かれている。

かういふ長閑な国に住まった吾々ウタリの祖先は、優美に縫ひとりした衣服を纏ひ、あり余る薪を焚いて寒さを忘れ、新鮮な魚や肉を満喫して何不自由なく悠々と生活していたのでした。〔略〕毎年夏になりますと内地からお客様が見え、窓から首をさし込んで見て宛然動物園でも見物する様な態度で行かれる方が往々あります。これは余りに吾々ウタリを侮辱し過ぎていると思ひます。〔略〕一万五千のアイヌ民族を、さういふ一人や二人の外貌だけによって律せられる事は、忍び得ないうらめしい事でございます。

さらに白老で活動した森竹竹市〔一九〇二～一九七六〕は、詩集『若きアイヌの詩集　原始林』の「序」に次のように書いた。

> 文字の無かったアイヌ民族にも、昔から宗教があり藝術がありました。火や水や木や熊等を至高の神とする外、宇宙の森羅万象を神として仰ぎ敬う。〔略〕今日の同族は、〔略〕古来から口伝された宗教儀式や伝説等は廃れ、現存する古老の去った後は全く之を見聞することが出来なくなりました。この過渡期に生まれ合わせた自分が、〔略〕何か言ひ知れない寂寥の感に打たれるのをどうする事も出来ないのであります。〔略〕もとより貧しい文藻でありますが、此の意味で私にとっては心の碑であり、やむにやまれない心の叫びであります。

詩集『一九七三年ある日ある時に』〔創映出版、一九八一年〕で知られるアイヌ民族の現代詩人戸塚美波子は、著書『金の風に乗って』〔札幌テレビ放送、二〇〇三年〕のあとがきに次のように書いた。

> 美しい花々、野にあふれる山菜、険しい山々を自由に歩き回る動物たち。男たちは海へ山へ川へと狩猟に出かけ、命を落とすものも……。長老、女たちは子供たちとコタンを守り、暮らしの糧を作り出す。〔略〕アイヌは大自然の中の朝の陽、燃えるが如く沈みゆく夕日、碧の宝石のような湖、風の中に舞う色とりどりの木の葉たちの中に身を置き、この世を呑み込まんばかりの冬の雪と吹雪の中、ユーカラを語り、唄い、踊り、神々への祈りの日々〔略〕

これら四人の文章に共通しているのは、まさに『アイヌ神謡集』の「序」で描写されたアイヌ民族が「自由の天地」で自然と共生していた頃の、原風景とでも呼ぶべき情景への憧憬であり共感である。そしてそうした原風景に対置させるように、虐げられ同化させられた同族たちの悲しみ、古来伝承してきた文化・言語が失われていく現在への嘆き、そこに芽生えた自我と再起への願いなどが示されている。これらの文章は『アイヌ神謡集』の「序」が後のアイヌ文学へ大きな影響を与えた一例であろう。知里幸惠の後継者たちは、幸惠の描いた原風景を意識下において、それぞれの文学を生み出すための新たな源泉としたのである。

五節　『アイヌ神謡集』の普遍性

『アイヌ神謡集』の外国語訳・海外での評価

『アイヌ神謡集』はこれまでいくつかの国で翻訳出版されている。文学としての普遍性を持っていることの証であろう。

『知里幸惠書誌』が完成した二〇〇四年六月の時点で、英語〔全訳、部分訳〕、エスペラント語〔全訳、部分訳〕、ドイツ語〔部分訳〕、フランス語〔部分訳〕、ロシア語〔部分訳〕に翻訳されているが、英訳についてはその後もいくつかの翻訳がされている〔註〕。外国語訳の普及に伴い、海外からも評価されるようになってきている。

翻訳された『アイヌ神謡集』と海外の評価を見てみよう。なかでも最も著名なものは、フランスのノーベル文学賞作家であるル・クレジオ〔Jean-Marie Gustave Le Clézio、一九四〇年～〕によるものである。二〇〇九年一二月三日付北海道新聞によれば、ル・クレジオは市民講演会「先住民族の語りと文学」〔北大アイヌ・先住民研究センター主催〕で「神謡集は神話でありながら、歴史から受けて来た苦しみも入っており、日常生活にも目が配られている。文学の真理である平和のイメージを語り手が伝えようとしている」と評している。ル・クレジオは知里幸惠を敬愛しており、作家の津島祐子が翻訳を監修した『アイヌ神謡集』のフランス語訳版の出版にも協力している。日本人以外による『アイヌ神謡集』の研究はいまだ途上にあり、その普遍的価値、本質的特徴を説明した批評はないように思っていたが、ル・クレジオは、「文学の真理である平和」の観点から『アイヌ神謡集』を捉えているところにこれまでにない発想の新しさを感じる。

また最近では、三浦綾子作品の研究者で翻訳家・絵手紙作家のデボラ・ダヴィッドソンが“*Carp Tales The SCBWI Tokyo Newsletter*”〔Winter 2012〕に「Yukie Chiri : A Young Ainu Girl Discovers Her Worth」を寄稿している。幸惠の生涯と『アイヌ神謡集』の内容を簡潔に紹介した上で、「この「序」は、それを読んだ多くの人々の心を打ったが、最も意義ある影響はアイヌの人々の身の上にもたらされた。幸惠の仕事は彼女の後継者たちを勇気づけたのである」〔須田訳〕と述べている。『アイヌ神謡集』が後世のアイヌの人たちへ与えた影響に言及したものとして筆者は注目した。

原風景の共有

海外からの評価ではないが、もうひとつ、アイヌの人からの評価を紹介しておきたい。二〇一三年九月、筆者は北海道幌別で行なわれた「知里幸惠フォーラム13 in登別」に参加する機会をえた。そこにゲストで参加した結城幸司〔アイヌ・アートプロジェクト主宰〕が「『アイヌ神謡集』がなければ我々〔アイヌ〕はどうなっていたか」との発言に打たれるものがあった。この結城の言葉も『アイヌ神謡集』の波紋の一例として書きとめておきたい。

　知里幸恵の功績は、『アイヌ神謡集』の「序」および一三編のカムイユカラによって、アイヌ口承文芸が文学としての普遍性を持っていることを明らかにしたことであり、またアイヌ民族の原風景を創造したことであろう。これまで見てきた通り『アイヌ神謡集』の刊行以後、多くのアイヌの人たちが「序」をイメージした文章を書き、原風景を共有している。

　文学の原風景とは、たとえば日本文学における万葉集や古今和歌集の名歌のように、民族の文化的な共有財産であって、アイヌ民族にとってのそれを幸恵が近現代アイヌ文学史の初期の段階で提示しえたことは、アイヌ文学の爾後の発展に大きな影響を与えた。さらに、この原風景とはアイヌの人のみならず民族・言語を超えてユニバーサルな共感を呼びうる普遍性を持った概念であった。人種、民族を超えた海外からの評価はその証である。

　そして何よりも重要なのは、民族文学の原風景を創るというこの重要な仕事を当時一九歳の女性が成し遂げたということである。なぜ幸恵にこれが可能であったのか。それは幸恵の文学のさまざまな鉱脈が重なり合ってできた。それらは実に人間的で日常的な側面から織りなされたものでもあった。多くの複雑で深い悩みを抱えた一人の人間の仕事として、知里幸恵という人とその作品『アイヌ神謡集』はより多面的に評価され、読まれるべきであろう。

　繰り返すが八〇年前に一人のアイヌ女性が著したこの小さな書物がアイヌの人々を支え、今なおアイヌ文学の精神的支柱となっていることは真に偉大なことと言わねばならない。

〔註〕外国語への翻訳は一九二六年のエスペラント語部分訳が最も早く、それに次ぐものは一九七九年、初の英訳となったドナルド・L・フィリッピ（一九三〇～一九九三）による部分訳である。ちなみにフィリッピは古事記の英訳者としても知られている。英訳に関しては近年も左記のような英訳本が刊行されている。

Sarah M. Strong "*Ainu Spirits Singing: The Living World of Chiri Yukie's Ainu Shin'yoshu*" University of Hawaii Press, 2011.

Benjamin Peterson "*The Song The Owl God Sang*" BJS, Books, 2013.

知里幸恵略年譜

一九〇三年　北海道登別に生まれる
一九〇九年　旭川の伯母金成マツに預けられる
一九一〇年　上川第三尋常小学校入学（のち上川第五尋常小学校へアイヌ児童のみ移転）
一九一六年　上川尋常高等小学校入学
一九一七年　区立女子職業学校入学
一九一八年　金田一京助来訪
一九二〇年　旭川区立女子職業学校卒業
一九二一年　金田一にアイヌ神謡集筆記ノートを送る
一九二二年　五月上京、金田一宅に寄寓、九月一八日死去
一九二三年　『アイヌ神謡集』刊行

第6章

詩歌人たちの登場

——内なる越境の始まり

近代におけるアイヌ民族運動は、日本語による学校教育を受けた世代による社会的活動に端を発するが、一九二〇年代初期にあっては、主として個人の思想や行動を起点としたものであった。文学の面では武隈徳三郎が『アイヌ物語』を著したものの、その後、アイヌの人々の表立った表現活動は停滞し、武隈に次いで本を出版した知里幸恵はその才能を惜しまれつつも早世する。しかし近代アイヌ文学の根強さは、その後も詩歌や時評といったかたちで展開されていくことに示されている。武隈や幸恵の意志を継いだ多くの才能ある人々によって、「アイヌ論壇」とでも呼ぶべき同人雑誌などでの表現活動が活発化していくのである。

本章で取り上げる違星北斗、バチェラー八重子、森竹竹市の三人は、一般的にはアイヌ民族の詩歌人として知られる。彼らは日本文学〔和人の文学〕の伝統である短歌あるいは俳句の表現手法を用いたことにより、「アイヌ歌人」、あるいは「アイヌ三〔大〕歌人」と呼ばれることがある。彼らの短詩型文学は日本の伝統文学、先住民族としての抵抗文学、そして多民族国家における日本語文学といったさまざまな観点から議論・研究することが可能である。重要なのは、アイヌ民族によって歌われたその内容であろう。アイヌ民族としての民族意識を持ち、アイヌ文化の精神性を継承しようとした彼らは、文学者〔詩歌人〕であったと同時に社会的な言論活動を活発に行なった人たちであり、「歌人」「詩人」といった鋳型にはめ込む前に、三人の人生を正確に辿り、その主張や思想を考えるとともに、日本の伝統文学の形式を用いて表現活動を行なうにいたったプロセスにも注目しながら論を進めたいと思う。

一節　違星北斗の文学と思想

違星北斗の略歴

まず違星北斗《いぼしほくと》から始めよう。違星北斗の研究については山科清春が違星北斗の詳細かつ膨大な研究成果をウェブサイト上で公表しており〔註1〕、本節ではとくに「違星北斗年譜」「コタン文庫」を参考にしている。予め記すとともにその研究業績に敬意を表しておきたい。

違星北斗〔本名・瀧次郎〕は漁業を営む父甚作、母ハルの三男として、一九〇一年一月北海道余市《よいち》町大川町に生まれている〔註2〕。一九一四年に大川尋常小学校を卒業。大川尋常小学校時代の思い出が、後に東京で知り合った沖縄出身の民俗学者伊波普猷《いはふゆう》の「目覚めつつあるアイヌ種族」〔『伊波普猷全集』第一一巻、平凡社、一九七六年〕に以下のように記されている。

私の母は若い時分に和人《シャモ》の家で下女奉公をしてゐましたので、日本語が非常に、上手でした。母は夙に学問の必要を感じて、家が貧乏であつたにも拘らず、私を和人の小学校に入れました。この時全校の児童中にアイヌの子供は三四名しか居ませんでしたので、アイヌ、アイヌといつて非常に侮蔑され、時偶なぐられることなどもありました。学校にいかないうちは、餓鬼大将であつて、和人の子供などをいぢめて得意になつてゐた私は、学校へいつてから急にいくぢなしになつて了ひました。この迫害に堪へ兼ねて、幾度か学校を止めようとしましたが、母の奨励によつて、六ケ年間の苦しい学校生活に堪へることが出来ました。もう高等科へ入る勇気などはとてもありませんでした。

小学校卒業後、違星は夕張・網走・石狩・轟《とどろき》鉱山など道内各地に木材人夫・漁業労働者などとして出稼ぎに出ている。一九二四年〔大正一二年〕にはロシア沿海州にも出稼ぎに出たとされる。違星は小学校時代の差別された体験に加え、北海タイムス紙に掲載されたアイヌの人を揶揄する短歌〔註3〕を見たことなどで和人に対する「反逆思想」をたぎらせ、和人は「惨忍な野蕃人」であると考えるようになった。

こうしたなか、一九二二年頃に余市登村小学校校長である島田のアイヌの人を思いやる言葉〔註4〕を聞いたことが違星に変化をもたらした。これをひとつの契機として、違星はいわゆる「修養活動」に積極的に取り組むようになる。「修養」とは一般的には徳性をみがき、人格を高めることであるが、当時の「修養活動」とは成城大学民俗学研究所研究員の関口由彦によれば、「日露戦争を契機に全国で展開された「地方改良運動」の一環」としての国民的運動である。違星は、一九二四年にはアイヌ青年の修養会である「茶話笑楽会」を組織した〔註5〕。山科は「違星北斗年譜」で、「この頃までに、思想上の「転換期」を迎える。（正確な時期は不明）」と記している。またこの頃から修養活動の過程で知り合った当時余市尋常小学校訓導の古田謙二〔一八九九〜一九八三、俳人、教員、銀行員。号・冬草。俳句誌『緋衣』を創刊〕や小学校の恩師の奈良直弥〔号・如翁〕の影響で俳句を作るようになり、「奈良直弥、小保内桂泉らの属している余市の俳句グループに属する」とともに、東京の俳句誌『にひはり』に投稿を始めた。

その後違星は、修養活動の過程で知り合った西川光二郎〔一八七六〜一九四〇、大逆事件後転向した元社会主義者、転向後は雑誌『自働道話』を発行し修養運動を主宰〕の勧めに応じて上京を決意し、一九二五年、東京府市場協会に事務員としての職をえた。

なお、違星が社会主義者であったという誤解が今なおあるのは、違星が右の西川と交流したことや、一九六三年に出版された湯本喜作『アイヌの歌人』〔洋々社〕の記述〔註6〕が原因かと思われる。山科も指摘しているように、生前の違星の交流関係から言っても、彼の短歌や俳句・評論・日記・童話の内容から言っても、社会主義思想を持っていたとは考えられない。

上京、修養活動

さて、上京した違星はすぐに金田一京助を訪れる。金田一の随筆「違星青年」には違星が訪ねてきたときの様子が次のように記されている。

> 五年前のある夕べ、日がとっぷり暮れてから、成宗の田圃をぐるぐるめぐつて、私の門前へたどり着いた未知の青年があつた。出て会うと、ああうれしい、やっとわかつた。ではこれで失礼します。誰です、と問うたら、余市町から出てきたアイヌの青年、違星滝《ママ》次郎というものですと答えて、午後三時ごろ、成宗の停留所へ降りてから、五時間ぶっとおしに成宗を一戸一戸あたって尋ね廻って、

足があまりよごれて上れないというのであった。とにかく、上がってもらった。

違星はこのように上京直後に金田一を訪問しているが、金田一も書いているように、上京前に金田一とは一面識もない。違星はこのときの訪問で金田一から知里幸恵と『アイヌ神謡集』、そしてバチェラー八重子の存在を教えられた。とくに知里幸恵について違星は、「実は東京に出て来るまで、アイヌの女性にこんな偉い人があつたといふことを知りませんでした、実に惜しいことをしました」と後に伊波普猷に語っている。違星は『アイヌ神謡集』の「序」に書かれた幸恵の民族愛の精神に深く共感することとなり、それが従来の修養主義からアイヌ民族のアイデンティティに依拠した精神の自立へと考え方を転換させるきっかけのひとつとなった。このエピソードは知里幸恵が自らを犠牲に供して蒔いた『アイヌ神謡集』という種子から、違星北斗という新たな芽が生まれたことを示している。

東京で違星は金田一の手引きによって第二回東京アイヌ学会（一九二五年三月一九日）、北方文明研究会（一九二六年五月二七日）などに出席し、伊波普猷などの研究者と知り合った〔註7〕。このように東京でさまざまな見聞きをし民族意識を高めた違星は、アイヌ民族の社会的自立が必要だと思うようになった。また、東京における自らの恵まれた立場を省みて、苦悩の末に、アイヌの研究はアイヌ自身の手でなされなければならないという考えにいたり、北海道へ帰ることを決意した。違星は次のように書いている。

見るもの聴くもの私を育てるものならざるはなく、私は始めて世の中を暖かく送れるやうに晴れ晴れとしました。けれどもそれは私一人の小さな幸福であることを悲しみました。アイヌの滅亡

——それも悲しみます。私はアイヌの手に依ってアイヌの研究もしたい。アイヌの復興はアイヌでなくてはならない。強い希望にそゝのかされて嬉しかった。東京をあとにして、コタンの人となったのです。

〔「淋しい元気」『新短歌時代』一九二八年一月号〕

北海道に帰ってからの違星は、幌別《ほろべつ》・平取《びらとり》など道内各地で積極的にアイヌの同胞とかかわった。そして自らコタンでアイヌ民族としての活動を行なうかたわら、バチェラー八重子・知里真志保とも親交を持った。また、並木凡平の主宰する短歌雑誌『新短歌時代』や小樽新聞に短歌を投稿するようになり、帰郷後、違星の創作活動は従来の俳句から短歌へ移行していった。この間の一九二七年六月には、同族の友人中里篤治と余市で同人誌『コタン』を創刊し、また、当時小樽の手宮で発見されたフゴッペ遺跡の古代文字に関する小樽高商教授西田彰三への反論記事を小樽新聞に寄せた。

さらに吉田菊太郎〔一八九六〜一九六五〕、辺泥和郎《べてわろう》〔一九〇六〜一九八二〕と語らい、三人で「アイヌ一貫同志会」を作り、同胞への啓蒙を行なうことを約束した。生活は貧しく、若い頃から幾度となく病魔に襲われるなかで、違星は一九二七年〔昭和二年〕の暮れより売薬行商をしながらアイヌコタンの巡察を始めた。積丹半島の美国《びくに》、古平《ふるびら》から余市をまわり、その後日高・胆振方面へも足を伸ばす。厳寒の季節、同胞にアイヌ民族としての自立と自覚を促すために強靭な意志と実行力で違星はコタンを訪ね歩いた。そのさなかに詠んだ短歌を読むと筆者は感動を禁じえない。

翌一九二八年の春から肺結核の病状が悪化し、翌二九年一月二六日、違星は二七歳で亡くなった。辞世の歌〔一九二九年一月八日〕は次の三首であった。

青春の希望に燃ゆる此の我にあ、誰か此の悩みを与へし
いかにして「我世に勝てり」と叫びたるキリストの如安きに居らむ
世の中は何が何やら知らねども死ぬ事だけはたしかなりけり

文学の軌跡

ここからは違星北斗の作品について見ていきたい。まずは違星の著作を山科の「違星北斗年譜」を参考にジャンルと発表媒体への掲載を左に整理しておく。

違星の文学活動の始まりがいつからなのかは定かではない。俳句の創作から始めて後に短歌を創作するようになり、それらの作品は一九二四～二八年のほぼ五年間に、俳句誌『にひはり』、短歌雑誌『新短歌時代』『志づく』、そして小樽新聞を中心に発表された。亡くなる前の二年間〔一九二七年、二八年〕は、同人誌『コタン』の刊行を含めとくに精力的に文学活動が行なわれている。なお、生前未発表だった自選の俳句と短歌は没後、一九三〇年に希望社出版部から刊行された遺稿集『違星北斗遺稿コタン』〔一九八四年と九五年に草風館により復刻〕に掲載されている。

詩歌

一九二四年　俳句七句　（句誌『にひはり』）

短歌一首（『自働道話』）
一九二五年　俳句一〇句（句誌『にひはり』）
　詩一編（永井叔著『緑光土』に掲載）
一九二六年　俳句二句（『医文学』）
　短歌一七首（『子供の道話』五首、『自働道話』四首、『医文学』八首）
一九二七年　短歌八〇首（同人誌『コタン』一七首、小樽新聞三六首、『新短歌時代』一五首、『北海道人』六首、『子供の道話』六首）
一九二八年　俳句一句（『自働道話』）
　短歌百二八首（『新短歌時代』一〇首、小樽新聞三〇首、『自働道話』二首、『志づく』八六首）
一九三〇年　俳句二〇句（『違星北斗遺稿コタン』）
　短歌一三三首（『違星北斗遺稿コタン』）〔註8〕
一九三一年　俳句三句（『北海道樺太新季題句集』）
一九五四年　俳句一句（『違星北斗遺稿集』古田謙二「落葉」）

随筆・童話

一九二五年　随筆「熊の話」（句誌『にひはり』）
一九二六年　随筆「春の若草」〔註9〕

書簡「アイヌの一青年から」（『医文学』）

一九二七年　童話「半分白く半分黒いおばけ」〔註10〕（『子供の道話』）

童話「世界の創造とねずみ」〔註11〕（『子供の道話』）

随筆「死んでからの魂の生活」（『子供の道話』）

論考「疑ふべきフゴッぺの遺跡」（小樽新聞連載、翌一九二八年まで）

随筆「閑話休題」のちに「我が家名」（小樽新聞）

随筆「アイヌの姿」「はまなし涼し」（『同人誌コタン』）

一九二八年　随筆「淋しい元気」（『新短歌時代』）

随筆「北海道の熊と熊取の話」（『北海道人』）

童話「アイヌの童話　鳥と翁」（小樽新聞）

このほかに、雑誌『自働道話』『子供の道話』に違星の書簡が掲載されており、『違星北斗遺稿コタン』には生前未公表の日記やその日記に書かれていた短歌、「アイヌの誇り」などそのほかの短文が掲載されている。

次に各作品についての文学的特徴を見ていきたい。

違星北斗の俳句

違星の創作の原点は俳句である。山科の研究によれば、違星が余市の俳句グループに属したのは一九二四年〔大正一三年〕のことで、二三年末頃から奈良直弥や古田謙二の影響で俳句を始めたという。当時の北海道俳壇は、中央の『ホトトギス』に代表される伝統的な写実主義の俳句の流れと、北海道独自の風土を詠む俳句の流れがあった。後者は青木郭公〔一八六四〜一九四三〕が北海道の「独自の風土性と郷土性を目指して」〔註12〕俳句誌『暁雲』を創刊したことから始まる。違星が兄事した古田は、青木の信任厚く、『暁雲』の編集にあたるなどして北海道俳句の独自性を求めた俳人であり、違星はその作風の影響下にあったと言える。

違星は、余市の「にひはり句会」に参加し、俳句誌『にひはり』〔東京市牛込区中里町十五番地 にひはり発行所〕への投稿を始めた。『にひはり』は俳人伊藤松宇〔一八五九〜一九四三〕が一九一一年に創刊したものだが、当時は勝峰晋風〔一八八七〜一九五四〕が発行を引き継いでいた。違星の初の掲載は一九二四年二月号で、以後同誌への投稿は翌二五年九月号まで続く。この一年半に掲載された回数は一一回、投稿句数は一七句である。このなかには草風館版『違星北斗遺稿コタン』には収録されていないが『にひはり』でその掲載を山科が確認した五句を含み、反対に『違星北斗遺稿コタン』には掲載されているが『にひはり』当該号〔一九二四年一一月号〕には掲載を確認できなかった二句を除外している。なお右の二号は筆者も閲覧しその事実を確認した。

『にひはり』投稿句以外には、違星の自選句歌集に二〇句があるほか、『医文学』〔一九二六年一〇月〕に二句、『北海道樺太新季題句集』に三句、古田謙二「落葉」〔『違星北斗遺稿集』違星北斗の会、一九五四年〕に違星の作品として一句があり、これらを含めて現時点で公表されている違星の俳句は全四四句ということになる。

ただし、当時北海道俳壇には「北斗」と号する俳人が筆者の確認したかぎりあと二名存在する。それは関北斗〔一九二四年に「炭渓会」を夕張で結成＝註13〕、入江北斗〔一八八七〜一九七九、一九二四年に熊笹俳句会を興す＝註14〕の二名である。俳句誌への掲載は俳名のみのことが多く、いずれも違星と同時期に道内で活動している。とくに『北海道樺太新季題句集』に掲載された「北斗」名の三句のうち、作者名がそれぞれ「北斗」「故北斗」と区別されている前二句が、本当に違星北斗の作であるかについては未確認である〔註15〕。ちなみに、違星の活動が主に短歌に移行していた一九二八年〔昭和三年〕の『にひはり』に、「北斗」名での投稿が掲載されているが、これは俳名の上に小さな活字で「會寧」と付されており、当時日本領であった朝鮮半島の會寧在住の人である可能性が高く、違星北斗とは別人と思われる。

違星の俳句は伝統的な有季定型句が大半で、身のまわりの日常風景を扱ったものが多い。アイヌ民族を主題にした句は少なく、民族的抵抗やアイデンティティを強く主張する句はない。数少ないアイヌ民族に関する句は次の五句である。

夏の野となりてコタンの静か丶な　〔『にひはり』一九二五年八月号〕
大熊に毒矢《ぶし》を向けて忍びけり
新酒のオテナの神話《ゆうかり》きく夜かな
――オテナ――アイヌの酋長　〔以上、『にひはり』一九二五年九月号〕
川止めになってコタン（村）に永居かな　〔『医文学』一九二六年一〇月号〕
蛙鳴くコタンは暮れて雨しきり　〔自選句歌集「北斗帖」〕

ここでは「コタン」や「神話《ゆうかり》」などアイヌの言葉を用いているが、内容は静寂な情景描写である。

違星が俳句を発表した期間は、一九二四年から翌二五年までである。これは余市で修養活動を本格化させ、その流れに乗って東京で就職した時期であった。この頃の違星の思想は、修養により人間形成をいかに図るかが中心であったと思われる。後に東京でのさまざまな体験によってアイヌ民族としての意識を高めていくことになるのだが、この時期の俳句には控えめなものが多い。後の違星の短歌や思想を知っている者が読めば、意外と思われるかもしれない。違星にとってそのときどきの感慨や日常の風景を言葉で表現する俳句は、言葉の持つ力を知る契機となったのではないだろうか。しかし一方では、『にひはり』主宰者の勝峰晋風が一九二四年九月に余市を訪れた際、「北斗子は舊土人であるが、アイヌ族の一人たるを恥るよりは寧ろ同族をして何人にもヒケを取らないまでに進歩させようといふ氣概家」と評したように、俳句を創作していた頃から違星は内に秘めた闘志を持っていたことも知っておく必要があるだろう。

最後にアイヌ民族に関するものではない違星の俳句を掲げておこう。

塞翁が馬にもあはで年暮れぬ
日永さや背削り鰊の風かはき
大漁の旗そのまゝに春の夜
春浅き鰊の浦や雪五尺
雁落ちてあそこの森は暮れにけり

違星北斗の短歌

違星の文学活動は俳句から次第に短歌へ移行していく。その理由を彼自身は語っていない。違星が短歌を作り始めた時期も不明であるが、作品の多くは当時一世を風靡していた口語短歌である。文語短歌も違星は詠んでいるが、違星を世に知らしめたものはやはり彼の主張を大胆に訴えた口語短歌であった。そこには俳句時代の修養主義から自らの思想や感情を解き放ち、等身の自己に則した内面の野太さや逞しさがほとばしり出ている。

違星が短歌を始めてから発表媒体で最も古いものは、東京に赴く前の一九二四年一一月の『自働道話』で、次の一首が掲載された。

外つ国の花に酔ふ人多きこそ菊や桜に申しわけなき

作歌時期と発表時期は必ずしも一致するものではないが、一九二七年〔昭和二年〕八月に違星が発行した同人誌『コタン』に一七首を発表したあと、二七年一〇月から翌二八年までの約一年の間に、小樽新聞〔六六首〕、『志づく』〔八六首〕、『新短歌時代』〔二〇首〕、『北海道人』〔六首〕に計一七八首を発表している。さらに没後、遺稿集に一三三首、『ウタリ之友』に七首が掲載された。その数は俳句の比ではない。主たる作歌時期は、違星が東京から北海道に戻った後の一九二七年後半以降の約一年間ということになる。違星の短歌は重複して発表されていたり、一度発表したものを改作して発表したりしているものも多い〔註16〕。さらに未発表の作品が存在する可能性もあり、その正確な数の把握は現時点の筆者には困難である。山科の研究を参考にして何らかの紙誌に掲載された数で言えば三九〇首前後というところであろうか。

そのうちアイヌ民族をテーマとした短歌は一〇〇首を超えるが〔註17〕、それが違星短歌の太宗《たいそう》を占めるわけではない。貧困・闘病・家族・自然情景など、人間としての普遍的な主題の短歌も多い。こうした詠題の幅の広さは、違星の多角的な視点、柔軟で豊潤な精神性に基づくものであろう。もともと違星は画筆もとり、尺八を好むなど、文学はもとより美術・音楽にも素養を持つ人であった。この多面性は違星北斗の人物像を考えるとき忘れてはならない鍵のように思われる。

さて、違星と口語短歌の接点としては、小樽新聞で口語短歌欄を主宰し、口語短歌雑誌『新短歌時代』を創刊していた並木凡平との関係が注目される。並木が違星を見出したとも言えるが、しかし違星は並木と出会う以前から口語短歌を作っており、それを自らの作風とした契機がどのようなものであったのかは不明である。

並木凡平〔一八九一～一九四一。札幌生まれ〕は北海道の口語短歌を代表する歌人のひとりで、小樽新聞や主宰した『新短歌時代』を中心に活躍した。『北海道大百科事典』〔北海道新聞社、一九八一年〕で中山周三は北海道における口語短歌について次のように解説している。

北海道での口語歌は伊東音次郎や並木凡平の先導によるところが大きく、１９２１年小樽新聞歌壇創設後は北海道内を風靡した。小樽中学生の『白線』や『橄欖樹』『一点』などの歌誌が出され、札幌短歌会の久城吉男（秋葉安一）や代田茂樹らも啄木風の三行歌から口語歌に移行、並木らとともに北海道口語歌人連盟を結成した。昭和に入ってからも『新短歌時代』や、その後継の『青空』、並木に批判的な『寒帯』『無風』などの刊行も見られた。それらも１９３１年の旧人新人ひっくるめての『蟹』の休刊を最後に、時局の変転に伴い、思想的なものは弾圧を蒙り、加えて理論的な根拠の薄弱さがたたり、日中戦争・太平洋戦争と時局が深刻化するにつれ消滅していった。

ここに見られるように、当時「北海道内を風靡」していた口語短歌を違星はごく自然に受け入れ自分の作風にしていったのだろうか。違星の短歌がある程度まとまって世に出たのは『医文学』〔一九二六年九月号〕という雑誌に「アイヌの一青年から」の題で書簡とともに八首掲載されたのが初めてである。この雑誌は東京の医文学社から発行され、読者は医療関係者だったと思われる。続いて『自働道話』『子供の道話』に数首が掲載される。その後に掲載された雑誌が自ら創刊〔一九二七年八月〕した同人誌『コタン』である。そして『コタン』が発刊された約三カ月後の一九二七年一〇月三日から、小樽新聞の並木による口語短歌欄に違星の短歌が掲載され始める。『新短歌時代』創刊号〔一九二七年一二月〕の並木凡平「河畔雑記」によれば、小樽新聞への違星の投歌〔投稿〕により、並木は違星の存在を知ったようである。ただし並木はそこで「アイヌというハンディキャップ」あるいは「亡びゆく民族にとって、救世主として彼の出現に驚異した」などと書いているように、並木のアイヌ民族観は当時の代表的な差別意識と滅亡史観に基づくものであった。東京での生活によって民族意識を高めていた違星はこの一文をどのように読んだだろうか。

「違星北斗年譜」によれば、違星が並木凡平と対面するのは、小樽新聞に初めて違星の短歌が掲載された二七年一〇月三日から一カ月後の一一月三日、余市の妹尾よね子宅で行なわれた余市短歌会詠草でである。違星がのちに著した「私の短歌」という一文には、彼自身のなかから自然に生まれ、それが流行中の口語短歌の影響を受けずに違星オリジナルの口語の短歌となった、と書かれている。当時の並木は、違星の民族的訴えとしての短歌を既成の短歌の枠内に位置付けようとしてはいなかっただろうか。「アイヌ民族による日本語文学」を「日本文学」へ強制連行することのないよう今こそ慎重な検証が必要であろう。

ところで、東京から帰郷後、違星は幌別で行なわれたバチェラー八重子の短歌会に出席している。それがきっかけで俳句から短歌へ移行したのではないかという説がある。しかし山科は、違星は八重子と出会う以前から短歌を作っていることから、二人の出会いが契機ではないとしている。筆者も同感で、八重子の短歌は文語を基本とし、口語短歌の違星とは作風が異なる。ただ、バチェラー八重子のアイヌ民族への思いが、短歌のテーマとして違星に何らかの影響を与えた可能性はある。後に違星は「私の短歌」でこう述べている。

> 私の歌はいつも論説の二三句を並べた様にゴツゴツしたもの許りである。叙景的なものは至って少い。一体どうした訳だらう。公平無私とかありのまゝにとかを常に主張する自分だのに、歌に現はれた所は全くアイヌの宣伝と弁明とに他ならない。それには幾多の情実もあるが、結局現代社会の欠陥が然らしめるのだ。そして住み心地よい北海道、争闘のない世界たらしめたい念願が迸り出るからである。殊更に作る心算で個性を無視した虚偽なものは歌ひたくないのだ。

この一文から短歌に向き合う違星の姿勢がよくわかる。虚飾を排し自分自身の偽らぬ思いを表現すること。ここで違星の民族意識、アイデンティティが表白された作品を紹介しておこう。

アイヌ！　と只一言が何よりの侮辱となって憤怒に燃える
人間の誇は如何で枯るべき今こそアイヌの此の声をきけ
アイヌを食ひものにした野蕃人あはれ内地で食いつめたシャモ
我はたゞアイヌであると自覚して正しき道を踏めばよいのだ
仕方なくあきらめるんだと云う心哀れアイヌを亡ぼした心
ウタリーは何故滅び行く空想の夢より覚めて泣いた一宵
アイヌと云う新しくよい概念を内地の人に与えたく思う
うっかりとアイヌ嘲り俺の前きまり悪気に言い直しする
アイヌとして生きて死にたい願もてアイヌ絵を描く淋しい心
無自覚と祖先罵ったそのことを済まなかったと今にして思う
勇敢を好み悲哀を愛してたアイヌよアイヌ今何処に居る
獰猛な面魂をよそにして弱い淋しいアイヌの心
アイヌ相手に金儲けする店だけが大きくなってコタンさびれた
滅亡に瀕するアイヌ民族にせめては生きよ俺の此の歌
あ、アイヌはやっぱり恥しい民族だ酒にうつつをぬかす其の態

泥酔のアイヌを見れば我ながら義憤も消えて憎しみの湧く
子供等にからかわれては泣いて居るアイヌの乞食に顔をそむける
見せ物に出る様なアイヌ彼等こそ亡びるものの名によりて死ね

力のこもった熱量の高い歌であり、傷口から鮮血が迸《ほとばし》るような傷ましい歌の数々である。当時のアイヌ社会の現実に対する怒りや苦悩を直截に訴えかけるような歌ばかりである。それは今なお生命力にあふれた歌としてここに存在していることに読む者はみな驚かざるをえないであろう。かかる違星の感情の起伏、観念の振幅こそ、違星の文芸創作のエネルギーの源泉であった。この大きな振幅の中に、矛盾に悩む心、理想を追求する心、現実を見つめる眼を混在させ、苦悩し、そこからなお希望を見出そうとしている違星の精神がうかがえる。こうした短歌をかつて和人は見たことがなかった。並木凡平が主宰する『新短歌時代』一九二八年七月号に「第六回新短歌時代座談会」という記事が掲載されている。そこで歌人たちが次のような座談をしている〔註18〕。


(凡)どうです彗星的に現れた彼の違星北斗君に就いてなにか。

(輝)違星さんの作品に就いて近ごろ非常に幻滅を感じてきました。

(笑)同感々々。

(美)未見ですが歌を通して見た違星君は大変に大和民族的なねつ情のある歌人だと思ってゐます、だが最近の作品のどれもが極端に誇張し過ぎてゐてさつぱり駄目ですね一時は中村孝助氏と共に注目された人ですのに。

（さだ）そう、僕なんかも一時作品には感心させられましたが此の頃の作品はどうも好きになれません。

（保）なぜ違星さんがはじめて歌壇に現出したころのような自然らしい歌が近ごろ生れないのかと不思議に思つております。

（凡）彼の処女作「握り飯腰にぶらさげ出る朝のコタンの空になく鳶の声」当時の詩的情感が今日枯死した感のあるのは甚だ物足りない。民族的偏見と、議論の一節に近い叫びを余りに強く悪どく出しすぎてるの感がある然し理論のしつかりした点は将来期待していゝと思ふ。〔旧字は新字に変換した〕

当時の違星の短歌に対する和人歌人たちの捉え方がよくわかる。アイヌ民族の切実な訴えが「民族的偏見」とみなされる時代であった。筆者からすればこの座談会こそ和人の固定観念・歴史観・文学観の偏向性を「強く悪どく出しすぎてる」座談会と言うべきで、当時の和人の認識レベルが如実に現れていると思う。

違星の短歌に対する評価

違星の短歌は、現代では抵抗文学としての側面から評価されることが多い。たとえば、北海学園大学教授で歌人の田中綾は「抵抗の文学・アイヌ歌人たち」〔『短歌往来』一九九六年一〇月号、ながらみ書房〕のなかで、違星をはじめバチェラー八重子・森竹竹市らが短歌という「かれらにとっては侵略者たちの長い伝統をもつ文芸」に同胞たちへのメッセージを託したのには、「短くまとまった詩型という有効性の他に、もう少し理由がある」とした。そして「アイヌ歌人の短歌に対する姿勢が一般の歌人とは異なる」とした上で、違星については次のように解説した。

> 北斗にとっては「歌＝訴え」であり、〔略〕ときおりスローガン調であることも、実際にスローガンたることが目的であったようにも思われる。外部と内部への抵抗の表現体として、そしてスローガンとしても有効な詩型として、かれらは「短歌」を選んだのだ。叙情を得意とする短歌にスローガン的な有効性を見ることでシャモに抵抗し、アイヌ民族の叙事詩である「ユーカラ」ではなくシャモの文芸を手段とすることで同胞たちへも抵抗の意識を見せたアイヌ歌人たち――短歌史において、かれらの短歌は「抵抗の文学」として位置付けられるべきではないだろうか。

一方、札幌大学教授の本田優子は「うたが生まれる時代――短歌定型で歌ったアイヌたち」〔『短歌における批評とは』岩波書店、一九九九年所載〕のなかで、「近代に入り、自らの内的情動を日本語の短歌定型で表現しようとするアイヌが現れた。彼らはしばしば〈アイヌ歌人〉という不思議な名称でひとくくりにされ、その歌は〈抵抗の文学〉と評された。そして彼らがアイヌ民族の伝統的な表現形式ではなく日本語の短歌に拠ったことさえも、民族的な抵抗意識の表れとみなされたりする。そうだろうか――」と田中とはやや異なる視点から問題提起した。本田は以下のように展開する。

アイヌの日常から急速にアイヌ語が失われていく状況のもと、日本語による新たなアイヌの文学が生まれたことはある意味で必然だったが、それらの文学は、良くも悪しくも、これまで正当に評価されてきたとはいえない。その背景には、アイヌ語で語られる伝統形式のものこそが〈アイヌ的〉であり価値がある、という非共時的で身勝手な論理が見え隠れする。アイヌ語でなくとも、伝統的形式に拠らなくとも、それらは決してアイヌ文学の亜流などではない。

日本の同化政策によってアイヌの人々は日本語を強制され、近代アイヌ文学がそれを用いて展開せざるをえなくなったことは、まぎれもない事実である。しかし筆者は違星の短歌に限らず、アイヌ民族のアイデンティティを持つ人たちが侵略してきた側の言語と文学の手法によって抵抗の意志その他を示すことになんら矛盾はないものと考える。序章に述べた通り、アイヌ民族としての明確な意識の下に、アイヌの人たちがアイヌ語以外の言語で表現したものは、仮にそれがロシア語で表現されたものであっても、それは正統なアイヌ文学である。違星の短歌について言えば、アイヌ民族による日本語文学として正当に評価されることが重要である。その上で違星の文学の最大の特徴はアイヌ民族文学として初めて和人に対する抵抗の意思を表示した文学であることを指摘したいと思う。この抵抗の意思表示に際し、口語短歌は最も違星に合った手法であったのだろう。

翻って「抵抗文学」とは何だろうか。佐藤晃一・山下肇による『ドイツ抵抗文学』（東京大学出版会、一九五四年）の序文には次のように書かれている。

抵抗文学とは何か。文化を擁護して野蛮と闘争する一切の文学が抵抗文学である。つまり、文学の名に値する文学が抵抗文学なのである。

これは抵抗文学を過不足なく定義した名文と言えよう。『ドイツ抵抗文学』はナチズムに抵抗したドイツの文学者とその作品を解説した本であるが、右の定義はドイツ文学に限らず文学における普遍的な定義であろう。ここで言う「抵抗」とは、本来平等である人間が同じ人間によるいわれなき差別や支配に抗う本能のことである。右の定義に照らし合わせれば、違星の文学はまぎれもなく「抵抗文学」である。では違星は何に対して抵抗したのか。それは日本による強制同化とそれに伴う差別・偏見である。違星が問うたのは、アイヌ民族を今なお優勝劣敗や正統・異端の論理で見ようとする旧来変わらぬ和人の視点であったろう。和人の視点とは、「抵抗」という言葉に本能的な拒否反応を示し、「単一民族国家日本」に執着する和人の閉塞性であり、そこにある矛盾と欺瞞に今なお無自覚であるということである。日本における「抵抗」の問題とは、実は「抵抗される側」に本質的な問題があるのである。

筆者には、晩年肺結核を患い、喀血したある日、大暴風雨のなかを「ゆっくり歩いて山岸病院へ行く」違星の姿が思われてならない。一〇年以上前、余市の違星宅のあった場所からほど近いこの山岸病院の跡地周辺を歩いたことがある。あの短い距離を暴風雨のなかにもかかわらず「ゆっくり」歩かねばならないほど衰弱している違星の姿を見たような気がした。その姿は今なお切なく胸に迫る。違星はそうした晩年を過ごしつつ短歌を遺していったのである。

違星北斗の評論

アイヌ民族の近現代史において違星北斗はまず歌人として知られるが、一方で行動力を伴った批評家としても重要な足跡を残している。違星北斗の項を終える前に、評論分野での業績も記しておかなければならない。この分野で違星の最も意義ある仕事は同人誌『コタン』に執筆した「アイヌの姿」であろう。ここで違星は、先住民族として自らの帰属意識を主張し、差別を批判、和人との「対等」であるべき概念として「同化」を考えた。先住民族の捉え方が社会的に未成熟ななかで、民族の自立と多様性、相対的価値観といった現代にも通じる議論への先見性を示したと言える。

近代におけるアイヌの人々の「同化」に対する考え方については、第4章〔武隈徳三郎の『アイヌ物語』とその周辺〕においても若干ふれた。当時の日本ではアイヌ民族は「滅びゆく民族」としての固定観念がほぼ定着していた。世界的に見ても、スペンサーの「適者生存」、ダーウィンの「進化論」などの思想が支配的ななか、非支配民族たる先住民の支配民族への同化は必然と考えられ、人類学上の研究や希少言語の学術的保存以外に日本では真にアイヌ民族の立場に立った政策はなんら行なわれることなく、和人への同化は必然と考えられた。強制同化はむしろアイヌ民族の救済であるとさえ多くの国民に信じられていた。そのような社会のなかで、違星は社会的問題として「同化」にいかに対応すべきかを考えた。「アイヌの姿」には次のような一文がある。

吾人は自覚して同化することが理想であって模倣することが目的でない。

ここで違星が言う同化とは、当時一般に考えられていたアイヌの人々が無条件に和人に吸収され消滅することを是とする同化ではない。それはアイヌ民族としての自律的な自己同定を伴うものであり、民族の意識と誇りを自覚した上での「対等化」を起点とした「同化」である。つまり違星が訴えているのは、民族的アイデンティティを自ら認識する、ということの主張であった。

その裏返しとして違星が否定したものが「シャモ化」である。これはただひたすらにアイヌ民族としての自らを否定して和人化を目指すということである。そのことを違星は次のように述べている。

近頃のアイヌはシャモへシャモへと模倣追従を事としてゐる徒輩が亦続出して、某はアイヌでありながらアイヌを秘すべく北海道を飛び出し某方面でシャモ化して活躍してゐたり、某は〇〇〇学校で教鞭をとってゐながら、シャモに扮してゐる等々憫むべきか悲しむべきかの成功者がある。これらの贋シャモ共は果して幸福に陶酔してゐるであらうか？　否ニセモノの正体は決して羨むべきものでない。

違星はこうした「同化」「シャモ化」という考え方を起点にして次のように論を展開していく。

鮮人が鮮人で貴い。アイヌはアイヌで自覚する。シャモはシャモで覚醒する様に、民族が各々個性に向って伸びて行く為に尊敬するならば、宇宙人類はまさに壮観を呈するであらう。嗚呼我等の理想はまだ遠きか。

ここで第4章で取り上げた武隈徳三郎の『アイヌ物語』を思い起こしてもらいたい。武隈の『アイヌ物語』に違星の言説と類似した表現がなかっただろうか。『アイヌ物語』第二章「アイヌの風俗習慣」のなかで武隈は「文身《いれずみ》」について次のように書いていた。「世界の各人種は容貌の異るが如く、其の趣味も亦一様ならず。西洋婦人の胴を細くし、日本婦人の「おはぐろ」を塗るが如く、アイヌ婦人も文身によりて始めて女らしく見えしため、斯くは習慣と為りて行はれ来りしものならん」——。そこで武隈は民族風習を比較し、絶対的な価値観を否定して相対的価値観が重要であることを説いていた。違星の考え方と同じである。

違星は、アイヌの研究はアイヌ自身がやらねばならぬとして東京から北海道へ戻った。アイヌ研究を和人に依存している限り、アイヌの人々は和人と対等ではないと考えたからであろう。民族の多様性とは各々が自立してほかの民族と対等な位置にいることが前提である。違星の考える同化にはアイヌ民族と和人は対等という意識がその根底にあったことは明白である。

このような思想は、今日的には「相対的価値観に基づく多文化共生」、あるいは「多民族共存の主張」と呼べるものであるが、進化論に根ざした当時の先住民族政策の下では一般的に理解されるものではなかった。それだけに武隈や違星が主張した議論は実に先見的なものであったと言える。

オーストラリア国立大学教授のテッサ・モーリス-スズキは違星の同化思想について次のように分析している。

彼の言葉は同時に、彼が二つの選択肢のはっきりとした対比を認知していたことを示唆してもいる。すなわち、シャモ（アイヌ自身とは区別される日本民族をあらわすアイヌ語であり、ときには日本語で「和人」とあらわされる）になろうとする決意と、日本人であろうとする、もしくは日本人になろうとする決意とのあいだにある差異の存在について、彼は気づいていた。日本人とは「外国人」と区別された日本国民（Japanese national）のことであり、違星はこの範疇を彼自身の覚醒したアイヌとしての自覚と完全に両立しうるものだとみなしていた。

〔『辺境から眺める』みすず書房、二〇〇〇年、一七五頁〕

テッサ・モーリス - スズキのこの見解は、違星の「アイヌの姿」における以下の文章から導き出されたものであろう。

アイヌでありたくない——と云ふのではない。——シャモになりたい——と云ふのでもない。然らば何か「平等を求むる心」だ、「平和を願ふ心」だ。適切に云ふならば「日本臣民として生きたい願望」であるのである。

わかりにくい表現かもしれないが、違星の同化についての真意はここに述べられていると筆者は考える。なお、「アイヌの姿」にはほかにも印象的な文章があるので紹介しておきたい。

シャモに隠れて姑息な安逸をむさぼるより、人類生活の正しい発展に寄与せねばならぬ。民族をあげて奮起すべき秋は来た。今こそ正々堂々「吾れアイヌ也」と呼べよ。
吾アイヌ！　そこに何の気遅れがあらう。奮起して叫んだこの声の底には先住民族の誇まで潜んでゐるのである。この誇をなげうつの愚を敢てしてはいかぬ。不合理なる侮蔑の社会的概念を一蹴して、民族としての純真を発揮せよ。公正偉大なる大日本の国本に生きんとする白熱の至情が爆発して「吾れアイヌ也」と絶叫するのだ。

これらの文章の行間には、今日で言う「先住権」や「民族自決権」の主張が潜んでいるようにも思える。「先住民族」という概念は他民族を侵略する行為――帝国主義および植民地主義――に基づいており、侵略された先住民族はさまざまな権利が奪われる。その権利の回復のためにはまず「先住権」と「民族自決権」の実現がなされなくてはならない。民族自決とは、フランス革命に源を持ち、あらゆる民族の権利であると今日では理解されているが、違星の時代に認識されていた「民族」とはあくまでも「民族国家」を形成する「民族」であり、そのなかに征服された少数の「先住民族」は含まれてはいなかった。それを当時、社会的問題として位置づけた違星の先見性に驚かざるをえない。

違星が主に活動した一九二〇年代についてもふれておきたい。とくに一九二〇年代半ば以降は、大正デモクラシーと呼ばれた比較的自由な社会環境が後退を始めた時期である。一九二五年〔大正一四年〕四月、治安維持法が公布され、特別高等警察による社会主義的活動への監視・取締が強まっていた。一九二八年〔昭和三年〕には三・一五共産党一斉検挙事件があり、一九三三年には小林多喜二の逮捕・拷問死があった。

そうしたなかで少数民族の「民族自立」などという考え方は内乱を企図しているとされかねない危険思想であった。違星の思想も当局の解釈如何では取締の対象となったであろう。このような背景のなかで、違星が創作した短歌や論考を読むとき、その勇気ある発言と文学に託した強い意志に筆者は畏敬の念を抱く。強制同化によって閉塞感が極度に高まった時代のなかで、アイヌ民族の誇りと自立を宣言した違星は、近代アイヌ文学のフロンティアとしての役割を果したと言えるだろう。

テッサ・モーリス‐スズキはそのことを次のように書いている。

> 戦間期のアイヌのアイデンティティ運動には、当然にも活動範囲と影響力の限界があった。にもかかわらず、この運動のおかげで、アイヌを日本国家の内部における独特の民族ととらえる明確なヴィジョンの基礎がすえられた。
> 〔前掲書、一八四～一八五頁〕

盟友中里篤治

最後に補足として、違星北斗とともに同人誌『コタン』を発行した違星の盟友中里篤治〔号は凸天〕についてもふれておかねばならない。

山科の研究によれば中里篤治は、「一九〇三年余市生まれ。北斗の幼なじみであり、同志。北斗の父甚作が中里家からの養子なので、北斗とは親戚でもある」。中里の父、徳太郎〔一八七六年生まれ〕については、金田一京助『思い出の人々——金田一京助随筆選集2』〔三省堂、一九六四年〕に「あいぬの話」の一節として紹介されている。中里は違星とほぼ同時期に病没しているが、後にバチェラー八重子が墓参のおり、違星とならんで「ただ一人　父のかたみと　残されし　君また逝きぬ　うら若くして　逝きし中里篤治氏」と詠んでいる。同人誌『コタン』には「巻頭言」「偽らぬ心」という短文と、「病床にて」と題した一四首の短歌を寄稿している。それらの文章からキリスト者であったことが推測されるが、詳細は不明である。もしキリスト者であるとすれば、大川町の日本キリスト教団余市教会〔講義所〕に通っていたと思われる。中里は「偽らぬ心」のなかで「私はアイヌ」と書いている。そのことから違星と同様、アイヌ民族としてのアイデンティティを強く持っていたと思われる。しかしその思想を解明するには資料が決定的に少ないと言わざるをえない。茶話笑楽会などでほかにも作品の発表があった可能性もあるが、残念ながら現時点では発見できていない。「偽らぬ心」のなかから印象的な一節と病床で詠まれた短歌四首を引用しておきたい。

私達はアイヌとして幼い時からどんなに、多くの人達から侮辱されて来たことでせう。

私達は弱い方でした。それがため堪へられぬ侮辱も余儀なく受けねばなりませんでした。その時私達はもっと強かったら、誰が黙々として彼等の侮辱の中に甘んじてゐたでせう？　憎い彼等を本当に心行くまでいじめつけてやったのに……。

――私はアイヌ。さうだ！　侮辱は当然異端者の受くべき処です。――弱き者なるが故に受くべき苦しみ、異端者なるが故に受くる悲しみを、私はアイヌなるが故にしみぐと味ひ得るのです。異端者ならで誰がこの悩みを深刻に味ひ得るものがありませうぞ。

私は淋しき者への心持を味ひ得て、そして、さうした不遇の人達を心からなぐさめる事の出来るのを、私は幸福に思ふのです。異端者なるが故に与へられたこの幸福、私達は幸福でなければなりません。——侮辱は私達への生命の糧であらねばなりません——。

「コタン吟」より　病床にて　凸天

淋しげにゐろりのそばで物思ひする父を見る貧しい六月
病弱な俺だ、俺、俺、この頃は見る人毎にあこがれを持つ
鉢植の忘れな草はしをれたり、病める我身のはかなきを思ふ
病む故に、母が薪割るその音を、二階にて聞く淋しい俺だ

違星同様の口語短歌であるが、違星とはまた異なる作風であり、とくにその空虚感は一段と濃厚に感じられる。ここには掲げなかったが「偽らぬ心」のほかの段落では「私達は真剣です」「私達は正直でした」という文言を繰り返し使っており、散文詩のような印象を受ける文章である。中里も相応の書き手であり、今後資料の発掘がなされて、より鮮明な中里像が現れるのを待ちたいと思う。

〔註1〕山科清春による研究成果はウェブサイト「違星北斗.Comコタン」http://www.geocities.jp/bzy14554/で見ることができる。なお山科の最新の研究成果は「違星北斗のノートについて」(『沙流川歴史館年報』第一七号、沙流川歴史館、二〇一六年)である。北海道立文学館が保管している違星北斗の「大正14年雑記帳ノート」について報告されている。

〔註2〕山科の「違星北斗年譜」には、早川勝美の「違星北斗の歌と生涯」から実際の誕生は「一九〇〇年一二月暮」と備考に記載されている。

〔註3〕その短歌は次の二首とされている。北海タイムスの掲載年月日は不明である。

いさゝかの酒のことよりアイヌらが喧嘩してあり萩の夜辻に
わずか得し金もて酒をのむ刹那々々に生きるアイヌら

右の歌、「生きる」は「活きる」とするものもある。

〔註4〕『新短歌時代』一九二八年一月号に掲載された違星北斗「淋しい元気」に島田校長の言葉として次の一節がある。


「我々はアイヌとは云ひたくはない言葉であるが或る場合はアイヌと云った方が大そう便利な場合がある。又云はねばならぬ事もある。その際アイヌと云った方がよいかそれとも土人と云った方が君達にやさしくひゞくか」……私はびっくりした、私は今まで和人は皆同情もない者ばかりだと考へてゐたのをこんなに遠慮して下さる人―しかもシャモに斯様な方のあるのは驚異であった。

なるほどアイヌと云ふ場合、土人と云ふ場合―自分にはどちらも嫌な言葉であったものを―こんなに考へて下さる人があるとは思はなかったものを。その間に私はよいかげんな答をして私は逃げて帰りました。私はその夜自分の呪ったことの間違ひであった事をやっとさとり自分のあさましさにまた、不甲斐なさに泣きました。


〔註5〕関口由彦の講演「近代アイヌ言論人と〈思い〉」(二〇一四年四月一八日、於アイヌ文化交流センター)で配布されたレジュメによれば、「日露戦争を契機に全国で展開された「地方改良運動」の一環として、アイヌ民族自身に「同化」の再強化を目指した小集団を形成させる」動きがあり、この種の修養・矯正を目的とする社会運動は、余市に限らず当時各地で組織されていたという。

〔註6〕湯本喜作『アイヌの歌人』(洋々社、一九六三年)二五頁には、「北斗は(略)社会主義的思想の持ち主であった。北斗の社会主義的思想の開眼は、(略)轟鉱山の出稼で、そこで知り合った、おそらく地下に潜行していた一青年か

ら手ほどきをうけたことにある。それが北斗の将来について決定的な役割を果す結果になった」とあり、これに依拠したであろう言説がその後流布したと思われる。

〔註7〕「東京アイヌ学会」という名称の研究会については第4章三節の〔註〕でも述べた通り、一九三七年に金田一が組織した同名の研究会がある。一九二五年の東京アイヌ学会については、第一回の会合がいつ開かれたのか、一九三七年に組織された金田一の会とどのような関連性があるのか不明である。

〔註8〕この短歌一三三首にはバチェラー八重子が自作と主張する三首を含んでいる。これについては、二節の「バチェラー八重子の献身」の〔註14〕を参照されたい。

〔註9〕草風館『違星北斗遺稿コタン』には、随筆「春の若草」は『ウタリ之友』創刊号（一九三三年一月）に掲載されたものが載せられているが、山科の研究によれば、この随筆の初出は『ウタリ之友』の前身にあたる『ウタリグス』（一九二六年八月号）だという。現在、『ウタリグス』は、北海道立図書館北方資料室に一九二一年に刊行された数冊があるほか、帯広市図書館の吉田巖遺稿資料中に一冊ある程度である（小川正人からの教示による）。

〔註10〕『子供の道話』一九二六年一〇月号掲載の「半分白く半分黒いおばけ」は「バチラー八重子伝承の昔話を北斗が筆記したもの」とされている。

〔註11〕『子供の道話』一九二七年一月号掲載の「世界の創造とねずみ」は清川猪七伝承を「文責北斗」として発表されている。

〔註12〕『北海道大百科事典』下巻（北海道新聞社、一九八一年）三五九頁の「俳句」の項（執筆者・木村敏男）より。

〔註13〕木村敏男『北海道俳句史』（北海道新聞社、一九七八年）二八〇頁参照。

〔註14〕北海道文学館編『北海道文学全集』（北海道新聞社、一九八五年）五〇頁参照。

〔註15〕『違星北斗遺稿コタン』（草風館、一九九五年）の〈解題〉で山田伸一は「本書〈北海道樺太新季題句集のこと＝須田〉に収録した三句の作者名は〔略〕違星の作か否かは今のところ断定できない」と指摘している。

〔註16〕小樽新聞に掲載された違星の短歌の内容を見てみると、当初三回、すなわち一九二七年一〇月三日、二五日、二八日に掲載された計一八首のうち、同人誌『コタン』からの改作が九首あり、そのうち口語色を強めた表現への変更が行なわれているものが二首あった。その二首を掲げる。傍線部分が改められた箇所である。

（原文）伝説のベンケイ・ナツボの磯のへに　かもめないていた　なつかしいかな（『コタン』）
（改作）伝説のベンケイナツボの磯の上にかもめないてた秋晴れの朝（一〇月三日小樽新聞）
（原文）シリパ山のもすそにからむ波のみは昔をいまにひるがへすかな（『コタン』）
（改作）シリパ山のもすそにからむ波だけは昔も今にかはりはしない（一〇月二五日小樽新聞）

いずれも「〜かな」という文語表現を体言止めないし口語表現に改めている。このほかの作例ではとくに口語表現を強めたものはないが、改作箇所は多く、頻繁に推敲を重ねた形跡がうかがわれる。短歌の世界では短歌結社や発表媒体の主宰者、選者が添削を行なうのが常で、違星の短歌の場合にも同様のことが行なわれているのかどうかは不明である。並木による作者の意に反した添削がなかったかどうか、今後の研究を待ちたい。

なお右の短歌については、のちに再々度の改作が行なわれ、「伝説のベンケイナツボ」の歌は、翌一九二八年（昭和三年）四月に『志づく』誌に掲載されたときには、下の句「秋晴れの朝」が再び「なつかしい哉」に戻り、「シリパ山のもすそにからむ」の歌も下の句の「かはりはしない」が、「ひるがへしている」と口語表現ながら「ひるがへす」という表現に戻っている。

また、次の歌の変遷も興味深い。

（原文）「ナニッ!!　糞でも喰へ」と剛放にどなったあとの寂しーい静（一九二七年八月『コタン』）
（改作1）「何ッ！　糞でも喰へ！」と剛放にどなった後の無気味な沈黙（一九二七年一〇月二八日小樽新聞）
（改作2）「ナニッ！　糞でも喰へ」と豪放にどなった後の寂しい沈黙（一九二七年一二月『北海道人』）

このような改作例は先に掲げた二首以外にも一九二六年一〇月から翌年初めまでに小樽新聞および『新短歌時代』に掲載された作品に散見される。違星と『新短歌時代』を主宰した並木との関係はどのようなものであったのだろうか。たしかに並木は違星を見出し、『新短歌時代』の座談会でもほかの同人の批判から違星を擁護するような姿勢がうかがえるが、そのアイヌ民族観は滅亡を前提とした差別的なものであり、違星の主張や考え、その短歌の真意を理解していたのか、知りたいところである。

〔註17〕山科のウェブサイトでの「キーワード別歌集」によれば、「アイヌ（ウタリ）」をテーマとした短歌は一一四首である。

〔註18〕座談会の発言者は次の通りである。
（凡）：並木凡平、（輝）：近藤輝越、（笑）：稲畑笑治、（美）：美津井勇、（さだ）：石田さだを、（保）：野村保幸。

二節　バチェラー八重子の献身

バチェラー（向井《むかい》）八重子《やえこ》はその名が示す通り、英国聖公会の宣教師ジョン・バチェラー〔John Batchelor 一八五四～一九四四〕の養女として知られている。姓のBatchelorについては、「バチェラー」あるいは「バチラー」と二通りの表記があるが、本書では八重子の唯一の著作『若きウタリに』で著者名としている「バチェラー」とし、向井姓を省いて表記する。

バチェラー八重子はアイヌ民族としてのアイデンティティを有する歌人である。違星北斗・森竹竹市と並んで「アイヌ歌人」、あるいは「アイヌ三〔大〕歌人」と称されているが、バチェラー八重子の位置にはほかの二人とはやや異なる特徴がある。それはキリスト者として同族への伝道に一生を捧げたことである。アイヌ民族のアイデンティティとともにキリスト者の強い信仰心を有していた。彼女の歌集『若きウタリに』の短歌にもそれは示されている。違星や森竹より一〇歳以上年長であったので、とくに違星北斗からは姉とも慕われた存在だった。

バチェラー八重子の略歴

バチェラー八重子の略歴を岩波現代文庫版『若きウタリに』〔二〇〇三年〕の巻末に掲載された「バチェラー八重子略年譜」に則してまず紹介しておきたい〔註1〕。

バチェラー八重子（向井フチ〔後に八重に改名＝註2〕）は一八八四年六月一三日、北海道胆振《いぶり》国有珠《うす》郡有珠に父モコッチャロ〔向井富蔵〕、母フッチセ〔フユ〕の六人きょうだいの次女として生まれた。姉には後に浪曲師「北海ピリカ」として名を売ったトミ、弟には向井山雄〔一八九〇～一九六一〕、甥〔姉トミの子供〕に片平富次郎〔一九〇〇～一九五九、ジョン・バチェラーを団長とする「アイヌ伝道団」の機関誌『ウタリグス』『ウタリ之友』の編集者〕がいる。とくに弟の向井山雄は、聖公会神学院を一九一八年〔大正七年〕に卒業してアイヌ民族初の聖公会司祭となり、第二次世界大戦後に設立された社団法人北海道アイヌ協会の初代理事長として著名である。

一八九一年、八歳のときに八重子はジョン・バチェラーから洗礼を受けている。両親に無断で洗礼を受けたと伝えられているが、以前からバチェラーと交友のあった父からは反対されることはなかった。向井家は比較的裕福な家庭だったが、父富蔵が一八九六年に亡くなってからは次第に生活が苦しくなっていった。一八九九年、一六歳になった八重子は向学心の高まりから、自ら志願して当時バチェラーが札幌で運営していたアイヌガールズホームへ転入している。当時の八重子の気持ちを『ウタリ之友』〔一九三三年七月号〕に掲載された「姉妹かゞみ」という短文から見てみよう。

> 今から考へますれば夢のやうでもありますが、函館にゐる西洋人が耶蘇学校を開いて　ウタリの子弟を方々から集めて教育してゐると云ふ事が　小さい私の耳に入りました時　私の小さい〳〵心はどの様に其の学校にあこがれたかわかりません。私の村からも谷平助様〔略〕などが　その学校のお世話になり　いろ〳〵の事を教はりました。其中にも横文字などすら〳〵読まれるのを見聞きしましたので　本当に尊敬の念にかられたものでした。〔略〕中でも私の心を引いたものは〔略〕其中に金成マリヤ様〔金成マツのこと〕と申される方と其妹様のサロメ様〔知里ナミ、知里幸恵の母〕が居られて大そうお出来になる方々であるといふ事でした。

八重子はこのあとまだ幼女であった知里幸恵の利発な思い出を書き、「私達の中には　今尚こうした先覚者がおられます。私達はそのあとに従ってます〳〵推し立て、行きませう」と金成マツ・知里ナミ姉妹への憧れを述懐している。八重子の向学心はこの姉妹によってもたらされた。

ジョン・バチェラーのアイヌガールズホームでは恵まれないアイヌの人々の女児が教育を受けており、聖書によるキリスト教の教えだけでなく「初等教育や高等科卒業程度の学力」〔註3〕をつけさせる教育が行なわれていた。八重子はアイヌガールズホームに通ったあと、一九〇二年に東京の聖ヒルダ神学校〔香蘭女学校の神学部門〕に学び、一九一二年に聖公会のバイブルウーマン〔婦人聖書指導員〕に登録されている。

一九〇六年〔明治三九年〕一〇月、二二歳のときに八重子はジョン・バチェラー夫妻と養子縁組し、「バチェラー八重子」となった。掛川源一郎『バチラー八重子の生涯』〔北海道出版企画センター、一九八八年〕によれば、当時「バチラーは五十代半ばのまだまだ壮者をしのぐ頑健さ」であったが、妻「ルイザは六十代半ばの老齢に加えて、ふとりすぎて、階段の昇り降りにも不自由」していたため、「バチラーは、そうした妻のためにも、妻の日常の世話をしたり、安心して家事や留守をまかせられる者が欲しかった。少女時代から手もとにおき、気心のよく分かっている八重子が、夫妻のおめがねにかなって、養女に選ばれた」としている。「明治参拾九年拾月参拾日付」の「養子縁組契約書」には次のような記載がある〔註4〕。

前記養女向井フチは養父ジョン・バチラー、養母ルイザ・バチラーニ於テ幼稚ヨリ養育ヲ為シ衣服書籍及総テノ必要物ヲ供給シ且ツ養父母ノ嗣子トシテ継承ス可キ意思ヲ以テ教育シ、今般養嗣子トシテ養父母の戸籍に編入ス可キ筈ナルモ英国ニ於テハ養子ノ制度ナキヲ以テ茲ニ証人及関係人連署ノ上左ノ条項ヲ契約ス

「左ノ条項」のうち、とくに注目すべきはその「参」項である。

参　向井フチハ養父ジョン・バチラー、養母ルイザ・バチラーノ精神ヲ承継シテ同胞ヲ救ハン事ヲ生涯ノ勤メト為シ且ツ之ヲ永遠ニ伝フル事

これは単に契約書の上の形式的な文言というわけではなく、実際に八重子の生涯を規定することとなった。現在、北海道伊達市有珠町の墓地にある八重子の墓にもこの言葉が刻み込まれている。

特筆すべきは養女となって三年後の一九〇九年〔明治四二年〕、英国に休暇帰国するバチェラー夫妻とともも

にシベリヤ経由で渡英したことである。後に歌集『若きウタリに』を著した八重子がいつごろから短歌を作り始めたのか正確な時期は不明であるが、『若きウタリに』には渡英時の短歌二五首が収められており、一九〇九年にはすでに短歌に親しんでいたことがわかる。

一九一二年にはバチェラーの樺太伝道にも同行した。また一九一八年には中条百合子〔後の宮本百合子〕、金田一京助らの訪問を受けている。一九二一年になると、アイヌ伝道団の機関紙『ウタリグス』に三回にわたって短文を投稿している。これは八重子の文章が初めて活字となったものである。一九二四年から聖公会幌別《ほろべつ》教会、一九二七年からは平取《びらとり》教会勤務となった。この間の一九二六年七月、東京から北海道へ戻ってきた違星北斗と幌別で、また後に平取で遭遇し、幌別では知里幸恵の弟知里真志保も交えて三人で同宿し短歌を詠んでいる〔註5〕。

こうしたなか、かねてからバチェラーを通じて交流のあった金田一京助が八重子の書き溜めていた短歌の存在を知ることとなり、その斡旋により一九三一年、当時の総合雑誌『改造』〔第一三巻一号〕に金田一の紹介文とともに八重子の顔写真入りで彼女の短歌二二首が掲載された。そして同年四月、歌集『若きウタリに』が東京堂から竹柏会叢書として出版された。この出版に際しては、出版を勧めた金田一の紹介により、新村出〔一八七六～一九六七、『広辞苑』の編纂で著名な言語学者、当時京都帝国大学教授〕が冒頭の序文を書き、さらに八重子の短歌を添削した佐佐木信綱〔一八七二～一九六三、歌人・国文学者〕の序文が続き、最後に金田一自身の序文が掲載されるという手厚い後援をえた出版物となった。「竹柏会叢書」は佐佐木信綱が主宰する短歌結社「竹柏会」が刊行する叢書である。金田一がお膳立てした歌集とはいえ、無名歌人としてはこれほど錚々たる顔ぶれが揃った出版は極めて異例であろう。

その後八重子は『ウタリグス』の後継誌『ウタリ之友』、また『蝦夷の光』などに短歌あるいは短文を発表した。

太平洋戦争が始まる直前の一九四〇年〔昭和一五年〕、ルイザ夫人に先立たれ、日本が米英との緊張関係に入ると、バチェラーはやむなく離日を決意し、八重子を残してカナダ経由で英国に帰国した後の一九四四年、ロンドン郊外で死去している。

戦後、八重子は札幌から故郷の有珠に戻り、バチェラーの遺した書籍や有珠の聖公会教会堂を守りつつひとりで伝道を続けた。生涯結婚することはなく、その生活は清貧であったと伝えられる。とくに晩年の有珠での生活は経済的にも厳しいものであったという。掛川源一郎『バチラー八重子の生涯』には生活苦のなかでも伝道を怠らず、子供たちを集めてキリストの教えを伝える姿が描かれている。写真家でもあった掛川の『写真集　若きウタリに』〔研光社、一九六四年〕には、八重子の日常の姿が撮影され今に残されている。一九六二年四月二九日、バチェラー八重子は知人から招かれて滞在中の京都で脳溢血のため死去した。享年七九であった。八重子最後の短歌は京都に旅立つ前に詠んだ次の一首であったという。

このあさのくれないさゆる有珠岳をみあげみをろしエホバをはいす

文学の軌跡

次に八重子の文学的業績を見ておこう。

まずその作品の出版物への掲載を時系列で掲げてみる。

一九二一年　「匿名の氏に感謝す」（『ウタリグス』一巻二号）
「愛の活動を望む」、「巡回文庫」（『ウタリグス』一巻六号）
一九二五年　「故日川氏遺族へ感謝す」（『ウタリグス』一巻七号）
「神の造りしウタリ」（『ウタリグス』五巻四号）
一九三一年　短歌「若きウタリに」二二首（『改造』一三巻一号）
歌集『若きウタリに』（竹柏会叢書、東京堂）
短歌三首（「蝦夷歌壇」、『蝦夷の光』二号）
評論「同族の立場から」（『婦人公論』一六巻八号）
短歌七首（「文芸」欄、『蝦夷の光』三号）
「ウエペケレ物語」（『公民教育』一巻七号）
一九三三年　「祝辞」、「神の国籍のために努力しませう」（『ウタリ之友』創刊号）
「東京便り」（『ウタリ之友』二月号）
「貴重《とうと》き鑑」（『ウタリ之友』五月号）
「姉妹かゞみ」（『ウタリ之友』七月号）
一九四八年　短歌三首（『北の光』一号）〔註6〕

これらを合わせると、短歌合計二七八首〔歌集『若きウタリに』に重複する『改造』掲載の二二首を除く＝註7〕、散文一二編ということになる。ただし、短歌についてはこのほかに掛川源一郎『バチラー八重子の生涯』や湯本喜作『アイヌの歌人』、末武綾子

『バチラー八重子抄』（北書房、一九七一年）に掲載された短歌がある。これは主として八重子の個人的な日記やノート（手記）に記載されたものである。そうした八重子の日記やノートは現在、伊達市教育委員会が主管する伊達市噴火湾文化研究所にジョン・バチェラー関係資料として保管されている。八重子の短歌の全貌を知るためにはこれらの資料の精査が必要であるが、八重子のプライバシーにかかわる資料は現在未公開となっている。そのかわり同研究所に寄贈されたバチェラー関係の資料については、北海道立アイヌ民族文化研究センターが資料整理および目録作成を行なっており、『北海道立アイヌ民族文化研究センター研究紀要』第一二号（北海道立アイヌ民族文化研究センター、二〇〇六年）および同一三号（二〇〇七年）に、「〈資料紹介〉伊達市噴火湾文化研究所所蔵のジョン・バチラー関係資料1」（一二号）、「同2」（一三号）として詳細に報告されている。ここに記載された資料名およびその概略を見ると、八重子の短歌が書かれた資料は「原稿ノート」「雑記帳」「ノート」などの一六点である。掛川・湯本・末武らは、八重子の資料が伊達市噴火湾文化研究所に寄贈される前に本人から直接、あるいは知人などを介して閲覧し、それぞれの著作に収めたのであろう。改めてしかるべき機関によって精査が行われ、バチェラー八重子の全歌集が正確に編纂されることを期待したい。なお和光大学表現学部教授の村井紀は岩波現代文庫版『若きウタリに』の「解説」で、未公開の短歌数について「私が確認出来たものは、約一二〇首あまり」と報告している。筆者の確認したところでも、湯本『アイヌの歌人』に九三首、掛川『バチラー八重子の生涯』に一二首、末武『バチラー八重子抄』に一首の計一〇六首となった。

新村・佐佐木・金田一の評価

八重子の歌集『若きウタリに』に掲載された二六五首のなかから、八重子の代表歌と思われる短歌を紹介しておきたい。

ふみにじられふみひしがれしウタリの名誰しかこれを取り返すべき
野の雄鹿牝鹿小鹿のはてまでもおのが野原を追はれしぞ憂き
國も名も家畑までもうしなふも失はざらむ心ばかりは
ウタリ思ひ泣き明したるこの朝のやつれし面わはづかしきかな
死人さへ名は生きて在るウタリの子に誰がつけし名ぞ亡の子とは
隙間もる風も寒かる山里の貧しきウタリ思はるるかな
亡びゆき一人となるもウタリ子よこころ落とさで生きて闘へ
目に觸ぬ神も住まはむ有珠コタン今も昔も何時の世までも
有珠コタン岩に腰かけ聞てあれば岩と岩との息ぞ聞ゆる
あまりにも物資文明すすみゐるこの大都市に心をののく
ハイドパアクスパロウの群嬉々としてさへづる聲に我もうれしき
裾燃ゆるアツシを纏ひウタリをば教へたまひし君慕はしも
オイナカムイアイヌラックルよく聞かれよウタリの数は少くなれり
神住まふトミサンペチのシヌタプカ君すましめよ長へまでに

〔以上、歌集『若きウタリに』より〕

歌集『若きウタリに』についてはこれまでさまざまな観点から論じられている。まず八重子の短歌に対する評論から見てみよう。

すでに述べたように、歌集『若きウタリに』は新村出・佐佐木信綱・金田一京助という言語学・短歌界・アイヌ語学の三人の権威によるそれぞれの序文をえて、佐佐木が主宰する竹柏会叢書として刊行されるという当時でも破格の扱いを受けた。なぜこのようなことが可能であったのか。村井紀は、そこにはアイヌ民族に対する同化政策の成功事例として紹介したいという当時の社会背景があったとしている〔註8〕。

「アイヌの夫人《ママ》にしてわがやまと歌をよくするは、けだし八重子ぬしを始とすべく、同族をおもひ、その前途を憂ひふる情の痛切なる、子はおぼえず詠草の上に幾たびか涙をおとしたりき。（略）」（佐佐木信綱「序文」）

ごく簡単にいえば、明治以来のアイヌ民族への皇民化（臣民化・同化）の結果、ついに「やまと歌をよくする」八重子のような人物の登場を見たという記念がこの歌集なのである。〔略〕三人はいわば「臣民化」のモデルに彼女とその短歌を見出し、歌集を編んだのである。

村井の解説のキーワードは「臣民化のモデル」である。筆者の印象としては、三人の序文には、金田一京助には「将に亡びんとしつつある之等末世の不可思議な神韻」「八重子女史の斜陽の栄光」などアイヌ民族の滅亡史観を如実に読み取ることができるが、新村・佐佐木は、「やまとことば」で「やまと歌」を詠んだことと八重子の民族的アイデンティティを分別して評価している——といったニュアンスの違いがあるように思える。とくに新村は「女史及び其のウタリのために、単に慶ぶべきばかりか、言はば同族の「文学史」ともいふべき方面に特筆大書して然るべき」と評しているが、ここには「同族の「文学史」」〔傍点・須田〕という表現のなかに、アイヌ民族文学の存在を認知し、文学史を持つ民族としての独自性を認める姿勢があったと言えるのではないだろうか。

中野重治の評価

ところで、八重子の短歌に金田一ら以外で初めて注目したのは中野重治である。中野は『文學界』一九三五年三月号掲載の「控へ帳」のなかで、「バチエラ八重子の歌集『若きウタリに』は私が近年中よんだ本の中で最も深い印象をうけたもの、一つである」として、短歌という表現手法については、「日本語および短歌形式は彼女における民族的なものではない。それは亡ぼされつゝある民族が亡ぼしつゝある民族から強制的にか恩恵的にか受けたものである」とした上で次のように評した。

> 外から植えつけられた異民族風なものを表現手段としながらそれをつき破ってゐるものが詩として最もすぐれてゐるが、それらはアイヌとしての特性の最も強く現れてゐるものである。〔略〕このアイヌ的なるものは、詩の形そのものが象徴してゐるやうに政治的権利、経済的能力、文化的享受を剥奪された被圧迫民族としてのものである。しぜんそれは反逆的なものである。

詩人として高まる時彼女は異端者である。異端者、異邦人、アイヌ神話の信者、アイヌ神話の英雄のほめ歌うたひとして彼女は並びなき詩人である。

こうした中野の評論について村井は「中野によって八重子の短歌の核心は、民族の「抵抗文学」として位置づけられ、いわば「臣民」モデルからいわば「パルチザンの歌」へと再定義され、あらためて彼女は「アイヌ歌人」を代表する存在として位置づけられた」〔註9〕とした。

一九三五年〔昭和一〇年〕の時点で八重子の短歌にこのような民族文学の精神を抉り取った中野の批評眼には敬服する。ただし中野の論理では、アイヌ的なものは異端であり、あるいは反逆的なものであるとし、かかるアイヌ的な短歌にのみ文学性を認めるという姿勢に筆者は違和感を覚える。また中野が評価する「反逆的」なるものについてもその具体性に欠ける憾みが否定できない。中野自ら「私はアイヌの現状を知らない」と吐露している通りである。『若きウタリに』にはアイヌ民族への啓蒙のほか、アイヌ神話・養父母・英国旅行・家族・自然など広範なテーマに渡る作品が掲載されているにもかかわらず、アイヌ民族性を強調した歌以外は価値がないと断ずるのは、この歌集を「臣民化」モデルの記念と位置付けるのと同様に一面的と言わざるをえないのではないだろうか。

岩波現代文庫版『若きウタリに』の「解説」を執筆した村井紀は、ほかの論文〔註10〕でも、こうした八重子の短歌がほかのアイヌ文学者の作品同様、日本文学史から不当に消去されていると批判する。筆者は、アイヌ民族のアイデンティティを持つ人たちによって書かれた文学、すなわちアイヌ文学を「日本文学」の範疇に入れる立場にはないが、和人がアイヌの文学者たちに対して、その文学作品の存在を含めて興味を持とうとする意欲に欠けるとの指摘には同感である。むしろいったん書かれたものを「消去」しているというよりも、近現代のアイヌ民族の文学についてはじめからほとんど書かれていないのが現状ではないかと思う。民族文学の分類からするとアイヌ文学は日本文学ではないが、少なくとも日本語文学という意味では共通項を有する。日本文学イコール日本語文学という錯誤は過去のものであると思いたいが、今なおその錯誤に気づかない人々は少なからず存在する。それは単一民族意識、エスノセントリズムにも通ずる問題であろう。

重要なのは、村井も言う通り、八重子の短歌を、刊行当時書かれた三人の序文も、中野の批評文も、いったん忘れ、読み直してみることであろう。そこには等身大のバチェラー八重子という人間が見出されねばならず、改めてバチェラー八重子の精神をいかに読むかが求められるべきである。そこには抵抗者としての八重子像ばかりでなく、キリスト教に帰依し、英国人宣教師夫妻の養女となって生涯の多くをともにすごしたひとりの女性の、英国旅行など得難い経験を積み、終生伝道に励み、晩年貧困のなかでも自らの信仰と生き方を堅持した者としての人間像も浮かんでこよう。その際にやはり大きな関門となるのは、アイヌ民族の意識とキリスト者としての信仰心への共感を読者がいかに持てるかということである。

八重子の信仰心、キリスト教との関係について十分に言及した論説は乏しい。これは知里幸恵についても言えることである。極論すれば筆者は、キリスト教信仰を共感できなければ、バチェラー八重子の多くの短歌は理解しえないのではないかと思っている。キリスト教の信仰は自己犠牲の精神の上に成り立っている。八重子の生涯もまた知里幸恵と同じく、自己犠牲に殉じたものであった。そこから紡ぎだされた八重子の言の葉は、それがアイヌ語であれ日本語であれ、キリストとウタリ〔同胞、同族〕に向けられた愛の言葉だったのではないだろうか。八重子において、このキリスト教の信仰とアイヌ民族伝統のカムイへの思いとの相克を指摘するものもあるが、人間の多面性を考えれば、両者への信仰が並立することに違和感はない。そこに矛盾を見出すのは論理の結果であって、生きている現実の人間を見た結果ではない。ひとつの論理でその人の生涯を律することができるほど、人間の思想、生涯は単純なものではなかろう。

アイヌ語短歌について

八重子の短歌のひとつの特徴はアイヌ語が頻繁に用いられていることである。すべてアイヌ語で書かれた短歌もある。そうしたバチェラー八重子の詠んだアイヌ語短歌について詳細に研究された論文として、丹菊逸治「バチェラー八重子の『アイヌ語短歌』」〔「itahcara」第五号、二〇〇六年〕がある。丹菊は、『若きウタリに』掲載の二六五首のうち「ウタリ」「アイヌ」の二語以外のアイヌ語が含まれているものを「アイヌ語短歌」と呼び、その数は五三首としている。「アイヌ語短歌」といっても日本語が混在している歌もあるため、次のA〜Dに分類している。

A　アイヌ語がかなり含まれているもの　五首
B　二句にまたがるアイヌ語が含まれているもの　一五首
C　一般に馴染みのないアイヌ語の単語が含まれているもの　二四首
D　一般に知られたアイヌ語の単語が含まれているもの　八首

この結果、歌集『若きウタリ』におけるアイヌ語短歌の比率がほぼ二割であることを丹菊は導き出している〔註11〕。

次に「アイヌ語短歌」とはいかなるものであるか、その代表的な歌を見てみよう〔読みやすくするために分節を開き、改行を入れた〕。

モシリコロ　カムイパセトノ　コオリパカン
ウタラパピリカ　プリネグスネナ

ウタシパノ　ウコイキプウタリ　レンカプアニ
アイヌピリカプ　モシリアエケシケ

セタコラチ　イテキウコイキ　イコレヤン
ピリカウカツオマレ　ウエニシテヤン

『若きウタリに』には一首目と二首目について次のような金田一京助の和訳が欄外に書かれている。

大八州国知ろしめす神のみことのたふとしや、神のみいづのいや高にさかえますべし

互に争ふ人達の為に、善良なる人々が国土の上に跡を絶つか

三首目の和訳はないが語彙注釈があり、それを通して読むと次のようになる。

犬の如く　争わないでください　善良に互いに親しみ相睦び合いて　互いに堅固におなりなさい

「アイヌ語短歌」がいかなるものかおわかりいただけただろうか。このようなアイヌ語短歌の意義と解釈をめぐっては諸説ある。まずアイヌ語短歌の意義をどう考えるか、またアイヌ語短歌をどう解釈するかという問題である。

まずアイヌ語短歌の意義について考えてみたい。アイヌ語短歌におけるアイヌ的表現〔ここにはアイヌ語が当然含まれる〕、民族的表現を通して詩人としての「異端者」「民族の革命的解放への要求」が示されていると解釈し、八重子の短歌を「パルチザンの歌」としたのは中野重治である。また村井紀は前掲の「解説」のなかで「見方を変えれば」「このひとりの異族の女は、やすやすと聖なる「やまと歌」に、外来語ばかりか、アイヌ語を貫入させ、侵犯しきり、あろうことか、この歌集の巻頭歌にもあるように、アイヌ語だけの「やまと歌」という不可能さえ実現していた」とし、これは「権威〔新村、佐佐木、金田一のこと〕の前で、公然と開闢以来の問いを突きつけていたと言ってもよい」とする。そして「むろん権威は受け入れたのである」とそのアイヌ語短歌の試みを評価した。

次にアイヌ語短歌の和訳の是非に関する諸説について見ていこう。とくに、紹介した一首目〔モシリコロ　カムイパセトノ〕の金田一京助訳〔大八州国知ろしめす……〕に対して、アイヌの神〔カムイ〕をあえて天皇に擬したのは意訳の範囲を超えているか否かという議論についてである。丹菊の「バチェラー八重子の『アイヌ語短歌』」によれば、「基本的には金田一の注は正しく、mosir kor kamuy pase tono は天皇を指すと考えられる」としているが、一方で花崎皋平は、金田一が「カムイパセトノ」を天皇と訳したことを極端な意訳であると批判し、「世を統べる尊き神を敬いて　人の長たちよ　よき習いをばまもれよや」〔「知里幸恵とアイヌ民族の詩人たち」、北海道文学館編『知里幸恵「アイヌ神謡集」への道』、東京書籍、二〇〇三年、所載〕と独自の翻訳を試みている。

　こうした議論に対して、筆者の素朴な疑問を述べてみたい。素朴な疑問とは次の二点である。

・アイヌ語短歌はいつごろ詠まれたのか。
・なぜ八重子はアイヌ語で短歌を詠んだのか。

　この疑問に対する答えを探すことで、アイヌ語短歌をより理解できる糸口がつかめるのではないかと筆者は考えている。

　まず最初の疑問への答えを考えてみたい。アイヌ語短歌に限らず、そもそも八重子の短歌はいつごろから作られたのか。『若きウタリに』には一九〇九年の英国旅行の短歌があるので、すでにこの時期には短歌に親しんでいたことがわかる。八重子二六歳のときである。しかしそれ以前に遡ろうとすると視界が開けなくなる。ならば逆に八重子が短歌を作れる程度の日本語力を身に着けたのはいつごろかということを考えてみる。八重子の学歴について、掛川源一郎の『バチラー八重子の生涯』には「聖職簿には高等小学校卒とあるが、高等課はおろか、尋常小学校も出ていなかったというのが事実のようである」とあり、有珠でも、またアイヌガールズホームへ移った札幌でも、小学校には通っていなかった可能性が高い。それは彼女の手記中に、「私は皆さんが御存知のように一日も学校に行ったことがない」という一文があり、金田一京助に宛てた手紙にも「全く学校を出ないで、頭からばかにされてきたのです」と書かれていることからもわかる〔註12〕。したがって、小学校に通わず、自宅で家族と過ごしていたのであれば、八重子が自然に身につけたのはアイヌ語であって、日本語をある程度正式に学んだのは一六歳以降、札幌のアイヌガールズホームであったと思われる。仁多見巌『異境の使徒――英人ジョン・バチラー伝』〔北海道新聞社、一九九一年〕には、「八重子の記憶では本州の師範学校を卒業したという石田という女性信徒が専任で、国語・算数・理科等を教えてくれた」〔一〇七～一〇八頁、傍点・須田〕との記述がある。したがって一六歳になる前、つまり一八九九年以前に日本語で短歌を作っていたとはまず考えられない。

一方、短歌を作り始めた契機については、『バチラー八重子の生涯』に、吉田初子〔当時佐佐木信綱主宰の「心の華」会員。札幌市在住〕の述懐が次のように書かれている〔一二二～一二三頁〕。

八重子さんはいつもウタリの将来について心配していた。そして若い人たちのために、私の考えを書き残したいと思うのだが、私は文章が苦手でうまく書けない。

しかし歌ならば、わりに素直に自分の気持が表現できる。私たちアイヌ民族にはユーカラという立派な伝承があるのだが、今の若い人たちはふり向こうともしない。私はユーカラを歌に詠んで、私たちの祖先がすばらしい民族であったことを若い人たちに知ってほしいと思った、と話していた。

八重子はこのように吉田に打ち明け、吉田初子を師匠格にして短歌に夢中になっていったという。

このエピソードで語られている時期がいつのことであったかわからないのが残念だが、八重子が札幌に来て、アイヌガールズホームで相当程度の日本語教育を受けた後のことではあろう。いずれにしても一八九九年から一九〇九年の間のことである。アイヌ語短歌については、「短歌」という表現形式を知った後であろうから、日本語での作歌からやや遅れてのことであろうと思われる。

次になぜアイヌ語で短歌を詠んだのかという疑問であるが、その答えの半分は右の吉田初子の語ったエピソードに読み取ることができる。それはまさしく若いウタリの人たちにアイヌ伝承を残したいという思いであろう。歌集『若きウタリに』にも「アイヌラックル」「トミサンペチ　シヌタプカ」「カムイサシニ　ユーカラカムイ」として計三七首が掲載されている。八重子がアイヌ語で短歌を書いた理由は、まだ日本語がよくわからない若い人たちに、アイヌ語で語りかけたいという切実な思いからではなかっただろうか。八重子本人も未だ日本語力が十分に備わっていない時期に作ったものであったのかもしれない。『バチラー八重子の生涯』には次のような八重子の述懐も収録されている。

私ね、お祈りはいつもアイヌ語でするのです。アイヌ語の方が、すなおに自分の気持を神さまに訴えることができるからです。

八重子本人とも身近に接してきた掛川源一郎は八重子の述懐に続けて次のように書いている。

借り物の日本語よりも、母国語のアイヌ語の方が、彼女にとっては自然であり自由だったのであろう。〔略〕事実、彼女の喋る日本語は、巧みだといってもどこかぎこちなく、特に濁音がはっきりしなかった。彼女が書いたローマ字のアイヌ語は実にきれいだが、日本語の文章は、テニオハの使い分けも充分でなかったし、字も稚拙であった。

第1章でも述べた通り、アイヌ民族子弟に対してアイヌ語による教育、アイヌ語によるキリスト教布教を推進していたのは、八重子の義父ジョン・バチェラーである。そのため八重子のアイヌ語短歌もそのアイヌ語教育の一端だった可能性があるのではないだろうか。

後に中野重治が八重子のアイヌ語短歌を見て、アイヌ民族の征服者に対する反逆性を認めたが、当の作者である八重子自身がどこか遠いところに置き去りにされたまま議論が展開されている気がしないでもない。八重子はまさに若きウタリに呼びかけようとしてこれらの短歌を作ったのであり、そこには当然、アイヌ語が入り込むであろう。作者、そして想定された読者の共通項であるアイヌ語は、必ずしも八重子による当時の社会や体制への批判・主張だけではなく、語りかけの最も有効な手段であったのではないだろうか。またアイヌ語短歌は、全文アイヌ語と日本語混じりの短歌からなるが、当時アイヌ語で育ってきた世代のウタリ〔同胞〕に対し、日本語教育の強制がなされつつある状況下では、アイヌ語・日本語の混じる文が理解を得やすかった可能性もあるように思える。

このようにして作られたアイヌ語短歌を歌集『若きウタリに』を編集する際に、おそらく金田一が数ある八重子の短歌からアイヌ語が多く使われた短歌を選び出し、あえて歌集冒頭に集中配列した。なかでも「モシリコロ　カムイパセトノ」の歌を巻頭歌として、天皇を賛美する和訳を付した。日本の保守層には驚天動地なこのアイヌの人による短歌集が、天皇を讃える歌から始まる歌集であることをアピールするための編集であったとしか思えない。なぜならば、八重子は天皇についてはこの歌以外に作品は残していないからである。もし「カムイパセトノ」が天皇を指すのであれば、なぜこの一首のみ天皇を詠んだのか、なぜほかにはないのか。その疑問に答える研究はまだない。

バチェラー八重子の散文評価

短歌で論じられることの多いバチェラー八重子の文学であるが、実は散文にも注目すべき作品がある。八重子は主に『ウタリグス』『ウタリ之友』などバチェラー周辺のキリスト教系刊行物と『蝦夷の光』『北の光』などアイヌ協会系の刊行物、そしてこれらとは直接の関係はない刊行物へ散文を発表している。

まず『ウタリグス』『ウタリ之友』について言えば、いずれもジョン・バチェラーの伝道団が発行した機関誌で、八重子はこの二誌に計一〇編の短文を寄稿している。いずれもキリスト教の信仰に基づくウタリ救済と自立鼓舞を趣旨とした論調で、八重子とキリスト教信仰という不可分の関係を確認できる文章である。このなかから、とくにウタリとキリスト教への思いのこもった文章を紹介しておきたい。

私共が今日、アイヌ社会を改造したい、ウタリをもつと向上させたい、日本国民として相応《ふさわ》しきものにしたい、キリストに付る民として相応しき人を造り度いと、言も思も同うし、願ひ且努力して居りますことは、誠に喜ばしき立派な事ではありますが、若し其衷《うち》に真実の愛の篭つたものでなければ鳴銅や響鈸の様なものではありますまいか。〔「愛の活動を望む」『ウタリグス』一巻六号、一九二一年六月〕

このウタリの意識と地位の向上により日本国民として平等の地位を求める意識は、一九二七年、違星北斗が同人誌『コタン』に発表した「アイヌの姿」を彷彿とさせる。そこで違星は「平等を求むる心」を訴えた。八重子はそんな違星の訴えより六年前に同じことを訴えていたことになろう。この時代のアイヌの人たちの精神を代表する極めて初期の論考がこの「愛の活動を望む」だと言える。

また、『若きウタリに』を刊行した同じ年〔一九三一年〕の八月に『婦人公論』〔第一六巻八号〕へ発表した「同族の立場から」という文章にふれよう。これは八重子の散文では最も注目すべき論考である。村井紀の「解説」〔註13〕によれば、『若きウタリに』が刊行されると、「『婦人公論』はわざわざ記者を札幌に派遣し、彼女に一文を求め、これまた八重子とバチェラー夫妻、そして記者も入った写真を載せてとりあげた」という。その一文のなかから注目すべき箇所を引用する。八重子はアイヌ民族に対する和人の略奪・搾取・だまし討ちの歴史的事実をひとつひとつ明らかにした上で次のように述べている。

何時の場合でも、最も悲しい事はシヤモの狡猾さと卑怯さです。彼等は必ず講和に名をよせて酒を強ひ、酔ひつぶして騙し討ちにするのです。日本には武士道といふものがあると聞いてゐましたが、吾々ウタリに対する限りさういふ気風が微塵もなかった。全く物とり強盗否それ以上のひどい仕打ちであつたさうです。

狡猾な和人達は、愈々益々露骨にその圧制振りを発揮して参りました。一番ひどいのは漁場で酷使されるウタリの労働者でした。朝から晩までの休みない労役、病気になったからとて一服の薬を恵まれるではなく、青竹の鞭で犬の如く打たれるのでした。雨が降らうと風が吹かうと一日の休みを与へられるわけもありません。

部落へ入り込んで来る独身の和人達によつて、ウタリの若い婦人達がどんなに数々の恥辱を受けた事か、想像するだに身の毛もよだつ様な悲惨な話が語り伝へられてゐます。

今日大半のウタリが低能扱ひされ、結核とトラホームと花柳病に冒されてゐるのはみんな、かういふ和人達の賜なのです。

〔「同族の立場から」、『婦人公論』一九三一年八月号〕

歴史的な和人の侵略の実態をアイヌの人自らの筆で、このように全国誌で詳述したのは八重子が初めてではないだろうか。知里幸恵の『アイヌ神謡集』の「序」に書かれた原風景への想いを継承しつつ、その上で幸恵が十分にはふれえなかった侵略の生々しい事実を、八重子はこの「同族の立場から」に鮮明に再現してみせた。それは和人があえて見ようとしてこなかった事実、内心では知りたくないと願ってきた事実であった。アイヌの人自らが告発者となって和人の原罪を痛烈に糾弾したのが、バチェラー八重子の「同族の立場から」という文章である。

この文章を掲載した『婦人公論』は一九一六年〔大正五年〕一月創刊の女性誌である。その創刊は『中央公論』誌上での婦人問題特集などの好評が契機であったとされる。創刊当時の主幹は『中央公論』の記者であった嶋中雄作〔一八八七〜一九四九〕で、半澤成二『大正の雑誌記者——婦人公論記者の回想』〔中央公論社、一九八六年〕によれば、その編集方針は「あくまで自由主義の立場に立って、女権拡張を目的」（二六頁）としたものであった。また、森まゆみ『『婦人公論』にみる昭和文芸史』（中公新書ラクレ、二〇〇七年）によれば、たとえば一九一八年三月号には与謝野晶子「女子の徹底した独立」、翌年三月号にも同じく与謝野晶子の「婦人も選挙権を要求す」などが掲載された。平塚らいてう・山川菊栄などの論客も登場し、宇野千代・犬養道子をはじめ女性作家を多くとりあげ、男性も著名作家が寄稿した。バチェラー八重子の「同族の立場から」は、当然のことながら歌集『若きウタリに』を読んだ同誌編集部がその内容が編集方針と合致すると判断したからであって、同誌が女性の視点から、自由主義はもとよりアイヌ民族問題へも共感を寄せていたことがうかがわれる。八重子の短歌がそうした問題意識を喚起するきっかけとなったことは、この歌集が社会に与えたインパクトのひとつであったと言ってよい。

八重子の「同族の立場から」では右のような辛辣な和人批判を述べつつも、文体そのものは礼儀正しくかつ控えめであり、いささかも粗野な文章に堕していない。当時、かくも堂々と和人の「狡猾さ」「卑怯さ」「物とり強盗否それ以上のひどい仕打ち」を曝露し、批判する文章を発表した勇気は賞賛に値する。真のパルチザン、バチェラー八重子は、短歌のなかではなく、むしろこの散文のなかにいると言ってもいいのかもしれない。

アイヌ文学史上の位置および評価

バチェラー八重子の節を終えるにあたり、最後に筆者にはどうしても書いておきたい八重子をめぐるアイヌ文学史上のエピソードがある。それは、バチェラー八重子を中心とした違星北斗と後代の鳩沢《はとざわ》佐美夫《さみお》〔一九三五〜一九七一〕との関係である。

違星北斗は一九二五年から約一年半東京へ出て、和人の学者や社会教育家などと交流したが、ついには独力で「私はアイヌの手に依ってアイヌの研究もしたい。アイヌの復興はアイヌでなくてはならない」と決意した。それは民族アイデンティティの自覚の結果以外の何者でもなく、一九二六年、違星は北海道へ帰るとまず訪れた幌別と平取でバチェラー八重子と交流を持った。筆者はその平取という地で、違星がバチェラー八重子と交流した事実に注意を引かれざるをえない。なぜならば、約八年後にその平取で鳩沢佐美夫が誕生したという偶然もさることながら、後に鳩沢自身が対談「アイヌ」で尊敬すべき先人のひとりに挙げたのがこのバチェラー八重子だからである。鳩沢が『日高文芸』第六号に発表し代表作となった対談「アイヌ」では、とくに彼女の短歌五首を紹介して大きな共感を寄せている。ところが、違星についてはわずかに「アイヌ歌人の碑を建てたりしているようだ」という記述があるにすぎず、「違星」という名前すら出てこない。「アイヌ歌人の碑」とは二風谷《にぶたに》小学校に建立された違星の歌碑〔「沙流川ハ　昨日の雨で　水濁り　コタンの昔　囁きつ、行く」と「平取に　浴場一つほしいもの　金があったら　たてたいものを」の二首〕のことに違いないが、このほかには鳩沢が違星に直接言及した文章はないように思う。その境遇に共通性のある鳩沢佐美夫と違星北斗ではあるが、この二人の精神的な連帯を示す絆は一見切れているように見える。しかし筆者はこのバチェラー八重子という存在を介して、両者の精神は間接的ながらも接点があったのではないかと考えている。

一九六六年九月、鳩沢は自らの右手中指を切断し、翌年一月には入院中の病院から行方不明となり、数日後に札幌で発見されるという、彼の生涯でもとくに精神的苦悩が深まった時期があった。まさにこのとき、鳩沢はバチェラー八重子の墓前にいたのである。須貝光夫『この魂をウタリに——鳩沢佐美夫の世界』〔栄光出版社、一九七六年〕によれば、バチェラー八重子の墓参をしたのは、鳩沢が「死の旅立ちを決してのこと」であったとされる。彼の内面におけるバチェラー八重子の存在の大きさがうかがえよう。

一方、バチェラー八重子と違星北斗については、八重子の歌集『若きウタリに』のなかに違星の死を悼んだ短歌が目にとまる。

墓に来て友になにをか語りなむ言の葉もなき秋の夕ぐれ　　逝きし違星北斗氏

八重子がいつ違星の墓参に余市を訪れたのか不明であるが、八重子が金田一京助に宛てた手紙の内容から類推すると、一九二九年ないし一九三〇年のことではないかと思われる。八重子は幌別・平取での交流から彼の信念・理想と共感するものがあったのであろう。

なお、違星北斗とバチェラー八重子の親密な関係はこの通りであるが、『若きウタリに』が刊行された一年前の一九三〇年に希望社出版部から刊行された『違星北斗遺稿コタン』に掲載された短歌三首について八重子は、自分が作った短歌であると主張している〔註14〕。

鳩沢佐美夫もまた同様に八重子を敬愛の念を持って心に抱く。その彼らに対して八重子は期せずして二人の精神の世代を超えたバトンを受け渡した。それは鳩沢が八重子の墓参をし、その八重子は違星の墓参をするという象徴的なリレーとして実現したのではないだろうか。

八重子は期せずしてその生涯をかけて、違星と鳩沢という近代と現代のアイヌ文学の代表的な担い手二人の間に懸け橋のように存在した。八重子の思いは世代を超えてこの二人の若きウタリに届いたと言うことができるだろう。

八重子の支えとなったキリスト教は、その後の日本の歴史では全体主義の嵐に飲み込まれ、しばらく歴史の表面には出てこない。キリスト教に限らず日本国内の諸宗教は、軍国主義を推進した政府の宗教統制下に置かれた。このとき、軍国主義主導の国策に迎合したキリスト教もあったという。

そのような不幸な時代のなかで、知里幸恵の「復活」の精神をたったひとりで支えていたのがバチェラー八重子であったと言っていいだろう。八重子はたとえば次のような一首を詠んでいる。

亡びゆき一人となるもウタリ子よこころ落とさで生きて戦へ

八重子は、アイヌの人々へのキリスト教の布教が衰退したこの時期、まさにほかならぬ自分自身でこの歌を体現していたと言ってよい。しかしそうした八重子においてさえもキリスト教に対する疑念は生じている。『バチラー八重子の生涯』には、八重子の日記〔記載年月日は不詳〕からの抜書きがある。

無抵抗主義など嫌いになりました。悪を悪としてこらしめる宗教もあってほしいと思いました。
キリスト教はもの足りない思いがします。

この八重子の言葉に、知里幸恵同様、キリスト教への疑念に苦悩するひとりのキリスト者の姿を見ることができる。

八重子は人生を通して同族の悲しみに寄り添い、共に闘う模範的なキリスト者であり、その生き方からはキリスト教的な自己犠牲の精神を垣間見ることができる。もし八重子にその代償が与えられるとすれば、それは彼女の信仰と文学が末永く同族に伝承されること以外にはありえない。そうした八重子の〝声〟は、一九六七年、彼女の墓前に辿り着いたひとりの若きウタリ鳩沢佐美夫の胸奥に届いたのであった。

〔註1〕バチェラー八重子の年譜については、掛川源一郎による評伝『バチラー八重子の生涯』（北海道出版企画センター、一九八八年）、『近代日本の女性史9　学問・教育の道ひらく』（集英社、一九八一年）にも掲載されている。これらの年譜を総合して記載した。

〔註2〕バチェラー八重子の姓名については、現時点で戸籍簿を閲覧することはできないが、先行研究を総合すれば、当初の戸籍名は「向井フチ」である。バチェラー夫妻と交わした「養子縁組契約書」にも向井フチ名で署名捺印されている。ただし掛川源一郎『バチラー八重子の生涯』によれば、八重子はアイヌ語で祖母を意味するこの名を好まず、「八重」ないし「八重子」を通称にしていたようである。「向井八重」への正式な改名届は一九六一年一〇月二一日付で伊達町役場が受理しているという。

〔註3〕『バチラー八重子の生涯』三七頁

〔註4〕同前、三九～四二頁

〔註5〕山科清春「違星北斗年譜」、「違星北斗．Com コタン」http://www.geocities.jp/bzy14554/

〔註6〕なお、短歌三首のほかに『北の光』の「詩壇」には「ピリカ乙女は歌ふ」と題する詩が掲載されている。これは喜多紅洋（章明）作詞と記載されているが、喜多は後に刊行された『コタンの痕跡――アイヌ人権史の一断面』（旭川人権擁護委員連合会、一九七一年）の中で、この詩をバチェラー八重子作として再度掲載した。村井紀は岩波現代文庫版『若きウタリに』の「解説」でこうした事実を紹介し、疑念を抱きつつもこの詩をバチェラー八重子作と推定

している。ただし、喜多章明は以前『蝦夷の光』（一九三〇年）においても「保護法の成立の感懐を詠う詩」を伏根シン子（伏根弘三の子女で一九二九年死去）作とした虚偽の発表をしている。この点は、山田伸一も「「北海道アイヌ協会」と「全道アイヌ青年大会」」（『北海道立アイヌ民族文化研究センター研究紀要』第六号、二〇〇〇年）で指摘している。本件もバチェラー八重子作とした時点で八重子はすでに死去しており、真偽が確認できないことを利用してこのような作者変更を行なった可能性が高い。なぜに喜多がこのような虚偽を繰り返すのか理解に苦しむ。

（註7）『改造』掲載の二二首はすべて歌集『若きウタリに』に掲載されているが、このうち九首について差異が見られる。多くは漢字とかなの変更などであるが、一首だけ次のような変化が見られる（傍線・須田）。

（『改造』掲載）　有珠コタン岩に腰かけ見てあれば岩と岩との息ぞ聞ゆる

（歌集掲載）　有珠コタン岩に腰かけ聞きてあれば岩と岩との息ぞ聞ゆる

（註8）村井紀「バチェラー八重子の短歌に驚く」『図書』二〇〇三年七月号、岩波書店

（註9）岩波現代文庫『若きウタリに』所載の村井紀「解説」一四六頁

（註10）「歌人バチェラー八重子と近代アイヌ文学」『別冊太陽　先住民アイヌ民族』平凡社、二〇〇四年など

（註11）丹菊逸治「バチェラー八重子の『アイヌ語短歌』」には「五三」首と記載されているが、A〜Dを単純合計すると五二首となる。

（註12）掛川源一郎『バチラー八重子の生涯』三六頁

（註13）岩波現代文庫版『若きウタリに』の「解説」一四五頁

（註14）『違星北斗遺稿コタン』（希望社出版部）のなかで八重子が作ったと主張する短歌は次の三首である。

新聞でアイヌの記事を読む毎に切に苦しき我が思かな
深々と更け行く夜半は我はしもウタリー思ひて泣いてありけり
ほろほろと鳴く虫の音はウタリーを思ひて泣ける我にしあらぬか

『若きウタリに』には次の二首が掲載されている。「ほろほろと」の歌は掲載されていない。

しん〳〵と更け行く夜半に我一人ウタリを思ひ泣きてをりけり
新聞のアイヌの記事を見るごとに切に苦しき我が思ひかな

山科清春の「違星北斗年譜」によれば、これらの歌は、一九二六年七月、違星が東京から北海道幌別に戻った際にバチェラー八重子と会い、知里真志保を交えて三人で同宿し、短歌を詠んだときの作品とされる。私見では、この三首の諧調は八重子の歌風に近く、口語短歌の多い違星の作品のなかでは異色な作品と言える。ただし今となっては事実の究明は困難であり、どちらに錯誤があったとしても意図的なものではなかったと考えたい。

三節　森竹竹市の詩歌と訴え

森竹竹市《もりたけたけいち》〔一九〇二〜一九七六〕は、違星北斗、バチェラー八重子と並んで近代のアイヌ民族を代表する詩歌人のひとりである。森竹は生涯ペンを離さず、日本社会が軍国主義に傾いていくなかにあって、詩歌と評論を通じて臆することなく民族の誇りを訴え続けた硬骨の人だった。その生涯と文学的業績を俯瞰したい。

森竹に関する研究では、二〇〇〇年一月、森竹の生地北海道白老《しらおい》町に「森竹竹市研究会」〔伊東稔会長、以下「研究会」と略〕が設立され、遺族から預託された遺稿などについて研究が進められてきた。研究会〔二〇〇九年二月現在、会員数一三名、累計例会数は一〇一回〕の研究には財団法人アイヌ文化振興・研究推進機構などからの助成もあり、組織的な研究発表がなされている。これまでの成果は次のようなものである。

『生誕百年記念「アイヌを生きる」森竹竹市文学展・写真展報告集』〔二〇〇二年〕
『森竹竹市遺稿集　銀鈴』〔二〇〇三年〕
『森竹竹市遺稿集　ウェペケル——アイヌ語と物語世界』〔二〇〇四年〕
『森竹竹市遺稿集　ウェペケル——アイヌ語と物語世界（改訂版）』〔二〇〇五年〕
『森竹竹市遺稿集　評論』〔二〇〇九年〕

まず森竹の略歴を『森竹竹市遺稿集　評論』〔以下、『遺稿集評論』〕に掲載された「森竹竹市（筑堂）略年譜」を参考に見ていきたい。森竹の年譜には、一九七七年に発行された『レラコラチ——風のように　森竹竹市遺稿集』〔以下、「レラコラチ」〕の巻末に掲載された年譜、研究会による前記『生誕百年記念「アイヌを生きる」森竹竹市文学展・写真展報告集』〔以下、『文学展・写真展報告集』〕に掲載された年譜があるが、ここでは研究会による最新の年譜に基づくこととする。

森竹竹市の略歴

森竹竹市は一九〇二年二月二三日、北海道白老郡白老村〔白老コタン〕に父エヘチカリ、母オテエの長男として生まれた。アイヌ名はイタクノトである。森竹によれば、「イタク」は「話す」、「ノト」は「平和」の意味である〔『アヌタリアイヌ　われら人間』第四号のインタビューより〕。絶筆となった森竹の「自伝」〔「レラコラチ」所載〕によれば、白老コタンの「白老アイヌ」

はもともとウトカンベツ・ウンクル〔先住白老アイヌ〕とクスン・ウンクル〔後住白老アイヌ〕に大別され、コタンもそれぞれに分かれて形成されていたという。その後、松前藩が白老場所を運営したときに白老の漁場を統合してできたのが、当時の白老コタンであったという〔註1〕。白老には現在、アイヌ民族博物館が置かれ、二風谷・阿寒湖畔などとともに道内有数のアイヌ文化の発信拠点となっている。

森竹は一九〇九年〔明治四二年〕、北海道庁立白老第二尋常小学校に入学する。白老第二尋常小学校は北海道旧土人保護法に基づいて一九〇一年に設立されたアイヌ学校である。白老にはもうひとつ、和人の子供が通う白老第一尋常小学校があった。その和人の生徒たちから森竹らアイヌ民族の子供たちは激しい差別を受けた。山本融定の「生誕百年　森竹竹市小伝」によれば、当時、和人の子供の侮蔑的言葉に耐えかねて喧嘩した森竹に対し、白老第二尋常小学校校長の西川林平はこう言って励ましたという。「竹市、和人の子供に勝つには腕力ではなく、頭で勝負せよ」。森竹はこの助言を支えに勉学に励み、のちに差別をはねのけたという〔註2〕。

また、森竹自身の「自伝」によれば、森竹が生まれ育った白老の言語環境について次のように書かれている。

> 白老沿岸は、〔略〕主に東北地方のヤン衆（出稼漁夫）の出入り激しく、その交流も多かっただけに、中年以下のアイヌは老人達と話す以外は日本語を使って居りました。
>
> 私達姉弟も外では日本語を使って居りましたから、自然日本語を会得しますが、出歩かないフッチ（祖母）は全然日本語を知りません。そのソッチと話す場合は、どうしてもアイヌ語を使はなけれ

ばなりませんでした。外では日本語、内ではアイヌ語と云ふ具合に、両方を使い分けて育ちましたので、コタンでも有数の、アイヌ語の使ひ手となりました。

和人との接触が多かった白老コタンの様子がよくわかる。森竹の世代は祖父母の世代とはアイヌ語で会話していたため日本語とアイヌ語のバイリンガルであったことが記されている。先祖伝来の地にいながらにして異言語・異文化への越境を強いられる「内なる越境」の典型的な例である。

一九一五年〔大正四年〕に白老第二尋常小学校を卒業した森竹は、日本海側の石狩や厚田《あつた》、臼谷《うすや》の鰊場に出稼ぎに行く。小学校での差別、そして小学校卒業と同時に肉体労働に従事したという点で一節で紹介した違星北斗と酷似している。その後森竹は白老郵便局勤務を経て一九年に白老駅の駅夫となり、苦学の末二三年に札幌鉄道局の雇員採用試験に合格している。森竹の文学活動が始まるのはこの頃からで、同年に青吟社「老蛙会《ろうあかい》」に入会し、「筑堂」と号して俳句を作り始める。「森竹竹市（筑堂）略年譜」によれば、「この頃から新聞等に俳句・短歌を投稿」とある。「新聞等」の「新聞」とは室蘭毎日新聞〔一九一〇年創刊〕のことと推測される。一九二四年には江賀寅三〔一八九四～一九六八、アイヌ民族のキリスト教伝道者〕の妻の妹、平賀若子と結婚。二六年に初の評論「解平運動」が北海タイムス〔一九二六年一二月一日付〕に掲載された。二四歳の若き鉄道員森竹は、その文章で次のように呼びかけた。

奮起せよ同族！　我等の前途には幾多の社会的大問題が横たはつて居るでは無いか。〔略〕覚めよ同族！我等は何時迄も昔のアイヌ人であつてはなりません。かの水平社大会の決議綱領に『吾々は人間性の原理に覚醒し人間最高の完成に向つて突進す』との一項があつたと記憶するが、我々も此の意気此の覚悟を持つて生存競争の激しき社会に起ち虐げられ劣等視せられつ、居る我アイヌ民族を社会の水平線上に引上げねばなりません、他人の力に頼るな、飽迄自分の力で自分を完成しなければだめです。

民族自立をうながす森竹の激しい文章である。この投稿は、奇しくも違星北斗が「アイヌの復興はアイヌでなくてはならない」として東京から北海道へ戻った一九二六年になされた。アイヌ民族差別のなかでの自立を「社会的」問題ととらえたのも違星と共通している。そのような違星と森竹がめぐり会うのは自然の流れであったろう。二人が出会った正確な日時・場所は不明だが、違星北斗研究会の山科清春は一九二七年末から翌二八年初めと推測している。『森竹竹市遺稿集　銀鈴』〔以下、『遺稿集銀鈴』〕には森竹が違星と会った際に詠んだ短歌三首が掲載されている〔註3〕。

さて森竹は、一九二七年〔昭和二年〕、二五歳のときに念願の札幌鉄道局雇員になり、追分《おいわけ》駅車号掛として勤務した。その後車掌科を修了し、車掌となることを希望したが、追分から佐瑠太《さるふと》〔現在の富川〕、苫小牧、静内の各駅で貨物掛を務め、ついに車掌となることはなかった。そして一九三五年、三三歳のときに鉄道を退職する。

この間森竹の文学活動は着々と進み、追分駅勤務時代の一九三〇年に同人誌『銀鈴』を刊行した〔註4〕ほか、三二年には同人誌『黎明』〔註5〕に詩「春」を発表、三四年には口語短歌雑誌『青空』に入会し、並木凡平の指導を受けて短歌の創作を本格化させた。同族への啓蒙活動にも積極的で、一九三一年八月に札幌尭祐幼稚園〔札幌市北一条西一八丁目〕で開催された全道アイヌ青年大会に参加している〔註6〕。また一九二九年前後には、アイヌ民族の民俗・文化を研究していた喜田貞吉〔一八七一〜一九三九、京都帝国大学教授〕とも交流している。一九三四年〔昭和九年〕には「全道ウタリに諮る」の檄文を発し、小樽新聞には「見世物扱ひを中止せよ」を寄稿した。これらは一九三四年の日本海軍の連合艦隊室蘭入港に際し、「白老アイヌを招き、熊祭りとアイヌ舞踊を将兵に観覧させる」ことへの反対意見であった。森竹は次のように述べている。

　殊更アイヌの古老連に旧式な服装をして駅頭に送迎せしめ、あるひは熊祭や手踊などを開いて観覧に供し、〔略〕これが恰も北海道のアイヌの民族現在の日常生活なるが如く報道し、ために世人の認識をあやまらしめ、延いてはこれに対する侮べつ嘲笑の念を誘発せしめてゐたのはわれ〳〵の憤まん禁じ得なかつたところである。

一九三五〜三六年は森竹の人生の転機となった時期である。三五年に鉄道を退職した森竹は翌三六年に若子と離婚し、水本佐美（子）と再婚する。そして佐美（子）と白老でピリカ食堂を経営、また漁業に従事することとなった。『若きアイヌの詩集　原始林』〔以下、『原始林』〕を自費出版したのは一九三七年のことである。この詩集には詩一九編、短歌一〇五首が収められた。近現代アイヌ文学における詩歌集としては、違星北斗遺稿集『コタン』〔一九三〇年〕、バチェラー八重子『若きウタリに』〔一九三一年〕に次ぐ三番目の出版となり、アイヌ文学初の詩集でもあった。

第二次世界大戦後の一九四六年〔昭和二一年〕、森竹は北海道アイヌ協会の設立とともに常任幹事に就任し、一九四八年には機関誌『北の光』創刊号に「あいぬ民族の明確化」を寄稿した。また一九五五年〔昭和三〇年〕には『今昔のアイヌ物語』を自費出版している。この後は北海道ウタリ協会顧問、昭和新山アイヌ記念館館長〔一九六一年〕、白老町立白老民俗資料館初代館長〔一九六七年〕に就任するなど、生涯を通してアイヌ民族の地位向上のための啓蒙活動に注力した。文学の面でも、一九六二年〔あるいは一九六三年？〕にアイヌ語詩「昭和新山讃歌神の山」を発表し、一九七二年には七〇歳で同人誌『しらおい文芸』〔註7〕に参加した。さらにアイヌ民族による新聞『アヌタリアイヌ　われら人間』にも寄稿し、佐々木昌雄・平村芳美・石原イツ子・戸塚美波子など当時注目されつつあった若き同族の論客・詩人とも交流し、民族運動・民族文学における長老的な存在感を示したが、一九七六年八月三日、白老で死去。享年七四であった。没後一九七七年に遺稿集『レラコラチ』が山川力の編集により刊行されている。

森竹のまとまった評伝としては、冒頭に引用した山本融定「生誕百年　森竹竹市小伝」のほか山田伸一「森竹竹市について」〔『地方史研究』二四五号、一九九三年〕がある。

森竹竹市の俳句

森竹竹市の文筆活動は違星北斗と同様に地元の俳句会への参加から始まった。『遺稿集銀鈴』が『白老町史』〔白老町編、一九七五年〕から引用した欄外註〔六八頁〕によれば、森竹が参加したのは青吟社老蛙会で「大正十年頃から河合順三郎が主となり〔略〕真證寺に集まり、毎月例会を開いていた」という。ここには後に『アイヌの足跡』を著した白老郵便局長満岡伸一やアイヌの人々に献身的な医療を施した医師高橋房次も参加している。「筑堂」という号を森竹が名乗るのはこの頃からである。

森竹の詠んだ俳句を集計してみると、『レラコラチ』に二五句、『遺稿集銀鈴』に五八句、『遺稿集評論』に四八句の計一三一句が発表されている。ただしこのなかには重複している作品が四句あり、推敲の跡は見られるがほぼ同一作と思われるものが二句ある。違星北斗が俳句から次第に短歌へ移行したのに対し、森竹は生涯を通して俳句を詠んだ。初期の俳句はオーソドックスな有季定型句で後には川柳も作っている。

森竹の初期の俳句は『遺稿集銀鈴』によれば室蘭毎日新聞、小樽新聞に投稿されたようだが、その掲載年月日は不明である。「福寿草」「社頭雪」「蟲の聲」「紅葉」などの季題に則して作られており、当時の北海道俳壇で、青木郭公〔一八六四～一九四三〕が北海道の自然に根ざした「独自の風土性と郷土性を目指して」いた系統〔『北海道大百科事典』〕よりは、どちらかと言えば中央の『ホトトギス』に代表される伝統的写実主義系の俳句であったと思われる。試みに筆者は森竹の俳句を分類してみたが、一三一句のうち、自然情景をテーマとしたものが五〇句を越えて最も多く、アイヌ文化を主題とした作品は二〇句程度であった。その二〇句のなかからいくつかを掲げてみよう。いずれもアイヌ文化やその精神が失われてゆく嘆きを映した作品である。

愁いおぶメノコ踊りやイオマンテ　（『レラコラチ』所載）
かや葺きのチセなくヌサも無きコタン　（『遺稿集評論』所載）
諦めてフッチエカシの火葬かな　（『遺稿集評論』所載）
遅れたるコタンにイムはなほ残り　（『遺稿集評論』所載）
若人はエカシに習ふサケチッカ　（『遺稿集評論』所載）

森竹の俳句には短歌や詩に見られるような差別批判や民族意識の昂揚は直接的には表れていない。俳句は後の森竹が積極的に創作に取り組んだ短歌・詩・評論の萌芽と位置付けるべきであろうか。違星の俳句にも同じような傾向がうかがえるが、違星や森竹の俳句が近代アイヌ文学への導入的役割を果していたことは興味深い。当時の北海道では各地で俳句結社の動きがあったことと、短詩形としての馴染みやすさが関係あるのかもしれない。森竹のほかの句も掲げてみよう。

賤が家にいろ香もゆかし福寿草　（室蘭毎日新聞、年月日不詳）
憶ひ出を辿る野道や蟲の聲　（一九三〇年〔昭和五年〕）
戦場の噂に明ける初日哉　（一九三九年〔昭和一四年〕？）
侘しさも只一筋の道に生き　（一九六八年〔昭和四三年〕）
月冴えて雪ほしき道初詣　（一九七三年〔昭和四七年〕）

森竹竹市の短歌

次に短歌について見てみる。集計してみると、『原始林』に一〇五首、『レラコラチ』に一四二首、『遺稿集銀鈴』に一八六首、『遺稿集評論』に一四首の計四四七首が発表されている。ただしこのうち九首は重複掲載である。また、これらの媒体に収録されていない短歌もあると推測される。

筆者によるテーマ別の分類によれば四四七首は次のように分けられる。

・アイヌ民族に関するもの　一六一首
・自然情景を詠んだもの　七〇首
・家族・友人を詠ったもの　六四首
・社会的事象を主題としたもの　五六首
・そのほかの個人的感慨　九六首

あくまでも筆者による分類であるが、全体の三分の一はアイヌ民族にかかわる差別・禁酒の啓蒙、そして民族文化を詠ったものである。これらは、違星北斗やバチェラー八重子の短歌と同様に、民族差別に対する怒りと嘆き、同族の覚醒を促す民族愛の短歌と言える。なかでもアイヌ文化を観光の見世物にすることを批判した歌が多い。

現在確認できる森竹の短歌で最も古い作品は、『遺稿集銀鈴』によれば一九二七年（昭和二年）、表紙に「歴史」と墨書された手帳に書かれた三首である（『遺稿集銀鈴』二八頁）。これは違星北斗との出会いを詠んだものである。「森竹竹市（筑堂）略年譜」には一九二三年の項に「この頃から新聞等に俳句・短歌を投稿」と記載されているが、二三年作の短歌は現時点で筆者は確認できていない。森竹は一九二七年に同人誌『銀鈴』を発行し、後には同人誌『黎明』を発行するなかで短歌を作っており、三四年の静内駅貨物掛在職中に口語短歌雑誌『青空』の会員になっている。林義実の「森竹筑堂と歌誌「青空」」（『白老ペン』第五号、白老ペンクラブ編、一九八五年）によれば、森竹の入会が明示されている『青空』は一九三四年（昭和九年）一月号だという。この号に並木凡平に宛てた「ウタリーのために」と題する森竹の文章が掲載され、「今度白川祥之助氏の御紹介に依り日高支部員として、先生の御指導を受けることになりました」と記載されている。

筆者は北海道立文学館に収蔵されている『青空』のうち、一九三一〜三六年の計一五冊を閲覧した〔『原始林』が発行された一九三七年の直前まで〕が、森竹の投稿歌が同誌に掲載されているのは三四年三月号以降であり、林の推定は正しいと思われる。林は小樽文学館収蔵の『青空』で同様の精査をして、三四年中には『青空』誌に全四七首の投稿歌を確認している。筆者はさらに北海道立文学館で閲覧可能な三五年の『青空』四冊を閲覧し一六首の投稿歌を確認した。ただし三六年の一冊には確認できなかった。

並木は一節で述べたように違星北斗の短歌を見出した人物である〔註8〕。違星存命時には『新短歌時代』を主宰していたが、同誌は一九三一年四月に終刊となり、その二カ月後に青山ゆき路〔一九〇七〜一九九三〕を編集発行人とする『青空』が創刊された。『青空』は『新短歌時代』の実質的後継誌で、並木が選者となっている。森竹は一九三四年一〇月二六日に小樽に赴き、並木宅にて並木や青山ほか『青空』同人と歌会を催している〔註9〕。このときの参加者一〇名の短歌は『原始林』に「森竹竹市歓迎歌会」として一七首掲載されている。

並木は違星・森竹などアイヌ民族の歌人を受け入れたが、一節でも見た通り、当時の口語短歌界ではアイヌ民族への差別意識は根深く、『青空』誌でも森竹入会一年前の一九三三年一一月号には、「アイヌも居る浴槽にひたりむせかへる体臭に俺は日高をなつかしむ」「むんむんと湯氣にとけこんだアイヌの体臭お丶!!なつかしい郷土のかほりだ」〔いずれも和泉眞木作〕などの投稿歌が掲載されている。

『青空』に投稿された森竹の短歌は、その大半がアイヌ民族を主題としたものであった。そのいくつかを掲げてみる。

川に鮭　山に熊なく耕すに土地なきウタリはどこにゆくのか　〔一九三四年三月号〕

汽船が出て帰るウタリの酔ひどれた姿に一人溜息をつく　〔一九三四年四月号〕

訪郷の氣を滅入らせる指導板「アイヌ部落」に顔をそむける　〔一九三四年九月号〕

視察者に珍奇の瞳見はらせて「土人學校」に子等は本読む　〔一九三四年九月号〕

『青空』に掲載された森竹の短歌はその後『原始林』にも再録されている。これらの歌には民族の現状を憂えた違星北斗と共通する気持ちが込められていると筆者には思える。とくに和人の見世物に供されてしまっているウタリたちへの憂いと怒りは、違星北斗と同様に大きく、また深い。しかしながら、違星と比較して森竹の短歌に対する一般的な評価は低いと言わざるをえない。森竹の短歌が——森竹に限らず違星や八重子の短歌にも言われることだが——標語的〔スローガン的〕であると喧伝されているからである。たとえば次のような短歌である。

なぜこうもウタリは自身を卑下するか平等に生きやう自尊心持て

ウタリ等よひがむ心を打捨て丶素直に生きやう世と人と共

智も徳も遅れて居るぞ奮然と起つて励まう若いウタリー！

右のような短歌は短歌というより同志への呼びかけであり「スローガン」であると評価されるのである。そうした評価は森竹の存命中からすでになされており、たとえば森竹も参加した『しらおい文芸』創刊号〔一九七二年〕では布沢幸の「短歌評」で「スローガン的でなく、内面的に沈潜したものを大いに作っていただきたい」との注文がついている。森竹没後には同人の小松幸男が「筑堂翁のうた」〔『レラコラチ』二一四～二二六頁〕で森竹の短歌について、「アイヌ民族に関わる歌は、おおむね「スローガン的」であることは否めない」としつつも「そこにのみ歌人としての評価を与えるのは、誤りではないにしろ、他の業績を無視したことになる」と擁護している。しかしまたその一方で、森竹の短歌におけるアイヌ差別の告発が「読む者の胸を鋭く抉ることが稀なのは、己にかかわる本音を吐かなかったからであろう」とも指摘している。

アイヌ民族の歌人によるスローガン的な短歌についてふれた論考には、一節で紹介した田中綾の「抵抗の文学――アイヌ歌人たち」があるが、とくに森竹の短歌論としては篠原昌彦〔苫小牧駒澤大学国際文化学部教授〕の著書『アイヌ詩人森竹竹市の文学とその時代』〔一耕社、二〇〇四年〕の第二章「森竹竹市『レラコラチ（風のように）』における短歌表現」がある〔註10〕。このなかで篠原は、詩人としての森竹の才能は評価しつつもその短歌については次のように批評している〔二七頁〕。

端的に言えば、作者＝表現主体の問題意識が個人レベルのことばで、短歌のことばとしては、内面表現に熟しきれていないのである。

それは、アイヌ民族の「生活の権利」の問題を短歌表現として昇華しきれていないという問題である。

篠原は「歌は、けっして技術・作歌のテクニックによって生まれるものではない。歌は心である。日常的、社会的言語とは、次元が異なるものである」〔二八〜二九頁〕としつつも森竹の短歌への評価は厳しい。

このように森竹の短歌は、後に述べる彼の詩との比較においても力不足を指摘されることが多い。現在ではこのような論調が森竹の短歌を結論付けていると言っても過言ではない。とくにスローガン的な短歌への批判は多い。しかしながら、筆者の集計ではこのアイヌ啓蒙歌とでも呼ぶべきスローガン調の短歌は、森竹のアイヌ民族をテーマとした短歌一六一首のなかでも二〇首程度であり、四〇〇首を超える短歌の五パーセントにも満たない数なのである。たしかに表現が直接的であるがゆえに情緒や余韻に乏しいと思われる作品があることは否定できないが、わずか二〇首程度の啓蒙歌・標語調の短歌をもって歌人としての森竹を評価することには同意できない。森竹の短歌全体を封殺しかねないからだ。

ちなみに森竹自身は、自らの短歌について並木凡平に宛てた「ウタリーのために」〔『青空』一九三四年一月号〕で次のように書いている。

凡平イズムと言わるる生活即歌也、至極同感！山紫水明の美観に捉はるる歌、人多きも生活に即せざる詩歌は画餅に等しく飢餓を救ふ能はず。生活線上に喘ぎ疲れ居るウタリーの為に嘆き悲しみ、或は之を激励し、奮起を促す歌ならざる歌を感傷主義者の感情表現とのみ御思召さず深き御同情と御理解の下に御教導賜はらん事を伏してお願い致します。

森竹は自分の短歌を「歌ならざる歌」と称している。これは違星の「私の歌はいつも論説の二三句を並べた様にゴツゴツしたもの許りである。叙景的なものは至って少い。一体どうした訳だらう。公平無私とかありのまゝにとかを常に主張する自分だのに、歌に現はれた所は全くアイヌの宣伝と弁明とに他ならない」〔『違星北斗遺稿コタン』（草風館）所載の「私の短歌」より〕との自評と共通するものがある。森竹にとって、「生活線上に喘ぎ疲れ居るウタリー」や、「差別教育を受けし學校」で「珍奇の瞳」で見つめられる子や、「胸病んだウタリ」「泣き喚くウタリ」「耕すに土地なきウタリ」「無智よ無能と嗤はれしウタリ」を表現するのに、自身の内面的な本音や虚飾は不要であった。逆説的に言えば、「歌ならざる歌」であればこそ、森竹の短歌はいわゆる短歌の批評家の視界には収まり切れない凄みがあったのだと言えまいか。

『原始林』のなかからアイヌ民族への思いが表現された歌を左に掲げておきたい。

光線《ひかり》ない家に住んでるウタリ等は胸蝕ばまれて朽ち果てるのか
胸病んだウタリは又も病葉のやうに寂しく春風に散る
哀愁を帯びたウタリの泣聲に胸抉られるやうな悲しさ
神と人交りたりし往昔のエカシの神話に夜は更けてゆく
酔ひどれたウタリの寝てた其辻で夜はウタリの牧師道説く　（近藤君）
邪な心にいつも負けて居る弱い心だ――不甲斐ない俺
ウタリ等よ酒だけ止せと幾度か叫んだ俺は何だこのざま
啼く蟲の音に泌々と行末のウタリを思ふ秋の夜更けに
降りしきる中に剣取りホーイ〳〵と逝ける友をば悼むウタリー
煮えたぎる血潮をペンに滲ませて若いウタリに強く呼びかく

森竹竹市の詩

詩人としての森竹の才能を評価する声は多い。森竹の詩作にふれる前に筆者はまず森竹を次のように定義しておきたい。

森竹竹市はアイヌ民族初の本格的日本語詩人である。

誤解のないように言っておけば、アイヌ民族初の日本語による散文詩が公表されたのは違星北斗の「大空」〔『緑光土』一九二五年、に掲載〕が最初である。しかし違星はこの作品以外に詩作をしておらず、その作品数から言っても本格的な日本語詩人としては森竹竹市をこのように位置づけて差し支えなかろう〔註11〕。

森竹の詩作を集計してみると、『原始林』に一九編、『レラコラチ』に一〇編、『遺稿集銀鈴』に二四編、『遺稿集評論』に三編の計五六編である。ただしこのうち八編は重複掲載である。

また作品をテーマ別に分類すると、アイヌ差別・アイヌ文化をテーマとしたものが二二編、自然情景が三編、家族・友人が五編、社会事象が八編、そのほかの個人的感慨が一八編となる。俳句・短歌と同様に、森竹が詩作のテーマとしたものはアイヌ民族に限らず、自然・社会・私的周辺の幅広い対象に及んでいる。

森竹の詩作についての批評を古い順に辿ってみると、まず湯本喜作『アイヌの歌人』〔洋々社、一九六三年〕がある。湯本は違星北斗・バチェラー八重子と並んで短歌人としての森竹を紹介し、「その歌にもなかなかすぐれたものがある」〔一五四頁〕と一定の評価を与えつつ、湯本の協力者である谷口正に宛てた森竹の書簡から、「詩作がこの人の本命」〔一六八頁〕と位置付けている。湯本によれば、この書簡で森竹は「私の快心の作は「晩歌」一編だけで、残りは全部駄目、これが私の偽わらぬ心境だということを書面の中に記している」という。「輓歌」とは『原始林』に掲載された詩で、友の埋葬を詠った作品である。冒頭の二連を左に掲げる。

冷たき友の骸をかつぎ
夕陽落つる西山の
ほとりへ我等しづ歩む
優勝劣敗――適者生存――

あゝ滅びゆく其の者の
悲哀は誰か知るならむ
熱き涙は止め度なく
我等の頬を傳ふなり

湯本は『アイヌの歌人』で森竹の短歌三四首とともに「輓歌」全編を掲載したが、ほかに森竹の特徴的作品としてアイヌ語・日本語併用詩の「昭和新山讃歌　神の山」を引用している。

次に森竹の詩を紹介したのは新谷行『アイヌ民族抵抗史』〔三一書房、一九七二年〕である。筆者の知る限り森竹の生前に森竹の詩を紹介したのは湯本・新谷の二人だけである。新谷は一九七〇年代初頭に和人のアイヌ民族解放運動のリーダー格のひとりとして活動した。同書はアイヌ民族の抵抗運動史としての嚆矢である。新谷はそのなかで、森竹の詩集『原始林』は一九三七年という軍国主義の傾斜が強まった時期の刊行であることを斟酌しながら、違星北斗・バチェラー八重子の表現と比較して「もう少し間接的な表現になっている」としたが、「森竹の詩をよく読めば、アイヌ民族の文化を滅ぼしたくないという気持は違星にまさるとも劣らないほど強く、アイヌ民族の精神と文化への希望を持っていたことが理解できる」〔二一八〜二一九頁〕と書いている。また、「日本全体が挙国一致的に軍国主義体制へのめり込んでいった時代」背景を指摘して、一面では同化容認とも読める森竹の論調にも一定の理解を示している。作例としては「アイヌは踊る」「原始生活」「アイヌの血」の三編を引用し、森竹の詩には「同情を乞うような悲愴感がなく、読んでいてつい微笑んでしまうような、からっとした明るさがある」〔二二二頁〕と好意的な印象を述べている。

しかし新谷の森竹理解は、主に抵抗運動の観点からなされており、森竹の文学的表現力やその作品が包含する世界の解明にはいたっていない。森竹文学の総括的な分析としては不十分と言わざるをえない。

森竹没後の一九七〇年代後半にいちはやく森竹を評価したのは山川力〔一九一三〜〕である。その著書『アイヌ民族文化史への試論』〔未來社、一九八〇年〕所載の「森竹竹市の世界——遺稿集を編集して」〔二一三〜二一八頁〕のなかで森竹の詩「アイヌの血」を全文掲載し、森竹が一九六六年に創作した「アイヌ亡びず」との比較を行なっている。一九三七年の『原始林』に「アイヌの血」が掲載されてから約三〇年を経て発表された「アイヌ亡びず」は、「アイヌの血」との共通点が多い詩である。山川は次のように分析する。

民族としての自負と〈シャモ化〉（喜田のコトバを借りると）への肯定と、森竹のなかにはあい反するその二者が混在している。森竹は、その二者を混在させ、調和させようとさえする。血の一体化はその貫徹であろう。

〔『アイヌ民族文化史への試論』二一七〜二一八頁〕

ここで言う「喜田のコトバ」とは、喜田貞吉の森竹宛書簡〔一九二九年一一月五日付〕に見られるアイヌ滅亡史観に基づく「いづれ北海道アイヌの末路は津軽アイヌの末路と同じくシャモ化してしまわねばならぬ運命」とか、「津軽アイヌの様に何も遺さずに消えてしまふのではなく、立派な歴史を残してシャモ化することにしたいと思ひます」などの記述を指す。当時喜田はアイヌ民俗研究のため森竹に注目し、研究への協力を要請していた。こうした経緯については、北海道大学大学院近代史ゼミ「森竹竹市宛喜田貞吉書簡」〔一九二九〜三四、『地方史研究』二四五号、一九九三年一〇月〕が詳しい。

山川は森竹が試作において終生持ち続けたのは「民族としての自負」と「シャモ化への肯定」という二つのテーマであり、その調和を求めた結果が二つの詩に共通する次の最終連であるという。

しかしー　アイヌ民族の風貌が
現世から没しても
其の血は！
永遠に流るるのだ
日本人の体内に。

二〇〇〇年代になってからは前述の篠原昌彦の『アイヌ詩人森竹竹市の文学とその時代』がある。このなかで篠原は短歌と比較して「単に日本的な花鳥風月を詠じた既成の枠内の「詩人・歌人」ではなく、ディヒターと呼ばれるべき真の文学者としてのディヒターの能力を持った詩人であった」〔二五頁〕と詩人としての森竹を絶賛している。「Dichter」とはドイツ語で「作家」「詩人」「歌人」「文人」などを意味する言葉である。筆者は篠原の言う「真の文学者」とは技術的な芸術性を超越して人間にとって普遍的な文学を創造できる人と解釈した。森竹の短歌には厳しい評価を下した篠原であったが、詩については森竹に対して最大限の賛辞を送っている。森竹にとっての詩とは、俳句・短歌といった定型の枠に収まるものではない、ヤイサマネーナのごとく自由な叙情詩として、縦横に飛躍できる場であったということだろうか。

さて森竹の詩評としても最も新しいものは、川村湊編『現代アイヌ文学作品選』〔講談社文芸文庫、二〇一〇年〕のなかで川村自らが解説した「甦るアイヌ文学の世界」である。川村は森竹に限らず、違星北斗・バチェラー八重子がその作品にアイヌ語を多用していることに注目した。川村はそれを「積極的に（意図的に）日本語のクレオール化を図っている」もので、「森竹竹市の作品世界の中へのユーカラなどアイヌ神話の世界の取り入れなどは、〔略〕日本語の詩形をいったんは受容することによって、それを換骨奪胎してゆくという高度な文学的抵抗の表現にほかならない」と述べている。そして「森竹竹市のアイヌ語をちりばめた詩群は、宮澤賢治が「東北岩手」というローカリズムを逆手にとって「イーハトーブ」というグローバルな文学空間を作りあげようとしたことと同質の、ローカルからグローバルな精神文化の世界への転換を意図したものではなかったか。それらはアイヌ語という言葉に息を吹き込ませることであり、言葉をカムイとする口承的なアイヌ文学の再生であり、その新しい甦りだったのである」〔二八二〜二八三頁〕と言って森竹の詩評に新たな視座を提示した。

このように時代を経るにしたがって、森竹の詩に対する批評も変化してきている。森竹の詩に対する歴史的な評価を俯瞰したところで、森竹のいくつかの詩を紹介しておきたい。これまで最も多く引用されてきた代表的な作品は『原始林』に掲載された「アイヌの血」であろう。

「アイヌの血」

メノコの口邊や
手甲の青刺は次第に減じ
漆黒なるアイヌの頰髯は
時世と共に薄らぎて
その容貌はかはりゆく
離婚――
混血――
同化――
これをしも滅亡《ほろび》と云ふなら
私は民族の滅亡の
一日も早からんことを希ふ

虐げらるる悲憤

堪え難き世人の嘲笑
私は可愛い子孫にまで
比の憂愁を與へたくない
しかし——　アイヌ民族の風貌が
現世《このよ》から没しても
其の血は！
永遠に流るるのだ
日本人の體内に。

〔『若きアイヌの詩集　原始林』より〕

この詩が多くの批評で取り上げられるのは、作品が持つその緊迫感、迫力にあろう。とくに日本人が経験したことのない「滅亡」に瀕する民族の切迫した意識と「血」に象徴される民族の精神・魂の不滅が語られるところに圧倒されてしまうのだ。

もうひとつ、「アイヌ亡びず」も併せて紹介しておかねばならない。この作品は「アイヌの血」が発展した作品である。

「アイヌ亡びず」

彼はアイヌとして生まれたり

彼は幼少の頃　和人《シャモ》の子等に
アイヌ〳〵の嘲笑に泣かされ
　長じて　社会の差別
　　　　侮辱に憤激する

彼は伝統の暮らしの業を捨て
シャモの真っ只中へ飛び込む
鉄道員！　時、大正八年――
彼は勤務《つとめ》を励み、
　　　　学びにいそしむ

燃ゆるが如き彼の情熱は
詩歌となり熱弁となって
社会に若きウタリに
　　叫び続ける

　われらこそ、先住の民胸はって
誇りと共に強く生きよう

族称も差別待遇凡ておば
　改廃すべきだ進み行く世に
ああ此の悲痛な彼の叫びも
今は遠い〳〵彼方に消え去る
侮りも蔑すみもない現実《いま》の世に
彼我の子等は喜々として戯れ遊び
若き者は自由に交り
　　結ばれてゆく
彼等は祖先より承けついた
　　民族のトク性
シレトク　眉目秀麗
テケトク　優れた芸術性
パウェトク　巧みなる弁舌
ラメトク　勇猛果敢
之を誇りとして力強く
社会に踏み出して行く

そこで彼はうたう！

これでいい！
これでいいんだ!!
アイヌの風貌が
現代から没しても
その血は！
永遠に流るるのだ
日本人の体内に

一九六六（昭41）年四月七日　白老町立病院にて

〔大塚一美『生きているユーカラ』一九九八年より〕

お気づきのことと思うが、山川が論じたように「アイヌの血」と最終連が同じである。この詩は『レラコラチ』にも掲載されており、数カ所に変更があるが、どちらも作成日付は同じでいずれが最終稿なのか判別できない。『生きているユーカラ』〔一九九八年〕掲載稿には著者大塚一美が、「この詩は「生きているユーカラ展」のとき、「森竹老の過去を顧みて、同族への　今後の期待を！」という私の希望で作られた詩である」と述べている〔三九頁〕。このほかにも宇梶静江〔現代アイヌ詩人、一九三三〜〕が森竹を訪問した際に作った「母の責務」の詩のモチーフもこの「アイヌの血」ではないかと思われる。

森竹にはこのように「アイヌの血」のモチーフを変奏した作品がある。その意味で、「アイヌの血」とはユカラのように同じ主題ながらも森竹が朗詠の都度変奏した作品と捉えるべきものであろう。「アイヌの血」「アイヌ亡びず」という詩題が自ずと語っているように、「血」という言葉に象徴されたアイヌ民族のアイデンティティの不滅を宣言したもので、かつての口承文芸と同じように繰り返し変奏されながら書かれることにより、その詩自体の永遠性も表象されていると言えるのではないだろうか。この「アイヌの血」は森竹にとどまらず、近代アイヌ文学の重要なキーワードであり、本書第9章で改めて論述する。

同じように『アイヌ近現代史読本』〔緑風出版、二〇〇一年〕の著者小笠原信之は、この森竹の詩と武隈徳三郎の『アイヌ物語』の次の一節の類似性を指摘している。


或る一部の学者・識者は、アイヌ種族の亡ぶることを憂ひらると雖も、「アイヌ」は決して滅亡せず。縦令其の容貌風習にて漸次旧態を失ふべきも、「アイヌ」の血液の量は必ず減少せず。故に予は「今後アイヌ」種族は滅亡するが如きことは無くして、大和人種に同化すべきものなりとの信念を有せり。〔傍点・須田〕

森竹は武隈の存在を「教育家であり乍ら酒の為に遂失敗した」〔一九三〇年四月一九日の日記、『遺稿集評論』五八頁〕ウタリと見ていたが、森竹も武隈と同様に、人種的な混血化と民族としての精神の不滅を峻別した同化、すなわち和人との対等化を考えていたと解釈することができる。

最後に取り上げられなければならない森竹の詩がある。それはアイヌ語・日本語併用詩である。森竹のアイヌ語・日本語併用詩には「昭和新山賛歌　神の山」と「ユーカルの旅」の二作がある。これらの詩については『レラコラチ』に「アイヌ語の詩としては稀なる労作」との山川力の「注」があるだけで、これまでほとんど批評・解説の対象にされてこなかった。「昭和新山賛歌　神の山」を引用する。

洞爺湖畔に
震起した神の山
この山を名づけて
昭和新山と呼ばれる
赤い地肌をした岩石の山
その山の内部に
燃える白煙は
気流と立ち風に流れる
驚嘆する
青空を仰ぎ見ると
素敵だなあ！　神の山
燦然と聳え立ち
光り輝いている

神《カムイ》の山

トオヤ、ト　サマケタ
シプス、カムイ、ヌプリ
タアン、ヌプリ、アレコル、カツ
昭和アシリ、ヌプリ、アリ、アポルセ
フレ、イポルコル、スマヌプリ
ネアン、ヌプリ、オンナイケタ
ウフイ、レタル、スプヤ
チマワ、コノエ、レラ、コ、パルセ
イオッ、セル、ケレ
シウニン、カンド、アコ、イン、ガランコ
イラヤプカタ、カムイ、ヌプリ
アシル、コンナ、キンナタラ
ミケカネ、シカエ、カネアン

これは文学史上、全文アイヌ語で書かれた初めての詩であろう。昭和新山の威容を賛美する素直な感情を表現したものである。森竹は「昭和三七、ないし三八年頃」（一九六二〜六三年頃）の作としている。森竹にとって神（カムイ）であるこの自然の創造物への畏敬の念を率直に表したいという思いが、自然とアイヌ語での詩作となったものと思われる。

森竹竹市の評論

森竹竹市は詩歌人であるにとどまらない。近代アイヌ民族を代表する言論人でもある。その評論活動は早く、一九二六年（大正一五年＝昭和元年）に北海タイムスに寄稿した「解平運動」が最初である。以後意欲的な言論活動がその晩年まで続く。主な評論活動を挙げてみる。

一九二六年　「解平運動」（北海タイムス）
一九二七年　「アイヌ民族の将来に就いて」（出典不詳〔註12〕）
一九三四年　「全道ウタリに諮る」（『レラコラチ』、後に『アヌタリアイヌ』六・七合併号に掲載）
　　　　　　「見世物扱ひを中止せよ」（小樽新聞）
一九三七年　「ウタリーへの一考察」（『北海道社会事業』第二八号）
　　　　　　『若きアイヌの詩集　原始林』（「序」）
一九四〇年　「アイヌ部落視察を厳禁せよ」（東京日日新聞投書原稿）
一九四一年　「アイヌの名を廃せ」（北海タイムス）

一九四八年　「あいぬ民族の明確化」　（『北の光』創刊号）
一九六五年　「酋長の呼称は人権無視　アイヌ民族の恥」（『森竹竹市遺稿集評論』）
一九六八年　「世界民族学会への間違った案内書に思う」（『レラコラチ』）
一九七一年　「アイヌを見世物に利用する観光事業」（『レラコラチ』）

「解平運動」は一九二六年一二月二日付の北海タイムスに掲載された。その一節は「略歴」のなかでふれた。解平運動とは同年一一月に旭川近文《ちかぶみ》のアイヌの人たち（砂澤市太郎、門野惣太郎（ハウトムティ）、松井國三郎、小林鹿造）が設立した「解平社」によるアイヌ民族解放運動で、一九二二年の全国水平社の設立に刺激されて始まったものである。「解平とは我等が解放されて公平になりたいための心をそのまま名づけたものである」（東京朝日新聞、一九二六年一〇月二四日付）と宣言しており、森竹の一文はこの運動への共感とアイヌ民族の自立に向けた森竹の宣言を世に示したものである。ただし解平社そのものはその後発展することなく、運動自体は萎んでいったとされている（註13）。

「全道ウタリに諮る」（一九三四年二月一一日付）は『レラコラチ』に掲載されているが、全道ウタリ大会後の民族運動の停滞を嘆き、全道的なアイヌ民族の連帯を改めて訴えた檄文である。文中には川村兼登（カ子《ぬ》ト）・貝澤藤蔵・吉田菊太郎の名前もあり、森竹の交流範囲の広さがうかがわれる。また旭川近文の土地問題にも言及し、「全道ウタリーが相呼応し一致団結して、子孫の為に百年の大計を樹てる覚悟がなければなりません」と結んでいる。『レラコラチ』には「全道のウタリに配布したということの檄文も、反応はほとんど皆無だった」との注記があるが、ウタリの全道的連帯を訴え、各地の状況・情報を集約する機関の設置提案は、後の北海道アイヌ協会をイメージさせるもので、森竹の問題意識と先見性を物語る文献と位置付けられる。

同じく一九三四年に小樽新聞〔八月二四日付〕に掲載された「見世物扱ひを中止せよ」はすでに略歴に一節を引用した。アイヌ民族が時代錯誤の見世物とされることへ森竹は終生反発し、その是正を主張し続けた。そうした主張は一九四〇年の「アイヌ部落視察を厳禁せよ」、一九六八年の「世界民族学会への間違った案内書に思う」、一九七一年の「アイヌを見世物に利用する観光事業」に受け継がれている。

アイヌ文化を自ら売るような「見世物」への反発は、違星やバチェラー八重子の論調と比較して森竹の特徴的なものである。もちろん違星やバチェラー八重子にも同様の主張は見られるが、その激しさと頻度において森竹の抵抗＝主張は徹底している。それは森竹が生まれ育った白老が、北海道観光におけるアイヌ民族を見学するための地の役割を果たしていたことに起因している。白老は交通の便がよく、気候も比較的穏やかであり、有力なアイヌコタンがあったことなどから道内有数の観光地となっていた。とりわけ一八八一年に明治天皇が白老で熊祭りを見学して以降、皇族の訪問が度重なったこともその知名度を高める要因となった。さらに森竹が当初白老駅に勤務しており、白老を訪れる観光客から連日のように、「アイヌ人は何を着て居ますか、食べ物は如何な物を食べて居ます、アイヌ人は男は毎日酒を飲んでブラブラして居て女が稼いで一家の生計を立てて行くと言ふ話ですが真実でせうか等と飛んでもない質問をされる」ことに激しい反発を覚えたためである〔「アイヌ民族の将来に就て」「現代に於るアイヌ族」『遺稿集評論』八頁〕。

森竹は、自民族を観光客目当ての金儲けの手段として利用し、さらに誤った認識を植え付け、民族差別を助長する人やその背後にある社会風潮に対して激しく抵抗した。一九三四年の連合艦隊室蘭入港に際しての軍人のアイヌ見学などに対しても、当時は絶対的存在であった帝国海軍の行事にもかかわらず、それに真っ向から反対する言論を小樽新聞で展開した。権力を恐れず民族的抵抗を貫徹しようとする精神の現れであろう。

さらに軍国主義が強まっていた一九四〇年六月二一日には「アイヌ部落視察を厳禁せよ」〔『遺稿集評論』四三頁〕という文章が書かれた。森竹はここで「荒木文部大臣」〔荒木貞夫陸軍大将のこと。二・二六事件を引き起こした陸軍皇道派の首魁で戦後A級戦犯として終身刑〕を名指して、次のようなことを訴えようとした。

毎年の観光客到来季節は我々アイヌ青年の憂愁期間である。〔略〕アイヌ見物――噫何と云ふ侮辱的な言葉であり非人道的な行為であらう――。茲に於て吾人は荒木文部大臣に本文を呈して御一考を煩したいと存ずる。〔略〕其処で閣下に御願する事は、閣下が司教せられる全国各学校の旅行プランよりアイヌ部落視察を除外せられたき事である。何故のアイヌ部落視察ぞ！我等アイヌ民族も均しく陛下の赤子であり立派に国民の権利義務を履行して居る。〔略〕何時迄過っても我々アイヌ族を見世物視する事は人道上より観ても絶対に赦すべからざる事であり、我々若きアイヌの思想に及ぼす悪影響も又甚大なりと謂ふべし。

この文章には「東京日日新聞投書原稿」と書かれていたが、実際には掲載されてはいないものと思われる。なぜならば森竹には思い違いがあったようで、この文章が書かれた一九四〇年〔昭和一五年〕六月二一日時点の文部大臣は荒木ではないからである。当時は米内内閣の松浦鎮次郎が文部大臣であり、在任期間は一九四〇年〔昭和一五年〕一月一六日から七月二二日。荒木の文相在任は一九三八年〔昭和一三年〕五月二六日から三九年〔昭和一四年〕八月三〇日である。しかし軍国主義が高揚し、言論統制が最も厳しく行なわれ、自身の拘束も危惧されるこの時期に、こともあろうに陸軍大将の元文部大臣に対して談判しようとしたその胆力には驚くべきものがある。

さらに森竹の信念は戦後も衰えない。「世界民族学会への間違った案内書に思う」〔一九六八年〕では、「白老アイヌコタン」が、個人経営の見世物業が批判されるようになったことから、白老町の斡旋により「実質的には町営観光事業として運営されつつある」なかで森竹は次のように釘を刺した。

これは飽迄も古来の民族文化を紹介するのが目的であって、苟もそれによって、民族が差別され、その自尊心を傷つけるがごとき作為は、人道上赦すべからざるものである。〔『レラコラチ』七六頁〕

また「アイヌを見世物に利用する観光事業」〔一九七一年〕でも次のように述べている。

往昔、松前藩は、われわれの祖先を搾取し、奴隷のように酷使するために、学問を教えず、日本語の使用を禁止して、無智文盲の民に仕立てたのである。その悪政のため永い間アイヌ民族は未開野蛮の者として偏見差別に苛まされたのである。

だが、われわれはいつまでも呉下の阿蒙であってはならない。進み行く世にしっかりと目を向けて、現在の観光ブームがアイヌの名を必要とするなら、今こそアイヌ人自らアイヌの名を独占活用して、経済自立に役立て、もって永い間の侮蔑嘲笑の報復に活用するがよい。〔略〕そして、偏見差別を助長するような非道徳的行為に対しては民族の名において断固抗議しなければならない。

いつ迄もアイヌは見世物ではない。

〔『レラコラチ』八二頁〕

アイヌ民族とアイヌ文化を観光目当ての見世物とすることへの森竹の怒りは生涯変わらなかった。戦前から戦後へと日本の社会が変わっても、アイヌ民族の立場が変わらないかぎり森竹は怒り、その怒りを文学・言論を通して訴え続けた。

もうひとつ、森竹の言論で特徴的なことは、日本列島におけるアイヌ民族の位置を「真正日本人」と位置付けたことである。森竹は「あいぬ民族の明確化」で、和人による日本史を「歪められた自族礼讃」と一蹴し次のように述べた。

長い間の圧迫——差別から、我々は謂はれなく自尊心を傷つけられ、いつしか自己卑下をなす習癖を持つ。〔略〕天孫民族と自称する和人共が日本へ上陸前から日本を占有して居た真正日本人は我々アイヌ民族であつたのである。〔略〕侵略——迫害圧迫——無智政策——搾取等々、数へ来れば我々をして今日の逆境に墜し入れた原因は種々あろう。其の何れもが往時の施政者の罪悪であり社会の欠陥である。けれど我々は死児の齢を数ふるの愚は止めよう。

私共アイヌ民族は、自分達こそは真正日本人である自覚の下にアイヌ民族の誇をもつて平和日本建設の為にスタートを切ろう。嘗て侮蔑の代名詞として冠せられたアイヌ——自分達もさう呼ばれる事に依つて限りない侮辱感を抱かせられた此の民族称を、今度こそ誇りを以て堂々名乗つて歩かう。

〔『近代民衆の記録5アイヌ』二八八頁〕

これは明確な先住権の主張である。森竹はこの論文「あいぬ民族の明確化」においてアイヌ民族の先住権宣言を行なったと言ってよい。若き日に森竹の盟友であった違星北斗の志は、森竹竹市の文筆によってさらに発展を遂げた。アイヌ民族にとって先住権を自ら主張した証しとしてこの文章は歴史に大きな刻印を残したものと言えよう。

『今昔のアイヌ物語』について

ほかにも森竹には貴重な文学的業績がある。そのひとつが一九五五年に自費出版した『今昔のアイヌ物語』である。筆者はこの原典を北海道立文学館で閲覧したが、文学館の収蔵書には森竹の自筆で「温故知新　昭和三〇年如月　白老　森竹筑堂」と墨書された署名がある。

この書物は、近代アイヌ文学史のなかでは山辺安之助の『あいぬ物語』〔一九一三年〕、武隈徳三郎『アイヌ物語』〔一九一八年〕に続く三番目のアイヌ物語と位置付けることができる。ただし、有名出版社から刊行された前二作とは異なり、この本は自費出版であり、ガリ版刷り全五二頁の小冊子である。しかしアイヌの人自らがアイヌ民族文化を紹介したものとして前二書に劣らず内容は充実している。章立てを見てみよう。

第一章　アイヌの語源
第二章　太古のアイヌ生活（その一）
第三章　日本の先住民族と蝦夷

第四章　蝦夷地への和人渡来
第五章　長録の動乱
第六章　寛文の乱
第七章　国後蝦夷の騒乱
第八章　騒乱と非同化政策
第九章　古代のアイヌ生活（その二）
第十章　近代のアイヌ生活
第十一章　現代のアイヌ生活
アイヌ（蝦夷）がシャモ（和人）になった話
むすび

『今昔のアイヌ物語』の出版経緯は、「北海道観光プランの中に「アイヌ部落視察」の一齣が旅行者の興趣をそゝる絶対的価値があるものとするなら、（略）ぜひ簡単な参考書風なものにまとめて世に出すべきだと云う事になり、其の大役を私に仰せつかった」とその「まえがき」にある。内容は目次から推察していただきたいが、森竹がこの本を出版した目的は「北海道の先住民族はアイヌ」であるとの信念に基づき、アイヌ民族の歴史・文化を紹介し、また現代の生活実態を伝えようとすることにあった。

　森竹のこの『今昔アイヌ物語』で筆者が興味を抱くのは、貝澤藤蔵の『アイヌの叫び』（アイヌの叫び刊行会、一九三一年）との共通点である。『アイヌの叫び』については、谷川健一編『近代民衆の記録5アイヌ』の「解題」に「貝澤藤蔵の著となっているが、森竹竹市によれば、森竹が金十円の稿料で代筆したという」、「草稿を十勝の喜多章明にみてもらったという」と記載されている。筆者はこの事実を確かめるべく関係者への聴取を含め可能なかぎりの調査を試みたが事実を明らかにすることはできなかった。また、『アイヌ民族近代の記録』の小川正人の「解題」によれば、森竹代筆説について「確かにこの書の内容は森竹の主張とも共通する論調が多いけれども、今回その真偽を確かめることはできなかった」とされている。

ここでは小川の言う「共通する論調」について、筆者が気付いた点を箇条書きしておこう。

●構成、各章名の類似点

『アイヌの叫び』の構成は次の通りである。

序、喜多章明（北海道庁社会課）
一、燃ゆる血潮
二、悲惨なるアイヌ観
三、古代のアイヌ生活
四、過渡期に於けるアイヌ生活
五、現代に於けるアイヌ生活
六、アイヌの風習
七、アイヌの芸術

八、付録・アイヌ大会に就いて

●『今昔のアイヌ物語』の第九・十・十一章の章題と『アイヌの叫び』の三・四・五は酷似している。

●『アイヌの叫び』「六、アイヌの風習」における「六、言語」の項は、取り上げているアイヌ語の語彙、掲載順が『今昔のアイヌ物語』の第二章の「言語」の項とほとんど同一である。

●『アイヌの叫び』巻末の「熊物語」は、『森竹竹市遺稿集　ウェペケル――アイヌ語と物語世界（改訂版）』に掲載された森竹の遺稿「熊物語」と内容が酷似している。

●『アイヌの叫び』には毎日白老駅で観光客を出迎える著者〔貝澤〕が、観光客から「アイヌ人に日本語が分かりますか？　何を食べて居りますか？」「着物は？　食物は？　言語は？」と「時代離れ」した質問に辟易する旨が記述されているが、このエピソードは、森竹の著述で散見されるもので、白老駅で勤務していた森竹自身の体験と酷似している。

　これらの類似性は何を物語っているのだろうか。貝澤藤蔵については第7章で改めて論じるが、貝澤は雄弁で知られていたものの著述面では『アイヌの叫び』が唯一の著作である。この本はその構成・内容とも相応の文才がなければ書くことのできないレベルのもので、印象的には森竹代筆説は蓋然性があるように思われるが、森竹が「金十円の稿料で代筆した」という発言を裏付けるものは現時点では見つかっておらず、また森竹が貝澤著述の『アイヌの叫び』を二〇年後の『今昔のアイヌ物語』に取り入れた可能性も否定はできない。いずれにしても現時点では新たな事実は判明しておらず今後の研究課題としておきたい。

このほか森竹の著述には、森竹竹市研究会がまとめた『森竹竹市遺稿集　ウェペケル——アイヌ語と物語世界』と翌年の改訂版がある。上段がカタカナ書きのアイヌ語、下段が日本語という形でウェペケル四編、ユーカラ一編、祈りの辞二編などが掲載されている。いずれも遺族から預託された資料のなかから収録されたものである。

森竹文学の評価とその歴史的意義

森竹竹市の俳句・短歌・詩・評論などの言論活動を概観してきた。森竹文学の総括的評価と近現代アイヌ文学史におけるその意義を述べて本節を閉じることとしたい。

近現代のアイヌ民族の歴史において森竹竹市の果した役割は、文学にとどまらず民族運動全般にわたって重要なものであった。生涯を通して執筆意欲は旺盛であり、その論調にも大きなブレはなく、終始一貫してアイヌ民族としてのアイデンティティと民族文化を堅持することの大切さを語り、民族差別を糾弾した。その一方で、森竹の評価については、「最近の北海道史の資料のなかでは、森竹竹市は、文学者という評価より、民族意識の先駆者であり、その民族意識の表現者という評価が定まりつつある」（篠原、前掲書、二二四頁）と受け止められているのは残念である。既述の通り、森竹がその文学を通じて生涯訴え続けたものは、アイヌ文化を観光目当ての見世物とすることへの怒りと、日本列島の先住民としての民族の誇りである。森竹の言動はすべてここを起点としており、それが違星北斗やバチェラー八重子とは異なる森竹独自の文学を形づくっていた。

それでは、森竹竹市の文学の支柱となったそうした思想はどのように芽生えたのであろうか。以下は森竹竹市の足跡を追って筆者が辿り着いたひとつの仮説としてお読みいただきたい。

森竹の生涯を俯瞰してみると、大きな節目が三つある。ひとつは一九三五年の国鉄の退職、もうひとつはその翌年の離婚・再婚である。いまひとつは国鉄を退職する前年の一九三四年であると思われる。この年、森竹は前述の「全道ウタリに諮る」「見世物扱ひを中止せよ」「ウタリーへの一考察」の三本の論考を書き、短歌活動では口語短歌誌『青空』に入会した。それまで追分・苫小牧など勤務地での小規模の同人誌〔『銀鈴』『黎明』〕から道内全域で読まれる規模の有名歌誌への参加であった。論考の内容も、短歌の発表の場も一段と飛躍しようとする意欲が読み取れる。この積極性はなぜ一九三四年に起こったのであろうか。

森竹の年譜では、この年の初めに苫小牧駅貨物掛から静内駅貨物掛に転勤している。森竹の転機はまさにこの静内という地に転勤したことで起こったのではないだろうか。後年森竹は『アヌタリアイヌ　われら人間』第四号〔一九七三年一〇月一日〕に掲載された「エカシ　フチを訪ねて（4）」で、静内の思い出を語っているが、聞き手の平村芳美は静内について次のように書いている。

> 追分駅のあと、今の富川駅、苫小牧駅を経ながら昭和九年に静内駅に転勤となった。〔略〕シベチャリ〔染退〕、今の静内は漁がさかんであった。そこにアイヌの男たちがはたらきに来ていた。ここで森竹さんを打ちのめすことがあった。静内はごく最近まで旅館などでもアイヌは泊めないなどと公然といってたくらいアイヌに対する偏見の強いところであった。そのせいか他の地ではないほどウタ

リが圧迫されていた。こうした静内の状況であったから当然駅員のなかにもアイヌに対する偏見ははなはだしい。〔略〕こうした状況のなかで森竹さんが考えたのは、こんなに多くのアイヌがいるのだからと静内から町会議員を出そうということであった。当時の町会議員の選挙位で演説会などというものはなかったのに森竹さんたちは旭川の川村カネト〔ママ〕氏や貝澤藤蔵氏など時の名士を呼び小まめにコタンで演説会を開いた。そのかいあってウタリが当選する。

ちなみに森竹は一九三四年の『青空』七月号に「染退の歌」と題する三首を寄稿している。

全道のウタリの名譽を懸けてした町會議員の選擧も終つた
古城趾に眠る驍將シャクサインも微笑んでゐるやう今日の喜び
先導が一人出來たぞ今度こそウタリよ行かう！自力更生

町会議員選挙に同族が立候補して当選した喜びが、シャクシャインの宿願を継承したことに擬えて詠まれている。森竹は静内に転勤して、このシベチャリ〔あるいはシブチャリ、漢字では「染退」と書く〕の地で、民族の英雄シャクシャインについて学び直し、あらためてその偉業に触発されたのではないだろうか。シャクシャインはウタリに広く呼び掛けて和人への抵抗を指揮したリーダーであった。その闘争心、牽引力に胸打たれ、民族が窮地にある今こそシャクシャインの遺志を継承し、道内全ウタリを糾合すべきときだと森竹は思ったのではないだろうか。

シャクシャインについては平山裕人『シャクシャインの戦い』〔寿郎社、二〇一六年〕に詳しい。近世〔日本の歴史上では江戸時代初期〕における松前藩の圧政に対してアイヌモシリのアイヌ民族が武力をもって組織的に抵抗したのが「シャクシャインの戦い」であるが、その指導者としてあまりに有名なのがシベチャリのシャクシャインであった。静内はそのシャクシャインの砦〔チャシ〕が築かれた地、シベチャリであった。現在も静内町真歌公園にはシャクシャイン像〔一九七〇年建立〕が立っており、毎年九月にはいわゆるシャクシャイン祭り〔シャクシャイン・エカシ・イチャルパ〕が執り行なわれている。アイヌ民族の聖地のひとつと言える土地である。森竹はこの地にやってきてシャクシャインと出会い、さらにそこで町会議員選挙に挑み、勝利して自信を深めたのではないだろうか。そしてウタリへの呼びかけをさらに強めるために文学活動をより活発化させたのではないかと筆者は思うのである。

後の『原始林』には「染退の歌」二五首がおさめられているが、そのなかに次の歌がある。

夕河原佇む我にウタリ等の古代の秘史を語れせゝらぎ

大変静かな叙景歌である。しかしそこにはおそらくシャクシャインの戦いにもつながる「古代の秘史」が静内川を伝って脈々と流れており、それを今まさに森竹竹市が感じている風景と捉えることはできないだろうか。

そのような静内でシャクシャインを再認識した森竹は、それまでの人生を清算するかのように、一六年勤務した国鉄を退職し、離婚・再婚を経て一九三七年に初の詩集『若きアイヌの詩集　原始林』を出版した。そしてその後に村会議員の補欠選挙に当選〔一九三八年〕し、第二次世界大戦後は北海道アイヌ協会常任監事〔一九四六年〕、北海道ウタリ協会顧問〔一九六一年〕、白老町白老民俗資料館初代館長〔一九六七年〕などの公職にもつき、アイヌ民族文化継承の積極的な発信者となっていった。とくに「全道ウタリーが相呼応し一致団結して、子孫の為に百年の大計を樹てる覚悟」を訴えた「全道ウタリに諮る」は、和人への強制同化が進められ、民族文化は冒涜され、見世物となりつつある民族の危機にあって、まさにシャクシャインの檄に倣ったものと考えられる。

森竹は「アイヌ語にシャ音なし」〔『レラコラチ』八三〜八九頁〕で、シャクシャイン〔森竹の説では「サクサイン」と発音〕を「非人道的取扱いを受けた民族の怒りを爆発させ、強さを挫いた大酋長」〔註14〕と表現しているが、シャクシャインに倣った森竹の戦いは、たとえば前述の文部大臣に宛てた東京日日新聞投稿原稿「アイヌ部落視察を厳禁せよ」に見てとれる。当時の日本の政治権力者に対して少しも臆することなく物申そうとしていたのである。

伊東稔の「アイヌを生きる、森竹竹市という人」〔『仙台藩白老元陣屋史料館報』八・九合併号〕には、「森竹さんと話していると、その眼がいよいよ輝いて、じっと見つめられると心の底を見透かされるようで恥ずかしくなり、シャクシャインの生まれ変わりでないかと思えた」という布沢幸の談話が紹介されている。実に印象的な逸話である。

近現代のアイヌ文学史において森竹の文筆活動の意義は、知里幸恵・違星北斗・バチェラー八重子に代表される近代のアイヌ民族としての精神を、後代の若きウタリに継承する懸け橋となったことであろう。森竹は一九七六年に七四歳で亡くなるまでペンを持ち続けた。その活動は、とくに一九七〇年代の若いアイヌウタリとの連帯につながった。佐々木昌雄・平村芳美・石原イツ子・戸塚美波子らが発行した新聞『アヌタリアイヌ　われら人間』の第六・七合併号〔一九七五年一一月二〇日〕には森竹の「全道ウタリに諮る」〔一九三四年二一月一日〕が約四〇年の歳月を経て収録されている。編集にあたった若きウタリたちは、半世紀にわたって戦い続けてきた森竹を「エカシ」〔長老〕として尊敬し、交流した。森竹によるアイヌ民族としての抵抗の詩歌は、現代の戸塚美波子・江口カナメなどにも引き継がれている。民族文学の灯を次世代に引き継いだことが、近現代アイヌ文学史における森竹の大きな功績であったと言えるだろう〔註15〕。

蛇足ながら森竹の言論においてやや揺れが見られる点について若干ふれて森竹の項の筆を擱きたい。森竹はジョン・バチェラーに対しては、『今昔のアイヌ物語』のなかで「その生涯をアイヌ伝道に捧げ、アイヌの父と仰ぎ親まれ、アイヌ人の文化向上に盡された偉大な功績は、永久に忘れ去る事が出来ません」と評価している〔三四、三五頁〕。しかしその一方で、「アイヌの父」と題する文章〔『レラコラチ』一三頁、執筆時期は不詳〕では「一萬有余の同族が全部バチェラー氏を〈父〉と仰ぐ事を無条件に承認し光栄と感じて居るだろうか？」とバチェラーを「アイヌの父」と呼ぶことについて反発している。また、違星北斗に対しては終生友としての敬意を抱き続けたが、知里幸恵やバチェラー八重子などキリスト教を信仰した人たちについては引用が少なく、違星ほどの親近感がなかったように見受けられる。森竹の妻佐美（子）は結婚前札幌のバチェラー学園にいたとされる〔註16〕が、キリスト教徒に対する立場は違星のそれに近かったように思える。

さらにまた、北海道旧土人保護法に対する見解についても森竹の言説には変化が見られる。『遺稿集評論』に収録されている「白老駅を辞めてからの話」〔三七頁〕には「我等は理想として旧土人保護法の撤廃を叫んで眞の解放を求めて居るでは無いか！土人學校を廃し人種的差別を撤廃せよと叫んでいるでは無いか！」と述べている。この文章がいつごろ書かれたものか『遺稿集評論』には記載がないが、江賀寅三を義兄と書いているので前妻若子との離婚前、一九三六年一〇月以前と考えられる。しかし後年書いた荒井源次郎宛書簡（一九七四年一〇月二六日付、『レラコラチ』一〇三頁）には、「森竹、永年大兄と所見を異にし、保護法の当分存置を希望する理由は、旧土人保護法なるものは、蝦夷ヶ島と云はれた（明治元年）当時其処に住んでいた（蝦夷《アイヌ》）民族に対する「つぐない」の証文だからなのです」とあり、森竹の旧土人保護法に対する見解が撤廃から存置へと変わっていることがわかる。

詩歌人たちの功績

近代アイヌ民族における文学上の最大のテーマは「同化」であることは繰り返し述べてきたが、近代のアイヌ民族における詩歌では民族としての自覚を求める訴えや同胞が置かれた苦衷の現実を詠むことによって、民族差別に対する怒りを表現した。これらは謂れなき差別偏見に対する抵抗文学の一面を持ったが、また一方では民族の置かれた現状に対する危機感を共有しようと同胞に呼びかけるものでもあった。すなわち過去と未来の狭間にある現在において、民族的なアイデンティティを確立しようと努力し、さらには民族文化や伝統の尊さを再確認すべきと考えた言語・思想表現上の試みは、これまでアイヌ民族が経験したことのない多義的、多面的な文学上の営為であった。

一方で、アイヌ民族のアイデンティティに依拠した短歌、とくに同胞への警鐘・啓蒙・呼びかけを狙った作品は、作者の視座こそ明確ながら、自身の内面表現に深みが欠ける憾みがあり、かつその訴えがいわゆる「絶叫調」「怒号調」になる場合もあった。そのような短歌への「日本文学」の「歌人」たちの評価はおしなべて低いものとなった。違星や森竹の短歌が口語短歌であったこともそれに拍車をかけたきらいがある。口語の使用がすなわち粗野であるとは言えないが、彼らの訴えが政治的・民族的でストレートであればあるほど、彼らに寄り添う意志のない読み手にとっては、歌のモチーフも表現もきわめてマンネリ化したものに読めたであろう。

しかし、「滅びゆく」言説と差別意識に立ち向かった違星や森竹にとって、ほかにどんな戦いの手段があったのだろうか。短歌を武器にしたとまでは言わないが、和人が強制同化と皇民化教育として与えた日本語で、短歌という文学表現を用いて彼らの主張を社会化しようとしたことは、彼らの自己表現であり、日本語文学における民族短歌という新たな分野を切り拓いたとも言える。そうした功績を今認めるべきではないだろうか。

〔註1〕森竹竹市『レラコラチ――風のように　森竹竹市遺稿集』えぞや、一九七七年、九三～九四頁
〔註2〕『北海道の文化』七四号、北海道文化財保護協会、二〇〇二年、一〇七頁
〔註3〕このときの短歌は次の三首。

フゴッペの古代の文字に疑問持ち所信の反論新聞で読む
違星北斗初めて知った君の名を偉いウタリと偲ぶ面影
北斗です出した名刺に「滝次郎」逢いたかったと堅く手握る

違星側の記録では、西川光次郎（光二郎）宛書簡（『自働道話』一九二八年四月号掲載）に「こゝは白老村です。三年ぶりで来てみれば（中略）友人一人はまた追分駅に出てゐて不在だし全く淋しい」とあり、当時追分駅勤務の森竹と会えなかったことがわかる。一方、森竹の短歌には違星から名刺を受け取った光景が詠まれている。森竹は「フゴ

ッペ論争」（一九二七年一二月〜一九二八年一月に小樽新聞で論争）中に違星を知った。「フゴッペ論争」とは、一九二七年（昭和二年）、鉄道工事中に余市で発見された古代文字のような壁画について、小樽新聞紙上で小樽高等商業学校教授の西田彰三と違星北斗との間で行なわれた論争で、西田はこれをアイヌ民族によるものとしたが、違星は否定的見解を示した。一九二八年二月末に違星が白老を訪問した際に、すでに「友人」だった森竹とは会えなかったわけだから、前年一二月の小樽新聞での「フゴッペ論争」開始後にいずれかで初めて会い、名刺をもらう機会が別にあったと思われる。それは違星が余市から日高・幌別方面に移動中の森竹の勤務地追分であったのだろうか。また、森竹が「フゴッペ論争」を知るには小樽新聞を読んでいる必要があり、違星に興味を抱いた森竹自ら違星を訪ねた可能性も考えられる。

〔註4〕『遺稿集銀鈴』八頁の注釈によれば、同人誌『銀鈴』は「追分駅内銀鈴社発行」で、森竹が「編集兼発行人」となっている。また、同書三〇〜三二頁の欄外註から『銀鈴』第三号および第四号が現存するように思われる。ところが『文学展・写真展報告集』三九頁所載の「森竹竹市資料目録（1）ノート・原稿類」には『銀鈴』第四号（一九三〇年）および『銀鈴』第五号（一九三〇年九月三〇日）が記載されているなど同研究会による『銀鈴』三〜五号の発行日はやや錯綜している。森竹の文学活動の端緒となった雑誌であり、今一度整理が必要ではないかと思われる。

〔註5〕「森竹竹市（筑堂）略年譜」には「一九三一年佐瑠太（富川）貨物掛に転勤、同人誌『黎明』に詩「春」を発表」とあるが、『文学展・写真展報告集』四一頁の「森竹竹市資料目録（2）印刷物」には「春」を掲載した『黎明』第三号の年月日は「S7?・」（一九三二年?・）と記載され、一年のズレがある。このズレについても筆者の原本確認で一九三二年が正しいことが確認された。

〔註6〕この大会については、山田伸一「「北海道アイヌ協会」と「全道アイヌ青年大会」」（『北海道立アイヌ民族文化研究センター研究紀要』第六号、二〇〇〇年）が詳細に分析している。大会名称は諸説あり、森竹は「全道ウタリに諮る」では「全道ウタリ大会」としている。

〔註7〕同人誌『しらおい文芸』は一九七二年（昭和四七年）二月に創刊された同人誌で、小松幸男を編集者、伊東稔を発行者とした。創刊号はガリ版刷り、二号・三号は印刷である。蔵書検索で調べたかぎり、『しらおい文芸』は北海道立図書館、北海道立文学館、苫小牧・室蘭の各市立図書館にも所蔵はなく、白老町立図書館に一、三号および二号のコピーが所蔵されている。森竹は一〜三号に川柳六句、俳句九句、短歌八〇首、詩一編を寄稿している。ただし

創刊号の川柳二句は印刷状態が悪く判読できない。

〔註8〕『青空』一九三四年四月号には並木凡平「忘れ得ぬ人々」という文章があり、このなかで違星北斗について「地下に眠る北斗君は、いまもなほウタリーの再興運動への一途を辿つて居るやうな氣がしてならない。今や彼の偉業をつぐべく、日高の森竹筑堂君も本誌に據って男々しく進出しやうとしてゐる」と述べている。

〔註9〕口語短歌雑誌『青空』は一九三一年（昭和六年）六月から一九四四年（昭和一九年）三月まで刊行された。なお『青空』のバックナンバーは北海道立文学館などで閲覧が可能である。

〔註10〕このほかには、野田紘子「連載評論アイヌの歌人（五）（六）――森竹竹市　生きている限り」（『辛夷』一九九九年五月号、一〇月号）がある。

〔註11〕同じようにアイヌ民族初の日本語歌人はバチェラー八重子である。八重子は一九〇九年の英国旅行時にすでに短歌を作っており、違星北斗の俳句・短歌の最も古いものが一九二四年、森竹も一九二三年頃が作歌開始であることから判断できる。

〔註12〕「アイヌ民族の将来について」は「森竹竹市（筑堂）略年譜」には一九二七年に「論説文発表」と記載されている。一方、『遺稿集評論』には、〈評論〉部に収録された「アイヌ民族の将来に就いて」と〈随想〉部に収録された「アイヌ民族の将来に就いて」がある。前者には発表年月の記載がないが、後者には「一九二七（昭和二）年」と明記されている。いずれも草稿段階の文章かと想像されるが、筆者もこの論説文の起草・発表時期については確定的な情報がなく、現時点では一九二七年に書かれたものと暫定的に考えている。

〔註13〕解平社の設立とその後については金倉義慧『旭川・アイヌ民族の近現代史』（高文研、二〇〇六年）二三三～三一三頁に詳しい。

〔註14〕森竹はこの論文（『レラコラチ』にはいつ頃の執筆か不明と記載されている）で「大酋長」という言葉を用いているが、一九六五年に書いた「酋長の呼称は人権無視　アイヌ民族の恥」および「酋長の称呼は人権無視」では、同年九月二一日付北海道新聞に掲載された荒井源次郎の「しゅう長名称やめよ」を読んでからこの呼称を批判するようになったとしている（『遺稿集評論』二五頁、三〇頁）。

〔註15〕『アヌタリアイヌ　われら人間』には第二号に短歌一六首、第三号に詩一編、第四号にインタビュー、第五号に詩一編、第六・七合併号に「全道ウタリに諮る」、そして最終号の第一九・二〇合併号の「特集アイヌ解放の叫び」

に『原始林』の「序」が再録されている。

〔註16〕山本融定「生誕百年　森竹竹市小伝」『北海道の文化』七四号、北海道文化財保護協会、二〇〇二年、一一一頁

第7章
近代後期の言論者たち

近代後期になるとアイヌ民族による文学表現は短歌や詩からさらに評論などの分野でも積極的に行なわれるようになった。この時期のアイヌの人たちが著した言説を振り返ってみる。

一九二六年〔大正一五年＝昭和元年〕に旭川の砂澤市太郎・松井國三郎・門野惣太郎〔ハウトムティ〕・小林鹿造が解平社を設立した。それを契機に森竹竹市の「解平運動」、違星北斗の「アイヌの姿」〔同人誌『コタン』に掲載〕など前章で見た論説が著された。翌二七年五月に十勝旭明社が設立されると、これを主導した道庁職員の喜多章明はさらに「北海道アイヌ協会」を組織し、三〇年からその機関誌『蝦夷の光』〔一～四号〕の刊行を始めた。ここには道内各地からアイヌの人たちの投稿が寄せられた。

アイヌ民族運動の連携と組織化の流れは、一九三一年に札幌で開催された「全道アイヌ青年大会」で頂点に達した。アイヌ民族の文学・言論ではバチェラー八重子・森竹竹市に加え、貝澤藤蔵・貫塩喜蔵らによる著作刊行が相次いでいく。

アイヌ民族運動の組織化には個人・地域主導型、宗教主導型などの類型がある。個人主導の色彩が強いものとしては、辺泥和郎〔一九〇六～一九八二〕が設立した鵡川村チン青年団〔一九三二年に団誌『ウタリ乃光リ』を創刊〕、貫塩喜蔵による北海小群更生団〔一九三三年〕、森竹竹市による更生同志会〔一九三五年〕などがある。宗教主導型としてはジョン・バチェラーによるアイヌ伝道団があり、その機関誌である『ウタリグス』〔一九二〇年一二月創刊〕や『ウタリ之友』〔一九三三年一月創刊〕に向井山雄や片平富次郎・上西与一らの原稿が寄せられた。アイヌ民族のこうした運動に関連する文学・言論活動はとくに近代後期に活発化した。この時期の書き手の多くは一八九〇年代〜一九一〇年代に生まれた人たちで、北海道旧土人保護法に基づき設立されたアイヌ学校で日本語教育を受けた世代でもあった。そうしたアイヌの人たちの言論は、日本の政策に沿うものばかりではなかった。彼らが与えられた言葉（日本語）で著した「近代アイヌ文学」は、これまで繰り返し述べてきたように、強制された「同化」といかに対峙し、民族意識を保持するか、ということが重要なテーマであった。また、当時さかんに喧伝された「アイヌ民族は滅びゆくもの」というステレオタイプな言説のなかで、民族としてのアイデンティティをどう確立し、同族と共有していくか、ということも切実な問題であった。

しかしこの時期、政府による言論弾圧は共産主義・無産政党だけでなく民族運動に対しても厳しさを増していた。アイヌ民族の著作物への取り締まりとはどのようなものであったのだろうか。荻野富士夫『北の特高警察』〔新日本出版社、一九九一年〕九五頁の表「特高係の分掌項目と配置人員」〔昭和一一年＝一九三六年〕を見てみると、左翼班の項目に「三　旧土人に関する事項」があり、警部以下五名が配置されていたとある。さらに「視察検索規程」第三条には「警戒ヲ要スベキ人物」として「容疑ノ旧土人、水平社員」と明記されている。こうしたことから一部のアイヌ民族運動もまた内務省警保局の特別高等警察〔特高〕の監視対象であったことがわかる。荻野は同書のなかで「「民族協和」の名のもとに、アイヌ民族の文化の抹殺だけでなく、生活の破壊までが引きおこされる」と述べている。具体的な例を見ていこう。旭川近文《ちかぶみ》アイヌ地返還運動の陳情で上京した荒井源次郎に対する特高警察による尾行・事情聴取の実態である。荒井自身の著書『アイヌの叫び』〔北海道出版企画センター、一九八四年〕には次のように書かれている。

その当時〔一九三二年頃〕、国や政府に向って何か要求めいたことをいえば直ちに赤と呼ばれ、警察当局の取締りも厳しく常に特高刑事に尾行されるし、偶々私がこの運動の委員長として上京、関係当局や要路に対し陳情運動を起したときなどは、私が宿に着くと警視庁と所轄署の刑事連が部屋に乱入、運動目的や身元調査更に身体検査まで受け、その上所轄署の出頭命令による取調べ、或は帰道すると札幌旭川両検事局の思想係検事の取調べなど、そして自宅にも特高刑事連が出入するに至った。

〔二九〜三〇頁〕

また、片平富次郎は『ウタリグス』第七号〔一九二七年九月〕に日本古来の宗教〔神道〕批判めいた文章を発表したことで内務省警保局に注意を受け、貝澤久之助は一九二七年頃、「普通要注意人」として当局の監視対象であったという〔小川正人「「アイヌ教育制度」の廃止――「旧土人児童教育規程」廃止と一九三七年「北海道旧土人保護法」改正」『北海道大学教育学部紀要』一九九二年〕。

民族運動・言論活動全般へのこうした締め付けが影響したのか、アイヌ民族による言論活動は次第に停滞していく。とくに一九三四年〔昭和九年〕は近代アイヌ文学史にとっては重要な年となる。この年は森竹竹市が「全道ウタリに諮る」ほか三編の文章を発表し、貫塩喜蔵が『アイヌの同化と先蹤』を刊行した。近代アイヌ文学史のなかでも言論活動が活発な年であった。しかし、まさにこの三四年を分水嶺としてアイヌ民族による文学・言論活動は急速に減退していくのである。この後のアイヌ民族による著作刊行は森竹竹市の詩歌集である『若きアイヌの詩集　原始林』が一九三七年〔昭和一二年〕にあるだけである。それが近代では最後の出版物となる。

一節　貝澤藤蔵と『アイヌの叫び』（一九三一年）

貝澤藤蔵の略歴

北海道日高地方の平取村《びらとり》二風谷《にぶたに》に生まれた貝澤藤蔵《かいざわとうぞう》〔一八八八～一九六六〕は違星北斗・森竹竹市より一〇年以上年長のアイヌ民族の社会活動家であり著述者である。バチェラー八重子よりは四歳若く、八重子とほぼ同時代に活動し著作も残しているが、近代アイヌ文学史において貝澤の名は知里幸恵やほかの三人の詩歌人と比較しても知名度は低いと言わざるをえない。著書は『アイヌの叫び』〔アイヌの叫び刊行会、一九三一年〕のみである。

貝澤については、第6章三節「森竹竹市の詩歌と訴え」のなかで少しふれた。貝澤は民族運動家として「全道アイヌ青年大会」〔一九三一年〕に参加したひとりとして知られる。一九三〇年代、森竹竹市の盟友的な存在としてアイヌ民族運動にかかわった。

ところが筆者の調べたかぎり、これまで貝澤藤蔵の評伝はもちろん、その活動をテーマとした研究や著作はない。近代のアイヌ民族に関するさまざまな文献にその名前は登場するものの、いずれも断片的な記述にとどまっている。唯一、『近代日本社会運動史人物大事典』〔日外アソシエーツ、一九九七年〕だけが「貝澤藤蔵」の項を設け横山孝雄による評伝的な解説を載せている。横山によれば、貝澤は二風谷の生まれではあるが「後半生は白老で送っている」とある。『アイヌの叫び』を著した一九三一年当時も、四三歳の貝澤は白老に生活の拠点をおいている。また、貝澤は書道と弁舌に優れ、「アイヌ男性の美貌の一典型」と言われるほどの容姿を持ち、「アイヌの三大美徳といわれるシレトク（風格）、ラメトク（勇胆）、パエトク（能弁）を三つとも備えていたといえよう」〔『近代日本社会運動史人物大事典』一一〇頁〕と評されている〔註1〕。

貝澤の著書『アイヌの叫び』にふれる前に、ほかの文献に現れた貝澤の足跡からその経歴をまとめておきたい。

貝澤藤蔵の足跡

『近代日本社会運動史人物大事典』によれば、貝澤藤蔵は一八八八年に平取村二風谷で生まれ、平取村役場勤務の後、白老に移っている。しかし平取村二風谷での生地、また役場勤務の時期や役職については不明である。貝澤の学齢期は一八九五～一九〇〇年頃と思われ、したがって一八九二年〔明治二五年〕に開校した二風谷小学校に学んだ可能性が高い。二風谷に住んでいた頃の記録としては、ジョン・バチェラーが団長となり設立された「アイヌ伝道団」の第一回総会報告〔『ウタリグス』第一巻三号、一九二一年三月二〇日～、『アイヌ民族近代の記録』に所載〕に新選役員として「二風谷委員貝澤藤蔵氏」の名が見られる。一九二一年当時の貝澤は三四歳であり、少なくとも三四歳までは二風谷で生活していたと思われる。アイヌ伝道団の委員であることからキリスト教に入信していた可能性が高いが、そのことを示す資料はほかに見つからない。しかし少なくとも貝澤は、アイヌ伝道団の目的「本団ハ専ラアイヌ間ニ伝道シ神ノ御教ヲ広メ並ニ教育事業、保護的事業ヲナス」に賛同していたと考えていいだろう。なおこの時期までに貝澤は妻コヨ〔川村カ子トの妹。砂澤クラ（一八九七～一九九〇、『クスクッ　オルシペ――私の一代の話』の著者）の親友〕と結婚しており、翌一九二二年には長男〔門別薫〕が誕生している〔註2〕。

貝澤が次に文献に現れるのは、コヨとの結婚後、義兄となった川村カ子ト《かねと》〔兼登、一八九三〜一九七七、旭川出身、鉄道測量技手、後に川村カ子トアイヌ記念館館長となる〕とともに鉄道測量に従事する姿である。荒井和子『焦らず挫けず迷わずに――エポカシエカッチの苦難の青春』〔北海道新聞社、一九九三年〕には一九二六年〔大正一五年＝昭和元年〕、親戚関係にある川村・貝澤・荒井の各家族が旭川から新得《しんとく》に移り、北海道拓殖鉄道新得営業所で鉄道測量を行なったことが記載されている〔一一〜一二頁〕。また一九二八年、四一歳となった貝澤は妻をともなって義兄川村カ子トほか六名のアイヌの人たちとともに長野県天竜峡鉄道測量隊に加わっている〔金倉義慧『旭川・アイヌ民族の近現代史』、高文研、二〇〇六年、三一九〜三二〇頁〕。

鉄道測量隊に加わっていた貝澤は、その後は一転して白老において観光業に従事する。『アイヌの叫び』の「序」によれば、白老で貝澤は「熊坂翁」〔当時白老で観光業を営んでいた熊坂シタッピレと思われる〕の依頼により観光客の送迎をしていた。一九三一年からの貝澤はなかなか多忙で、白老での観光業に従事するかたわら八月には札幌で開催された「全道アイヌ青年大会」に参加している。翌三二年は東京にも行っており、一一月八日、本郷区元町の家で旭川近文の土地返還運動の陳情で上京した荒井源次郎と会っている〔荒井源次郎『アイヌの叫び』所載の「附1　近文アイヌ地返還運動上京日誌　荒井上京委員」〕。『近代日本社会運動史人物大事典』の「貝澤藤蔵」には「荒井源次郎らの近文アイヌ地返還運動の支援に東京にも出ており」との記述があるが、出典は右の日誌であろう。この時期の上京理由は、旭川近文アイヌ地返還運動と関係した旭川アイヌの人たちとの連携のためなのか、あるいは後述するように、この頃は「毎年冬になると本州各地を巡って真のアイヌを理解してもらうため熱弁をふるっていた」〔『近代民衆の記録5アイヌ』、大塚和義による「解題」〕ため、その一環としての滞在であったのか。近文アイヌ地返還運動の支援のための上京であったとすると、荒井源次郎の日誌に当該箇所以外に貝澤に言及した箇所がないことが気になる。いずれにしても貝澤の在京の詳細は残念ながら不明である〔註3〕。

一九三四年には貝澤は白老に戻っており、この年初頭に川村カ子トとともに当時静内駅に勤務していた森竹竹市を訪問し、民族運動について懇談している〔森竹竹市「全道アイヌに誇る」に記載〕。また、この年の後半には森竹の要請に応じて同族候補を擁立した静内町議選挙の応援演説に駈けつけている。著書『アイヌの叫び』が刊行されたのはこの年の一一月一五日である。

このように貝澤は一九三〇年代半ばまでアイヌ民族の運動に積極的にかかわっているが、一九三八年になると再び川村カ子トとともに鉄道測量の仕事に携わり、今度は朝鮮での鉄道測量に出かけているのである〔『旭川・アイヌ民族の近現代史』四八八頁〕。

その後貝澤は、アイヌ民族運動の表舞台には登場してこない。断片的な情報から察すると、白老にあってとくに戦後は観光業に従事していたようである。『白老町史』〔一九七五年〕によれば、貝澤は一九五一年〔昭和二六年〕五月に設立された白老観光協会の役員に宮本エカシマトクらとともに就任している。一九八八年に刊行された『シラオイコタン　木下清蔵遺作写真集』には、「白老観光協会指定　アイヌ記念館　酋長貝澤ウサシカン」の看板を掲げたアイヌ伝統家屋であるチセを背景に修学旅行と思われる団体客と撮影した写真が掲載されている〔九三頁〕。また、同書にはこのほかにも貝澤と妻コヨと思われる写真が数点掲載されている。この「貝澤ウサシカン」を名乗る人物が藤蔵であるのか文献上の確認はできないが、写真に写っている本人およびその隣に座っている妻コヨと思われる婦人の存在からウサシカンすなわち藤蔵と判断してよいだろう。

戦後の貝澤の足跡は荒井源次郎、山崎シマ子〔アイヌ文様刺繍家、白老在住〕、本山節彌〔脚本家、演出家〕の文章・口述から断片的にうかがえる〔註4〕。たとえば一九六四年〔昭和三九年〕に旭川で行なわれた「全道アイヌ祭り」〔川村カ子トが主催、旭川市が支援〕に白老から妻とともに参加し、砂澤クラの夫と「ウコヤイイタッカラ〔自らの身の上話〕」を演じている。砂澤クラは自伝『クスクップ　オルシペ　私の一代の話』で「貝澤さんは日高の雄弁家として評判の高かった人なので、雄弁家の二人がオンカミ（手のひらを上に向け、上下させるあいさつ）し合いながらよい声でシノッチャし合う様子は堂々としてとても立派でした」〔三〇三頁〕と述懐している。貝澤は一九六六年に死去したとされているが、晩年の様子がわかる資料はほかに見つけることができなかった。

以上の貝澤の経歴はさまざまな資料の断片的記述を繋ぎ合わせたものである。各資料の検証も十分とは言えないが、現時点ではこの程度の経歴しか明らかにすることができない。

なお森竹竹市は、前章で見た通り、アイヌ民族とその文化を観光客への見世物とすることを生涯批判し続けた。また、「世界民族学会への間違った案内書に思ふ」〔『レラコラチ——風のように森竹竹市遺稿集』七六頁〕に「僅か四、五年前迄はタッタ二軒の個人が白老アイヌコタン——アイヌ酋長の名を恣にして見世物業を営み、兎角の批判を生んだ」と書いている。この「二軒の個人」とは宮本トモラムと貝澤ウサシカン〔藤蔵〕と推測される。かつては意気投合して静内町議選などで協調した二人の関係は、後に変化していたのだろうか。森竹はかつての盟友貝澤について、著述の上で名指しで批判することはなかった。しかしアイヌ民族を観光のための見世物とすることに終生批判的であった森竹と、戦後は主に観光の仕事に従事した貝澤がかつてのような関係にあったとは考えにくい。両者ともにアイヌ民族のアイデンティティを持ち、民族の地位の向上・確立のために働いた同志であったはずだが、余人には計り知れぬ確執があったのだろうか。

また、貝澤の「観光業」の実態がいかなるものであったのか、それも十分には解明されていない。アイヌ民族文化の伝承者として文化の保存に力を尽くしたその経歴からしても、単なる営利本位でやっていたとは思えない。森竹が「見世物」として批判した興行としての「観光業」とはまた異なる貝澤としての「文化保存事業」であったのではないだろうか。貝澤が後半生を送った白老の地での新たな資料発掘に期待したい。貝澤の著述が『アイヌの叫び』以外見つかっていないことからも、貝澤の主張にふれることができる資料に出会いたいものである。

『アイヌの叫び』について

ここからは貝澤の唯一の著書である『アイヌの叫び』について述べていきたい。この本を取り上げるにあたってはまず「森竹竹市代筆説」について再度ふれておく必要があろう。森竹竹市が『アイヌの叫び』を代筆したとの説は、『近代民衆の記録5アイヌ』の大塚和義による「解題」および『近代日本社会運動史人物大事典』「貝澤藤蔵」の項に書かれている。そこでの「稿料十円」などの具体的記述や貝澤には本書以外に著述物が発見されていないこと、一方森竹には他にも多くの著述があり、そこに見られる森竹の主張や森竹が後年著した『今昔のアイヌ物語』の記述に『アイヌの叫び』の記述が類似していることなどを考慮すれば、森竹代筆説の蓋然性はなくはない。しかしながらこれを証明する明確な資料はなく、依然として今後の検証が待たれる課題となっている。したがって現時点では筆者はあくまでもこの本が貝澤藤蔵本人によって書かれた著作物として取り扱うこととする。

『アイヌの叫び』の構成は次の目次の通りである。

序　喜多章明（北海道庁社会課）

一、燃ゆる血潮
二、悲惨なるアイヌ観
三、古代のアイヌ生活
四、過渡期に於けるアイヌ生活
五、現代に於けるアイヌ生活
六、アイヌの風習
七、アイヌの芸術
八、付録・アイヌ大会に就いて

序文は和人の喜多章明が書いている。近代アイヌ文学においてはアイヌ民族の著書には和人の著名人の序文を付している例が多い。山辺安之助の『あいぬ物語』には金田一京助が、武隈徳三郎の『アイヌ物語』にはジョン・バチェラーと河野常吉が、知里幸恵の『アイヌ神謡集』には金田一京助が、バチェラー八重子の『若きウタリに』には新村出・佐佐木信綱・金田一京助がそれぞれ序文を書いている。貝澤と喜多の接点は一九三一年の全道アイヌ青年大会にあったと見てよいだろう。喜多の文章は往々にして虚飾が多く、虚実も錯綜しており、場合によっては捏造に近いことも書かれているのであるが、本書に寄せた「序」は比較的抑制が効いていると言ってよい。『近代民衆の記録5アイヌ』の「解題」には次のように書かれている。「貝澤は非常な雄弁者であり、毎年冬になると本州各地を巡って真のアイヌを理解してもらうため熱弁をふるっていたが、話すだけでなく本にしようということになり出版したといわれる。

草稿を十勝の喜多章明にみてもらったという」。ここで言う「みてもらった」がどの程度の関与を意味するのかは不明である。

また、喜多がこの序文を書いて以降、貝澤と交流していたのかどうかについては確認できていない。一九四八年に結成された北海道アイヌ協会の理事・監事三三名のなかにも貝澤の名前はなく、したがって同協会の機関誌『北の光』創刊号〔一九四八年一二月一〇日〕の「アイヌ人物紹介」三三名の人物寸評のなかにも貝澤の名前はない。

それでは『アイヌの叫び』における貝澤の主張を見ていこう。冒頭の「一、燃ゆる血潮」にまず次のように書かれている。

> 何故私が今回浅学の身をも不顧、本書の発行を思ひ立つたかといふに、止めんとして止め得ない同族愛に燃ゆる私の血潮が私を急き立てたからで、激しき生存競争に喘ぎつゝも、愛しき我子の為に、より善き未来を建設し様と努力しつゝあるウタリ等の真意を伝へ、誤れるアイヌ観を打破し様との念願からであります。

貝澤はこのように筆を起こして、和人の「時代離れのした」誤解、「無知の賜」と言うべきアイヌ民族観の現状を批判する。そして「今古代のアイヌ生活より説き起こして、過渡時代より現代への推移、現在の生活状態を詳しく申上げたい」として、「古代」における真に人間的な「素朴な生活！　詩的な生活！凡てに対する感謝の生活！」を賛美し、「過渡期」「現代」におけるアイヌ社会への和人の侵略を訴える。

また、その将来について「子弟の教育」「住宅の改善」を中心課題とし差別からの脱却を主張している。

この本の特徴はこうした主張がきわめて論理的に展開されていることである。小川正人は『アイヌ民族近代の記録』の「解説」で、「この書での著者の訴え、例えば教育制度の差別性に対する批判は『アイヌ物語』〔武隈徳三郎著〕よりも直截的」であるとしている〔六一〇頁〕。

このように貝澤は和人の旧来の差別意識に根ざした侮蔑的なアイヌ民族認識を否定し、いまあるアイヌ民族を正しく認識させることを主張した。その上で「先住の地を自由に侵掠せられ、優先に得らるべき数々の権利を占取せられ乍ら、無学なるが故に袖手傍観し最後に嘲笑せらる、アイヌ民族」は「浴びせられる嘲笑に向つて奮然と起たう」と同族に呼びかけた。貝澤にとってアイヌ民族の課題は何よりも教育であったが、教育を受けた世代のアイヌ民族がすなわち日本社会に同化し、和人化したアイヌ民族であるとは捉えていなかった。

次に注目したいのは「宗教」についてである。『アイヌの叫び』において貝澤はアイヌ民族に対するキリスト教の布教について述べている。「彼の神学博士ジョン、バチェラー氏が全生涯をアイヌ教化に捧げ乍ら、比較的実績の見るべきものの無いのは如何ゆう訳かと云ふに、氏は最初宗教に依つてアイヌ人を教化しやうとされたから」と宣教師であるジョン・バチェラーへの見解を紹介した上で、唯一神を奉じるキリスト教はアイヌ民族の宗教観とは相容れないとして貝澤は次のように述べている。

　アイヌが古代より神であると信じて礼拝して来た日、月、水、火、鳥、獣は皆偶像であるから信じ礼拝すべきものではない、真の神は天に在すイエスキリスト只一人より外には無いのである、と云ってもアイヌ人は左様ですかと云って直ぐ合点する訳がないのであります。〔略〕幾多の伝説に依ってアイヌ人間に信じられて居る事ですが、地下には別世界があつて死者は其処で現世と同じ様に夫婦となり親子となつて新しい生活を営むものであるとされて居ます。人間は誰しも祖先の無いものは一人もなく、悲しみにつけ喜びにつけ故人を追慕するの念が湧き上るものです。〔略〕然るにキリスト教に依れば、アイヌ人には貴き神々のみ存在する所であると言はれて居る天国に死後たりとも上ると云ふ事は深く疑問とされるのみならず、唯一人の縁類も居ない天国へ、未知なる処の父なる神の御前に召されるのであると云つても、決して安心して信仰するものでは無いのです。

来世に対する不安、――之がアイヌ人をしてキリスト教に信仰を抱かしめない大いなる理由でありまして、酒を飲まないからである等と云ふ事は只単に皮相の観察であるばかりでなく、アイヌ人を侮辱するも甚しいものであります。

前節でふれたように貝澤は一九二一年にアイヌ伝道団の二風谷委員に就任している。ところがこの『アイヌの叫び』が書かれた一九三一年にはキリスト教に対する批判的な意見を述べている。一〇年でバチェラーとキリスト教に対する考え方が変化したということだろうか。貝澤関係の乏しい資料からはそのようなことを推測させる記述は見つかっていない。これも今後解明が必要であろう。

『アイヌの叫び』の評価

この本についての評価は多くはない。『アイヌ民族近代の記録』の小川正人の「解説」以外ではサッポロ堂書店店主の石原誠が次にように述べているだけである〔註5〕。

違星北斗の『コタン』とバチェラー八重子さんの『若きウタリに』と、これから出てくる森竹竹市の『原始林』という、この三つが戦前のアイヌ民族自身の文学の代表作です。〔略〕いずれも短詩形、詩とか短歌とか俳句とか短詩形で表現しています。〔略〕そういう短詩形中心の中で、この貝澤藤蔵の『アイヌの叫び』というのは、なかなか冷静に自分たちの主張というか、それを物語っている。この時期注目すべきアイヌ民族の著作だと思います。

ここで評価されているのは貝澤の冷静な主張であり、それはすなわち貝澤の文章が持っている論理性・客観性のことであろう。貝澤の論理性はどこからきたものなのか、ほかに著作がないだけにその分析は困難であるが、「雄弁家」として著名であっただけに文章構成にも秀でていたと考えるべきであろうか。

貝澤は『アイヌの叫び』を唯一の著作として言論の世界からは姿を消した。そして白老にあってアイヌ民族文化にかかわりつつ観光業に従事した。残念ながらその後半生の貝澤の思想については明確に知る術がない。貝澤はアイヌ伝道団のキリスト者から民族運動家、そして観光業へと「転向」し続けたのであろうか。『アイヌの叫び』という優れた著作を残した人だけに、その精神の遍歴を知りたいものである。白老は比較的言論活動の活発な土地柄であったが、ここで彼はその後一切の著述をしなかったのだろうか。白老における今後の資料発掘に期待したいと思う。

〔註1〕『シラオイコタン　木下清蔵遺作写真集』一〇頁にはアイヌ民族の正装をした「故貝澤藤蔵翁」の見事な肖像写真が掲載されている。

〔註2〕荒井源次郎『アイヌ人物伝』一三〇頁には「門別薫氏は、大正11年（１９２２年）9月8日、父藤蔵、母コヨの長男として生まれる」と記載されている。一方、飯部紀昭『アイヌ群像　民族の誇りに生きる』（御茶ノ水書房、一九九五年）には「一九二二年日高管内平取町二風谷に生まれ、三歳までイクチセ・コタンに暮らす。父親は測量技術者だった」とあり、ここには「貝澤」の名は出てこない。荒井源次郎と貝澤藤蔵はコヨを通して縁戚関係にあり、川村カ子トをリーダーとする鉄道測量を行なったこともあるのでこの記述の正確性は推定できる。

〔註3〕一九三二年一一月八日に荒井源次郎が東京市本郷区元町に滞在中の貝澤を訪問したとき、門別光蔵も同居している。門別光蔵についての情報は少ないが、武陽会（兵庫県立第二神戸中学校・兵庫県立第四神戸高等女学校・兵庫県立兵庫高等学校の同窓会）の記録に、一九三一年六月一六日「アイヌ酋長門別光蔵夫妻のアイヌの風俗についての講義」との記録がある（武陽会ホームページより）。

〔註4〕二〇一一年一一月四日付北海道新聞夕刊「私のなかの歴史」には脚本家・演出家の本山節彌が、札幌静修高校の時間講師の演劇部顧問時代、次のエピソードを語っている。「57年の「カムイヌプリ」から脚本を書き出したんです。胆振管内白老町にみんなを連れて行って、貝澤藤蔵さんがアイヌ民族の踊りなどを親切に教えてくれて」。また、作家寮美千子自身のウェブサイト（ハルモニア、http://ryomichico.net/）の二〇一一年二月九日付記事で山崎シマ子から以下のように聴取したことを書いている。「わたしの生家は白老で、隣は二風谷からいらした貝澤藤蔵さんの家でした。そのお宅では観光客にアイヌ舞踊などを見せていたので、母はアルバイトで踊りに行っていました。戦争が終わって3～4年した頃でしたから、昭和23～24年頃のことでしょう。その頃は、鉄道でどんどんお客さんが来ていたのです。一日踊ると３００円もらえました。当時の３００円は、貴重な現金収入だったと思います」

〔註5〕公益財団法人アイヌ文化振興・研究推進機構による平成一六年度普及啓発セミナーとして二〇〇四年八月五、

一九日両日に行なわれた石原誠の講演「アイヌ民族自身による著作について」より引用した。

貝澤藤蔵略年譜

一八八八年　北海道平取《びらとり》村二風谷《にぶたに》に生まれる
一九二一年　アイヌ伝道団二風谷委員（この間、二風谷村役場勤務か）
一九二二年　長男（後の門別薫）誕生
一九二六年　義兄川村カ子ト、荒井源次郎一家とともに新得に移転、
　　　　　　北海道拓殖鉄道新得営業所で鉄道測量に従事
一九二八年　川村カ子トらと長野県天竜峡鉄道測量隊に参加
一九三一年　「全道アイヌ青年大会」に参加
　　　　　　熊坂シタッピレの依頼で白老にて観光業に従事
一九三二年　『アイヌの叫び』刊行
　　　　　　本郷区元町宅にて荒井源次郎の訪問を受ける
一九三四年　川村カ子トと静内の森竹竹市を訪問、懇談
　　　　　　静内町議選挙の応援演説
一九三五年　登別の砂澤クラ一家を妻コヨとともに訪問

一九三八年　川村カ子トとともに朝鮮での鉄道測量
一九四七年　「アイヌ新聞第一二号」に「北海道アイヌ民族大会出席予定者の一人貝澤藤蔵氏（白老）」として掲載
一九五一年　白老観光協会役員
旭川アイヌ記念館復活に際し、出土品、狩猟具の「解説」を寄せる
一九五七年　札幌静修高校の本山節彌にアイヌ舞踊伝授
一九六四年　全道アイヌ大会（旭川市）に参加
一九六六年　死去

二節　貫塩喜蔵（法枕）と『アイヌの同化と先蹤』（一九三四年）

貫塩喜蔵の略歴

貫塩喜蔵《ぬきしおきぞう》（一九〇七～一九八五）は近代アイヌ文学史において欠かすことのできない著述者のひとりである。釧路地方の白糠《しらぬか》に生まれた貫塩は、一九三四年（昭和九年）に帯広で著書『アイヌの同化と先蹤《せんしょう》』（北海小群更生団発行）を貫塩法枕《ほうちん》の筆名で出版した。この本は武隈徳三郎の『アイヌ物語』、貝澤藤蔵の『アイヌの叫び』と同様、アイヌの

人自らが民族とその現状にさまざまな観点から言及した作品で、近代アイヌ文学史のなかでは後半期に現れたものである。武隈や貝澤の先行著作と比較してとくに宗教同化論に独自の思想があり、オリジナリティに富んだ作品となっている。しかし、この著作を含めて貫塩の仕事は、ほとんど世間に知られてこなかった。一九六八年〔昭和四三年〕に松本成美ほか二名が北海道歴史教育者協議会第一五回全道研究者集会第三分科会（近現代史）の活動の一環で、当時六一歳だった貫塩を訪れて話を聞き、貫塩自らその半生を語るまで貫塩は注目されてこなかったのである〔註1〕。著書『アイヌの同化と先蹤』についても、サッポロ堂書店の石原誠が一九八六年に復刻するまで、その存在すら忘れられていたと言ってもいい。松本成美らの調査と復刻版によって当時の貫塩の民族意識とその主張を知ることができるようになった。その思想と仕事は知里幸恵・違星北斗・バチェラー八重子・森竹竹市に勝るとも劣らないものであった。しかし、現時点でやはり貫塩喜蔵に関する資料は多くはない。筆者が閲覧した資料〔註2〕からまずはその略歴を紹介したい。

向学心ある学校時代

貫塩喜蔵は一九〇七年七月一日、北海道釧路地方の白糠に生まれた〔註3〕。父は与喜智、母はキシである。白糠第二尋常小学校を一九一九年〔大正八年〕に卒業した。『サコロペ』所載の松本成美〔一九二七〜二〇〇九、当時白糠中学校教諭〕の「「貫塩喜蔵サコロペ」解題」によれば、白糠第二尋常小学校の生徒数は四五、六人で、茂又《もまた》〔註4〕という六五、六歳の教員がひとりで受け持っていた。老齢のためか授業は少なく児童は遊んでいることが多かったが、勉強熱心だった貫塩は茂又に面倒をよく見てもらい、高等科への進学を母とともに勧められた。そして茂又は「これが先生の卒業の土産だ」と言って「一学期分全部の教科書」を貫塩に渡し、一年分の授業料も立て替えてくれたという。

しかし、松本とともに北海道の民衆史の発掘を行なってきた秋間達男〔一九二八〜、当時釧路湖陵高等学校教諭〕による『コタンに生きる』には、「和人の教師の不誠実な態度」に「教師への不信を抱く」ようになり、「アイヌの子どもを教えるのは和人の教師でなく、アイヌの教師でなければほんとうの教育はできないと考え、（貫塩）氏は教師への志望を抱きはじめた」と小学校時代のことが書かれている〔一三九〜一四〇頁〕。松本も秋間も貫塩に直接取材して書いているはずだが、茂又教師像にはややニュアンスの違いがある。いずれにしても貫塩は小学校時代から向学心を持ち、教員への志望を抱いていたことがわかる。高等科に進学後は「貫塩氏がただひとりのアイヌであったため、皆から「アイヌ、アイヌ」と馬鹿にされ、耳を引っぱられて侮辱」されるなど和人児童からの差別に苦しむが、熱心に勉強したため卒業時には六四人中四番の好成績であったという〔『コタンに生きる』一三九頁〕。

貫塩の転機は、高等科の卒業時であった。教員志望の貫塩は札幌師範学校を受験したものの失敗し、代わりに合格した小樽水産学校へ進学するつもりでいたところ、思いもかけずバチェラー八重子から「あなたが、勉強したいということを聞いたが、今でもその気持に変りはないか。もし勉強する心に変りがなければ、お世話したいので、すぐ知らせてほしい」〔『サコロペ』一六頁〕との手紙が届いたという。当時八重子は三九歳で平取教会に滞在中だった。翌年、八重子は札幌に戻っているが、八重子が平取に滞在していたことは貫塩にとって幸運だった。八重子が「勉強したいということを聞いた」というのは、おそらく高等小学校の夏休みに貫塩を訪ねてその向学心を確認した「平取にあるアイヌ学校の教師」から聞いたものと思われる。『コタンに生きる』にはこの教師が奈良農夫也であると書かれているが、『サコロペ』には教師の名は書かれていない。奈良は当時長知内《おさちない》尋常小学校〔一九一七年設立〕の訓導兼校長であった。アイヌ文化に詳しかった奈良は後に違星北斗とも交流している〔註5〕ことなどから考えても、同じ平取の地でバチェラー八重子と交流があった可能性は高い。八重子は奈良から白糠で高等科を終える向学心の高い少年貫塩喜蔵の存在を聞き、札幌で進学させようと考えたと思われる。なお奈良農夫也については渡辺惇『北荒の黒百合――コタンの教員・奈良農夫也の生き方』〔自費出版、一九九四年〕のなかに同様のエピソードが記載されている。

上京と帰郷

貫塩は札幌へ出たあと、しばらくして上京し、東京の「青山師範に転入」〔『コタンに生きる』一四三頁〕し、再び北海道へ帰るのだが、この間の正確な事実関係がはっきりしていない。

一九二一年〔大正一〇年〕五月、高等科を卒業した貫塩は札幌のジョン・バチェラー宅に寄寓し、北海道庁立札幌第二中学校〔現北海道札幌西高等学校〕に編入する。その年の一一月には教員志望をバチェラーに伝え、北海道札幌師範学校に再転入したとされている。著書『アイヌの同化と先蹤』には、「私も博士〔ジョン・バチェラーのこと〕の親愛を受けて暫く博士の身元に居たこともあるが」〔一六頁〕との記述があり、札幌でバチェラーの庇護を受けたことは間違いないと思われる。

さらに『コタンに生きる』によれば、一九二三年、札幌師範学校の体育教師中村の東京府青山師範学校転出に伴い、中村を慕った貫塩は同じく青山師範に転入したとされる。在籍期間は「一年間」で、東京の「日本橋・箱崎町にある水天宮近くの高橋商会に住みこみ」で働きながら同校へ通学したという〔『サコロペ』一七頁〕。

しかし貫塩は東京生活が合わなかったのか「苦学の無理が重なり、神経衰弱になって、中途で学業を断念し」北海道へ帰っている〔同書一八頁〕。なお、荒井源次郎の『アイヌ人物伝』〔一二二頁〕には「二二才で青山師範を卒業」と書かれているが、貫塩が二二歳となるのは一九二九年でありこれは誤りであろう。貫塩の青山師範についての記述には、『サコロペ』＝中退、『アイヌ人物伝』＝卒業、『コタンに生きる』＝「苦学の末、ついに教師の資格を得た」〔一四三頁〕と三通りの書き方がある。なお卒業ないし中退の時期はこれらの本には書かれていない。しかし『コタンに生きる』に掲載された三浦政治〔当時春採尋常小学校校長〕の日記〔六六〜六七頁、および二六一頁〕には、貫塩が一九二五年七月に三浦を訪問したとあり、そこには「大正一四年（一九二五年）七月二四日（金）白糠の貫塩喜蔵といふアイヌ青年が訪ねてきた。彼は白糠第二校を終り、白糠第一校の高等科二年を終り、更に北海道師範学校附属小学校高等科三年を経て、埼玉県師範学校一年に入り、神経衰弱の結果退学したと云ふ」と書かれている。貫塩が一九二五年七月には北海道に戻っていたことがわかるが、上京後の学校名が「埼玉県師範学校」となっている。秋間の注記ではこれを「誤り」としている。貫塩から約四〇年後に聞き取りを行なった秋間の記述と三浦の面談直後の日記とのいずれが正しいのかは今後の検証課題としたい。

なお、当時の師範学校は、高等小学校卒業者は予備科一年・本科四年が修業年限であり、在京期間から言っても貫塩は少なくとも卒業にはいたっていないと思われる。師範学校未了であれば教員資格は得られないわけで、師範学校を卒業せずに教員免許を取得しようとすれば、武隈徳三郎のように准教員講習所か尋常小学校本科正教員養成常設講習会などで教員資格を得なければならない。貫塩はこれから述べるように小学校教員として複数校に勤務したとされている。どのような経路で教員資格を得たのか知りたいところではあるが、現在確認できる資料からは残念ながら不明と言わざるをえない。

教員歴の謎

東京から戻った貫塩は、小学校教員となるが、勤務地の記述も各資料で違っている。『コタンに生きる』には石狩・帯広・美幌の小学校に勤務、『アイヌ人物伝』には石狩・美幌の小学校に勤務とあり、『サコロペ』には一切の教員歴が記載されていない。『コタンに生きる』には次のように記されている。

氏は初心を貫くためアイヌ学校の教師になろうとしたが果たさず、北海道の石狩や帯広でそれぞれ一年間和人の学校に勤務し、一九二七（昭和二）年、美幌の中央小学校に転勤した。〔一四三頁〕

『アイヌ人物伝』では左の通りである。

二二才で青山師範を卒業し、最初に教壇に立ったのが石狩管内の花畔《ばんなぐろ》小学校であった。この小学校で一年、その次の美幌柏小学校も一年で中美幌の美幌中央小学校に転任したが、この学校では学校長と教育に関しての意見の対立があり退職を余儀なくされてしまった。〔一一二～一一三頁〕

『コタンに生きる』では「美幌中央小学校」で学校長と対立したエピソードが『アイヌ人物伝』よりも詳しく書かれている。いずれも貫塩に取材してその述懐をもとに書かれたものであろう。ただしここに名前の挙がっている三校について調べてみると、花畔小学校は現在の石狩市立花川小学校であるが、同校は一八七三年に花畔教育所として設立され、九一年に花畔小学校となり、さらに四年後の一八九五年に花川尋常小学校となっている。貫塩が在籍したとする一九二五年前後はすでに花畔小学校の名称ではなかった。また、美幌柏小学校という名称の小学校は、『美幌町史』『北海道教育史』などの諸文献にあたってみたが確認できなかった。ひとつの仮説であるが、帯広の柏小学校と取り違えていることが考えられる。小川正人「「北海道旧土人保護法」「旧土人児童教育規程下」のアイヌ教員――江賀寅三と武隈徳三郎を中心に」の注には「柏（帯広）」と記載されている。同校は一九二一年帯広第二尋常小学校として設立され、一九二四年に柏尋常高等小学校となっている。最後の「美幌中央小学校」も確認できていない。『美幌町史』『美幌町百年史』『北海道教育史　地方編二』にあたってみたが、この名称の小学校はなかった。美幌に隣接する北見に「北見中央小学校」〔一九二二年創立〕があるので、ここと記憶を取り違えた可能性もある。

松本が書いた「「貫塩喜蔵サコロペ」解題」には――松本があえてふれなかったのか――貫塩の教員歴が一切書かれていない。小川の論文でも貫塩を「アイヌ教員」としては取り上げていない〔前掲論文注一三参照〕。このように、貫塩の述懐による貫塩の教員歴および教員資格の取得経緯の解明については今後の課題としておきたい。

キリスト教の伝道

ところで『コタンに生きる』によれば、貫塩が「美幌中央小学校」を事実上の「免職」となったのは一九二九年〔昭和四年〕である。その後貫塩は「バチェラー氏の宣教師としての生き方に共鳴していたので、教職にあるときも聖書は離さなかった。教職を追われた氏は美幌に留まり、キリスト教の伝道に生きようと決心した」〔同書一四四頁〕という。一方、『サコロペ』では青山師範を断念し白糠に戻ったあと、「母と共に農業に従事しながら、闘病生活」を送り、その後「キリスト教によるアイヌ民族の救済」のため美幌にでかけ、「伝道生活に入った」とある。これが一九三二年〔昭和七年〕となっている。美幌での伝道活動の記述は同じだが、『コタンに生きる』と『サコロペ』ではその時期が違っている。一九二九年〔『コタンに生きる』〕と一九三二年〔『サコロペ』〕という三年のズレが生じている。貫塩の美幌での滞在時期、活動内容についてもなお調査が必要である。

さて、『コタンに生きる』〔一四五頁〕によれば、貫塩は美幌でタンバリンと太鼓を使った街頭伝道を約一年間行なったと書かれている。貫塩はバチェラー八重子の世話で札幌のジョン・バチェラー宅から通学していた。そのときに自然な流れとして貫塩はキリスト教に入信していた可能性が高く、キリスト者として美幌で伝道を行なったものと推測される。ただし、貫塩が正式に受洗したという資料は現時点で確認できていない。あくまでも貫塩の経歴ならびに著書『アイヌの同化と先蹤』におけるキリスト教への傾倒とその記述内容から推測するものである。

貫塩は美幌での伝道中に有志たちと聖書研究会を立ち上げるが、そこにはホーリネス教会の牧師も招かれている。ホーリネス教会はバチェラーの属した聖公会とは異なるキリスト教会派であり、美幌での貫塩の伝道が聖公会とは切り離された全く個人的な伝道であった可能性をうかがわせる。

教員を辞めて美幌に滞在していた可能性のある一九二九〜三二年の間の三一年八月に、貫塩は札幌で行なわれた「全道アイヌ青年大会」に参加している〔註6〕。一九三一年八月五日付東京日日新聞〔北海道樺太版〕には「アイヌの声／彼等の代表は叫ぶ／現在の差別待遇」との記事があり、ここに「美幌代表」としての貫塩の意見が次のように報じられている。

自己完成に努力　美幌代表　貫塩喜蔵君

われ〳〵ウタリーはウタリーで自己完成に努力するから差別待遇を廃して貰ひたい。

この大会にはジョン・バチェラー、バチェラー八重子も参加し、さらに森竹竹市・伏根弘三・向井山雄・吉田菊太郎・貝澤藤蔵・川村才登らも意見発表を行なっている。貫塩はこの時点ですでに「美幌代表」と紹介されているが、『サコロペ』に書かれているように白糠から美幌に出て伝道生活に入ったのが一九三二年だとすれば整合性がとれない。

『コタンに生きる』には、その頃、美幌の共同牧場から馬八頭が盗まれる事件に端を発した汚職事件が起こり、その「摘発」を貫塩が行なったと書かれている。貫塩は「美幌町政の浄化〔町長と町議会議員六名が辞職とされる〕に貢献する」も、伝道では同族の共感を得られずに美幌での伝道を断念し、白糠へ戻り、一九三八年に代書業を開始したとされている〔『コタンに生きる』一四五〜一四六頁〕。筆者はこの事件についても『美幌町百年史』および『美幌町史年表』〔いずれも美幌町役場発行、一九九八年〕を調べてみたが、貫塩が美幌に滞在していた可能性のある一九二五年から一九三三年までにそのような事件は確認できなかった。ただ、一九二五年八月に、町会議員二名が町税滞納により町議失格となり、初代町長藤田松之助に町長不信任案が出され、町民大会が開かれていた。そして町内が騒然となった挙句、町長が辞職にいたるという事件が起こっていた。『コタンに生きる』の記述はこの事件を指しているのかもしれない。

「北海小群更生団」という運動

その後貫塩は、美幌から白糠へ帰郷するのだが、その前に帯広で「北海小群更生団」という団体を組織している。また帯広で、一九三四年〔昭和九年〕に『アイヌの同化と先蹤』を出版している。一九三三年三月一五日の『ウタリ之友』三月号の「消息」には、「貫塩喜三《ママ》氏　北見居住の同氏は二月六日出札　十日　禁酒講演　自力更生講演のため上京した」との記述がある。この時期、貫塩の生活の拠点が帯広にあったのか、北見にあったのか定かではない。

貫塩が主宰した「北海小群更生団」の綱領は、「一、御聖旨を奉戴し、國民精神を作興し、時弊を矯正し、以て、國体の精華を發輝せん事を期す。一、萬國に比類なき帝國の基礎を確立し、健全なる日本國民として、人類界の最好適たる素質を養成す」とあり、その規約にも「第三條　本團は左記目的の遂行に邁進努力す。イ、自己精神の修養　ロ、公民思想の善導」と記されている。そうした設立の目的から察するに、この「北海小群更生団」とは国民更生運動の一環として組織されたものだと思われる。「国民更生運動」とは、当時内務省が主導した国民啓蒙運動で、日本各地に同様な啓蒙・修養目的の民間団体が設立されていた。その背景には、国内経済対策、共産主義運動への警戒、対外関係の緊張による国民生活の引き締めがあった。「北海小群更生団」もそのような国策に沿った啓蒙団体の体裁をとったと思われ、それは政治家四名を顧問に迎えていることからも推測できる。役員名簿には、顧問四名、団長一名〔貫塩〕、理事四名とあるが、団員数・活動実績・解団年月日などは不明である。顧問として名を連ねている四名は次のような人員である。

・三井徳寶代議士（北海道五区、立憲政友会）
・尾崎天風代議士（北海道五区、政友会）
・丸山浪彌代議士（北海道一区、政友本党）
・桑原啓二郎〔啓次郎？〕道議会議員（網走支庁選出、政友会）

四人の政治家と貫塩がどのようにつながっているのかはわからないが、地元帯広〔北海道五区〕選出の代議士だけではなく、北海道一区〔札幌、小樽、石狩、後志支庁管内〕や網走支庁選出の道議会議員も含まれていることから、貫塩の活動範囲の広さがわかる。この「北海小群更生団」は「國体の精華の発揮」を目指すものと綱領には書かれているが、出版された貫塩の『アイヌの同化と先蹤』によれば、その実態はアイヌ民族の啓蒙団体であった。政治家以外の理事四名〔小畑次郎、武田なみ子、赤梁小太郎、武田せつ子〕はいずれも帯広のアイヌの人たちである。このうち、武田なみ子・武田せつ子は姉妹で、二人の姉は『アイヌの同化と先蹤』の「第九編（雑録）」にある「一、秩父宮殿下御成記念（姉妹篇）「秩父宮殿下の御成を仰ぎまつりて謹みて感想を述ぶ」」を書いた武田ユミである。妹のなみ子〔ナミ〕も「秩父宮殿下御成を記念し奉りて謹みて感想をものす」という文章を書いている。ただし姉妹で書いたその二つの文章はこの本のために書き下ろされたものではなく、秩父宮の来校〔一九二八年二月二八日〕一周年を記念して第二伏古尋常小学校が発行した冊子に掲載された文章だった。一九二九年の吉田巖日記にそのことが書かれている。ここには吉田が「再三のこと故通読を与えて」、「一字一字づつ読謬を指摘して教示」した経緯が詳細に書かれている〔註7〕。

なお、貫塩がこの時期帯広にあって「北海小群更生団」を組織したことは、『サコロペ』『コタンに生きる』『アイヌ人物伝』のいずれにも記載がない。後年貫塩自身がこのことを松本成美らに語っていないのかもしれない。貫塩の唯一の著書である『アイヌの同化と先蹤』についても『コタンに生きる』と『アイヌ人物伝』には書かれていない。『サコロペ』にはふれられているが、書名が『現代アイヌと先蹤』と誤まって記されている。『サコロペ』が刊行された一九七八年の時点では同書はまだ復刻〔一九八六年、サッポロ堂書店による〕されていないということを勘案しても、あまりに同書の存在が影の薄いものであることが気になる。

白糠での活躍

帯広で「北海小群更生団」を運営し、著書を発行したあと、貫塩は白糠に戻って代書業を始める。それから貫塩の故郷白糠での存在感は増していく。一九三八年に白糠町議会議員選挙に立候補し、その年は落選したものの、一九四二年の選挙では初当選、以後一九六七年に退任するまで連続して町議会議員を務めた。『サコロペ』によれば、この間、白糠の軍馬補充部用地の解放〔一九四七年〕、国鉄白糠線開設〔一九六四年〕、教育問題などに取り組んだとされている。そしてこの間の一九四四年二月二三日には伊賀良二郎・ユキの長女常盤と結婚している。

その後貫塩は、一九四六年に再結成された「北海道アイヌ協会」の理事に就任。協会の機関誌『北の光』には喜多章明の筆と思われる「アイヌ人物紹介」があり、そこで貫塩は「道東釧路国白糠村の人。町議、漁業組合長、本会理事を歴任。雄弁界の明星。本道十一州四百万の道民中演壇の人として君の右に出ずるもの果して幾何。道東の一角に蟠居し、中原に鹿を追はんとす。好漢自重自愛将来の大成を望むや切」と紹介されている。

また、アイヌ問題研究所を主宰した高橋真はその機関紙『アイヌ新聞』〔一九四六年六月一一日創刊〕第一二号〔一九四七年二月一五日〕の記事「此の意気込を見よ　あいぬ民族大会!!　四、五月中に札幌に本社主催で開く」のなかで、参加予定者のひとりとして名を連ねた貫塩を「アイヌ雄弁家貫塩喜蔵氏（白糠）」と書いている。この時期の貫塩が雄弁家として広く名を知られていたことがわかる。一九六三年に創刊された「北海道ウタリ協会」の機関誌『先駆者の集い』の「雑感」欄には貫塩の「青年ウタリに臨む」と題した短文が寄稿されている。

後半生の多忙

貫塩喜蔵はこのように生地白糠で町会議員として三五歳から六〇歳までの二五年間故郷の発展に尽くした。その後は静かな余生を送るかと思われたが、そうはならなかった。議員退職一年後の一九六八年〔昭和四三年〕、北海道歴史教育者協議会の三名〔松本成美、高島勝、高橋悦郎〕が貫塩を訪問したことで、その後半生は一変することになる。

松本たちの訪問は、当時盛り上がりつつあった地域民衆史の発掘のためであった。この活動を通して松本たちは、明治の自由民権運動指導者であり、秩父事件で逮捕を逃れ北海道に来て余生を送った井上伝蔵と飯塚森蔵の足跡を明らかにするのだが、そうしたなかで貫塩喜蔵も注目されたのであった。秩父事件で逮捕されずに北海道へ逃げてきた飯塚森蔵は一九一七年〔大正六年〕一一月に白糠で死亡するが、その飯塚を支援したアイヌコタンの人々のなかで貫塩家とのつながりが確認された。貫塩喜蔵に辿りついた松本らは貫塩と接するうちに彼のアイヌ民族としての意識の高さやその誇りを知り、聞き取った話を『コタンに生きる』に著した。それから貫塩が改めて注目されることになる。

とくに一九七五年は貫塩の後半生でも多忙な年となった。一月に「秩父事件九十周年記念白糠集会」があり、その実行委員長として「アイヌもシャモもみな同じ人間で平等なのです。白糠にはもはや人間の不平等はなくなった」と挨拶した。松本はこれを「白糠における人権宣言」であるとして評価した。当時なお「アイヌ」という言葉すらタブーとされてきた当地で、飯塚森蔵とのつながりをきっかけにアイヌ民族に対する敬意が高まった結果であった。また五月には、釧路で行なわれた第一回アイヌ民衆史講座に山本多助とともに講師として参加し、八月には埼玉県秩父で上演された構成劇でサコロペを語り、「これは親から子へ、子から孫へ、子孫に伝わるわしらアイヌの勇気と知恵を示す叙事詩なんです。それは、わしらの抵抗の歌でもあるんです」〔『コタンに生きる』三八頁〕との言葉を残している。その年の一一月には全道教育研究集会の「人権と民族」の分科会に再び山本とともに参加している。

この間には祖母から伝えられたサコロペの記録にも取りかかり、そのアイヌ語を松本が翻訳するという作業が継続的に行なわれていた。そうして記録されたサコロペは白糠の伝承文芸として評価され、翌一九七八年には白糠町の文化財事業として貫塩喜蔵著『アイヌ叙事詩サコロペ』〔白糠町〕が発行された。これには貫塩自らが語ったサコロペのカセットテープが付された。この本には「サコロペ「狐の妖怪」」、貫塩の「自序」、「「貫塩喜蔵サコロペ」解題」のほか、松本成美による「著者貫塩喜蔵氏の系譜」が収められている。

貫塩は『サコロペ』の「自序」に「今後もアイヌの史実「ウチャシクマ」集や詩集を短編として書くので、御鑑賞をお願いしたい」と書いているが、これらの作品が公にされたのか定かではない。この『アイヌ叙情詩サコロペ』が出版された以後は、貫塩の名が登場する文献は確認できていない。貫塩は一九八五年八月九日、七八歳で死去した。なお貫塩が若い頃に傾倒していたキリスト教との接点は晩年の貫塩には確認することができないが、一九六一年〔昭和三六年〕に著された高橋真『アイヌの恩人と傑物異伝』〔アイヌ問題研究所〕に「バチェラー博士の教えを受けキリスト教信者」との記述がある。

『アイヌの同化と先蹤』の概要

さて経歴の紹介が思いのほか長くなってしまったが、いよいよ貫塩喜蔵（法枕）の著書『アイヌの同化と先蹤』について見ていこう。

貫塩法枕著『アイヌの同化と先蹤』は、一九三四年〔昭和九年〕一月一日発行、「発行印刷兼編集人」は「帯広市石狩通り一三町目貫塩法枕、印刷所松本印刷所、発行所北海小群更生団」で、ともに住所は「帯広市東一条七丁目一五番地」である。目次・序・自序一〇頁・本文一一五頁の計一二五頁で定価七五銭。発行部数は三〇〇部である。冒頭に貫塩の肖像写真がある。長髪長髭で丸眼鏡をかけ、背広にネクタイを着用して正装した二七歳当時と思われる理知的な容貌が掲げられている。その頁の裏面には貫塩作の短歌が上下二段に九首掲載されている。そのうち四首を紹介しておきたい。当時の貫塩の信念が表れている。

ウタリクス旗擧なさん念じて一文なしで起るぞいじらし
まつ年の速遅くとも我思ひいかでたゆまんウタリのために
アイヌとは云へど正しき民なるにいかであざけの潮にもまる、、
心から〳〵又心から愛もて起たんはらからのため

貫塩の短歌はこの本に掲載された九首しか知られていない。なお頁の下段に掲載された四首には「國民更生運動の為めに福島縣巡講中病に倒れ兼子友喜先生の深情に救はれし時の私の信心念」と書かれている。ここにある兼子友喜先生とは、井上円了〔一八五八〜一九一九、仏教哲学者、東洋大学の創始者〕が全国をまわって講演した記録をまとめた『南船北馬集』の「第一六編　福島県会津巡講日誌」の一九一八年〔大正七年〕一一月六日の項に記載がある「福島県河沼郡の視学」兼子友喜のことであろう。「國民更生運動の為めに福島縣巡講中病に倒れ」とは、貫塩自身が福島県を巡講中に病気で倒れた際に兼子と出会ったと読むのが自然であろう。貫塩の「北海小群更生団」の結成が国民更生運動の一環であれば、福島県巡講はその前の時期になされたものと思われる。前述の『ウタリ之友』三月号〔一九三三年三月一五日〕の「消息」記事〔北見居住の貫塩が「二月六日出札　十日禁酒講演　自力更生講演のため上京した」〕とも符合する動きである。

「序」を寄せた「北海道美幌町　佐々木勝太郎」については、佐々木自身が「私は明治四十一年五月宮城縣志田郡志田村米倉某地より本道へ移住し、爾来廿有数年間アイヌ民族と交を加へて、今日迄に総べての實況を見聞し、實情を知る」と述べているほか情報がない。学校関係者かもしれないと思い、『美幌町史』を調べてみたが、町立小学校の歴代校長のなかに佐々木の名は見いだすことはできなかった。貫塩を「友人」として、「君は青年初期に於て血の出る如き苦學をし爾来現今に専念し、同族教化に努力」したとしている。

貫塩自身による「自序」には、本書執筆動機をアイヌ民族について「誤説尠からざる著書在るを以て、それに因る國民のアイヌ民族に對し、餘りにも軽薄なる民情に悒泣して」「私共アイヌ族の往時と現在の如何を明らかにし、又今日迄の因習誤説を廃し、國民仲克くアイヌ民族の暗没源泉を認識して頂きたい」と書いている。同時に「現世に於ける人種傲慢的因襲主義の如何にして、現在の非常時國難思潮を現出したか」を研究することも記している。前節の貝澤藤蔵の『アイヌの叫び』と共通するような執筆動機である。和人の差別意識・優越意識を排してアイヌ民族の歴史と現在を客観的に見るべきという森竹竹市の主張にも通ずる。

さて『アイヌの同化と先蹤』の本文は九編からなる。見出しは次の通りである。

第一編（アイヌの人口）　一～四頁
第二編（教育）　五～一六頁
第三編（同化の程度）　一七～三〇頁
第四編（衛生）　三一～三四頁
第五編（産業）　三五～三八頁
第六編（財産の状況）　三九～四二頁
第七編（古今人口の比較）　四三～五〇頁
第八編（國民更生運動）　五一～八四頁
第九編（雑録）　八五～一一五頁

項数が最も多いのは――つまり最も力を注いでいるのは――「第八編（國民更生運動）」〔三三頁分〕であり、「第三編（同化の程度）」〔一三頁分〕と「第二編（教育）」〔一一頁分〕がそれに続いている。この三編で全体の約半分を占めている。それらの内容について見ていきたい。

「教育論」について

まず貫塩の「教育論」から見てみよう。「第二編（教育）」は、「一、教育の沿革」「二、教育の實積」「三、家庭及社會の教育」の三節からなっている。

「一、教育の沿革」は、江戸時代の松前藩の統治下から現在〔大正年間〕にいたるまでのアイヌ民族に対する教育の歴史である。記載内容は驚くほど正確で、年号にも内容の記述にも間違いはない。また、施行された法令や当局から出された庁令などの名称も正しく引用されている。筆者は貫塩が記載した諸事実を小川正人『近代アイヌ教育制度史研究』〔北海道大学出版会、一九九七年〕と逐一照合してみたが、ほとんど違いがなかった〔註8〕。これは貫塩が同書の執筆にあたって、極めて正確なデータを使用したということを示している。年度ごとの「特設アイヌ学校」の数、アイヌ児童の就学率、道庁の発した庁令とその正確な号数など、実に正しく書かれている。当時こうしたデータにアクセスできた者がどれだけいたのか筆者に知る術はないが、おそらく限られた者しか知ることのできない内容が記載されているのではないだろうか。これは貫塩が教育行政的な仕事にもかかわっていたか、教育にとりわけ高い関心を抱き、日頃からさまざまなデータを集めていた可能性が考えられる。

貫塩の教育論の主眼は、アイヌ教育に対する当局への改善要求と言ってよい。貫塩はよりよいアイヌ教育の実現のために、学校教育における当局の姿勢・施設・教員待遇の改善を求めている。アイヌ民族教育を充実させるのための経費面・施設面での改善、学校医の配置なども道庁に要請している。その道庁からの「従来の極めて不充分なる薄給を以て有能の士を招く事の出来なかつた事は實に遺憾に堪へない」という回答に対し、「實に滑稽な事を云つて居る」と噴飯し、次のように批判した。

兎角に世が文明開化に伴ひ種々の悪習と交はり教育界と云はず政界と云はず社会の中に暗雲の早歩となって、事の如何を問はず唯一生活の為に職を得んとする者の続出し、其の行為は凡て、自己主義私利的行為をとり最後に於て人を食ひ自己をも食らつて人として今世に生れながら何等のラシイ貢献もなくして死んでゆく。今日の教育界の悪化、想思《〔ママ〕》の化悪《〔ママ〕》、経済悪化、官吏悪化、政界の悪化それである。〔旧漢字は新漢字に変換〕

これは貫塩の体験に裏付けられた真情の吐露と見るべきか。貫塩はさらに「唯々先生様と社会の民に呼ばるゝを喜び、それを又偉さうに思つて、教育なるものゝ生命も其の道に立界する自己の使命の如何も顧みず唯世間に呼ばれる先生様と其の受くる月俸をもつて」満足している教員の存在を徹底的に批判している。こうした舌鋒鋭い批判は、『コタンに生きる』や『アイヌ人物伝』に書いてある、「美幌中央小学校」勤務時代に学校長と対立して退職を余儀なくされたエピソードとも符合しよう。さらに言えば、『コタンに生きる』に登場するアイヌ民族教育に尽力した釧路の春採尋常小学校校長三浦政治の例〔註9〕も思い起こさせる。

貫塩はそうした批判の一方で、「義は國を高うし罪は民を恥しむ」「義の實は平和を行ふ者の平和を以て蒔に依り結ばる」といった聖書の言葉を引用して教育の使命を訴え、最後にジョン・バチェラーの功績をたたえている。このように貫塩の教育論は、キリスト教精神に基づきつつ当時のアイヌ民族教育体制への厳しい批判を展開していることが特徴である。

「同化論」について

『アイヌの同化と先蹤』という書名が示しているように、この本の主題のひとつはアイヌ民族の「同化」である。このテーマに対する貫塩の視点が近代アイヌ民族の著作のなかでも特徴的であるのは、宗教における「同化論」を展開したことである。略歴でも見たように、貫塩はバチェラー八重子に招かれ札幌に出てジョン・バチェラー宅から通学していた。その頃にキリスト教の影響を強く受け、受洗して信者となった可能性が高い。著書のなかでも貫塩はキリスト教の優れた点を強調しており、美幌で伝道を試みてもいる。キリスト教信者のアイヌ文学者には知里幸恵やバチェラー八重子がいるが、貫塩喜蔵はアイヌ民族の自然観や宗教観とキリスト教との類似性を論理的に考えることにより、アイヌ民族は宗教的にキリスト教に同化すべきと主張した。これは貝澤藤蔵のキリスト教の捉え方とは真逆の主張であった。貫塩の言葉を見てみよう。

今日に至り学識優秀の者、或は理解ある者にあつては、大多数基督教の真の宗教的感化に依るものであって、此の同化信念に依らざる者は殆ど皆無である程である。斯様な次第で私は、私共アイヌ族を同化する意味において最適たる宗教は只一基督教に基因せざるべからずと信じて居るのである。何故基督教が私共アイヌ同化に最適なるか〜アイヌの宗教と基督教の何処が同説して居るかを見る時、基督教とアイヌ族の宗教の主体は何れも凡べて創造主、所謂世を造り人を造り給うた。〔略〕

在天し常に私共の一時一日を見守り下さる所謂私共人類の創造主であるから、私共も父と仰ぐ神である。斯様に基督教と私共アイヌ族の宗教が同神教であり、尚又基督教は高等宗教であるからである。如何して、アイヌ宗教と基督教の合理するかを述ぶるに、そも〳〵私共アイヌの宗教において、その元始は一神であつたものであるが、漸次世を経るに従って種々の境遇より多神教となつたものである。然るに其の多神の中最も帰依するものは火神である。一体アイヌは何故火神と称して火を大事にするかと云ふに～火は私共人類として生活上最も必要であり〔略〕昔時人類の始め、〔略〕神は〔略〕アイヌに対して火を下し、之を生活上の根本守護足らしめたものである〔略〕以来私共アイヌの祖先は火を、私共の造主神の使と信じて、火を見る度に在天の創造主なる神の深き愛と其恩恵を知り、それを心から感謝して来たものである。

〔傍線・須田〕

貫塩はこのあとでキリスト教の由来にふれ、とくに神がひとり子イエスを世に送り出したことは「アイヌ宗教の創世時にあつて火を下された如く」とたとえ、「それに依りて私共アイヌの宗教と基督教の類似することは確実である」と結論づけて、最後に次のように書いている。

斯様な意味からしてアイヌ同化に対し、私は常に私共アイヌ教化は基督教を以てアイヌ宗教を革新せしめ以て同族の心相の改革同化に努力し、同族向上の歩を進みたいと考えるものである。

貫塩はこの「キリスト教最適論」の根拠を、アイヌ民族古来の宗教観とキリスト教との類似性に置いた。

貝澤藤蔵は『アイヌの叫び』で一神教であるキリスト教と多神教であるアイヌ民族の自然崇拝は相矛盾する信仰であるとしたが、貫塩はアイヌの自然信仰は火の神〔カムイ〕にその根源を持ち、究極的にはその火の神を祖とする一神教であるとした。この一神教であるという点においてキリスト教とアイヌ民族の信仰は矛盾しないと考えたのである。ゆえにキリスト教は自然崇拝のアイヌ民族にも受け入れ可能な宗教であり、また「高等宗教」でもあることから、貫塩はアイヌ民族の同化に最適な宗教はキリスト教であるとの結論を導き出している。

　当然この論理にはやや無理があり、アイヌの人々に広くかつ自然に受け入れられたのか疑問がある。

　この点をもう少し掘り下げてみると、貫塩の（宗教）同化論の特徴は、アイヌ民族伝統のアニミズムと一神教としてのキリスト教の類似性に根拠を置いている。貫塩のキリスト教受容の論理は、両者の宗教的教義や成り立ちなどの詳細な検証を省いて、一神教であるとの一点に注目して同系宗教と断じたものであり短絡的な論理との批判は免れないだろう。しかしながらアイヌ民族伝統の宗教と外来宗教の関連性を考えようとしたのは前節の貝澤藤蔵に続くものである。貫塩の内心には、アイヌ民族がまさに日本への同化に直面するなかで、なんとかしてキリスト教を抵抗の手段として位置づけたいとの思いがあったことが汲み取れる。キリスト教への同化はアイヌの人にとって、強制同化に対する上で精神的に有効な抵抗になると貫塩が考えたのであろう。このような貫塩の論理は当時の外来宗教受容のひとつのパターンとして捉えるべきであり、アイヌ伝統の宗教観との矛盾をどのように克服していったか、その論理的プロセスは注目すべきである。貫塩の同化論が他と大きく異なる点は、人種的、民族的、あるいは政治的な「同化」がもつ差別性を、宗教による精神面から克服しようと考えたところにある。一九三〇年代の中頃にあって、貫塩の著作は近現代のアイヌ文学が最大のテーマとしてきた「同化」について、さらなる論点の広がりを示した点において評価されるべきであろう。当時「同化」という言葉は支配者である和人の論理では、言語・風習・文化・生活全般において和人化することを意味していたのであり、宗教についてはは当然のこととして国家神道ないし仏教の信仰を持つことがあるべき「同化」であると考えられていた〔註10〕。武隈徳三郎や違星北斗が相対的価値観に基づく多文化思想の萌芽とも呼ぶべき同化論を唱えていたことはすでに述べたが、国籍やマジョリティへの同化ではなく、宗教への同化を強調した点は、貝澤藤蔵の宗教観との意識の相違と比較しても興味深い。

貫塩の同化論には日本化、和人化という選択肢はない。こうした主張は貫塩が初めてではないかと思われる。石原誠はこれをヒューマニズム、人間主義への同化と捉えた。これは注目すべき見解であろう〔註11〕。

「国民更生運動」について

「国民更生運動」とは斎藤実内閣の下で内務省社会局が一九三二年〔昭和七年〕から導入した政治的キャンペーンとも言える政策である。貫塩が『アイヌの同化と先蹤』のなかで最も力を込めて頁を費やし「第八編（國民更生運動）」を書いたことはすでにふれた。当時先行して実施されていた「農民経済更生運動」や、後の「国民精神総動員運動」などと並んで、歴史的には日本の全体主義化に向けた一連の国民統制運動の初期の施策と位置づけることができる。アメリカの大恐慌から始まった世界的な経済不況のなかで、日本も一九三〇～三一年にかけて、米価暴落による農村危機、失業者の増大、東北地方の大凶作があり、対外的には満州事変・第一次上海事変が、また国内では五・一五事件などが相次いで発生した。一九三二年に政府〔内務省〕が始めた国民更生運動は、内外で重大事案が相次ぐなか、国民の動揺を鎮め、精神面での引き締め強化を狙ったものであった。

一九三四年一月一日付で発行された貫塩の『アイヌの同化と先蹤』の原稿は一九三三年に書かれたものと思われる。国民更生運動が開始されてほぼ一年後のことである。このような社会のなかで、貫塩はこの国民更生運動をどのように捉えたのだろうか。

山本悠二「国民更生運動の開始と中央教化団体連合会――『強化団体連合会史論』その五」〔『東北福祉大学紀要』、一九八四年〕によれば、この「国民更生運動」の目的は「五・一五事件以降の流行語ともなった「非常時」に対処しうる体勢をつくりだすことにあった」。当時の斎藤実首相は一九三二年七月六日のラジオ放送で国民に対し、「深刻なる経済界の不況は容易に恢復の緒に就かず、各地各種の事情を異にするも、農山漁村の窮乏、都市の困憊等、寔に寒心に堪へないものがある」〔七四頁〕と挙国国民運動実施の背景を説明している。この運動の中核を担った中央教化団体連合会は、同年八月一〇日に全国教化関係代表者大会を開き、「依頼心を排除し、克己忍苦の修練に耐へ、自力更生の溌溂たる気力」「社会連帯の意識を明にし共済協力の美風を助長」「官公吏及教育宗教に従事するものは自己の使命に鑑み率先奮起に努むる」「経済生活の道徳的意義を明に」など六項目からなる「綱領」を採択している。実は貫塩はこの「自力更生」などのキーワードを巧みに使って『アイヌの同化と先蹤』のなかで自らの主張を展開したのである。以下、そのことを節ごとに見ていきたい。

本編の第一節「アイヌ及人類的滅亡の原因」で貫塩は次のように書いている。

『アイヌは滅亡ゆく民族と云う』余りにも冷かなそして何んたる悲想感言であらう。私は此の言葉を耳にする時、度毎に涙ぐむのである、如何となれば、私は唯アイヌと云ふ三字を嫌ふのではない、或は滅亡ゆくと云ふ淋寞心からではなく、茲に大日本帝国臣民の一人として、アイヌ乍らも我が国体の精華を思ふ以所〔ママ〕からである。私共アイヌは何故滅亡ゆくか。

続いて貫塩は独自の「滅亡論」を展開する。貫塩によればここで言う「滅亡」とは、民族が物理的にいなくなるということではなく、聖書にある「魂の滅亡」ということだとしている。そしてこの「滅亡」はアイヌ民族に限ったことではなく、「我国民」はもとより全世界人類に起こっていることだと貫塩は言う。その上で「アイヌの滅亡〔ほろび〕ゆく根源」として「人たる者の不在」を挙げる。貫塩によれば、「人」と「人間」は同じではない。「人」とはその文字が支え合って立っているように、「互に支合って、如何なる場合に於ても必ず倒るゝ事なく、永久に変ることなき力強い態度を示して、何等の離もなく、偽のない平和な真情を特有して人たるものゝ価値を表示している」ものだと言うのである。そして、「アイヌ民族に於ても」「人たる者の意義を表して同族相互に愛護して来たものであるなれば必然滅亡するものではない」としている。さらに貫塩は「北海道旧土人保護法」に言及した上で、「此の法規の下に、喘ぎつゝある現状は何事であるか」「社会はアイヌをして保護民族である、滅亡るが故に保護されてゐるのであると冷笑し一般社会の表裏に形だけ人たる面目をなしてゐる人間連中が偉さうに口走ってゐるではないか」と慨嘆する。なお、ここで貫塩が言っている「形だけ人たる面目をなしてゐる人間連中」とは文脈から和人を示していると見てよい。

第二節・第三節で貫塩は、この「北海道旧土人保護法」についてきわめて具体的に批判している。たとえば旧土人保護法によれば、アイヌ民族に対し北海道の土地〔五町歩〕を「無償下付」するとなってはいるものの、一五年間開墾できない場合は没収され、また土地の処分に際しても〔保護という名目はあるにしても〕「自由権利が失はれてゐる現状」は、和人の北海道移住者に対し「特定地」が無償下付〔一〇町歩、五年後六割開墾で全土地を下付され売買自由となる〕されているのと比較して、「むしろアイヌよりも、和人の保護法がある様に、私には考へられる」と痛烈に批判している。また、本来国民はすべて国から保護されるべきものであるとして、「アイヌは保護民である和人は保護民でなきが如く、保護民差別を国民として徒らにも口走るべきではない」と正論を述べている〔註12〕。

第四節「人間と人の力」では、「人」の不足によって世界各国で「思想悪化生活難」「経済難」「国難」「戦争」が絶えないとし、「斯る時代の民こそ、真に滅亡せんとする民。所謂滅亡ゆく民族と云ふのである」と述べている。続く第五節「人間怪物の正体」では、「人」と「人間」の違いをさらに追究する。「人間」とは「一致協力の念に乏しく、慾するに利己主義であり他人はドウ、デモ、ヨイ、俺さへ良得すれば満足だと云ふ、愛も人情も又道徳もない常識も思はぬ実状を表示する物」で、「人」とは前述の通り相互扶助・博愛の精神を持った人のことを言う。貫塩はこれを「人」という漢字を図解して、二本の棒が接続してお互いに支え合っている図を「人」、二本の棒の間に隙間があり、接続して支え合っていない図を「人間」、すなわち人と人の「間」があるものとした。

次の第六節では一転して、「人類界に於て斯した人間怪物が伏在する」と言って、「青山某と云ふ方の著したる書籍」にある「アイヌ放任論」を厳しく批判している。「書籍」とは第3章「樺太からの発信」でふれた青山樹左郎『極北の別天地』〔豊文社、一九一八年〕のことであろう。この本のなかには平岡定太郎〔一八六三〜一九四二〕の「アイヌ人種処分論」があり、その一節に「あいぬ処分論（放任すれば絶滅す）」がある。平岡定太郎は内務省官僚の元樺太庁長官で、三島由紀夫の祖父である〔註13〕。平岡のこの論文は現代のヘイトスピーチにも劣らない差別意識の極みと言うべき内容で現在では引用するのも憚られるほどのものである。

こうした平岡の論文に対し、貫塩は「云ふ者をして哀れ愚か者よ」と徹底的に批判する。アイヌ民族を「劣等民族である下等人種なり、人類界の非好適者なりと定め、一般和人をして高等民族ならしめ、人類界の好適者なり」と信じる平岡に対し、むしろ和人こそが「非好適者」ではないかと以下のように反論する。

> 人類界の好適者なる和人が多き我が国内に於る諸般の行動所作が当然なる道程に在ると確信して居るであらうか。
>
> 好適者の生存する我国に於ける実情の如何を見るに、政治上の醜風、経済上の難界、思想上の大悪化、生存上に於る大醜行兎角国民信念のニブリにニブリ切った、全く人道を別往しヨコシマなる行路を歩み、結果今日の大悪化を見せつけられて居ることを知るのである。所謂一葉落ちて天下の秋を知るの状態で、初めて今日不景気打開、思想徹底運動云々の稍人らしい吠声を聞く時となつて来た。

和人こそ「非好適者」であり、それゆえにこの「不景気打開、思想徹底運動」たる「国民更生運動」にいたっているのではないかという貫塩の痛烈な切り返しである。さらに貫塩はアイヌ民族を「劣等種族」

であると断定する「人間」の「傲慢」な「愚言」を排し、その誤りを「覚知しなければならない」と訴え、そのための「更生」こそが今求められているとしている。

第七節「自力更生」では「自然の力を以て今日迄の因襲主義より離れ、博愛共存主義所謂人たる精神を作興」することが自力更生であるとして、その「自力更生上第一必要であり、人たる者の生命である」ものが「道徳宗教」であるとする。そして貫塩は「道徳宗教」の範として「聖書」を挙げ、聖書の言葉を「私共の人生法規」とする。最終第八節「人生法規において」では、「義は国を高くし、罪悪は民を恥しむ」、「小さき群よおそる、勿れ、汝等の父は喜びて国を汝等に与えん」など九つの聖書の言葉を引用している。貫塩が聖書の言葉から訴えたのは、平和と博愛共存主義であった。

このように貫塩はこの本の随所で聖書を引用しており、その精神的基盤をキリスト教信仰に置いていたことがわかる。

『アイヌの同化と先蹤』の意義

最後に近代アイヌ文学史における『アイヌの同化と先蹤』刊行の意義を確認しておきたい。

「国民更生運動」は、貫塩にとってアイヌ民族の同化について自説を訴えるための格好の外部環境であった。貫塩は国民更生運動の大義名分を借りて、アイヌ民族に対する政策・教育を批判した。また、これまで政府が行なってきた強制同化の誤りをキリスト教の理念を用いて訴えた。さらにはキリスト教の価値観への同化を同族に訴えようと試みた。これらは貫塩が日本政府主導の国民啓蒙運動を換骨奪胎し、アイヌ民族としての抵抗と主張を巧みにそこに埋め込んだものである。貫塩の狙いはこの国民更生運動を自説展開に賢く利用したということに尽きる。

しかし一方で、言論統制が進んでおり、それへの対策として貫塩は、第九編として一九二八年〔昭和三年〕に発表された全く目的の異なる武田姉妹の秩父宮奉迎の作文を唐突に掲載している。武田姉妹は北海小群更生団の役員に名を連ねてはいるが、その作文は貫塩が『アイヌの同化と先蹤』第一編〜第八編で主張してきた内容とは明らかに異なっている。それをあえて著作に入れたのは、ひとつにはアイヌ子弟の教養・文章力の高さの誇示もあったろうが、この本が国民更生運動の一環として刊行されたという建前を内容的に維持するためだと思われ、貫塩の周到さがうかがわれる。

貫塩はこのように国民更生運動を格好の口実として北海小群更生団を組織し、著述をなした。彼が真に書きたかったことは、キリスト教への宗教的同化論を中心においたアイヌ民族への教育政策の批判、さらには日本政府の同化政策批判であって、国民更生運動はその隠れ蓑として利用したのである。貫塩の小さな書物はアイヌの人たちのなかで大きな反響を引き起こすにはいたらなかったが、その独自の思想は近代アイヌ文学史のなかでもひときわ特徴的なものであったと言える。一九八六年に同書を復刻したサッポロ堂書店石原誠の慧眼に敬意を表したい。今後、貫塩喜蔵の研究が進み新たな評価が得られる日を待ちたいと思う。

〔註1〕松本成実・秋間達男・舘忠良『コタンに生きる――アイヌ民衆の歴史と教育』徳間書店、一九七七年、二一一頁

〔註2〕貫塩の略歴が記載された文献には以下のものがある。

『近代日本社会運動史人物大事典』（日外アソシエーツ、一九九七年）の「貫塩喜蔵」の項（執筆者・松本成美）

『コタンに生きる――アイヌ民衆の歴史と教育』一三九～一四九頁（執筆者・秋間達男）
『アイヌ叙事詩サコロペ』（白糠町、一九七八年）の「「貫塩喜蔵サコロペ」解題」（執筆者・松本成美）
『荒井源次郎遺稿　アイヌ人物伝』（一九九二年）一一二～一一四頁（初出『月刊豊談』第三三号、一九八五年一一月五日）

なお、『サコロペ』の「「貫塩喜蔵サコロペ」解題」は、貫塩と深く親交のあった畠山重雄（当時音別中学校教諭）が一九七五年に発行したパンフレット「地域に根ざし生きるあるアイヌ人の半生――貫塩喜蔵氏の歩んできた道」（二〇頁）が底本となっている（『サコロペ』一九六頁）。これは貫塩とは「不離一体の関係にあった」畠山が「毎日のように音別から和天別の貫塩氏の自宅に通い聞きとったものである」と記されている。この資料は道内の公立図書館では帯広市図書館にのみ所蔵が確認できる。

〔註3〕『近代日本社会運動史人物大事典』には「明治四二年」（一九〇八年）生まれと記載されているが、『アイヌ叙事詩サコロペ』には「明治四一年」（一九〇七年）生まれとある。いずれの筆者も松本成美であるが、その後の経歴年月の整合性から後者が正しいと思われる。

〔註4〕『白糠町史』下巻（白糠町史編集委員会、一九八七年）四〇頁によれば、この教師の姓名は「茂又平蔵」で、同校の第六代校長である。

〔註5〕山科清春の「違星北斗年譜」（ウェブサイト）には、一九二六年七月の項に「この時期、平取の長知内の学校で校長・奈良農夫也と会う。北斗は奈良農夫也をアイヌ文化への知識は金田一に次ぐと言っており、奈良農夫也に「子供の道話」に原稿を書くことをすすめている」と記載されている。なお違星が『子供の道話』（一九二六年九月号）に寄稿した「北海道から」には次のように書かれている。

長知内の校長奈良農夫也先生は、有名な奇人か偉人か変人として知られ居候処この程御目にかゝり驚き申候長知内校は公立にて普通の学校にて御座候らへ共実質上和人三人以外は全部土人にて約六十人有之候この学校長はどうみても現代ばなれした奇人にてこの人なればこそ土人学校に十六年も勤続したものに候この先生にはアイヌ語は申すに及ばずアイヌの神詩（カムイユウカラ）などは金田一先生以上（以上は少し申し過ぎかも知れませんが、とにかく）アイヌ通として、アイヌよりも他からも敬せられて居候ここには、「土人学校に十六年も勤続した」とあるが、これを裏付ける資料として『北海道教育史地方編二』(北海道立教育研究所、一九五五年)八五三頁に「吉田巖と同じ年(吉田が平取村荷負土人学校に赴任した明治一四年(一九一一年)のこと)、平取村長知内土人学校長を拝令した奈良農夫也」との記述がある。

〔註6〕山田伸一「「北海道アイヌ協会」と「全道アイヌ青年大会」」(『北海道立アイヌ民族文化研究センター研究紀要』第六号(二〇〇〇年)を参照されたい。

〔註7〕帯広市図書館編集『吉田巖日記』一五集、帯広叢書第三四巻、一九九三年、二二一〜二五頁参照。ここには吉田が武田ユミ・ナミの姉妹の原稿を吉田が再三にわたって指導・訂正して「秩父宮殿下御成記念姉妹篇」として四〇枚謄写印刷した経緯が記録されている。

なお、吉田巖は当時道内でも有数のアイヌ民族研究家であり、とくに帯広にあってはその第一人者であった。貫塩が一時的にもせよ帯広に居たのであれば、その教員歴(?)からも吉田との接触があったと推測したが、吉田巖日記にはその形跡はない。ただ吉田は偶然にも自著『アイヌの炉辺物語』印刷の相談のため、一九三四年(昭和八年)一二月一三日に『アイヌの同化と先蹤』(一九三四年一月一日発行)を印刷していた松本印刷所を訪れ、貫塩の校正刷りを見せてもらっている。ここには「序に目下印刷中の、貫塩方人〔法枕の誤り〕の原稿による校正刷　八頁分を見せてもらふ、これは三井代議士、丸山浪彌氏の賛成を得たるものの由、自分は一見手にとるや、これは例の喜多君のかいたものを便宜、彼の名で出させるのかしらと、きいたが判明せぬよし」と記載されている。貫塩の名を誤記するところからも吉田は貫塩を知らなかった可能性がある。したがって、吉田の教え子であり彼が指導した「秩父宮殿下御成記念姉妹篇」が同書に掲載されることも聞かされていなかったと見てよい。貫塩と吉田の間に交流が認められないことから、貫塩の帯広における活動実態は極めて短かったとも思われ、武田姉妹との経緯やその他の理事、小畑次郎・赤梁小太郎との関係も今後の研究課題であろう。

〔註8〕明らかに間違っている点は、文化四年の松前藩の奥州移封先である「梁川」を「染川」と誤植していることと、明治五年の開拓使仮学校への留学者数三八名を二七名としていることである。ほかには各年度末の「特設アイヌ学校」数や就学率が違っている。ただし、年度によっては小川の著書に掲載されているデータと同じものもある。

〔註9〕三浦政治(一八八〇〜一九六二)一九二三〜二六年まで春採尋常小学校校長。当局の不当な差別を訴え、アイヌ民族児童に対して献身的な教育活動を実践した。『コタンに生きる――アイヌ民衆の歴史と教育』に詳伝が書かれ

ている。

〔註10〕計良光範『アイヌ社会と外来宗教』（寿郎社、二〇一三年）二七五頁には次のように指摘されている。「結局のところ、アイヌ社会のなかにキリスト教が定着しなかった理由は、バチェラーの仕事が端的にあらわしているように、宣教師一代限り、入信者一代限りの触れ合いでしかなかったことである。〔略〕アイヌにとっては早急に〝日本人化〟するには、クリスチャンよりは仏教徒になるほうが効率的であった。一時的な〝魂の深化〟は、持続しなかったのである」

〔註11〕公益財団法人アイヌ文化振興・研究推進機構による「平成一六年度普及啓発セミナー」として二〇〇四年八月五日・一九日に行なわれた石原誠の講演「アイヌ民族自身による著作について」より

〔註12〕貫塩がここで言及しているのは一八九七年三月に制定された北海道国有未開地処分法のことであろう。これは一八八六年制定の「北海道土地払下規則」の代替として施行された法律で、右の旧規則が「無償で貸し付け、成功後に有償で払い下げた点を改め、開墾・牧畜・植樹に供する土地は、成功後は無償で付与することとした」（『北海道大百科事典』下巻六一五頁）。

〔註13〕貫塩は、「アイヌ処分論」が「青山某」の著述としているが、実際は青山の『極北の別天地』にある平岡定太郎「あいぬ人種処分論」のことであろう。貫塩の引用は概ね正確であるが、平岡論文の最終部分「（五）あいぬ人を文明開化の民に導くため、あいぬ語又は日本語を以て、農業其他事物の教授を為す事」との一文が欠如していることを指摘しておきたい。

三節　『蝦夷の光』を舞台とした言論（一九三〇〜三三年）

「北海道アイヌ協会」と『蝦夷の光』

近代アイヌ文学の後期の活動として、本章一・二節で貝澤藤蔵・貫塩喜蔵の著作二冊を見てきた。三節ではそうした後期の文学活動の先鞭となった北海道アイヌ協会の機関誌『蝦夷の光』とその掲載論文および寄稿者たちについて述べる。

「北海道アイヌ協会」は、一九二七年〔昭和二年〕設立の十勝旭明社をベースに、北海道庁社会課の喜多章明が中心となって一九三〇年〔昭和五年〕に設立された。北海道アイヌ協会はアイヌ民族初の横断的組織と位置付けられているが、それが組織としての実態を伴ったものであったのか、現在では疑問符がつけられている。山田伸一の研究〔註1〕によれば、機関誌とされる『蝦夷の光』創刊号に「協会の創立に関わる記述が全くなく」、協会の名称も「北海アイヌ協会」「北海道アイヌ協会」が混在していて一定せず、中心人物である道庁社会課に所属する喜多の役職も一定しないことなどから、「「アイヌ協会」なる組織の存在感は異様なまでに希薄である」と山田は「協会」としてのあり方に疑問を呈している。そして「『旭明社五十年史』が述べるような一二〇〇人もの規模の会合での決定がなかったのはもちろん、何らかの組織的な手続きを経て創立が決定された事実はなかったろう」として、こう結論づけている。「要するに喜多とその周辺ごく一部で「アイヌ協会」結成について合意を見たくらいのことはあったかも知れないが、全道規模の組織を連想させる「北海」ないし「北海道」という語を冠するにふさわしい程度の広い範囲の合意を経て、「アイヌ協会」の創立が決定されたとは考えられないのである」。こうした山田の実証的な研究によって現在ではこれが研究者の通説と言えるだろう〔註2〕。

この北海道アイヌ協会は北海道庁（喜多章明）が主導しただけに道庁の統制が強い組織であったが、機関誌『蝦夷の光』ではアイヌの人たちによる活発な言論活動が展開された。山田も「この雑誌と「アイヌ協会」は全道規模のアイヌ民族の組織として前例がなく、とくに『蝦夷の光』は一九三〇年代初めのアイヌ民族の思潮を伝える貴重な史料である」と指摘している。

『蝦夷の光』は次のように一九三〇年一一月の創刊号から一九三三年四月の第四号までが発行されたが、第四号は変則的な発行であり実質的には第三号までの刊行と考えてよい。

創刊号（一九三〇年一一月五日）編集人喜多章明、発行所北海アイヌ協会（札幌市南一条西一八丁目）
第二号（一九三一年三月一日）編集人吉田菊太郎、発行所北海道アイヌ協会（札幌市南一条西一八丁目）
第三号（一九三一年八月一日）編集人吉田菊太郎、発行所北海道アイヌ協会（札幌市南一条西一八丁目）
第四号（一九三三年一月一〇日）喜多章明著『蝦夷地民話　えかしは語る』の巻末「付録」として掲載、発行所北海道アイヌ協会

『蝦夷の光』は谷川健一編『近代民衆の記録5アイヌ』に創刊号〜第三号が掲載されており通読が可能

である。誌面に登場するアイヌ民族の寄稿者は、吉田菊太郎〔十勝〕、小信小太郎〔釧路〕、向井山雄〔胆振〕、伏根シン子〔（遺稿）、帯広〕、違星梅太郎〔余市〕、平村幸雄〔日高〕、貝澤正〔多妥志、平取〕、貝澤久之助〔二風谷〕、古川忠四郎〔帯広〕、バチェラー八重子〔札幌〕、長谷川紋蔵〔幕別〕、田村吉郎〔帯広〕、玉井浅市〔幕別〕、小川佐助〔浦河〕、赤梁小太郎〔芽室〕、萩原茂仁崎〔本別〕、山西吉哉〔池田〕、山西忠太郎〔池田〕、小畑次郎〔芽室〕であり、全道各地から原稿が寄せられている。創刊号から実質的な最終号である第三号の記事は、巻頭言・編集後記・歌壇を除き、喜多章明〔「（本誌）記者」ないし「紅洋（小人）」署名によるものを含む〕七編、喜多以外の和人〔すべて北海道庁社会課役職員〕六編、アイヌの人二四編の掲載となっている。

『蝦夷の光』は北海道アイヌ協会の機関誌であるが、北海道アイヌ協会の実態について疑義があるように『蝦夷の光』についてもわからないことが多い。とくに喜多章明の関与については、山田も指摘している通り〔註3〕、相当の注意を払って検証する必要があろう。たとえば創刊号は喜多が編集人となっているが、第二号では吉田菊太郎〔十勝〕に交代している。それについての経緯のようなものが第二号には書かれているがきわめて唐突で一方的なものであり〔註4〕、交代した理由はわからない。また、経験が求められる編集実務を吉田がひとり十勝の幕別で行なったとは考えにくい。原稿の送り先は第二号以降も引き続き協会事務所〔喜多の自宅住所と同じ〕のある札幌の発行所であり、校正や印刷〔一〜三号のいずれも札幌市内の札幌印刷株式会社〕の利便性を考えれば編集実務は引き続き喜多自身が札幌で行なったと考えるのが自然であろう。また第二号・第三号のどこにも吉田自身が編集人を引き受けたということも書かれていない。「巻頭言」はいずれも喜多によるものである。編集人の吉田菊太郎への変更は名目的なものと見るのが妥当であろう。

このように『蝦夷の光』の実態についてはわからないことも多く、喜多の「事実の歪曲や虚偽がしばしば混入」する性癖を考慮すると、寄稿者の原稿内容についても喜多による改ざんなどの懸念が払拭できない。しかし寄稿者の各原稿と『蝦夷の光』に掲載された本文との比較検証は今や不可能である。

歌壇などを含めると『蝦夷の光』へのアイヌ民族の寄稿者はのべ二四人に上り、「同化」「民族の自覚」「生活環境の改善」「教育の重要性」「自己修養」「禁酒啓蒙」「北海道旧土人保護法の撤廃の是非」など第三号までにさまざまなテーマの論考・文芸作品が掲載された。こうしたテーマは当時のアイヌ民族が置かれた社会的状況を反映しているが、それはまた喜多章明が代表した北海道庁社会課の政策意図を反映したものでもあった。和人の寄稿者は道庁社会課長などの役人に限られ、第二号「編輯後記」に記されているように、「同族〔アイヌ民族〕の教化機関として」発行されたのがこの『蝦夷の光』であった。和人寄稿者の論調はあくまでも統治者としてアイヌ民族を指導・教育しようとするものであった。それは創刊号の論考からも見てとれる。北海道庁社会課長竹谷源太郎の論文のタイトルは「独立自主の社会人たれ」であり、喜多章明のそれは「アイヌ達よ、如何にして現代に処せんとするか?」であった。いずれも〝上から目線〟であり、さらに喜多の論文の「経済生活に自覚せよ」「廉恥を重ぜよ」などの命令文調の小見出しにもその指導者意識・優越意識が露骨に見られる。

しかし、このような編集方針で発行された機関誌にもかかわらずアイヌの人たちの論考には投稿者の率直な思想がよく表れたものがある。とくに注目すべきは、小信小太郎・平村幸雄・吉田菊太郎・貝澤正・向井山雄・貝澤久之助・古川忠四郎・バチェラー八重子らの論考・文芸作品であろう。このうちバチェラー八重子についてはすでに取り上げたので、ここではほかの人たちの論考を見ていきたい。

毎号投稿した小信小太郎

まず、創刊号に登場した小信小太郎〔一八九六〜?〕である。小信は創刊号の「道内アイヌ人の人物評伝」によれば釧路白糠の人であるが、小信の名はこの『蝦夷の光』以外には見ることがなく、戦後設立された社団法人北海道アイヌ協会の役員名簿にもその名がない〔註5〕。

小信は創刊号に「同族の喚起を促す」を、第二号に「いつまでも学者の研究材料たる勿れ」を、第三号に「文字を知った吾等の喜び」を書いている。このなかでよく知られているのは第二号の「いつまでも学者の研究材料たる勿れ」であろう。その全文を新谷行は『アイヌ民族抵抗史』〔三一書房、一九七二年〕に引用し「小信の抗議は、それらアイヌ学者に対する人間としてのぎりぎりの叫び」と評した〔二二六〜二三〇頁〕。また、小笠原信之は『アイヌ近現代史読本』〔緑風出版、二〇〇一年〕で「小信は、アイヌを研究対象とした学問、とりわけ人類学について批判の矛先を向け、研究そのものより学者の姿勢を問題にしている」と述べている〔一九〇頁〕。

第二号掲載の「いつまでも学者の研究材料たる勿れ」のなかで小信は「吾吾は僭越ながら人間であって物的研究材料ではない」、「起たう、ウタリーよ。何時迄も学者の研究材料たる勿れ。劣等民族の代名詞たる勿れ」と書いた。右の二書ではこの小信の主張をいずれも近代後期におけるアイヌ民族の〝抵抗の声〟の典型として取り上げている。

小信は創刊号に「同族の喚起を促す」を、第三号に「文字を知った吾等の喜び」を書いているので、それらの小信の〝声〟も聞いてみよう。

吾等の祖先はあまりにも従順、余りにも経済に無関心であった。〔略〕

嗚呼、漂泊の人々よ、遊牧の民よ、時代の競争に堪え得ずして、鳥獣魚介の後を追ひ、人なき里を慕ひ行きし人々よ、其子孫が今日あるを知らざりしか?〔略〕

はしたないアイヌだけれど吾々も亦国家の一員であり、陛下の赤子である。至善至慈の上皇室を推戴して君国に奉仕する至誠に至つては吾人も決して人後に落ちぬ。〔創刊号「同族の喚起を促す」〕

吾等蝦夷《アイヌ》民族の過去には、書もなければ文もない。元より文字のあるべき道理もない。従つて盲目に等しいアイヌ同族に何等の進歩向上もない。無智そのまゝの低い生活を続けてゐたことは云ふまでもない。〔略〕

吾等同族が今やその醜い過去、暗黒な道程を脱して現代物質文明の水平線々上に浮び上らんとして、平等の社会人たるべく生甲斐ある生命への躍進こそ之即ち「蝦夷の光」ではないか。これこそ初めて文字を知つたウタリーの偽らざる告白である。叫びである。〔第三号「文字を知った吾等の喜び」〕

一読すると、ここには過剰なほどの自民族の卑下がある。それは知里幸恵が創出した原風景とはまた異なる自民族否定の歴史観に見え、皇民化教育の成果と思えるような従順な姿勢の表明ともとれる。しかし、これらの文章をそのままに理解するだけでよいのだろうか。そうした見地に立って小信の真意を冷静かつ客観的に見出そうとしたのがテッサ・モーリス-スズキ〔オーストラリア国立大学教授〕である。モーリス-スズキは『辺境から眺める』〔みすず書房、二〇〇〇年〕で小信の論考を次のように分析している。

しかし小信の言説は、単純ではあるが根本的な一点にかんして〔略〕公式の同化主義の主張と異なっている。その一点とは、自己を改めるという活動そのものの目的である。小信にとって、自己改造のもっとも重要なねらいは「アイヌ族の名」を保つことである。〔略〕政府の視座からみると、良き「日本国民」になるのは「近代化」されると同時に「内地人／和人」と同一、なることがふくまれた。したがってそのさい、想像による同一化を介して自己改造をするとなれば、アイヌとしての独特のアイデンティティが消滅せざるをえなくなるだろうという想定が確実にあった。他方、小信のような書き手の視座からみると、「日本国民」としての自己創造には、「近代化」されるのと、「内地人／和人」と同等になることとの双方の意味がふくまれた。これは、アイヌとしてのアイデンティティ感覚を完全に消去するのではなく、むしろその感覚を豊かにするであろう過程である。

〔『辺境から眺める』一七八〜一七九頁〕

テッサ・モーリス‐スズキが、同化の論理に「「近代化」されるのと、「内地人／和人」と同等になることとの双方の意味がふくまれた」という二重性を指摘したことは興味深い。「同化」という言葉・概念は、このように多義性を持っており、アイヌの言論人・文学者の多くは「近代化」「和人との対等化」「平等化」の意味で捉えていたと見ることができる。小信の積極的な同化姿勢は明らかに「近代化」を志向しているが、一方でその文脈には「シャモ／和人になりきるという選択肢とは暗黙のうちで区別されていた」「アイヌ」としての自立的精神があることも否定できない〔一七九頁〕。これは「吾等同族は如何に処すべきか?・あらゆる欺瞞と呪詛の交錯せる現社会を超越して正義人道々徳の基調の上に立つて、行ふところ真剣に正直に然も静かに前途に向って進んで行けばよい」〔「文字を知った吾等の喜び」〕と言っていることからも推測できる。また、「平等の社会人たるべく」という表現からは、「同化」を「平等化」と捉えていたこともうかがえる。しかし最も重要なことは、これらの小信の論考のなかには、「アイヌ」でない自己を規定する文脈はどこにもないということである。煽情的な文章に隠されてはいるが、小信のアイデンティティは明らかにアイヌ民族のなかにある。

小信は吉田菊太郎と並んで創刊号から第三号まで欠かさず投稿を続けた書き手であり、その言説はアイヌの人々のなかでも注目されていたであろう。しかし小信の論考は『蝦夷の光』以外には確認できない。現在確認しうる資料の少なさは残念と言うしかない。

「滅びゆく」言説に抗する平村幸雄

「同化」をテーマとした論考が創刊号にもうひとつある。平村幸雄の「アイヌとして生きるか？将たシャモに同化するか？――岐路に立ちて同族に告ぐ」である。タイトルがすでに平村の論旨を明確に物語っている。これこそまさに『蝦夷の光』の編集方針に則った論考であると言ってもよい。

平村幸雄の略歴については『蝦夷の光』創刊号の「アイヌ人教育状況及代表人物調」〔一九三〇年七月一日現在〕に、住所は平取《びらとり》村で空知農学校卒業とだけある。『荒井源次郎遺稿アイヌ人物伝』には、「昭和期の職業軍人。アイヌ文化研究者にして、コタンの指導にあたる。日高管内平取コタン出身」〔一三九頁〕と紹介されている。また『平取町史』〔平取町、一九七四年〕によれば、一九五一年〔昭和二六年〕に平取村議会議員、五五年に平取町議会議員となっている〔三七九、三八九頁〕。その他の断片的な情報を合わせると、主に一九五〇年代にアイヌ民族文化に関連する活動を積極的に行なっていたようである。

藤本英夫『知里真志保の生涯』〔草風館、一九九四年〕には、平村が一九五三年二月に行なわれた日本人類学会・日本民族学協会の第八回連合大会に参加し、「アイヌ問題シンポジウム」で発表者の河野広道に対しいわゆる「人肉食論争」のきっかけとなる質疑を行なったことと、平村自身がこの大会で「平取村のフモシルシ家系における自殺者の調べ」という報告を行なったことが記されている。知里真志保とは親しい間柄だったとも書かれている〔註6〕。

著作としてはほかに『北國の神秘を語るアイヌ寫眞帳――日高國沙流川流域を中心とせる』〔一九五一年〕という編著書があり、ニール・ゴードン・マンロー〔一八六三〜一九四二、イギリス出身の医師、考古学者。一九三二年から平取に在住し、アイヌの人たちの医療に従事した〕が撮影した貴重なアイヌ文化に関する写真の詳細な解説文を書いている。平村がアイヌ民俗研究を精力的に行なっていたことがこれらの活動からよくわかる。また、「貝澤正年譜」〔『アイヌわが人生』所載〕に、「札幌で開かれた全道アイヌ青年大会に平取の平村幸雄氏に連れられて参加」との記述がある。没年は藤本前掲書によれば「昭和三二年四月に故人になった」とある〔二二六頁、生年は現時点で不詳〕。

さて、『蝦夷の光』創刊号に載った平村の論文は次の問いかけから始まる。

進化論者は適者生存と言ふであらう。自然界の法則としては余り悲惨な生甲斐のない我々種族の姿ではないか。〔略〕難かしい理屈を抜きにして事実を言ふならば、アイヌは滅びつゝある事のみはうなづかれる。〔略〕即ち将来永久にアイヌとして存在せんと欲するか、将た和人に同化して終うべきか、此二途に一途を選ばなければならぬ場合に当面してゐる。

そして平村は次のような見解を披歴する。

其の昔我アイヌ種族は其数に於ても一種族として自立して居た時代が在った。けれ共其時代の変遷と共に其の勢力を失し、被征服者として、一地域に閉じ込められた弱者が強者の中に比肩し得るものではない故強者の勢力圏外に去る事は賢明な策である。〔略〕

我々のみの生活の地域が得られなければ、自然征服者と雑居する。〔略〕故に地理的よりしても今日アイヌは其の種の保存は思ひ得られない事である。吾々の祖先が和人化して其血液が多量に和人の中に入つて居る事は近世の学者が証明して居る。〔略〕和人は最早我等の血族である。我等がアイヌ種族として存在出来得ない将来を持つて居る事を考へたならば、当然の帰結として和人化すべき途をとらなければならない。我等が和人化する事は時宜に適した事で、一面考へ様に仍つては祖先のなし得ざりし事をなす当然の事である。〔略〕我々アイヌが生をうけて来た、而して偉大なる日本国民の一員として生き甲斐の有る生活をしなければならない。

「アイヌは滅びつ、ある事のみはうなづかれる」というように「滅びゆく民族」言説をあっさり認めてしまっている。このような見解を読むと、平村は積極的な和人化志向のアイヌ民族のひとりだと思われるであろう。

一方、この論考を当時のアイヌ言論人の同化をめぐる問題意識に関する研究史料と捉えた関口由彦〔成城大学民俗学研究所研究員〕は、「「滅び行く人種」言説に抗する「同化」――一九二〇～三〇年代のアイヌ言論人の抵抗」

〔「国立民族学博物館研究報告書」第二九号、二〇〇五年〕で、違星北斗・武隈徳三郎の論考とともに取り上げ、むしろ滅びゆく民族の言説に抗するものと分析した。関口の研究によれば、平村の言う「和人化」とは、「支配者側の言説としての「人種」概念を用い」たものであり、その本質は「血」が決定する人種的特徴が意味するものにほかならない。平村はアイヌの血液はすでに和人のなかに多量に入っており、「和人は最早我等の血族」であるとまで言うのは、その裏返しとして、「翻って「和人」もまた「混血」によって「和人」の本質的特徴を溶かした「血」のみによって構成される純血の範疇としては存在し得なくなっていると論じている」とした。これはつまり「「和人」と「アイヌ」の人種的区分の無化」であるとの指摘である。

さらに関口は、武隈徳三郎の『アイヌ物語』を援用して、「平村の言う「和人化」の意味内容」とは「「アイヌ」であることと「和人」であることが両立するようなアイデンティティ認識に基づいて「アイヌ」が「和人」になることを主張している」とした。これは前に引用したテッサ・モーリス‐スズキの対等化としての同化の意味にも通じるだろう。関口はすなわち「「和人」になることが「アイヌ」であることを否定しない「同化」」を平村は主張したのだと結論づけた。そしてこの主張こそが、「「滅び行く人種」言説への抵抗」であると関口は述べている。

平村の「「アイヌ」であることと「和人」であることが両立し得るアイデンティティ認識」は、武隈徳三郎の「アイヌは決して滅亡せず。縦令其の容貌、風習に於て漸次旧態を失ふも、アイヌの血液の量は必ず滅亡せず。故に予は今後アイヌ種族は滅亡するが如きは無くして、大和人種に同化すべきものなりとの信念」と同様のアイデンティティ認識である、との関口の分析は興味深い〔註7〕。

「滅びゆく民族」言説が横行する社会のなかにあってマインドコントロールのように「滅びゆく民族」、

「適者生存」を刷り込まれつつも、平村や武隈はアイヌ民族としてのアイデンティティを消し去ることなく、和人の言説を上塗りするかのように一見和人化志向と思われるような論考を書いた。それを正しく読み解こうとする研究によって、近代後期という極めて困難な時代を生きたアイヌの人たちの真の精神がいま明らかになりつつある。テッサ・モーリス‐スズキや関口由彦のような、同化をめぐる当時のアイヌの人たちの言説を読み解く研究は二〇〇〇年代に入るまではなかったことである。このような研究がなされるまで、彼らの思想は長いこと埋もれてきたと言ってよい。

民族の歴史を叙述した吉田菊太郎

『蝦夷の光』の創刊号から第三号まで登場する寄稿者が小信のほかにもうひとりいる。吉田菊太郎（一八九六〜一九六五）である。吉田は後年『アイヌ文化史』（北海道アイヌ文化保存協会、一九五八年）を著しているが、ここでは『蝦夷の光』の投稿を中心に紹介しておきたいと思う。まず略歴については次の通りである。

一八九六年　十勝国中川郡幕別《まくべつ》村字白人《ちろっと》村に生まれる。白人小学校、幕別高等小学校卒
一九二七年　二月、泥酔して自宅を焼失。反省し以後禁酒を誓う。この後、違星北斗・辺泥和郎とアイヌ一貫同志会を結成
一九二七年　十勝旭明社に参加
一九二八年　白人古譚矯風会を組織
一九三二年　幕別町議会議員

一九四六年　社団法人北海道アイヌ協会副会長、十勝アイヌ協会会長
一九五八年　『アイヌ文化史』刊行
一九五九年　蝦夷文化考古館を幕別に開館
一九六五年　死去

吉田は次の三つの論考を『蝦夷の光』に寄稿している。

創刊号　「己が醜き足跡を告白して　後進青年諸子に禁酒を進む」
第二号　「立毛品会を提唱して　自作の励行を期す」
第三号　「社会事業の対象としての蝦夷民族　何が故に特殊保護民となりし？　夫れ保護法は単に過渡期の施設のみ」

このなかでは第三号〔一九三一年八月一日発行〕への寄稿が最も注目される論考であろう。なぜならこれがアイヌ民族としてはおそらく初めて自民族の歴史を叙述したものであるからだ。自民族の歴史を叙述した著作としてはほかに貝澤藤蔵の『アイヌの叫び』があるが、この本は一九三一年一一月の発行であり、吉田の『蝦夷の光』第三号への発表のほうが三カ月ほど早い。

この吉田の叙述したアイヌ民族の歴史について、テッサ・モーリス‐スズキは、「吉田はアイヌの歴史を平安時代まで遡って跡づけることから始め」、「『蝦夷の光』の寄稿者の多くが、アイヌの勢力が衰退の

一途を辿った原因をアイヌの先祖の無知や無関心に帰していたのにたいし、〔略〕アイヌの文化的な「後進性」は松前藩の政策によって計画的につくられたもの」で、「松前藩はアイヌを恣意的に孤立させ、和人社会との文化的接触を妨げたからだ」との歴史観を示したことを「ひとつの驚くべき例」と指摘した〔『辺境から眺める』一八〇～一八一頁〕。ここではアイヌ民族の「衰退」の歴史は民族的な特性によるものではなく、和人〔松前藩〕によるアイヌ民族をあくまでも異化しようとする政策に基づくものであるとの見解が、優勝劣敗・適者生存の思想が跋扈していた時代に導き出されている。その視点をモーリス‐スズキは評価しているのである。さらにテッサ・モーリス‐スズキは、和人とアイヌ民族の立場が逆であったなら和人はどのような対処ができたか、との問いを吉田が発したことを取り上げ、「吉田は、人種科学と社会ダーヴィニズムという抑圧の武器を逆に同化主義のイデオローグたちに差し向けた」〔同書一八一頁〕として吉田の視座と論点を評価した。

しかし、ここでひとつ注意すべき事実がある。吉田と親しかった喜多章明は一九三六年に刊行された『北海道社会事業』第五〇号〔財団法人北海道社会事業協会〕に「旧土人保護事業に就て」を寄稿している。この喜多の論考と吉田が『蝦夷の光』第三号に書いた論考が類似しているということである。二人ともアイヌ民族の歴史を「松前時代」「徳川時代」に区分して和人の対アイヌ民族政策を通観する書き方をしており、また松前藩の政策がアイヌ民族にもたらした負の影響を指摘している点も同じである。個々の文章においても類似している箇所が多数ある。具体例を見てみよう。似ている箇所をそれぞれの論考から抜き出し並べてみると次のようになる。

吉田「当時に於ける蝦夷人《あいぬ》の状態はどうであったかと言へば、性剽悍勢力強豪にして実力和人を凌ぎ、寧ろ反対に和人が蝦夷《あいぬ》人の恩恵に依つて生活すると言ふ状態であつた。」

喜多「当時は性剽悍にして、勢力和人を凌ぎ、寧ろ和人が彼等の配下にあつて生活すると言ふ状態であつた。」

*

吉田「独り踏み停まつて戦ふものは武田信弘（松前氏の始祖）あるのみであつた。」

喜多「此時に際り独り停つて克く之に拮抗したものは、武田信弘（松前氏の始祖）であつた。」

*

吉田「徳川幕府が此挙に出た事は固より蝦夷《あいぬ》人に善政を布かんとする人道主義に出発したものでなく、唯一国防上蝦夷を懐柔せんとするにあつた。」

喜多「固より幕府の保護政策は、蝦夷を保護すると言ふ人道主義より出発したものに非ずして、要は対魯国際関係上、之を懐柔心服せんとするにあつた。」

こうした二つの論考の類似は何を意味しているのであろうか。発表された時期としては吉田の発表が一九三一年（昭和六年）、喜多の発表が一九三六年（昭和一一年）である。吉田が三一年に書いた論考の要旨・表現を喜多が三六年の論考で一部借用したと見るべきなのか、あるいは三一年に吉田が発表した論考は実は喜多の指導に従って書いたものだったと考えるべきなのか。さらに大胆な想像が許されるならば、三一年の吉田の論考は喜多が代筆したものだったのか。いずれにしてもその検証は現時点では難しい。しかし二つの論考の類似は紛れもない事実である。しかもテッサ・モーリス-スズキが指摘した、吉田の論考の特徴である「非同化政策による衰退」の責任追及の姿勢は、さらに後の一九六七年に喜多が著した『旭明社五十年史』でも「松前藩政五百年に亘る非同化政策の積弊」として再び述べられている。

吉田のほうも一九五八年に刊行した著書『アイヌ文化史』のなかで、喜多の論考についての言及はないまま、引き続き非同化政策について述べている。これらの論考の史料批判も今後の課題となろう。その結果によっては、テッサ・モーリス-スズキが「ひとつの驚くべき例」とまで評価した前提（吉田のオリジナルな見解であること）に影響が及ぶ可能性がある。

貝澤正の文筆活動

次に貝澤正〔一九一二〜一九九二〕の論考「土人保護施設改正に就いて」を取り上げたい。貝澤正には没後出版された『アイヌわが人生』〔岩波書店、一九九三年〕という著作がある。アイヌ民族運動家、あるいは著作家としては戦後が主な活動期であるため、ここでは貝澤にとって文筆活動の初期にあたる近代に発表された論考についてのみ述べておきたい。

まず貝澤正の略歴を紹介しておくと、貝澤は一九一二年北海道沙流郡平取村大字二風谷《にぶたに》村に生まれている。二風谷尋常小学校を経て一九二七年、平取高等小学校を卒業した。卒業後は主に農業に従事しつつ、一九三一年に「土人保護施設改正に就いて」を『蝦夷の光』に寄稿した。一九四一年に満州開拓団として中国に渡るが二年後に肺結核治療のため帰国。その後は平取にあって農業に従事し、再建された社団法人北海道アイヌ協会に参加する。アイヌ文化保存活動にも積極的に関与し、一九六七年には平取町議会議員、一九七二年には北海道ウタリ協会副理事長に就任した。文筆活動も積極的に行なっており、ウタリ協会の機関誌『先駆者の集い』には「歴史をたずねて」と題した〈アイヌ史エッセイ〉を第一一号～第三五号まで一九回にわたって連載。一九八〇年には未発表ながら北海道新聞の作品公募〔「北海道に生きて」がテーマのノンフィクション作品〕に「我が家の歴史」を執筆した。このほか、一九七六年・七八年の海外視察を題材とするエッセイを執筆、一九八四年には『自主の道』一五号に「アイヌ民族の復権に生きる」を発表した。また一九八三年に北海道ウタリ協会の『アイヌ史』編集委員会編集委員長に就任。二風谷ダム建設に対しては、萱野茂とともに反対し北海道収用委員会を相手に行政訴訟を提起。その実質勝訴の判決が貝澤没後に出た〔一九九七年三月に実質勝訴〕。一九九二年二月、死去。

貝澤正の論文「土人保護施設改正に就いて」は、「現在のアイヌ民族の地位は実に悲惨なものである。其処に幾多の不満と要求を叫びたいのであります」との動機から、当時二〇歳〔かぞえ年のことと思われる。実年齢は一八歳七カ月〕の若き貝澤が執筆したものである。その内容はアイヌ民族への救済費・救療費・救助費の公平公正な支給を政府に求め、教育面ではアイヌ学校の廃止による人種差別教育の撤廃を要求するもので、最後に北海道旧土人保護法の定める給与地の実態を次のように告発した。

> 第一条に依れば、「農業に従事し、又は従事せんとする者には適農地五町歩を給与する」云々とありまして、農業に従事せざる者は何等の保護がなきのみならず、和人には十町歩を給与し乍ら、保護民たる土人に対し五町歩しか給与しないと言ふ理由は如何なるものでありませう。殊に適農地であるべき給与地が往々山岳湖沼であつて、如何に人工を加ふるも開墾が出来ず、其儘にしてゐる間に成功期間が満了して没収処分に付されつゝ、あるを見る時に、私は余りの不合理を叫ばざるを得ま

せぬ。〔略〕強いて求めれば保護民に理屈を言ふ権利なしと言ふ権幕、本当に私共は保護法がある為めに非常に迷惑を蒙る事があります。以上観じ来れば現行保護法は吾々の向上を阻害し、経済生活の進歩を阻害するものと存じまするが故に、速かに撤廃されん事を希望するのであります。

満一八歳の青年がアイヌ民族の立場から実例をもって反論を行なっている。その気概は注目に値する。『蝦夷の光』第二号に喜多章明が「教化資料　最近に於ける全道土人の概況　青年よ!!先ず自己の脚下を知れ」を、北海道庁社会事業主事西田豊平が「覚醒を望む」を書いているが、こうした行政側の「北海道旧土人保護法必要論」があたかもマインドコントロールのように繰り返されていた当時の時代背景を考慮して読んでいただきたい。

『蝦夷の光』は北海道庁のアイヌ民族教化の役割を担ったが、他方、貝澤のようなアイヌ民族からの生の叫びが投稿・掲載された。アイヌ民族の投稿には行政側の「教化」に沿った意見、論点の提供が見られる一方、この貝澤正の寄稿のように行政への反論なども取り上げている点では、開かれた論壇として機能していたと評価することができる。

余談になるが、後年貝澤正は、一九八七年に北海道出版企画センターから刊行された喜多章明『アイヌ沿革史――北海道旧土人保護法を巡って』に序文を寄せている。そこで貝澤は一九三〇年当時の北海道アイヌ協会の設立経緯について、「『蝦夷の光』創刊号（昭和五年十一月五日発行）、第二号以下にも「北海道アイヌ協会」の設立については一切ふれていない、何故だろうか？　発行は、どれも「北海道アイヌ協会」である。設立の経緯を知りたいものである」と疑問を持っていたことを明らかにした。これに対する喜多の反応は「私達の知りたい核心にはふれず旭明社の最終処理で多忙だとの事で一方的にまくしたてられた」だけであったようである。喜多の狼狽ぶりが想像できる。また、貝澤はこの「序」のなかで、「先生（喜多のこと）は「北海道旧土人保護法」の成果を認め、アイヌは日本人となり益々発展したと、中曽根総理が聞いたら喜びそうな信念を持っていた」とも苦言を呈し、さらに「（喜多は）自ら「四国のアイヌ」だと言っていたが、シサムの血の中にはアイヌを理解できない一面のあることも、知る必要がある」と喜多の言動を批判することも忘れなかった。貝澤の序文には、民族の同化について、喜多との意識のすれ違いがあったことが語られている。喜多はアイヌ民族に対する自分の熱意が空回りしていたことに生涯気づくことがなかったのかもしれない。

教育論を寄稿した向井山雄

『蝦夷の光』創刊号に教育論を寄稿した向井山雄（一八九〇～一九六一）はバチェラー八重子の実弟であり、聖公会神学院を一九一八年に卒業してアイヌ民族初の聖公会司祭となった。後に社団法人北海道アイヌ協会初代理事長に就任した。ジョン・バチェラーの高弟と言ってよいアイヌ民族のキリスト者である。甥（姉トミの子供）に片平富次郎（一九〇〇～一九五九、ジョン・バチェラーを団長とする「アイヌ伝道団」の機関誌『ウタリグス』『ウタリ之友』の編集者）がいる。向井についてはさらに後章でも紹介するのでここでは『蝦夷の光』の投稿論考のみにとどめる。

向井が『蝦夷の光』創刊号に寄稿したのは「教育なき者は亡びる　アイヌ人には教育が急務」という論考である。ここで向井は、「私達アイヌ族に取つて最も必要な事は、生活と思想とを革新する事」であるとし、その「最も大切な根本のものは、凡て教育が基礎となつて居らねばならぬ」と考えた。向井は「教育は私共の生活を改革し、向上せしむるもの」で、「教育がないと言ふ事は、人間の最大の不幸」と言い切り、終始教育の必要性を訴えている。ただし、「私共の祖先」に「教育がなかつた」ことについては「それは皆考足りなかつた結果からで誰れを恨むことはない」と民族自らが招いたものだと捉えた。これは前に見た吉田菊太郎の和人の非同化政策による被害とした考え方とは異なる論理である。向井は「自分自身を教育せなかつたばかりでなく、私共の祖先は其の子供すら教育せなかつた」と述べているが、おそらくこの点については多くのアイヌの人々から異論があることだろう。現状打破の方法についても向井は繰り返し教育の必要性を述べるにとどまっている。少なくともこの論考での向井は〝ループ思考〟に陥っている感は否めない。

教育の必要性を述べた貝澤久之助

　向井と同様に教育の必要性を『蝦夷の光』で述べたのは第二号に「和人よ、往昔の蝦夷を忘る勿れ　ウタリーよ、知識の向上を図れ」を寄稿した貝澤久之助である。貝澤久之助の略歴についても多くを知ることは難しい。知里幸恵の手紙（大正九年五月一七日付の母浪子宛）に「日高の貝澤久之助をぢさん」として登場していること、一九二六年長崎で開催された政府後援の「アジア民族大会」にアイヌおよび樺太の先住民族が代表団を派遣する権利を貝澤が要求し、北海道庁に嘆願書を提出したこと、貝澤が一九三二年五月二一日に学習院図書館でのユカラを朗唱したことなど、断片的な記録にしか貝澤久之助の名は目にすることができない。

　貝澤久之助はこの論考で民族の置かれた現状について、「骨董品と履き違へて、人類学の標本として保存するとか、或は血液検査をするとか、兎も角学者の研究材料になつてゐる事は、苟も人格を有する人間として慨嘆に堪えぬ」と憤激し、その原因を少数民族の負わされた宿命と捉える一方で、「他面教育の欠陥による敗因も少なくない」として、「私はアイヌ族は大いに教育を振興して、確固たる生活上の信念を持たい」と主張した。アイヌ民族の現状は自らに一方的な責任があるわけではなく、アイヌ民族に対してきた側、すなわち和人とその行政にあるとの立場であり、これは吉田菊太郎の視点に通じるものであった。このような思想でさえも当時は公安当局から「普通要注意人」として監視の対象であったようである〔註8〕。

禁酒励行が毎号のテーマに

ここで『蝦夷の光』寄稿論文の別な面にふれておきたい。それは禁酒励行をテーマとしたものが毎号掲載されたことである。

創刊号　吉田菊太郎「己が醜き足跡を告白して　後進青年諸子に禁酒を進む」
第二号　古川忠四郎「吾等同族の『怨敵』、酒を葬れ——酒はアイヌを亡す」
第三号　小畑次郎「我等同族を亡ぼす者よ、其名は酒なりき」

いずれも同族に禁酒励行を求めるもので論旨は同様である。当時多くのアイヌの人たちが酒害への危機感をつのらせており、酒害の被害にあった人がかなりいたものと思われる。これまでに紹介した金成太郎・武隈徳三郎・改心前の江賀寅三・吉田菊太郎などはいずれも酒害による失敗の経験者であり、民族の先駆者と言える人たちこそこの危機感は強かった。少数民族であればこそ、こうした問題への危機感は和人には想像できない深刻さがある。禁酒とは個人や社会の規範に属する問題ではなく、民族の存亡にかかわる問題なのだ。禁酒というテーマの論考が『蝦夷の光』という論壇誌上に毎号必ず載っていることに留意しておくべきであろう。

小川佐助・赤染小太郎

さて『蝦夷の光』創刊号～第三号にはこれまで紹介してきたアイヌの人たち以外にもいくつかの論考が掲載されている。最後にそれらの論考のタイトルをここに掲げておきたい。

〈創刊号〉
「栄あるコタンよ　永遠に幸福なれ」伏根シン子遺稿
「「蝦夷の光」誕生を祝ふ」違星梅太郎
「共に改めよう」小田生

〈第二号〉
「蝦夷歌壇」八重バチラー

〈第三号〉

「土人教育の功労者　吉田日新校長先生を送る」田村吉郎
「真の成功者とは何？」長谷川紋蔵
「私等の部落」玉井浅市
「前途の光明を目標に」小川佐助
「蝦夷の光に浴して」赤梁小太郎
「住宅に改善はウタリー向上の基」萩原茂仁崎
「ウタリーよ、平和であれ、而して団結せよ」山西吉哉
「経済力を養へ」山西忠太郎
「夕暮」貝澤多妥志
「短歌」七首　バチラー八重子

このなかで特記すべき人は第三号に書いている小川佐助と赤梁小太郎であろう。小川は競馬調教師として知られるが、アイヌ民族運動の面でも著名である。戦後社団法人となった北海道アイヌ協会の常務理事となり、とくに強制移住させられた姉去《あねさる》の宮内省御用牧場の解放運動に尽力した。また赤梁小太郎は、貫塩喜蔵が一九三三年に設立した北海小群更生団の理事および禁酒部主任を務めている。

伏根シン子の遺稿

なお『蝦夷の光』創刊号には伏根シン子の遺稿「栄あるコタンよ永遠に幸福なれ」が、「本誌記者」〔紅洋〕

すなわち喜多章明による紹介文「蕾にて散りし伏根シン子嬢を憶ふ」とともに顔写真付きで掲載されている。伏根シン子〔一九一三〜一九二九〕は帯広のアイヌ民族指導者として著名な伏根弘三〔一八七四〜一九三八〕の長女である。遺稿は伏根シン子が亡くなった直後、母が自宅を訪問した喜多に「シン子さんが最後の絶筆として記された次の一編」として差し出されたものと書かれている。喜多は自らの原稿でシン子のことを「たった御一人の御嬢さん」と書いていながら、シン子の原稿中には「母と姉様」「私達三人」と書かれていて、矛盾がある。なお、喜多は後に一九三七年の北海道旧土人保護法改正に関する記述〔『アイヌ沿革誌・北海道旧土人保護法をめぐって』北海道出版企画センター、一九八七年〕のなかで、すでに亡くなっていた伏根シン子の「保護法の成立の感慨を詠う詩」なるものを引用している。一九三七年の時点でシン子がこの詩を詠うなどありえないことで、喜多の偽造であることは言うまでもない。同様の虚偽は「バチェラー八重子作」とした詩「ピリカ乙女は歌ふ」でも認められる〔本書第6章二節の註6参照〕。

『蝦夷の光』とテーマとしての「同化」

『蝦夷の光』の和人寄稿者は道庁役人に限られていたことはこれまで何度もふれてきた。『蝦夷の光』は行政の「教化」機関誌としてアイヌ民族に対する啓蒙推進の論調が目立った。また、これに対するアイヌの人たちの側からは表面的には行政側の発言趣旨に沿った意見——たとえば教育・禁酒・生活・衛生の改善など——を同胞に呼びかける論考が多いこともすでに述べた。結局、和人寄稿者とアイヌ寄稿者は同じ論点に焦点を当てて「蝦夷の光論壇」を形成していたようにも見える。しかし「同化」をめぐる双方の認識は、一見似ているようで実は深層では「すれ違い」が生じていたように思えてならない。近代アイヌ文学のこの最大のテーマ「同化」については、本書最終章で総括するが、本節の最後にいったん論点を整理しておきたい。

当時の和人はアイヌ民族を「滅びゆく民族」と考えていて、遠からず人種・文化・言語・風習・宗教などすべてにおいて和人への吸収・一体化がなされるものとしていた。そしてそれを「同化」という言葉で語った。一方、アイヌの言論人たちは「同化」を和人とは異なった意味に捉えていた。「同化」とはすなわち和人との平等化・対等化であると考え、仮に容貌・風習・言葉を失ってもアイヌ民族であるとの意識を将来にわたって保持することを前提としていた。「アイヌの血」は消滅しないと多くの論者が表現したのにはこうした含意があった。しかしアイヌ民族として言うこの「同化」には、もうひとつ、近代化の意味も含まれていた。それが教育・禁酒・生活・衛生面で改善の意味を持つ「同化」であった。このようにアイヌの人々にとって「同化」は対等化と近代化という二重の意味、多重の論理を持っていたのである。ところが和人は、近代化としての同化は理解できたが、対等化としての同化は理解できなかった。和人とアイヌ民族は「同化」という言葉を双方異なる文脈のなかに織り込み、それぞれが異なった理解をしていたと言える。当然の帰結として、このように二重の論理を与えられた「同化」認識のすれ違いについて『蝦夷の光』誌面で正面から議論が交わされることはなかった。

論理の二重性という面では「アイヌの血」というキーワードについてもあてはまる。武隈徳三郎・森竹竹市・平村幸雄は「アイヌの血」という表現を用いたが、「アイヌの血」とは人種的概念の文脈で解釈される一方で、アイデンティティの萌芽とも言える意味もこの言葉には込められていた。「アイヌの血」という言葉もまた二重の意味があったのである。ここでも和人は前者を理解できても後者は理解できなかった。つまり「同化」「アイヌの血」という表現はともに二重の意味があり、和人・アイヌの人双方の理解はすれ違いを続け、同じ言葉を用いながらも双方の理解はかみ合うことがなかったのである。

認識のすれ違いの背景をさらに考察すれば、和人には潜在的な優越意識が強く、同化がアイヌ民族にとっても良いこと・望ましいこととの一方的な思い込みがあった。「同化」の概念は「滅びゆく民族」という進化論に基づくステレオタイプと常に結びつき、独善的な思考に陥っていた。このためアイヌ民族の言う「同化」の深層を読み取る謙虚さに欠けていた。さらに和人は「同化」の解釈をめぐる議論の必要そのものを認めなかった。近代後期のアイヌ民族をとりまく言論に限界があったとすれば、その限界はアイヌ民族ではなく和人の意識の中に設定されていたと言えよう。近代後期のアイヌの言論人たちはこのようなネグレクトのなかで、深層に脈打っていた民族意識を否定されたまま、これを訴え続け、同化認識のすれ違いは論点がかみ合わないいまま持ち越されていくという現象が、まさにこの『蝦夷の光』誌上で生まれている。

換言すれば、近代におけるアイヌ民族の同化をめぐる言説の特徴は、和人とアイヌの人との間で実質的な議論が成立しなかったということである。さらにこの『蝦夷の光』という論壇そのものの撤去〔終刊〕により、また強力な言論弾圧によって、アイヌ民族の言論自体が封じ込まれていくのである。

これに反発するかのように旭川近文《ちかぶみ》でアイヌ地返還運動を進めた荒井源次郎など旭川アイヌの人たちは、この「北海道アイヌ協会」の『蝦夷の光』に参加することはなかった〔註9〕。また、貝澤藤蔵・貫塩喜蔵・川村才登・辺泥和郎などのキリスト教とつながりのあった人たちは、後に個々に全国遊説に出て独自の言論活動を行なった。ここにジョン・バチェラーから具体的な指示ないし示唆がそれぞれにあったのではないかとの仮説を立てることもできるが、その検証は今後の課題である。

〔註1〕山田伸一「「北海道アイヌ協会」と「全道アイヌ青年大会」」（『北海道立アイヌ民族文化研究センター研究紀要』第六号、二〇〇〇年三月）

〔註2〕『アイヌ史――北海道アイヌ協会・北海道ウタリ協会活動編』（社団法人北海道ウタリ協会、一九九四年）の「『蝦夷の光』解説（榎森進）」にも、「この機関誌〔蝦夷の光のこと〕を除いてそれを知るべき同協会の規約をはじめ同時代の関係史料がみつかっていないため、その実体は殆どわからない」とし、「同協会の設立年月日や設立当初の役員の役職名・役員名をしるしているのは、右〔喜多章明『旭明社五十年史』、同『アイヌ沿革史』北海道出版企画センター、一九八七年、のこと〕のみである。今のところこれを裏づける他の史料はみつかっていない」と記載されている。榎森は「これらの諸点に関する具体的な解明は、今後の研究に待つ以外になさそうである」と述べたが、この「今後の研究」にあたるものが、その六年後になされた山田の研究論文〔註1〕であろう。

〔註3〕山田は〔註1〕の論文で喜多章明について「喜多の回想には事実と執筆時点での主観的な思い込みとを峻別しようと努める態度が著しく欠けており、結果的に事実の歪曲や虚偽がしばしば混入している。〔略〕このように思い込みの先走りを自らに許す喜多の性癖は、回想録執筆の際の姿勢だけでなく、回想の対象となった時期の彼の行動にも強く現れており、一九三〇年代の組織化のあり方がアイヌ民族の主体性を置き去りにするものとなった主な原因の一つとなっている」と指摘している。

〔註4〕『蝦夷の光』第二号の「編集後記」には次のように書かれている。「編集の一切は十勝幕別の、同族青年吉田君が総べてを背負つて起つ事になりました。然し事務所は以前の通り、札幌市の北海道アイヌ協会で執つて居りますから、原稿や其他の通信は本会へ願ひます」

〔註5〕小信小太郎に関する資料は乏しく、ウェブサイト「https://wikimatome.org/wiki」の「小信小太郎」に「明治二九（一八九六）年三月二二日～昭和一二（一九三七）年一月八日　昭和期の漁師。北海道アイヌ協会関係者」との記載があるが、これを確認する資料は未確認である。

〔註6〕小坂博宣『知里真志保　アイヌの言霊に導かれて』（クルーズ、二〇一〇年）七三頁には同連合大会における知里真志保・荒井源次郎・川村カ子トらとの記念写真が掲載されている。

〔註7〕テッサ・モーリス-スズキは『辺境から眺める』で「日本で「アイデンティティ」という言葉が人口に膾炙されるようになったのは一九六〇年代後半から一九七〇年代はじめにかけてであろう」（一五八頁）と言うように、「アイデンティティ」とは近代後期にはまだ現れていない概念であった。

〔註8〕小川正人「「アイヌ教育制度」の廃止――「旧土人児童教育規程」廃止と一九三七年「北海道旧土人保護法改正」」『北海道大学教育学部紀要』、一九九三年、四九頁参照。

〔註9〕荒井源次郎は喜多章明に対する不信を隠していない。荒井の著書『アイヌの叫び』には次の一節がある。「庁内に「旧土人保護係」の担当者、社会課属K氏は自分はアイヌのため、特に旭川アイヌの利益のため一生懸命努力した旨、本やその他に書いてあるが、あのようなことはもちろん彼の「告白主張」に過ぎない。〔略〕このK氏は十勝出身であると聞き及んでいるが、全道的ウタリに対し、就中十勝のウタリは特に好意を寄せているといわれていた。またK氏は旭川において親族が縁戚で居て、しかも旭川アイヌの共有予定地を借地して巨利を占めている輩であった」（二六一頁）

四節　辺泥和郎と『ウタリ乃光リ』（一九三二～三四年）

辺泥《ぺて》和郎《わろう》（一九〇六～一九八二）はアイヌ民族のキリスト教伝道師として著名な辺泥五郎（一八七八～一九五四）の婿養子である。近代後期におけるアイヌの人々の言論活動の特徴のひとつは、北海道内に地域的拠点が形成されたことだが、辺泥は一九三二年（昭和七年）八月に勇払《ゆうふつ》郡鵡川《むかわ》村字チンに青年団を組織して機関誌『ウタリ乃光リ』を創刊した。違星北斗・吉田菊太郎とともに「アイヌ一貫同志会」をつくったことでも知られている。その辺泥和郎について述べる前にまず養父辺泥五郎を紹介しておく必要があろう。

養父辺泥五郎

辺泥五郎については、近森聖美の「アイヌ文化と私――祖父・辺泥五郎の足跡を辿って」〔『公益財団法人アイヌ文化振興・研究推進機構 平成二〇年度普及啓発セミナー報告集』所載〕と、山本融定の「聖公会伝道師――辺泥五郎師小伝」〔『北海道の文化』第七八号、北海道文化財保護協会、二〇〇六年〕が詳しい。さらに宮武公夫『海を渡ったアイヌ――先住民展示と二つの博覧会』〔岩波書店、二〇一〇年〕でも紹介されている。これらの文献によると、辺泥五郎は釧路の春採《はるとり》で生まれ、函館の私立アイヌ学校で学んだ。そして一八九七年〔明治三〇年〕に札幌でジョン・バチェラーから受洗した。一九〇四年に米国セントルイスで開催された第三回万国博覧会に自ら希望して平取《びらとり》在住のアイヌの人九名とともに渡米して参加、米国で約八カ月を過ごした。この万国博覧会へ参加するにあたっては、当時シカゴ大学教授のフレデリック・スター〔Frederick Starr、一八五八～一九三三、アメリカの人類学者・民族学者。アイヌ民族や松浦武四郎などの研究で知られる〕とバチェラーとの交流が契機であったとされている。五郎は万博閉幕後もなお米国にとどまり勉学の希望を持っていたが、それは果たせなかった。帰国後は聖公会伝道師として一九〇六年、鵡川のチンコタンに赴任した。ここを拠点に伝道活動をするなか、同年には当時新平賀小学校教員の江賀寅三〔一八九四～一九六八〕に飲酒の害を説諭してキリスト教に入信させた有名なエピソードを残している。そして一九二七年、和郎〔山本の評伝によれば釧路出身で五郎の甥にあたる頓草和郎〕を五郎の三女信〔のぶ〕の婿養子とした。近森の前掲セミナー報告によれば、近森の母、信も和人の養女であり、和郎もまた和人とのことである。辺泥五郎は生涯聖公会伝道師として鵡川を中心にアイヌの人たちの救済にあたり、一九五四年に他界している。

『近代日本社会運動史人物大事典』の「辺泥五郎」の項には「四〇年〔一九四〇年〕まで三五年にわたりアイヌ

同族の教化に尽した。その後も特志伝道師として伝道活動のほか恵まれない人々の救済に当たり、アイヌ民族の向上に尽くし、誠実な人柄で尊敬を集めた」と記載されている。また、『汐見二区沿革史――大地は語り継ぐ』には、「大正二年の大冷害のときには、辺泥五郎氏は深く心をいたまれ、早速ジョン・バチェラー氏に一刻も早い救済をと相談され、翌三年一月十七日は辺泥五郎氏のもとへ救済援助物資が到着し、この援助物資はすぐに各方面の人々に配布された。〔略〕このときのありがたさは人々の心にいつまでも残されている」〔一四六〜一四七頁〕と記されている。

なお、辺泥五郎は『ウタリ乃光リ』第七号〔一九三三年三月〕に、札幌でジョン・バチェラーなどに面会したことを記した「感謝　札幌に使して」という一文を寄稿している。辺泥五郎が残した貴重な文献である。

五郎の婿養子に

一九二七年〔昭和二年〕六月に和郎は、この辺泥五郎の婿養子となった。和郎は当時、違星北斗・吉田菊太郎と「アイヌ一貫同志会」を立ち上げ、主に上川から天塩にかけて民族啓蒙活動を行なっていた。辺泥和郎のこの頃の足跡は資料が乏しく、「アイヌ一貫同志会」での道内行脚と和郎自身の結婚、婿養子入籍〔一九二七年六月〕などの時期が重なっていることは確認できたが、「小樽で港湾労働者をしていた」〔註1〕という時期については確認できなかった。

その後和郎は一九三二年八月に「チン青年団」を組織する。自ら団長となり、機関誌として『ウタリ乃光リ』を発行。一九三七〜四一年まで鵡川村村会議員をつとめ、聖公会伝道師の資格も得ている。戦時中は一九四三年五月〜四五年五月まで、千島列島北東のパラムシル島の陸軍北方派遣先一二六九〇〔山本良部隊に所属し、先住民族の生活内容の調査・研究に従事した〔註2〕。戦後は再建された北海道アイヌ協会の理事に就任、一九四七年の第一回衆議院議員選挙に立候補した〔結果は落選〕。また高橋真が発行した『アイヌ新聞』第五号〔一九四六年五月一五日〕には、アイヌ協会文化部で発行予定の『アイヌプリ』の募集原稿の送付宛先として、「勇払郡鵡川村汐見辺泥和郎氏」との記述があり、論説・文芸面で北海道アイヌ協会内で指導的な位置を占めていたことが推測できる。

辺泥和郎はこの後、晩年まで郷土史の執筆などを行ない、伝道と郷土の発展につとめた。『汐見二区沿革史——大地は語り継ぐ』には次のように記載されている。

> 老齢の辺泥五郎氏にかわり、辺泥和郎氏が日本聖公会より布教師の辞令を受け布教に専念された。〔略〕辺泥和郎氏は、特に北方からの引揚げ者たちのなかで身寄りのない人たちに進んで礼拝堂も解放し、食糧や生活の世話にいたるまでお世話されていた。今でも当時お世話になった方々との交流は続いている。辺泥和郎氏は地元はもとより、町内での人望も厚く聖職のほか数多くの公職につき、多大の功績を残しながら汐見三区に昭和三十三年に移住した。
>
> それと同時に日本聖公会珍聖公会も閉鎖となった。

執筆活動の実績としては、『北海道考古学第一〇輯』〔北海教育評論社、一九七四年〕に福田友之との共著で「北千島・パラムシル島発見の土器について」を著していることが挙げられるが、それ以外の著作物については筆者はまだ確認できていない。ただ、一九六八年に刊行された『鵡川町史』〔鵡川町史編纂委員会〕の「資料調査に協力願った人々」のなかにその名を見ることができる。

「チン青年団」の機関誌『ウタリ乃光リ』

「チン青年団」の機関誌『ウタリ乃光リ』について紹介しよう。『アイヌ民族近代の記録』の小川正人の「解題」によれば、「謄写印刷、B5版、ホチキス綴じ。一五号を除き本文は概ね縦二段組み、一五号のみ一段組み」という体裁で、「本誌はチン青年団の初代団長をつとめた辺泥和郎による文章が圧倒的に多く（無署名分も多くは彼によるものが多いと推測する）、彼の意識・主張が誌面に色濃く反映している」というものである。筆者は北海道立図書館北方資料室に保管されている『ウタリ乃光リ』複写版を閲覧した。本文は手書きの謄写印刷で、各号の表紙にも手書きのカットや地図などが使われており、手作り感の強い雑誌との印象を受けた。ただし、残念ながら手書きの上に複写状態が必ずしもよくはないので判読が困難な箇所が散見された。

『ウタリ乃光リ』の内容について小川は、そこで展開されている辺泥和郎の主張を「自力更生、自己修養のかけ声の強さと同時に、「ウタリー」の歴史を明治維新以後短期間にして「文明」に伍するまでになった歩みに力点を置いてとらえ、その力量を誇ろうとする点が特徴的である」と評している。執筆者としては辺泥和郎・辺泥五郎のほか、尾崎常男・新井田善吉・辺泥岩雄・新井田正雄・森竹竹市（団員外）といったメンバーであり、いずれもアイヌの人々である。

『ウタリ乃光リ』のなかから辺泥和郎の民族意識を表わす代表的な言説を見てみよう〔『アイヌ民族近代の記録』には創刊号の他、第三・四・六・七・八・一二・一五号が抄録されている〕。

●『ウタリ乃光リ』第三号（一九三二年一一月六日）から

私は誇る。我々はアイヌであるが故に誇りたい。何恥かしい事があろう。誇りだ〳〵。アイヌであるが故に持ち得る誇ではないか。アイヌと呼ばれる事は、我々がシャモと云ふのと何のかわりもないはづではないか。シャモは又、南部衆、秋田衆、仙台衆等と呼び合ふのと何等かわりがないではないか。

我々は我大和帝国建国の其昔より此地に住んで居たのではないか。

何が恥かしい。何がどうしたと云ふのか。我こそはアイヌである。アイヌであるが故の誇りでなくて何であろう。

滅び行く民族であろうか？？

否々我等ウタリーは年々殖えて行きつゝあるのである。

一時は数字的に滅亡を伝へられたが決して滅びつゝないのである。

新しい文化と向上に依つて旧いアイヌは滅びたかも知れんが、新しいアイヌは日々生れ出でて、ウタリ向上の指針となりつゝあるではないか。

〔「数字に見る我等ウタリー」より抜粋〕

●『ウタリ乃光リ』第六号「巻頭言」(一九三三年二月五日)から

誇らんかな、誇らんかな。我等アイヌなるが故に誇らんかな。竿頭高くウタリの光をかゝげて誇らんかな。我等アイヌウタリなるが故に持つ誇り。

そも何ぞや。

吾が帝国皇祖建国の当初よりの臣たり。大和民族の根源たり。天孫民族との最初の同化民族なり。帝国領土の先住民族たり、未開地開拓の先駆者たり。数百年の封建をも数十年を出でずして取戻せし進取的民族たり。

誇らんかなアイヌウタリー

声高らかに讃えんかなウタリー、我等の脚下栄光にかがゝやけり。咄、何を以ってアイヌなるが故にはづかしいをかなす、身を修め、心を修めて声高らかに誇らんかな。

●『ウタリ乃光リ』第七号「お願ひ」(一九三三年三月五日)から

微弱ながらも私共アイヌ青年の自らの手によつて、自らの歴史を研究し、発表して、御互アイヌウタリーの、向上に資し、併せて、世乃皆様に我々アイヌウタリーに対する正当な認識を願ふ事の出来るのは何よりの、私共のよろこびで御座居ます。

外に〝認識不足のアイヌ観を打破し、真の理解を以ってアイヌウタリーの向上を御指導御教導を願ふ〞

これが小誌の目的であります。

右の「小誌の目的」に見られるように、辺泥和郎の主張は、アイヌ民族自らの手で歴史を明らかにしてその正しい認識を持つことにより、民族の誇りをウタリに訴えようとするところに特徴がある。さらに相対的価値観の重視やアイヌ民族の先住性に言及すると同時に、自力更生・修養・民族団結も訴えている。こうした主張は、これまで本章で取り上げてきた近代後期のアイヌ民族の言論者、すなわち貝澤藤蔵や貫塩喜蔵、次節に述べる川村才登、そして森竹竹市や違星北斗と共通するものである。参考までに現在読むことのできる『ウタリ乃光リ』に掲載された辺泥和郎の文章〔「汀舟生」のペンネームで発表された作品を含む〕のタイトルを掲げておく。

- 「団長就任の所感」（創刊号、一九三一年八月）
- 「巻頭辞」（第三号、一九三一年一一月）
- 「数字に見る我等ウタリー」（第三号、一九三一年一一月）
- 「編集部から」（第四号、一九三一年一二月）
- 「巻頭言」（第六号、一九三三年二月）
- 「巻頭辞」（第六号、一九三三年二月）
- 「我等乃よろこび」（第七号、一九三三年三月）
- 「巻頭言」（第七号、一九三三年三月）
- 「報告　札幌に行つて来て」（第七号、一九三三年三月）

・「お願ひ」（第七号、一九三三年三月）
・「巻頭言」（第八号、一九三三年四月）
・「自力更生に付て」（第八号、一九三三年四月）
・「我等乃誇り　御前水聖処設置」（第一二号、一九三三年八月）
・「巻頭言」（第一二号、一九三三年八月）
・「一ケ年の回顧」
・「〝熱血乃同志〟森竹君の書に接して」（第一五号、一九三四年二月）

以上は『アイヌ民族近代の記録』に収録された『ウタリ乃光リ』より抜き出したものだが、次に北海道立図書館北方資料室に保管されている『ウタリ乃光リ』〔複写本〕から、『近代民衆の記録5アイヌ』および『アイヌ民族近代の記録』の抄録からもれた第九号〜第一一号に掲載されたものを号ごとに記しておく。辺泥和郎ないし筆名汀舟生で発表されている。

第六号　「（四）数字に見る我等ウタリー」
「我等乃郷土と歴史（二）」
第七号　「向上へ向上へ」
「数字に見る我等ウタリー」
「我等乃郷土と我等乃歴史（三）」

第八号　「我等乃郷土と我等乃歴史（四）」
第九号　「建国乃精神へ還れ」
第一〇号　「信仰に付いて」「我等乃郷土と我等乃歴史」
第一一号　「大会をかえりみて」
第一二号　「民族生物学上より見たるアイヌ民族の運命」「我等乃歴史と郷土」

第六号〜第一二号に連載されている「我等乃郷土と我等乃歴史」はアイヌ民族の歴史を自ら叙述する試みである。吉田菊太郎・貝澤藤蔵に続くもので、辺泥の歴史観が表れた近代アイヌ文学史における貴重な論考であるが、複写状態が悪いため判読困難な箇所があり、また現時点で第六号以前の稿が入手できていないため、全体の内容を把握することは困難である。判読可能な箇所をつなぎ合わせて読んだかぎりで言えば、第六号の（二）で日本史における清和天皇、陽成天皇の時代の朝廷と蝦夷との交渉史が描かれ、古来から日本が民族的に多様な国であるとの主張に力点が置かれている。とくに第七号の（三）では次のように述べていて興味深い。

数多い種族の集りで出来た大和民族の中に、何と云っても我々アイヌウタリーの血が一番多く混ぜられてある事実なのである。〔略〕併し決して我々アイヌウタリーの血がなくなったのではなかったのである。

　かくの如く我々アイヌウタリーの血を多分に混ぜた民族が即ち大和民族となって今日世界に君臨して居るのである。言ひかへれば我々アイヌウタリーこそが大和民族の根源なりと言ひ得るのである。


　ここに述べられていることとは、「吾々の祖先が和人化して其血液が多量に和人の中に入つて居る事は近世の学者が証明して居る。〔略〕和人は最早我等の血族である」とした平村幸雄の思想や武隈徳三郎らの考えとほぼ同じである。辺泥論考のキーワードもやはり「アイヌウタリーの血」であった。大和民族の多民族性の指摘と「アイヌの血」は大和民族のなかに多量に流れており、むしろ「アイヌウタリーこそが大和民族の根源」と言い切っている点に注目したい。これも関口由彦の言う「アイヌと和人の区分の無化」を主張するひとつの例であろう。辺泥が第六号「巻頭言」において「誇らんかな」と繰り返した背景にはこうした歴史観があったと言えよう。

　辺泥の論考には他に「向上へ向上へ」〔第七号〕、「建国乃精神へ還れ」〔第九号〕、「信仰について」〔第一〇号〕がある。このうち「建国乃精神へ還れ」は皇国史観に基づいた警世の文章となっている。辺泥の前後の言説と比較するとかなり異色であり、辺泥の信仰したキリスト教の教えとも異なる内容となっている。当時の思想・言論弾圧の風潮を忖度して、発禁などの措置を防止するため、予防的に書かれたものであろうか。

辺泥和郎以外の論考

次に『ウタリ乃光リ』に掲載された辺泥和郎以外の論考とその主張を見てみよう。創刊号には尾崎常男の「発団式所感」という次のような文章が掲載されている。

亡び行く民族、何と云ふ悲しいヒビキでせう。保ゴ民、何と言ふ弱き名でせう。我等は果して亡び行く民族でありませうか?何故我等はかくの如く「ブジヨク」されるのでせう?

また、辺泥五郎の実子の辺泥岩雄は創刊号に掲載された「温故知新」で、歴史の重要性を次のように述べている。

我々アイヌウタリの歴史、それはどんなに貴い歴史でありませう。我々アイヌの歴史はすなはち我大和帝国の歴史であります。建国の昔より三大強国の一に列する昭和の今日迄、如何に我々アイヌの先祖はつくした事であつたでせう。今日老人の亡くなると共に、此の貴い我らの歴史は失はれて行くのであります。我等青年の手によつて、今にして此の歴史を残さなければなりません。

こうしたさまざまな書き手による論考を載せて始まった『ウタリ乃光リ』だったが、一九三四年二月に発行された第一五号以降は、財政難を理由に辺泥和郎の「個人誌」となったとされる。その後『ウタリ乃光リ』がいつまで〔何号まで〕継続されたのか詳しいことはわかっていない。

ところで『近代民衆の記録5アイヌ』には藤本英夫の「アイヌ論考一　和人侵略とアイヌ解放運動」が掲載され、そこに辺泥和郎の貴重な発言が残されている。藤本は辺泥本人に聴取を行なっており、辺泥和郎の考え方がよくわかる記録となっている。藤本はまず違星北斗について聞いている。

> くわしい内容は忘れたが、北斗とは、アイヌの自立に就いて話し合い、意見が一致した。そのころ、知里幸恵の『アイヌ神謡集』がでて、どこから買ったのか、読んだ記憶がある。神謡集については、ウタリでも二つの見方があった。あれを誇りに思うものと、いまさらあんなものをかいてアイヌの恥さらしだという考え方と――〔註3〕

また、薬を売りながら北海道内を遊説して回ったという「アイヌ一貫同志会」を違星北斗と始めたことについて、辺泥は次のように語っている。

> ただ薬を売ることが目的ではなかった。

当時、違星は胆振・日高を、また辺泥は上川・天塩を歩き、吉田菊太郎は道東をめぐっていた。アイヌ民族意識の昂揚のための、いわゆる草の根の啓蒙活動を行なっていたということであろう。設立の動機については「このような動き方をするようになった裏には、水平社運動の刺激があった」と述べている。

なお辺泥は、違星の盟友でもあった森竹竹市については、『ウタリ乃光リ』第一五号に寄稿した森竹の「全道アイヌに諮る」を評価しつつも、近文アイヌ地問題に関する「氏のこれに対する認識不足の点多数あるを文中発見するものにして且つ「神の与へた」云々に至りては幾分時世に副はざるの感を一層深くし、時に誤れるアイヌ観に対し拍車をかくるに非らずやとも思考するなり」と述べている。そして辺泥自身の所信は「次号〔一六号〕で述べる」とあるが、『近代民衆の記録5アイヌ』の「解題」によれば『ウタリ乃光リ』は「第十五号を出して終刊となった」という。

藤本は次に、一九三一年に設立された北海道アイヌ協会についての辺泥のコメントを紹介している。

> 自称和製バチェラー氏〔喜多章明のこと〕の個人的思想がわれわれウタリーのイメージと断絶し、（できあった会は）せまい運動にとじこもった空なものになってしまった。〔藤本宛書簡〕

辺泥和郎はこの北海道アイヌ協会に参加した形跡はなく、『蝦夷の光』にも寄稿していない。辺泥がこの『ウタリ乃光リ』を発行する動機のひとつには、喜多の影響力を排除した言論活動を実現したいという思いがあったのかもしれない。同時に『蝦夷の光』の終刊によって閉ざされてしまったアイヌの人々の言論の場を復活させたいとの願いもあったのだろうか。『ウタリ乃光リ』創刊号は『蝦夷の光』第三号〔実質終刊〕が出てからちょうど一年後に発行されている。雑誌名も『蝦夷の光』にある「光」という一字を使っており、そうした推測はあながち的はずれなものではないと思われる。

辺泥和郎の民族認識

最後に辺泥和郎の民族認識についてまとめておきたい。辺泥和郎は人種的には和人であるが、『ウタリ乃光リ』の論考で明らかなように、アイヌ民族としての民族意識を強く持っていた。筆者は本書序章において、「自らがどの民族に属しているのか、それを決定するのは民族的アイデンティティ（エスニックアイデンティティ）が唯一の要素である」「当然のことながら本書でアイヌ文学として紹介する人と作品は、そのような民族的アイデンティティを持ったものを対象とする」と述べた。この定義にしたがえば、人種的には和人であっても、アイヌ民族である辺泥家の一員となり、辺泥五郎の下でアイヌ民族としての生活習慣を身に着け、アイヌ民族のアイデンティティを持って言論活動を行なった辺泥和郎の著述は、当然にして近代アイヌ文学としての作品である。この時代、辺泥和郎のように自ら積極的にアイヌ民族としての意識を持つというケースは比較的少ないと思われ、和人である和郎のアイヌ民族への〝越境〟は、逆説的にアイヌ民族の民族的普遍性を証明したものとも言えよう。

一方で「和製バチェラー」を自認した北海道庁の喜多章明は、第二次世界大戦後に再建された北海道アイヌ協会の機関誌『蝦夷の光』創刊号に「アイヌ人物紹介」を書いているが、ここで協会理事に就任した辺泥和郎を「鵡川村の人。雄弁にして奇才又縦横、本会監事として本会の大目付役。喧しき御仁、蓋しはまり役か。されど吾人は君をしてウタリー線上に上すは当らずと思われる」と書いている。喜多は人種をもって民族を規定していたのであり、この視点は彼が一九二六年に十勝旭明社を創設し、その後に北海道アイヌ協会を設立し『蝦夷の光』を発行した当時から全く変化を見せていない。喜多の思想には人種イコール民族との固定観念が根強くあった。当時はまだ「アイデンティティ」という概念が未成熟であったことを差し引いても、彼の民族に対する考え方にはおのずから限界があったと言えよう。


〔註1〕『近代民衆の記録5アイヌ』（新人物往来社、一九七二年）、藤本英夫「アイヌ論考一　和人侵略とアイヌ解放運動」五六三頁。

〔註2〕『北海道考古学第一〇輯』「北千島・パラムシル島発見の土器について」（北海道考古学会、一九七四年三月）を参照されたい。

〔註3〕ここでは辺泥和郎本人の見解は不明である。藤本の論考によれば、辺泥は「北斗が『アイヌ神謡集』に、どんな所感をもったかは「わからない」」と述べている。

五節　川村才登と「アイヌの手記」（一九三四年）

貫塩喜蔵の『アイヌの同化と先蹤《せんしょう》』が刊行された一九三四年〔昭和九年〕、道内の有力紙であった北海タイムス紙上に川村才登《かわむらさいと》〔一九〇六?〜一九六二〕による「アイヌの手記」が連載された。この年のアイヌの人たちによる一連の論考の最後を飾るものであった。この作品も国民更生運動〔一九三二〜〕の最中に発表された著述であることを念頭に入れて読む必要がある。川村才登は鉄道測量技手として著名な川村カ子トの実弟である。この「手記」も近代後期における日本国内のアイヌ民族をとりまく社会状況のなかで書かれ、当時のアイヌの人たちの精神を反映したアイヌ文学における貴重な文献であり、その内容と意義を紹介し、併せて執筆者川村才登の波乱の生涯についてもまとめておく必要があろう。なお本書では「才登」と表記するが、文献によっては「歳登」あるいは「サイト」と記したものもあり、現時点でいずれが正しい表記であるか不明である。

川村才登の略歴

川村才登についての資料は少なく、その経歴も詳細にはまとめられていない。ただし、川村家自体は上川地方のアイヌ民族を代表する家系の一つであり、兄のカ子トをはじめ近現代のアイヌ民族運動・言論活動にかかわったさまざまな人物を輩出している。たとえば荒井源次郎・荒井和子・砂澤クラ・砂澤ビッキなどである。そうした人々の資料を含めて集約すると左のような略歴となるが、川村の生年については一八九八年、一九〇二年、一九〇六年と研究者により分かれており、現時点では確定できない。本稿では諸事実との整合性から一九〇六年を生年としておきたい〔註1〕。

一九〇六年　川村イタキシロマ（父）、アペナンカ（母）の子として北海道上川郡旭川に生まれる。兄に川村カ子ト、姉にコヨ（のちに貝澤藤蔵の妻）
『近代日本社会運動史人物大事典』によれば小学校を卒業とあるが校名不詳〔註2〕
一九二六年　旭川市議会議員選挙で選挙違反容疑により事情聴取
一九二八年　七月、美瑛村でウタリ五人とともに熊退治に参加〔註3〕

一九二九年　内務大臣望月圭介宛陳情書を近文アイヌ四〇名の連署で提出〔註4〕
一九三一年　社会民衆党系の社会青年同盟旭川支部執行委員に就任〔註5〕
札幌で開催された「全道アイヌ青年大会」に参加し意見発表
横浜隣保館大講堂で行なわれた「らい病根絶期成大会」で北海道旭川アイヌ青年団長として「余興アイヌの話」を講演〔註6〕
一九三二年　東京にあって荒井源次郎らの近文アイヌ地返還交渉団を出迎え
一九三四年　九月二七日、札幌女子高等技芸学校でアイヌ民族に関する講演会を実施〔註7〕
一二月一四～一九日付北海タイムスに「アイヌの手記」寄稿〔註8〕
一二月二二日、大谷高女、庁立高女で講演、十勝毎日新聞本社を訪問〔註9〕
一九三五年　砂澤ベラモンコロ宅にて聖公会新年会に参加〔註10〕
一九三八年　「アイヌ」を代表して皇軍慰問のため朝鮮・満州・北支・上海を経て帰国。長崎で上長崎小学校ほか三校でアイヌ民族に対する内地人一般の認識を是正するための講演会を開催。同時に長崎日日新聞社を訪問〔註11〕
一九四〇年　家族とともに永住を志し旧満州に移住、戦時中は軍に雇われ営林署員として軽石探索に従事。
一九四五年　戦後は中共軍に使役され、極度の労役のため健康を害し、妻・長女は現地で死去〔註12〕
一九五三年　九月、帰国（ただちに日赤旭川病院入院）
一九五八年　国立療養所旭川病院に入院

一九六二年　死去

この略歴から、兄川村カ子トの鉄道測量に従事するかたわら、民族の復権運動を進め、きわめて広範囲に行動した人物であったことがわかる。著述活動では活字になって残っているものは新聞に掲載された「アイヌの手記」だけである。満州に移住してからの後半生は日本の敗戦により苦難の生活を余儀なくされているが、その生涯には未解明の部分が多い。

川村をめぐるエピソード

川村のエピソードとして、村上久吉『あいぬ実話集』〔旭川市立郷土博物館、一九五五年〕には川村が「二十歳前後の頃」、当麻村で「他の二人の青年と」巨熊退治に活躍した逸話があるが、これは荒井和子『焦らず挫けず迷わずに――エポカシエカッチの苦難の青春』〔北海道新聞社、一九九二年〕八二頁に掲載された写真とその解説文「昭和三年七月二三日、美瑛の農村を荒らしまわり、二人を食い殺した熊退治に選ばれた」のことであろう。同じく『あいぬ実話集』は、「〔川村には〕燃えたぎる熱血あり、殆ど全国から朝鮮にまで亘って、機会ある毎に檀上に獅子喉して同族の向上と和人の誤解を訴えた」〔一四二頁〕と伝えている。講演の実績は現在わかるものだけでも右の略歴の通り、北海道から九州まで全国にわたっている。

また、川村の帰国を報じた一九五三年〔昭和二八年〕九月一二日付北海道新聞には、一九三五年〔昭和一〇年〕三月、「満鉄主催の虎狩コンクールに、本道代表のあいぬ選手として渡満大会に参加、吉林省杏縣で大虎三頭を射止めるという優秀な成績をおさめた」とのエピソードが紹介されている。

さらに、一九三四年一二月二三日付十勝毎日新聞は、「多年アイヌ人にたいする世間の誤解観念をさとすべく努力し、かつてはアイヌ人の恩人バチエラー博士、新渡戸稲造博士とともに日比谷公会堂よりAK中継〔JOAK、東京放送局のコールサインのこと〕により全国にラヂオ放送をしたこともある熱血雄弁なるアイヌ青年」と川村を紹介している〔註13〕。ただし、「日比谷公会堂よりAK中継」の事実については未確認である。ラジオ放送の開始は一九二五年のため、一九三四年までの間に新渡戸とバチェラーの略歴・年譜類から事実の確認を試みたが、今のところ佐藤全弘・藤井茂編『新渡戸稲造事典』〔教文館、二〇一三年〕の「新渡戸稲造年譜」に「一九三〇年、十月十八日、日比谷公会堂で開催された基督教青年会五十周年記念大会（一七日から一九日まで）で「来るべき五十年」と題してYMCAの持つエネルギーと世界の変化に触れる講演をする」との記載を確認したにとどまる。ここにバチェラーが参加していたのだろうか。バチェラー側には記録がないが、少なくともこの時期バチェラーは在京していたと思われ〔註14〕、この三者が日比谷公会堂に会していた蓋然性は低くはない。ただしラジオ放送があったのかは記録を探しているが現時点で判明していない。川村の放送内容が録音などで確認できれば、当時の川村の思想・民族意識をその肉声で知り、川村才登の言論活動をより明確に跡付けうるだろう。今後の課題の一つとしておきたい。

これらの資料・足跡からわかることは、総じて川村は兄川村カ子トの鉄道測量に同行していることが多いものの、同時に国内外各地で精力的に講演活動を実施していることである。行動力に富み、また弁舌に富んだ人物であったことが推測できる。全国をまわってアイヌ民族に関する講演活動を行なっていた点では貝澤藤蔵と共通する。また貫塩喜蔵も同様の講演啓蒙活動で各地をめぐっていた記録があることについては前節でふれた。この三人に共通するのは、ジョン・バチェラーと接点のあるキリスト教関係者であったこと、全国各地でアイヌ民族に対する啓蒙講演活動を行なっていること、アイヌ民族への正しい理解を求める著作を書いていることである。とくに貝澤と川村は義兄弟の関係にあるが、三人の著述と講演活動にはなんらかの共通する接点があったのであろうか。そのきっかけとなったかもしれない一九三一年八月の「全道アイヌ青年大会」におけるバチェラーの指示ないし示唆の可能性について今後の研究課題とすることはすでに述べた通りである。

「アイヌの手記」という新聞連載

さてこのような人生を送った川村才登の「アイヌの手記」は北海タイムスの一九三四年一一月一四日・一六日・一八日・一九日付の朝刊に連載された。掲載頁はいずれも第一一面で文化欄に相当する紙面である。北海タイムスは当時北海道を代表する新聞であり、のちに北海道新聞に統合されている。この時期、北海タイムス紙に川村才登が連載を持った経緯については不明だが、北海タイムスには同年九月二〇日付紙面に「亡び行くとは何事だ　認識不足も甚し　近文のアイヌ青年川村才登君　札幌の中、小学で講演」という写真入りの記事が掲載されていることから、すでに川村の名は相応に認知されていたものと思われる。

手記の内容を見てみよう。この手記のテーマもほかの近代アイヌ文学と同じく「同化」である。「アイヌの手記」は小川正人・山田伸一編『アイヌ民族近代の記録』（草風館、一九九八年）にその全文が掲載されている。

「アイヌの手記」は次の四節で構成されている。

（一）同胞に対する抗議
（二）同化しつゝあるウタリ
（三）入墨、深毛、熊祭の弁
（四）アイヌも日本民族

まず最初に指摘しておかなければならないのが、「（一）同胞に対する抗議」における第一段落である。ここに書かれた文章は知里幸恵の『アイヌ神謡集』の「序」とほとんど同じものである。冒頭の一文は幸恵の「序」の出だしと全く同じ、あとの文章は微妙に書き換えられてはいるものの、その類似性は一目瞭然である。この「アイヌの手記」連載の時期、知里幸恵はすでに亡くなっており、川村が幸恵の文章を無断で使っていると言わざるをえない。それは次のような書き出しから始まっている。

其の昔此の広い北海は私達の先祖の自由な天地で有ました。美しい大自然に包まれて何一ッ不自由なく、のんびりした楽しい生活そして平和な月日を送つて来た何と言ふ幸福な人達で有つたでせう。〔傍線・須田〕

傍線部分が『アイヌ神謡集』の「序」と同じ部分である。第二段落にも「何と言ふ悲しい名前を私達は持つて居るのでせう」の文章があり、現代の感覚では部分的剽窃と言われても仕方がない。しかし当時は著作権についての認識は成熟しておらず、川村の〝引用〟は知里幸恵の『アイヌ神謡集』が当時の〝アイヌ社会〟にいかに影響を及ぼし、大きな波紋を描いたかを知る事例と寛容に捉えるべきであろう〔註15〕。つまり川村の「手記」もまた知里幸恵が創出した「アイヌ民族の原風景」と呼ぶべき民族意識に共鳴、民族文化への愛着を共有しているということではないだろうか。

同胞に対する抗議

さて第一節のタイトルは「同胞に対する抗議」である。ここで言う「同胞」とはアイヌ民族〔ウタリ〕の意味ではない。それは「国民」のことである。川村はこの第一節を知里幸恵の「原風景」で始まる民族の歴史から説き起こしてアイヌ民族が自然を尊重し、平和な暮らしを続けてきた先住民族であることを語り、北海道においては鉄道測量などでアイヌ民族がいかに貢献してきたかを述べている。それにもかかわらず、国民がアイヌ民族を誤解・蔑視し、見世物として扱っていることを憤慨し、「人間が人間を見世物にすると言ふ事が人類愛と言へようか。日本には強きをくじき弱きを助ける武士道精神があるも果して其の精神の持主は何人あろうか」「同じ国内に住む国民が国内の地理を誤り、土地の風俗習慣を誤つて認識する者は国民として大なる恥である」と「同胞」〔国民〕を批判しているのである。そして第一節の最後に川村は「手記」執筆について次のように述べている。

アイヌであるが故自分達の実生活と将来の希望をのべて今迄の様にアイヌと言ふ一ツのヘダタリを取り去つて共に親しみを深め手をたずさへて働いてこそ其所に我々の生活も向上し、尚北海道の発展を見出す事が出来ると信じこゝにアイヌ事情を記すなり。

同化しつつあるウタリ

第二節「同化しつ、あるウタリ」で述べられるのは川村の「同化」に対する認識である。ここで川村は近代化され生活水準も向上しつつあるアイヌウタリの実情を説明し、これを「同化しつつある」と表現している。しかし「アイヌの手記」に書かれた川村の「同化」に対する考え方は、近代化を意味している他はここではあまり明確ではない。川村は第一節で「同じ天皇陛下の赤子」「同じ日本人」「血を分け合った同胞」という表現をしているが、そうした「同胞」〔国民〕であるはずのアイヌ民族が「見世物」として利用され、誤解され、過小評価されていることに強い不満を表わしている。川村の考える「同化」が「和人化」すること〔非アイヌ化〕なのか、あるいは和人と対等になるという意味での「同化」なのかがいまひとつわからない。それは続けて第三節・第四節まで通読しなければ明らかにならない。

入墨、深毛、熊祭の弁

第三節「入墨、深毛、熊祭の弁」で川村は「同胞」に対してアイヌ民族の習慣を正しく理解することを求めている。「惨酷らしく思はれる熊祭にも深い意味があります」とその意義を語り、和人に対し、アイヌ民族の文化・風習を見るときに価値観の異なる他民族の文化を尊重するよう求めている。こうした要求は前に見た武隈徳三郎の『アイヌ物語』、また違星北斗の「アイヌの姿」とも共通するものである。川村は第三節の最後に次のように問いかけている。

若し是が残酷であるならば牛馬を働けるだけ働かして働けなくなると屠殺場で殺し其肉を全国民が食つて居る事は残酷といへないであらうか。〔略〕然るに世人は我事を棚へ上げて熊祭りのみを残酷だと言ふ事はおかしいではないか。

多文化共生とは現代流行語のひとつであるが、一九三四年当時に川村がこのように書いていたことは注目すべきことであろう。それは民族の文化と自らの尊厳を守るためのやむにやまれぬ叫びであったかもしれないが、それは今日でも通用するきわめて論理的な意見であろう。

アイヌも日本民族

第四節「アイヌも日本民族」は日本国が単一民族国家ではなく多民族国家であることの指摘である。ここにいたってようやく川村の「同化」に対する考え方、民族意識の本質が明らかになってくる。川村は、「大和民族」とは「大に和する民族世界を平和にする民族」であるとした上で、「日本国民が大和民族であると言ふならば殊更先住民族であるアイヌは立派な大和民族でなければならぬ」と言う。大和民族イコール和人ではなく、大和民族イコール多民族の集合体であるとの考えである。つまり「互の身体の中にアイヌ人、朝鮮人、台湾人幾つかの血が流れて今日の日本人が出来上つて居る」というのである。川村はきわめて明確に大和民族多民族論を述べている。そして川村もまた、「アイヌの血」について述べているが、その「血」とは人類学上の血ではなく、民族的アイデンティティを含む「血」であることは明白である。

川村はこの「アイヌの手記」のなかで「和人」という言葉を一切用いていない。「国民」というさらに広範な概念を用いている。川村が国民を「同胞」と呼ぶとき、その意味はアイヌ民族が和人に「同化」したから和人が「同胞」になったのではなく、アイヌ民族と和人は国民を構成する民族として対等であるがゆえに「同胞」なのである。つまり川村の言う「同化」とはこれまで見てきたアイヌの言論者たちと同様に、和人とアイヌ民族はすでに混血化してきた人種であることを前提に、民族意識の放棄としてではなく、あくまでアイヌ民族の自立性を確保した上での対等化の意味で「同化」と言っているのである。

したがって第二節「同化しつ、あるウタリ」とはすなわち「対等化しつつあるウタリ」という意味である。第一節で川村は民族自らを「文化におくれ自然の幸福に眠り過ぎて居ったために無智なる者」としつつも、第二節では和人のアイヌ民族に対する無知・浅学・無配慮も批判する。アイヌ民族の生活様式や習慣、そして歴史に対する和人の知識不足・理解不足を弾劾している。「うはべだけによつて凡てを解される事は甚だ迷惑な事であります」との川村の言葉は怒りを抑えているだけにより切実である。「アイヌは亡びた何時の間にか死んだかと言ふが是はまちがつた言葉であります。是は内地人と同化しアイヌと言ふ名を取りさつたのである」とは、アイヌ民族は亡びることなく、和人と対等な存在としてこれからも日本国内に存在するということを述べているのである。

川村才登とキリスト教

最後に川村才登のひとつのエピソードを書いておきたい。

本論の最終段落にキリスト教の隣人愛の精神が引用されているが、川村カ子トの息子である川村兼一〔川村才登にとっての甥〕が一九九八年一二月二日・一一日・一六日の三日間に行なったアイヌ文化振興・研究推進機構の主催セミナー「旭川アイヌの近・現代史」〔註16〕で「砂澤ビッキのお母さんのベラモンコロさんや親父の弟の川村サイトなどは洗礼を受けてキリスト教になりました」と述べている。この関係から川村はジョン・バチェラーと接点があったことが推測できる。川村が同じくキリスト者であった知里幸惠の『アイヌ神謡集』の「序」を強く意識した経緯や、前述した一九三四年一二月二三日付十勝毎日新聞に「アイヌ人の恩人バチエラー博士、新渡戸稲造博士とともに日比谷公会堂よりＡＫ中継により全国にラヂオ放送をした」とあるのも、その背景には共通点としてのキリスト教があったことがうかがえる。川村のキリスト教との接点は、金成マツが運営していた近文の教会であったと推測するが、川村がその生涯においていつごろまでキリスト教の信仰を持ち、その影響を受けていたのか明確な時期を特定することはできない。

また、川村は全国各地でアイヌ民族に関する講演をしており、社会運動家としての側面も評価の対象に入れなければならない。『新旭川市史』第四巻通史四〔旭川市史編集会議編、二〇〇九年〕によれば、一九二九年〔昭和四年〕一一月に発足した社会民衆党旭川支部が「創立大会においてアイヌ地取り上げ問題を議題とし、北海道支部連合、全国大会でも同問題を提起している。また昭和五年一月二十七日には、社会民衆党を支持する社会青年同盟旭川支部が発会し〔略〕アイヌの川村才登が参加している」〔『北海道社会文庫通信』第三二六・三五二号〕とある。近文アイヌ地返還運動と無産政党のつながりがわかる記述である。無産政党とは当時非合法であった日本共産党以外の社会主義政党のことであるが、非合法でなかったとはいえ、当然のことながら政府当局、とくに内務省警保局の厳しい監視下にあった。そうしたなかで言論活動を行なうことは、常に逮捕・拘禁の危険にさらされることを意味していた。

近代後期言論の総括

近代後期の言論を総括するならば、近代アイヌ文学の最重要テーマである「同化」に対して、アイヌ民族の言論者たちはおおむね「対等化」という意味付けをすることで、和人からの「滅びゆく民族」言説に抵抗を試みた。さらに「同化」のなかに「近代化」の要素も取り入れ、「同化」を多義化することで重畳的に民族を守ろうとしたのである。しかしそれをとりまく日本社会は執拗に「滅びゆく民族」言説を繰り返してアイヌ民族の言論を囲い込んだ上になおネグレクトを続け、一方では国家権力を最大限に行使することで強力な言論統制を行なった。アイヌ言論者たちの抵抗は、間欠的な遊説と文筆活動に限られ、彼らの民族意識に基づく主張を広く訴えることができぬまま、次第に沈黙を余儀なくされていくのである。当時彼らの言論に共通するキーワードは「アイヌの血」であったと言えよう。たとえ混血化してもアイヌの血は消滅しないと多くの言論者が主張した。その「アイヌの血」とは不滅の象徴であり、アイヌ民族としてのアイデンティティそのものであった。その不滅の血はアイデンティティを持った人の意識のなかにのみ流れていた。

また、当時の「同化」〔平等化〕とは、教育・生活・環境など民族のさまざまな側面における近代化をも意味していた。近代化であるところの「同化」はアイヌの人たちの新たなアイデンティティを創出した。「アイデンティティ」とは単一の概念ではなく、複数のアイデンティティがありうるというのは現代の越境文学の作家が指摘するところである。アイヌの人たちは〝内なる越境〟を強制された人たちであり、近代後期における彼らの文学は、現代の越境文学における「複数のアイデンティティの発見」と時代を超えて通底していると筆者は考えている。これについては本書最終章で詳述する。

〔註1〕山田伸一「「北海道アイヌ協会」と「全道アイヌ青年大会」」『北海道立アイヌ民族文化研究センター研究紀要』第六号（二〇〇〇年三月）三七頁には「川村才登（一八九八年生、旭川）」とあり、『近代日本社会運動史人物大事典』には「一九〇二年生まれ」とある。また、小川正人「「アイヌ教育制度」の廃止――「旧土人児童教育規程」廃止と一九三七年「北海道旧土人保護法」改正」『北海道大学教育学部紀要』（一九九三年六月）四一三頁によれば「川村才登（一九〇六年うまれ）」となっている。さらに『エカシとフチ資料編――文献上のエカシとフチ』（『エカシとフチ』編集委員会編、一九八三年）の「川村サイト」の項には、生年月日は一九〇六年一一月一五日とある。金倉義慧『旭川・アイヌ民族の近現代史』（高文研、二〇〇六年）二七二頁には、川村が社会青年同盟旭川支部に参加したとき（一九三〇年一月）二三歳としている。その場合生年は一九〇六年ないし一九〇七年となろう。なお、村上久吉『あいぬ実話集』（旭川市立郷土博物館、一九五五年）は生年を「明治三九年（一九〇六年）」とした上で、熊退治逸話の時期（一九二八年）を「川村二〇歳の頃」としている。

〔註2〕川村の生年が確定できないため学齢期を推測するのは困難だが、上川第五尋常小学校（後に豊栄小学校と改称）の文学資料友の会ウェブサイト（www.abs-tomonokai.jp）にある同校第一回（一九一四年）から第一〇回（一九二三年）までの卒業生リストに川村の名はない。ただ、第四回（一九一七年）卒業生七名のうち氏名不詳の男子が五名いる。このなかのひとりが川村である可能性があるが、この場合一九〇六年とした生年との整合性がとれない。

〔註3〕荒井和子『焦らず挫けず迷わずに――エポカシエカッチの苦難の青春』八二頁掲載の写真とその解説文より

〔註4〕『旭川・アイヌ民族の近現代史』二七四頁

〔註5〕『旭川・アイヌ民族の近現代史』二七二頁および巻末年表より。また『新旭川市史』五〇四頁によれば、社会青年同盟旭川支部の発会並びに川村の参加は一九三〇年（昭和五年）一月二七日である。

〔註6〕平田勝政「日本ハンセン病社会事業史研究（第六報）――希望社地方支部のハンセン病救済運動と十坪住宅の成立」『長崎大学教育学部紀要　教育科学』第七八号、四一～四八頁（二〇一四年三月）

〔註7〕『アイヌ民族近代の記録』の「解題」、六一一頁。なお、一九三四年（昭和九年）九月二〇日付北海タイムスには「亡び行くとは何事だ　認識不足も甚し　近文のアイヌ青年川村才登君　札幌の中、小学で講演」との写真入り記事が掲載されている。ここには「先日来市内小学校の演壇に立つて熱弁を振ひ〔略〕昨十九日からはまた蔵高等女学校を皮切りとして中等学校の壇上にも立つ」と書かれている。なお、この記事で川村は「私は現在三十二歳になるが」と述べているが、この場合、川村の生年は一九〇二年となろう。さらに一九五三年（昭和二八年）九月一二日付北海道新聞では当時川村を五〇歳、一九六二年（昭和三七年）一月五日付北海タイムスでは当時川村を六〇歳としており、ここから逆算すれば生年は一九〇二年ないし一九〇三年となる。

〔註8〕北海タイムスの「アイヌの手記」掲載日およびその内容は左の通りである。

一九三四年一二月一四日（一）同胞に対する抗議
一九三四年一二月一六日（二）同化しつゝあるウタリ
一九三四年一二月一八日（三）人墨、深毛、熊祭の弁
一九三四年一二月一九日（完）アイヌも日本民族

〔註9〕小川正人・山田伸一編「十勝毎日新聞（１９２０─１９３９）掲載アイヌ関係記事：目録と紹介（２）」（帯広百年記念館、二〇〇二年）

〔註10〕『焦らず挫けず迷わずに──エポカシエカッチの苦難の青春』一二九頁掲載の写真より

〔註11〕高西直樹『長崎を訪れた人々　昭和篇』（葦書房、一九九五年）四二五頁。ここには当時川村が豊栄青年団長であったこと、「全国青壮年競弁大会に出演し、徳川義親侯や新渡戸稲造及びアイヌ研究の権威、帝大助教授金田一京助などと共にアイヌ事情講演会などにも巡講した能弁家である」と記されている。

〔註12〕『あいぬ実話集』（旭川市立郷土博物館、一九五五年）一四三頁。なお、著者の村上久吉の著述および『近代日本社会運動史人物大事典』の「川村才登」の項の記述は、一九五三年九月一二日付北海道新聞および一九六二年一月五日付北海タイムスの各記事をベースとしたものと思われる。

一九五三年の北海道新聞は「渡満の際には家族同伴だつたので永住を志したが、戦争になつてからは吉林省の地理に明るいところから日本軍に雇われ、当時自動車のタイヤーに軽石を混合すれば丈夫なタイヤーが出来るというので、営林署員の肩書でこの軽石探索の仕事に従事した。終戦後に中共軍が同じく山間の地理に明るい川村さんに

目をつけ日本軍が敗走の際投げていつた武器捜索の仕事に当らせた。武器はかなり探し出したが毎日の生活ですつかり野宿体をいため病気になつてからは中共政府は面倒をみてくれず妻シンさん（四六）長女トヨ子さん（二二）の二人は昨年栄養失調で死亡、今回日本人会の世話でやつと帰国した」とある。

また、一九六二年の北海タイムスでは、「昭和十五年一月十五日に渡満、牡丹江省・北構嶺に住んだ。そこはソ連国境に近いトラ、シカなどの生息地。〔略〕近文の家族をよんだのは十八年のこと一家は安図県安図城内に住み」、戦後「支那軍は日本兵が捨てた銃ほしさに白頭山の地理に明るい川村さんを施設に強制収容。そのため生活は苦しくなった。妻のシンさん、長女登恵子さんは農家で日雇い生活。長男昭二さんは造材作業にとそれぞれ従事した。しかし極度の食糧難。過労がたたり長男は二十年、長女が二十六年に死んでしまった。翌年収容所を出された川村さんは妻とその後に生まれた二男城馬君と暮らしていたが、二十七年暮れに病気におかされた妻が死んでしまった。二十八年九月、川村さんは城馬君とふたりで旭川に帰ってきた」と報じている。

両紙の記述には共通点もあるが、川村の息子の名前を北海道新聞が「健君」（当時七歳）、北海タイムスが「城馬君」（当時一〇歳）としている。一九六二年の北海タイムスが報じた城馬君が六二年当時小学校六年生とすれば、生年は一九五〇年（昭和二五年）頃であり、一九五三年の「帰国時（三歳）」とは整合性がとれない。

〔註13〕十勝毎日新聞本社を訪問した川村は次のように述べている。「私はアイヌ民族と内地人との間に蟠る感情誤解の障壁を撤去して、互に和衷協力しもつて此非常時艱難を突破することが現在の急務であると信じ、何とかして民族協和の実を挙げたいと全道各地の中小学校を廻り所信を訴へてゐるものですが、この私の微衷をお汲み下さいまして御社も宜しくご協力ください、云々」

〔註14〕一九三〇年一一月一一日付北海タイムスには「東京の真中でアイヌの講演会　北海道倶楽部の催し」との記事があり、ここにバチェラーが招待され講演を行なった旨の記事がある。また一九三〇年一一月一四日付田上義也宛手紙に「私はちょうど今東京から帰ってきたところです」（仁多見巌訳編『ジョン・バチェラーの手紙』（山本書店、一九六五年））とある。同年一〇月一一日までは札幌にいたことが確認できるので、その後に上京し滞在していたと思われる。

〔註15〕違星北斗は同人誌『コタン』に知里幸惠作として全文引用しているほか、森竹竹市・バチェラー八重子らの文章に知里幸惠の「序」に描かれたアイヌ民族の原風景のイメージがうかがえる。

〔註16〕アイヌ文化振興・研究推進機構主催した普及啓発セミナー報告「旭川アイヌの近・現代史」http://www.frpac.or.jp/about/details/post-131.html）ＰＤＦファイル参照。

第8章
近代後期のキリスト教系アイヌ文学の系譜
——ジョン・バチェラーの弟子たち

近代におけるアイヌの人々とキリスト教との関係は欧米から来た宣教師たちとの接触から始まる。なかでも英国聖公会から派遣されたジョン・バチェラーの影響力は無視できない。しかし、近代アイヌ文学とキリスト教をテーマとした研究、ことにアイヌ文学に関する文芸評論は、筆者の知るかぎりほとんどない。本章ではバチェラーに影響を受けた言論人たちを広く紹介し、近代後期におけるキリスト教とアイヌ文学の関係を素描してゆきたい。

アイヌ民族にとってキリスト教は先祖伝来、民族固有の宗教ではなく、また、さまざまに影響を受けてきた日本の伝統宗教とも違う、遠い西洋諸国からもたらされた外来宗教である。当然、その教義・価値観はアイヌの人々のそれとは大きく異なる〝異文明〟とも呼ぶべき存在であった。にもかかわらず、福島恒雄『北海道キリスト教史』〔日本基督教団出版局、一九八二年〕によれば、アイヌ民族のキリスト教の信徒数は一九〇三年〔明治三六年〕には一一五七人に達していた〔二九七頁〕。一九〇三年のアイヌ民族の人口は一万七七八三人〔『アイヌ民族の歴史と文化』山川出版社、二〇〇〇年、八〇頁〕であるから、六・五パーセントの人たちがキリスト教に入信していたことになる。これは決して低い数字ではない〔ちなみに現代日本のクリスチャン人口比率は一パーセント未満〕。

ではその入信の動機とはどのようなものであったのだろうか。これから紹介していく江《え》賀《が》寅三《とらぞう》を例にとって見れば、彼の入信の動機は「禁酒」であった。キリスト教の伝道活動では当時、アイヌの人々に対する禁酒運動が推し進められていたことがその背景にはある。しかしあえて言うならば、当時のアイヌの人たちにとってキリスト教に入信するということは、日本政府による強制同化とは異なる〝近代化〟に身を委ねようとすることであった。

多くのアイヌの人たちがなぜ日本への同化ではなくそれとは異なる「近代化」を受け入れたのだろうか。「近代化」とは生活水準の向上や物質的な豊かさだけを意味するものではない。ものごとの考え方、思想についても変化を求められる。

東洋に近代化をもたらしたヨーロッパ思想の本質について岩田靖夫は『ヨーロッパ思想入門』〔岩波書店、二〇〇三年〕のなかで、ヨーロッパ思想とは二つの礎石の上に立っているとしている。それはギリシアの思想とヘブライの信仰である。第一の礎石であるギリシア思想は、その本質をデモクラシーを生んだ人間の自由と平等の自覚、そして理性主義としている。アイヌの人たちは、日本政府によるさまざまな強制同化政策――アイヌの言語・文化・習慣の否定と社会的差別の再生産――のなかで、過酷な「近代化」を強制させられた。その逆境を克服する手段として、西洋の宣教師たちが説く「人間の自由と平等」「神の前の平等」という概念を受け入れたのではないだろうか。近代アイヌ文学を流れるさまざまな伏流を探ろうとするとき、このキリスト教という水脈を無視することはできない。

ジョン・バチェラーの略歴

アイヌ民族の近代史において大きな役割を果たしたジョン・バチェラー〔一八五四～一九四四〕は、一八七七年〔明治一〇年〕に来日してから一九四〇年〔昭和一五年〕に離日するまで、北海道を拠点に、アイヌ民族への伝道とアイヌ民族の言語・民俗・文化の研究、さらにはアイヌ民族子弟の教育支援にその生涯を費やした。バチェラーが養女とした向井八重子は後に歌集『若きウタリに』を著した。ほかにもバチェラーと親交があったり支援・影響を受けた者は相当数にのぼる。バチェラーの業績について現代では否定的な見解もあるが、近代におけるアイヌ民族の歴史をバチェラー抜きに語ることはできない。バチェラーの去った後、キリスト教に入信したアイヌの人の多くがキリスト教から離れたとされる。しかし、彼の周囲に集まったアイヌの人たちのなかから多くの言論者が輩出された事実は改めて評価される必要があろう。

本書ではこれまでに金成太郎・知里幸恵・バチェラー八重子の項でジョン・バチェラーにふれてきた。バチェラーとかかわりを持った人すべてをバチェラーの弟子と位置づけることはできないだろうが、彼によってキリスト教を知り、精神的な影響を受けて著述をなした人は少なくない。

まずバチェラーの略歴を見ておこう。ここでは『異境の使徒――英人ジョン・バチェラー伝』〔北海道新聞社、一九九一年〕、『ジョン・バチラー遺稿　わが人生の軌跡』〔北海道出版企画センター、一九九三年〕などの年譜を参考にした。

一八五四年　英国サセックス州アクフィールドに生まれる
一八七七年　来日（香港からマラリヤの転地療養の目的）
一八八四年　『蝦夷今昔物語』刊行
一八八五年　金成太郎、バチェラーの指導で函館で受洗
　　　　　　金成は後に国会議長宛の「アイヌ保護を求める請願書」（日付不詳）を起草
一八八七年　「アイヌ語文法」を『東京帝国大学文科大学紀要』第一号に発表

一八八八年　幌別にアイヌ児童教育施設「愛隣学校」開設
一八八九年　『蝦和英三対辞書』出版
一八九二年　金成マツ・ナミ姉妹を函館アイヌ学校に推薦
一八九三年　函館にアイヌ学校を開設
一八九四年　『アイヌ（生、婚、死）の習俗』出版
一八九七年　『アイヌ語新約聖書』出版
一八九八年　札幌にアイヌガールズホームを建設
一九〇一年　英文「The Ainu and their Folklore」発行
一九〇六年　向井八重子を養女とする
一九〇九年　金成マツを平取から旭川近文に転勤させるよう指示
一九一七年　江賀寅三、バチェラーから受洗
一九一八年　武隈徳三郎著『アイヌ物語』に序文
一九一九年　アイヌ伝道団設立、翌年アイヌ教化団設立
一九二〇年　『ウタリグス』刊行開始
　　　　　　貫塩喜蔵、八重子の招きで札幌へ出てバチェラー宅に寄寓
一九二二年　平取幼稚園設立
一九二三年　CMS（Church Mission Society）を退職し、北海道庁社会課嘱託となる
　　　　　　アイヌ保護学園設立

一九二五年　知里幸恵『アイヌ神謡集』刊行される
一九二六年　「アイヌ人とその説話」、「北海道の穴居住民とアイヌ語地名考」（英文）発行
一九二八年　向井山雄、聖公会司祭となる（一九三〇年とも）
一九二九年　自叙伝『我が記憶をたどりて』出版
一九三一年　アイヌ保護学園改めバチラー学園設立
　　　　　　全道アイヌ青年大会に出席
　　　　　　バチェラー八重子、『若きウタリに』刊行
一九三二年　辺泥和郎、『ウタリ乃光リ』を創刊
一九三三年　『ウタリ之友』刊行開始
一九三四年　貝澤藤蔵、『アイヌの叫び』刊行
　　　　　　貫塩喜蔵、『アイヌの同化と先蹤』刊行
　　　　　　川村才登、「アイヌの手記」発表
一九三五年　「アイヌ語より見たる日本地名研究」発行
一九四〇年　離日
一九四四年　英国で死去

バチェラーの活動で特徴的なことは、布教以外にも、学校・幼稚園・伝道団などの設立・運営を通じてアイヌ民族教育に熱心であったことである。これらの施設では金成太郎・金成マツをはじめとする多

くの逸材が育っていった。次節からは、近代アイヌ文学における論壇誌の嚆矢となった『ウタリグス』誌とその後継誌である『ウタリ之友』の二誌を取り上げ、そこに掲載された論考を紹介していきたい。

一節 『ウタリグス』(一九二一〜二五年?)

『ウタリグス』誌はバチェラーが一九一九年(大正八年)六月に設立した「アイヌ伝道団」の機関誌である。現在、小川正人・山田伸一編『アイヌ民族近代の記録』に第一巻(二、三、四、六、七、八号)および第五巻(四号)の写しが収録されている。また北海道立図書館北方資料室にも第一巻(二、五、七、八の各号)および第五巻(四号)の写しが保管されている。『アイヌ民族近代の記録』は各巻の全ページを載せていないが、北海道立図書館は全ページの写しをもっている。創刊号は一九二〇年一二月の発行であるが、その実物は発見されていない。終刊時期も不明であり、確認できる最後の刊行は右の第五巻第四号(一九二五年四月一日)である。現存しない大半の号は散逸しているものと思われる(註1)。『ウタリグス』の概要については『アイヌ民族近代の記録』「解題」(六〇三〜六〇四頁)に詳しい(註2)。『ウタリグス』の編集人は第一巻八号までは片平富次郎(野風)、第五巻が向井山雄となっている。二人については節を改めてその略歴・著述の概要を述べたい。

『ウタリグス』の内容

同誌の発行母体であるアイヌ伝道団については、第一巻第六号の「伝道団記事」でバチェラーが書いている。「大正八年六月二十五日札幌なる私宅に於て、アイヌを以て創立し、以後之として目立たる活動もなかりしに、昨大正九年十月来、其活動の必要を切に感じ、片平氏を以て、本誌ウタリグスを十二月より発刊する」と。第一回総会は一九二一年二月二六日に平取《びらとり》において開催されている。第一巻七号〔一九二一年九月〕によれば、第二回総会は同年八月一〇日に有珠《うす》にて開催され、次回総会は翌一九二二年二月に札幌で行なうことが予告されている〔註3〕。第一回総会の役員を見ると十勝・日高・鵡川《むかわ》に委員長を置いているが、委員は平取四名、二風谷《にぶたに》五名、紫雲古津《しうんこつ》二名、貫気別《ぬきべつ》、十勝各一名となっており、日高地方、とりわけ平取・二風谷を中心とした組織であったことがわかる。このなかには本書で紹介した辺泥五郎〔鵡川地方委員長〕、貝澤藤蔵、貝澤久之助〔二風谷委員〕、江賀寅三〔紫雲古津委員〕の名を見ることができる。

「本団規則」によれば、第三条の「目的」に「本団ハ専ラアイヌ間ニ伝道シ神ノ御教ヲ広メ並ニ教育事業、保護的事業ヲナスヲ以テ目的トナス」と定め、第一巻二号〔一九二一年一月〕の「投稿規定」には「一、宗教、教育、経済、文芸、自治、各地方人士の活躍振り、其他各位の研究及高見等」とあり、広範な言論を網羅する論壇を目指していたことがうかがえる。『アイヌ民族近代の記録』の「解題」〔山田伸一〕によれば、「その内容は狭い意味でのキリスト教布教に限定されず、むしろ教育や経済の問題に至るまで幅広い分野にわたることを特徴とする。アイヌ自身が現代社会において自分たちが置かれた位置や日常生活での思いを見つめた文章を交し合い、進むべき道をともに模索する場となっている。地域や宗教の限定はあるにしても、その場の広さと充実ぶりはこの時期類例のないものである」とその役割と実績を評価している。バチェラー自身も一九二〇年一二月二一日付徳川義親宛書簡で「書いているのはたいていアイヌ人で彼らの考えていることと言いたいことを知ることができ、興味深いものがあろうかと思います」〔仁多見巌『ジョン・バチェラーの手紙』三〇七頁〕と書き、『ウタリグス』創刊号とともに送っている。

『ウタリグス』に二回以上論考が掲載されている寄稿者は、ジョン・バチェラー、バチェラー八重子、向井山雄〔牧童〕、片平富次郎〔野風〕、貝澤久之助である。その論考を掲げてみる。

〈第一巻第二号〉
片平富次郎「年頭に苦言を得て吾人の自覚を促す」
向井山雄「新年の辞に代へて」
〈第一巻第五号〉
向井山雄「不定生活から統一へ」（落丁）
片平富次郎「労働問題とキリスト主義」（一部落丁）
江賀寅三「青年と学問」
〈第一巻第六号〉
片平野風（富次郎）「同じ麦でも肥たる土地に蒔くのと石の上に蒔ので非常な違がある」
向井山雄「雑感」
〈第一巻第七号〉

片平野風（富次郎）「社会の不安は宗教問題の解決によりて消失する」
明石北洲生「雑感」
〈第一巻第八号〉
片平野風（富次郎）「本誌創刊の一週年を迎へて」

これらの論考はいずれも、キリスト教の教えをベースにしながら近代教育のあり方や社会問題について論じたものである。その論点の幅広さには注目すべきものがある。『ウタリグス』は、アイヌ民族による横断的な論壇を標榜した『蝦夷の光』（一九三〇年創刊）のほぼ一〇年前に登場した、アイヌ民族初の論壇誌と言える。知里幸恵の『アイヌ神謡集』、違星北斗や森竹竹市らの詩歌・論考とほぼ同時期に刊行された歴史的かつ先駆的な雑誌である。

その第一巻第七号には『ウタリグス』に期待を寄せる次のような原稿が掲載されている。

> 凡そ人の思想と云ふものは、如何に束縛し又押へ様としても押へ切れない、而して又出現せねば止まぬ偉大な力を有するものである。然るに最近まではウタリの意義ある思想や主張も、発表する機関も便宜も得られ無かつたので、従て沈黙の裡にどうにか押へて居たのであつた。然るに昨秋ウタリグスが発行さる丶や、実に吾々を救ふ神の降臨かと喜び、且つ感謝したのである。

寄稿者は「有珠の明石北洲生」となっている。現在確認できる資料では明石北洲生の名前はこの『ウタリグス』への寄稿以外に見ることはできない。有珠の近くの虻田《あぶた》には明石和歌助〔エカシワッカ、一八四四〜一九一八、馬の獣医（伯楽）として名を知られた〕というアイヌの人がいる。この和歌助となんらかの関係がある人物であろうか。思想・言論の自由な発表の場ができたことを喜ぶ明石はさらに、「人間である我等のウタリが、どうして其周囲の人々から卑しめられ、排斥同様なる待遇に接せねばならぬのか？」、「斯した問題の解決こそ、我愛するウタリグス誌の使命であると思ふ」、「吾々の先決問題は、意を其子弟の教育に注がねばならぬ」と述べている。

『ウタリグス』の評価

『ウタリグス』は当時、アイヌの人たちにどのように頒布され、読まれていたのか。それがわかる資料は多くない。確認できたところでは、伊波普猷〔一八七六〜一九四七、沖縄の民俗学者〕の「目覚めつつあるアイヌ種族」という文章のなかに、違星北斗が「『茶話誌』や「ウタリ・クス」を全部揃へて来て、見せて呉れました」とあり、向井山雄の「彼と我」〔正しくは「我と彼」、『ウタリグス』第五巻第四号、一九二五年四月〕への言及がある。また、知里幸惠が金田一京助に宛てた一九二一年六月一七日付のはがきには、幸惠が『ウタリグス』を金田一に贈ったということが書かれている。このはがきには「これは各地の小学校教員や官吏の方々や有珠ではお寺の坊さんまでが読んで下さいますさうです。此處でも隣の先生方と部落の四五のアイヌが読んでおります。十五冊来るのですが、耶蘇嫌ひの人が多いものですから買う人が少くていつも餘りが出来るので御座います」〔註4〕と、雑誌の読者層や配布先についても記述されている。

なお、『ウタリグス』には他に金成マツの「近文便り」〔註5〕やバチェラー八重子の「愛の活動を望む」「神の造りしウタリ」が掲載されている。いずれもキリスト教信仰を全面に出したやわらかめの文章であることが特徴である〔註6〕。

また、向井山雄の「江賀寅造《ママ》君へ」は、聖公会を退会して、当時中田重治が率いていた東洋宣教会ホーリネス教会に移籍した江賀寅三への批判がにじみ出た文章である。江賀寅三についても節を改めて詳述する。

先に述したように、『ウタリグス』の終刊時期は特定できないが、その後、後継誌である『ウタリ之友』、論壇誌として他に『蝦夷の光』『ウタリ乃光リ』が刊行されている。アイヌ民族の論壇誌の系譜はさらに戦後、『北の光』『アイヌ新聞』『先駆者の集い』『アヌタリアイヌ』などへ継承されていく。『ウタリグス』はこれらの嚆矢となった雑誌として位置付けられる。

このような論壇形成がなぜアイヌ伝道団にして可能であったのか。それは政府による強制同化と皇民化教育が進むなかで、アイヌ民族の置かれた立場と「同化」に対する問題意識がバチェラーとその周辺のアイヌの人たち、つまり「自由」と「平等」の概念をバックボーンとした人々を中心に早くから意識されていたためではないだろうか。

最後に、『ウタリグス』には未だ発見されずに散逸している巻号がある可能性があることを書いておきたい。とくに北海道内の聖公会などのキリスト教会の書庫に眠っている可能性がある。近代アイヌ民族史における貴重な文献がいつの日か発見されることを願っている。

なお、伊波普猷の「目覚めつつあるアイヌ種族」には「それから『ウタリ・クス』の姉妹雑誌に『小さき群』といふ文芸雑誌のあることも見逃してはなりません」との記載がある。この『小さき群』についても、その存在を含め詳しいことはわかっていない。

〔註1〕違星北斗研究会のウェブサイト「違星北斗.com コタン」(www.geocities.jp/bzy14554/)の二〇〇八年八月一八日付「コタンBBS」には、「O先生より、教えて頂きました。〔略〕九五年版コタンにおいては、「春の若草」は「ウタリ之友」(バチラー伝道団の機関誌)の創刊号(昭和八年一月二〇日)に「違星北斗氏遺稿」として掲載されていたものから採られていましたが、初出は「ウタリグス」(同じくバチラー伝道団の機関誌で、「ウタリ之友」前身にあたるもの)の一九二六(大正一五)年八月号に掲載されていたものだそうです」との記述がある。この『ウタリグス』一九二六年八月号は北海道立図書館北方資料室にもない。もし発見されれば少なくともこの号までは刊行が継続していたことになる。

〔註2〕「ウタリグス」について書かれたものとしてはこの他に藤本英夫『知里幸恵――十七歳のウエペケレ』(草風館、二〇〇二年)の二二七～二三六頁に「ウタリグス」と題した一節がある。ここには藤本が当時(一九八二年頃)、辺泥和郎から第一巻五号・七号・八号および第五巻四号を見せてもらった経緯が記載されている。

〔註3〕『異境の使徒――英人ジョン・バチラー伝』一〇二頁には「大正十年(一九二一年)、バチラーはアイヌ伝道団を後援する「アイヌ伝道団後援会」(傍点・須田)を自ら団長になって作っている。第一回総会は平取で、第二回総会は有珠で開かれた」と記載されているが、これは「アイヌ伝道団の総会」のことである。

〔註4〕『知里幸恵――十七歳のウエペケレ』二二七～二二八頁

〔註5〕金成マツが「近文便り」に記載した内容は『知里幸恵――十七歳のウエペケレ』二三三～二三五頁に書かれている。旭川のアイヌ女性による窃盗事件についてだが、金成マツは抑制の効いた文章で真相を無視した過剰な報道を冷静に批判し、宗教的な面から当事者の救済を訴えている。藤本は「この文章は、マツの生涯のなかで、活字になるのを前提で書いた唯一のものではないかと思われる」としている。

〔註6〕『ウタリグス』に寄稿されたバチェラー八重子の文章(三編)は、いずれもキリスト教の信仰に基づく救済と自立・啓蒙を趣旨としており、八重子の書いたものが初めて活字化されたものである。

二節　『ウタリ之友』

『ウタリ之友』は『ウタリグス』の実質的な後継誌で、一九三三年〔昭和八年〕に創刊された。『ウタリグス』刊行中の一九二三年〔大正一二年〕にジョン・バチェラーは聖公会を退職し、当時は北海道庁社会課嘱託の地位にあった。その頃バチェラーはアイヌ民族の子弟への教育支援を本格化させ、アイヌ保護学園〔寄宿舎〕を設立している。後に保護学園は財団法人化して「バチラー学園」となったが、『ウタリ之友』の発行元である「ウタリ之友社」とこのバチラー学園の住所は同じであった。『ウタリ之友』九月号〔一九三三年九月〕には「学園文藻」として学生四名の文章が掲載されており、バチラー学園との密接な関係がうかがわれる。編集人・発行人には片平富次郎が復帰している。

『ウタリ之友』の内容

現在確認できる『ウタリ之友』は、北海道立図書館北方資料室に一九三三年の創刊号から、八月号・一一月号を除いた一〇冊分の写しが保管されており、『アイヌ民族近代の記録』にもすべてではないが写しが収録されている〔ただし一〇月号は収録されていない〕。『ウタリ之友』創刊号には原稿を募集する際の要件が掲げられているが、『ウタリグス』と同一の内容である。

一、本誌登載材料として広く投稿を歓迎す
一、宗教・教育・経済・文芸・自治・各地方人士の活動振り其の他各位の研究及高見等

写しが現存する一〇号分のなかで複数回の寄稿者は、片平富次郎〔野風〕・向井山雄・山内精二・知里高央《たかなか》・上西与一・水本佐美子である。なお水本佐美子〔佐美〕は後に森竹竹市と結婚している。主な論考・作品は次の通りである。

〈創刊号〉
片平富次郎「自力更生を叫ぶ秋　ウタリ青年の自覚を促す」
バチェラー八重子「若き同族《ウタリ》に」短歌五首
山内精二「ウタリに対する希望」
〈二月号〉
片平野風「ウタリの間に言葉なきや久し矣　あゝ待望さるゝ言葉よ」
辺泥和郎「我等若人は　何を為すべきか?」
バチェラー八重子「神の国籍の為めにも努力しませう」
〈三月号〉
片平野風「宣伝者と指導者」

貝澤久之助「感想をそのまゝに」
〈四月号〉
向井山雄「雑感」
知里高央「ウタリの過去・現在・未来」
山内精二「禁酒問題と信仰」
〈五月号〉
上西与一「日本に生れて」
バチラー八重子「貴重き鑑」
〈六月号〉
ジョン・バチラー「アイヌの教育について」
向井山雄「内省」
山内精二「私が神より与へられた恵の証言」
水本佐美子「千歳のウタリに贈る言葉」
吉田花子「信仰を基礎としてウタリの向上を望む」
〈七月号〉
ジョン・バチラー「道の標」
知里高央「感想片々」
〈九月号〉

片平野風「断想」
〈一〇月号〉
上西与一「男性社会と女性社会」
〈一二月号〉
知里高央「ウタリの職業に就いて」
上西与一「青年社会と老年社会」

『ウタリ之友』の寄稿者

現在、確認できる『ウタリ之友』は右に掲げた一〇月分である。抜けている八月号は休刊、一一月号は発行されなかった可能性が高い〔註〕。『ウタリ之友』の論調は、前身の『ウタリグス』を引き継いでいると言ってよい。同誌編集部が求めている通り、教育・宗教・社会評論・文芸など幅広いテーマの論考が掲載されている。また、知里高央・上西与一・水本佐美子・吉田花子など新たな寄稿者が登場していて、バチェラーを中心とした言論人の交流の広がりが感じられる。知里高央は知里幸惠の弟で、知里真志保の兄である。のちに幌別中学校・江差高校などの英語教師となり、晩年「アイヌ語語彙記録」を執筆した。上西与一は無線技師として商船で海上勤務し、労働運動を指導した人物である。上西晴治〔一九二五〜二〇〇九〕の『コシャマインの末裔』〔筑摩書房、一九七九年〕に登場する「洋吉」のモデルとなった人物であろう。

この『ウタリ之友』も終刊時期は不明である。仁多見巌の『異境の使徒——英人ジョン・バチラー伝』には「二年くらい続いて終刊になった」〔二〇四頁〕とあるが、現在は一九三三年刊行以外のものは確認できない。『ウタリグス』同様、未発見の巻号が発見される可能性がある。

次節からは『ウタリグス』『ウタリ之友』に寄稿した主な書き手の経歴とその論考を見ていきたい。


〔註〕『アイヌ民族近代の記録』（草風館、一九九八年）六〇六頁参照。

三節　片平富次郎（一九〇〇～五九年）

片平富次郎の略歴

『ウタリグス』『ウタリ之友』の編集で中心的な役割を果たしたのは、ジョン・バチェラーととくに親しい関係にあった片平富次郎《かたひらとみじろう》と向井山雄《むかいやまお》である。片平はバチェラー八重子の甥、向井は実弟である。とりわけ片平富次郎は編集のかたわら自らの論考も意欲的に発表した。まずはその略歴を見ておきたい。

筆者の知る限り片平に関するまとまった評伝はなく、諸文献に断片的にその名が現れるにとどまる。たとえば『北海道大百科事典』〔北海道新聞社、一九八一年〕には「片平富次郎」〔安住尚志執筆〕の項がある。また、仁多見巌『異境の使徒――英人ジョン・バチラー伝』、掛川源一郎『バチラー八重子の生涯』にも片平の略歴が記載されているが、その記述は乏しいと言わざるをえない〔註1〕。

これらによれば片平富次郎は、バチェラー（向井）八重子の姉である向井トミの子として生まれた。母トミは後に「富次郎を連れ子して片平七之助と再婚」〔仁多見、前掲書九九頁〕して片平姓となった。トミは一時期、「〈北海ピリカ嬢〉の芸名で一座を組織し、夫と共に北海道一円から東北にかけて巡業」していたことが『バチラー八重子の生涯』〔一四七頁〕に記載されている。また、知里幸恵の金田一京助に宛てたはがき〔一九二一年六月一七日付〕に「片平さんは〔向井〕山雄さんの弟で親戚の家を継いだので姓が違ふのださうです」〔『知里幸恵遺稿　銀のしずく』草風館、二〇〇一年、五二頁〕と書かれているためにバチェラー八重子の弟とされることがあるが、正しくは甥である。

長じて片平は「有珠の土地を売った金で上京し、指圧療法を学んで治療師の免状をとったが、叔母八重子のとりなしでバチラー宅に同居し、バチラー学園寮ができてからは同寮の一室を借りて、治療院を開業するとともに、バチラーの仕事を手伝った」〔『異境の使徒』九九頁〕という。しかし治療師の免状をとって治療院を開業していたことについては、それを裏付ける資料が筆者には確認できていない。また、「バチラーの仕事を手伝った」と書かれているのは、バチラー学園の管理・運営・学園寮の舎監、『ウタリグス』『ウタリ之友』の編集人、アイヌ伝道団の書記などのことであろう。総じて片平はバチェラーの仕事全般を秘書的にこなしている。これらについては客観的な資料での裏付けが可能である。

バチェラーが一九四〇年に離日した後は、残されたバチラー学園の管理にあたっていたが、それ以後の片平の情報は少なく、戦後再建された北海道アイヌ協会の役員名簿にもその名前を見ることはできない。戦後、高橋真〔一九二〇〜一九七六〕が発行した『アイヌ新聞』第三号〔一九四六年四月一日〕および第六号〔同年六月一一日〕、第七号〔同年七月一日〕に、片平とバチラー学園の活用〔再利用〕に関する記事が掲載されている。ここには「片平氏」が「治療所」を営んでおり、「バチラー翁の遺言状を所持」している旨が記されている。また、『アイヌ新聞』の記事からは、戦後の一時期、バチラー学園を厚生会館に転用することが検討されていたことがわかる。バチェラーが徳川義親に宛てた書簡〔一九四〇年一二月一六日付〕に以下のように書かれている。

私はアイヌ学園の金銭上の財産とか他のものが徳川侯爵との相談なしに、他の目的に流用されるのを望んでいません。アイヌ学園に関するすべてのことは、私が再び札幌に帰って来ることができないとはっきり判明するまで、そのままにされるようお願い致します。

〔『ジョン・バチェラーの手紙』、四九九頁〕

しかし結局、バチラー学園の建物は取り壊され〔時期不明〕、バチェラーの自宅は一九六二年に北海道大学に寄贈された。翌年、北大植物園内に移設され現在に至っている〔註2〕。片平が持っているというバチェラーの遺言状なるものがどのような内容であったのか、またそれが実在していたかどうかについても不明である。片平が舎監を務め、そこで治療院を営んでいたというバチェラー学園については、高橋栄子が一九八八年一二月二九日付北海道新聞「読者の声」に「バチェラー学園の思い出　今も胸に」というタイトルで以下のように投書している。

私が叔父に連れられてバチェラー学園を見たのは昭和十年、十八歳の年であった。バチェラー学園内にある片平X光線治療室に通うためであった。耳が痛かったので治るまで通った。片平先生は私を白いベッドに寝かせて赤いX光線をかけてくれたが、それがとても気持ちが良かったのを思い出す。

片平が当時行なっていた「治療院」の様子が垣間見える。

ともあれ、片平の経歴はバチェラーとともに活動していた時期についてはある程度の記録が残っているものの、その前後の情報については乏しいのが実情である。とくにバチェラーと出会う前のことが不明である。東京での「指圧療法」の他にどのような教育を受け、社会経験を積んで思想の形成を行なったのか。片平は『ウタリグス』第一巻第二号に発表した「年頭に苦言を得て吾人の自覚を促す」に、ホーソン〔ナサニエル・ホーソン、一八〇四～一八六四、米国の小説家〕、ベーコン〔フランシス・ベーコン、一五六一～一六二六、英国の哲学者〕の言葉を引用するなどしている。その執筆内容から相応の教育と社会経験を経ていると思われる。その人生経験の内実に迫ることができれば、片平の文筆活動の水源にさらに近づくことができよう。なお、片平富次郎はその容貌もほとんど知られていない。片平の写っている写真が伊達市噴火湾文化研究所のジョン・バチェラー関係資料のなかにあるというが筆者は未確認である〔黒田格男、大島直行、古原敏弘、小川正人「伊達市噴火湾文化研究所所蔵のジョン・バチェラー関係資料1」『北海道立アイヌ民族文化研究紀要』第一二号、二〇〇六年〕。

片平富次郎の論考

現在確認できる片平の論考は次の通りである。『ウタリグス』『ウタリ之友』の二誌に一三編の評論や随想を発表しており、後期の近代アイヌ文学史における有力な著述家のひとりとして位置付けることができる。片平の思想・主張を総括しておくことは近代アイヌ文学史では必須である。

『ウタリグス』一九二一年
「年頭に苦言を得て吾人の自覚を促す」第一巻第二号
「貧困より脱し得ぬ原因　アイヌには寄生虫が多い」第一巻第四号
「労働問題とキリスト主義」第一巻第五号
「同じ麦でも肥たる土地に蒔《まく》のと石の上に蒔ので非常な違がある」第一巻第六号
「編集便り」第一巻第六号
「社会の不安は宗教問題の解決によりて消失する」第一巻第七号
「本誌創刊の一週年を迎へて」第一巻第八号

『ウタリ之友』一九三三年
「自力更生を叫ぶ秋　ウタリ青年の自覚を促す」創刊号
「ウタリの間に言葉なきや久し矣　あゝ待望さるゝ言葉よ」二月号
「宣伝者と指導者」三月号
「人間に修養が何故必要か」四月号
「断想」九月号
「断想」一〇月号

これらの論考は、「労働問題とキリスト主義」〔『ウタリグス』第一巻第五号〕、「人間に修養が何故必要か」〔『ウタリ之友』四月号〕、「断想」

〔「ウタリ之友」一〇月号〕の三つを除き、すべて『アイヌ民族近代の記録』に収録されている。『ウタリ之友』収録の二作は北海道立図書館が雑誌そのものを所蔵しているので読むことができるが、『ウタリグス』掲載の「労働問題とキリスト主義」は残念ながら一部に落丁がある。

片平富次郎の主張

これらの論考で片平が主張しているのは、教育とキリスト教によるウタリ〔同胞〕の救済である。片平は、民族として自立するためにまず必要なのは教育であると位置付けた。その視点から、アイヌ児童に対する教育年限の短縮、科目の削減、和人児童との分離教育に反対した。さらにアイヌ児童に対する教育を充実させるためには、民族としての自覚と社会環境を調えることが重要だとして、民族を指導していくための「言葉」、すなわちアイヌ民族の指導者による言論が必要であると訴えた。そしてその「言葉」の根底にあるべきものが「宗教」、すなわちキリスト教であると訴えるのである。また、片平のキリスト教重視の姿勢は、そのまま日本古来の宗教批判となっている。その典型的な論考が『ウタリグス』第一巻第七号に掲載した「社会の不安は宗教問題の解決により消失する」である。

一日に明治神宮の御札が二十万三十万売れたから、我が国体は万古不易であると思ふが如きは、大なる誤解と云ふべきである。国民を駆つて偶像教を強てみたからとて、一時押への気付薬程の効能もなく、況《まし》て現代人の智識からして、到底承認するものではない。

このように神道を批判する片平の思想・信念は当時にあっては危険視されるものであった。実際、片平は内務省警保局から注意を受けるが、片平は全く臆することなく「本誌創刊の一週年を迎へて」に次のように書いている。

　前号に自分の書いた事で、内務省警保局から注意を受けた。而し己に顧りみて悪いとは一つも思はない。嘘をついたのでもなければ所謂危険思想を播かふとしたのでもない。真の我国を愛するから正直に悪いと思ふ点を失礼にならない定度〔ママ〕まで書いたに過ぎない。

当時、言論上で国内における「不安」を指摘するだけでも相当の覚悟が必要であったが、当局からの指導に対して反省の色も見せず、次号で「己に顧りみて悪いとは一つも思はない」と開き直ったのである。当時の常識ではほとんど考えられない行動であった。相当の硬骨漢であったことがうかがえる。藤本英夫『知里幸恵――十七歳のウエペケレ』〔二三三頁〕には「編集人が（片平から）向井山雄に交替したのは、これが因、と辺泥氏が語っていた」と記載されている。のちに違星北斗から『ウタリグス』を渡された沖縄の民俗学者伊波普猷は、「目覚めつつあるアイヌ種族」で同誌について、「「ウタリ・クス」といふ機関雑誌を発行してアイヌの為に気焔を吐いてゐるが、これにはいくらかアンテイジヤパニーズの思想がほの見えてゐる」との印象を述べている。とくに片平がアイヌ民族をとりまく和人社会の「欺瞞性」〔註3〕を舌鋒鋭く指摘したことについては沖縄出身の伊波ですら片平の民族的抵抗思想に注目した。

片平は『ウタリグス』第一巻第五号では「労働問題とキリスト主義」という論考を発表しているが、ここでは堂々と社会主義と唯物史観を紹介している。結論としては社会主義を排してキリスト教によってよりよい社会の実現を目指すべきだとしているが、労働問題や社会不安について言及して現代社会の病巣を指摘し、そこに生きる資本家についての批判も展開していたのである。片平の論考はアイヌ民族だけでなく労働者など弱い立場の側に立って書かれていたとみてよい。当時としてはかなりきわどい内容だったと言えよう。たとえて言えばキリスト教の衣に鋭利な社会批判の刃を忍ばせているようなものであった。

警保局から注意を受けた片平は『ウタリグスク』の編集人から退くが、後に出された『ウタリ之友』では再び編集人となっている。片平は『ウタリ之友』の創刊号にさっそく「自力更生を叫ぶ秋　ウタリ青年の自覚を促す」を書いている。ここではそれまでの論考の総括として、アイヌ民族が「亡びゆく民族として自滅する」ことなく、自立した民族となるために、とくに北海道旧土人保護法は「侮辱的」であり撤廃すべし、との基本的立場を鮮明にする。仁多見の『異境の使徒』は『ウタリ之友』創刊号におけるこのような片平の論調を「なにやらお説教くさい主張にかわってきている」〔一〇三頁〕と評しているが、当時の国民更生運動の盛り上がりのなかでの「説教くさい」論調は片平に限ったものではない。『ウタリグスク』編集人当時と比べれば刺戟的な論考はなくなったが、片平の主張自体は不変である。

片平は一九二〇〜三〇年代に青壮年期を迎えており、その文筆活動も盛んであった。しかし、今のところ『ウタリグスク』『ウタリ之友』の二誌以外への寄稿は確認できていない。一九二一年というきわめて早い時期に、このような論説を展開できたことは、アイヌの人のなかでも傑出した書き手のひとりと言えよう。『ウタリグスク』における片平の論考は一九一八年に刊行された武隈徳三郎の『アイヌ物語』に次いで現れたアイヌ民族による言説であり、森竹竹市や違星北斗よりも早い時期のものである。一九二一年〔大正一〇年〕という草創期の論説として片平の主張は特筆されるべきである。

片平は、彼の最大の庇護者であったジョン・バチェラーが英国に帰国した後は、一時的にバチラー学園の建物の管理人のような立場にあった。そのこと以外、確かな足どりは不明である。戦後に再建された北海道アイヌ協会の理事長に向井山雄が就任したにもかかわらず、片平がその役員にも選出されるなかったことは意外である。片平が死去したのは一九五九年である。師と仰いだバチェラーを失った喪失感の現れであったのか。その心情を知り得ないのが残念である。

〔註1〕仁多見巌『異境の使徒——英人ジョン・バチラー伝』(北海道新聞社、一九九一年)九九〜一〇二頁。掛川源一郎『バチラー八重子の生涯』(北海道出版企画センター、一九八八年)八八〜九〇頁

〔註2〕「アイヌ民族文化研究センターだより」第三二号(二〇一〇年三月)所載の「フィールドデスクから　札幌北三条西七丁目物語(下)」(執筆者・小川正人)

〔註3〕新家江里香「アイヌ民族問題に関する社会福祉研究——歴史的視点の必要性」(同志社大学『評論・社会科学65』二〇〇一—〇三年)では、片平の論考のなかに「欺瞞性への鋭利な目、環境への視点を窺うことができ、ことばの力への認識を明確にして主張がなされている。差別が意図的に創られたものであればこそ、環境への視点や欺瞞性を見抜く目が必要であるし、ことばの力を意識して述べられた論考であるゆえに、各々のテーマに対する問題意識が強く伝わってくる」と述べている。

四節　向井山雄（一八九〇〜一九六一年）

向井山雄の略歴

向井山雄《むかいやまお》はバチェラー（向井）八重子の実弟である。一九一八年〔大正七年〕に聖公会神学院を卒業しアイヌ民族初の聖公会司祭となった。戦後は社団法人北海道アイヌ協会初代理事長に就任する。姉八重子が一九〇六年〔明治三九年〕に英国人宣教師ジョン・バチェラーの養女となったことが縁となりバチェラーとかかわるようになった。バチェラーがその才能を見出し最も期待をかけた高弟と言ってよい。著述活動においては「牧童」と号した。略歴は次の通りである。

一八九〇年　有珠《うす》郡有珠村に父富蔵、母フッチセの子として生まれる
一九〇二年　虻田第一尋常小学校に一年間通学
一九〇六年　姉八重子がジョン・バチェラーの養女となる
一九一二年　（立教中学？　大阪桃山中学校？）卒業〔註1〕
一九一四年　大阪聖三一神学校入学
一九一八年　聖公会神学院卒業

一九一九年　アイヌ伝道団副団長
一九二〇年　三上クリ子と有珠で結婚
一九二三年　聖公会執事
一九二七年　有珠聖公会牧師
一九三〇年　聖公会司祭〔註2〕
この間、新冠高江・静内・平取・幌別・札幌の各地で伝道
一九三〇年　伊達町議会議員（第三期～第六期）〔註3〕
一九三一年　全道アイヌ青年大会に参加
一九三五年　旧土人保護施設改善座談会（於札幌）に出席
一九四六年　社団法人北海道アイヌ協会理事長
一九四七年　有珠教会
北海道議会議員選挙に民主党公認候補内定するも病気入院のため断念〔註4〕
一九五八年　聖公会退職
一九六一年　死去

向井を紹介する記事はいくつかある。『蝦夷の光』創刊号〔一九三〇年一一月〕には喜多章明による「道内アイヌ人の人物評伝」が掲載されているが、そこには次のように書かれている。

有珠は昔から歴史的に名高い所、夫れ丈けにアイヌ人の人材も生れてゐる。其内の第一人者は何と言つても向井君であらう。君は同族中唯一の神学士、牧師さんである。今回の伊達町の町議選に於て大多数を以て町会議員に当選した。アイヌ人にして町議に当選は蓋し君を以て嚆矢であらう。以て君が同町に於ける勢力を知るべきである。君の姉さんはバチェラー博士の養女八重姉であり、御令弟の片平君は博士の秘書役である。共にアイヌ族中の貴族階級に並植して一種の門閥を為してゐる。

片平は向井の甥であるところを「御令弟」と誤っただけではなく、最後の一文に「貴族階級」「門閥」などというおよそアイヌ民族とは無縁の概念を持ち出して人間を序列化している。喜多ならではの時代錯誤な視点と言うべきであろう。喜多は一九四八年の『北の光』創刊号にも「アイヌ人物紹介」を書いているが、こちらも戦前と変わらぬ文体で「弁論の雄、往時は此の道の闘将、横紙破りでもあつたが、近時は人為《ひととなり》円熟して円満なる好紳士。本道一万七千のウタリーの頭目は君を措いて他に求むるを得ず」と向井の人物を評した。

また、アイヌ民族における抵抗運動の盟友とも言える荒井源次郎の『荒井源次郎遺稿　アイヌ人物伝』〔一九九二年〕に向井は次のように紹介されている。

胆振アイヌ向井山雄といえば、「飛ぶ鳥も落とす」といわれる程その勢力を認められた有名人であるが、ウタリの町会議員向井山雄の、正に流暢人を魅する弁論は全道シサム（和人）町村会議員の中でも稀に見るものであった。ウタリの信望はもちろん厚く、シサムにも全幅の信頼を一身に集めていたが、しかし、氏は牧師としては全くの変わり者で、どちらかというと親分肌、侠気満々、ウタリの問題には何時でも真っ先に立って難局に当たっていた。

向井が雄弁であったことはよく言われることだが、貝澤藤蔵・貫塩喜蔵・川村才登などキリスト教に入信したアイヌの人たちに雄弁家が多いのは偶然であろうか。なかでも向井は弁だけではなかった。その行動には過激な一面もあったようで、伊達町議会議員の頃は議会で椅子を振り回したという逸話もある。姉の八重子でさえ弟山雄を「わがまま」と評していたくらいであった。

この他に、『北海道大百科事典』には村上久吉の解説で「向井山雄」の項がある。また江賀寅三は一時平取教会で副牧師として向井に仕えた。江賀は向井のことを「聡明快活な、至って侠客的な先輩であった。〔略〕愛兄はアイヌの持前というか、非常な漁猟愛好家であった。折りをつくっては山野に兎・山鳥を、河沼に鴨・雑魚を獲んと鉄砲や釣竿を肩にし、ある時は椎茸採りだとて、谷また谷を越えて身を鍛える」〔註5〕人物だったと伝える。

向井山雄の論考

次に向井が発表した論考を掲げる。この他にも聖公会の出版物があれば向井の著述が存在する可能性はあろう。

一九二二年『ウタリグス』
「新年の辞に代へて」第一巻第二号
「一寸した暇を」第一巻第三号
「不定生活から統一へ」第一巻第五号
「雑感」第一巻第六号
「雑想」第一巻第七号
「二葉から」第一巻第八号
「森本イカシモ翁談」第一巻第八号

一九二五年『ウタリグス』
「御相談」第五巻第四号
「アイヌを伝ふる筆法」第五巻第四号
「江賀寅造〔ママ〕君へ」第五巻第四号
「三浦先生」第五巻第四号
「我と彼」第五巻第四号

一九三〇年『蝦夷の光』
「教育なき者は亡びる　アイヌ人には教育が急務」創刊号

一九三三年『ウタリ之友』
「随感」四月号
「内省」六月号
一九四八年『北の光』
「全道ウタリ——諸子に告ぐ」創刊号

略歴にも記したように、向井は一九三一年〔昭和六年〕八月に札幌で開催された「全道アイヌ青年大会」に参加している。この大会での向井の主張を一九三一年八月五日付の東京日日新聞〔北海道樺太版〕は次のように伝えている。

差別待遇撤廃　　伊達町代表　向井山雄君

われ〳〵の社会に訴へたいこと、その第一は差別待遇の撤廃である、そこでわれ〳〵が何故かく差別待遇を受けるかといふことを考へてみるに、それはわれ〳〵の生活程度が低級だからだ、で自分はこの低級なる生活をしてゐるウタリーを教育の普及によつて一般の生活水準に引きあげ、この差別待遇を撤廃して貰ひたいと思つてゐる、これ等の点について一般の理解を得たい。

向井の論考は一九二一年〔三二歳〕から一九四八年〔五八歳〕までの壮年期に書かれている。その時期、向井は聖公会の執事・司祭や北海道アイヌ協会の初代理事長を務めている。常にアイヌウタリの先駆者のひとりであった。

『ウタリグス』をはじめとするキリスト教の論壇誌で向井の主張するところは片平富次郎とほぼ同じである。すなわちそれは、民族意識とキリスト教信仰を根幹とした教育の重要性とアイヌ民族の生活改善を強調するものである。とくに『ウタリグス』第一巻第五号に寄稿した「不定生活から統一へ」は、アイヌ民族に対する和人の侵略・排斥・差別を訴え、その侵略性を暴き、当時の政府・議会を批判している。そしてアイヌ民族自らの生活の改善・向上を啓蒙するなどバランスのとれた内容になっている。「私共は常に、「アイヌ」と云ふ言葉で卑められて居るが、何も此の事に対して恥づる必要は無い」〔『ウタリグス』第一巻第六号、「雑感」〕と民族意識を堅持しながら、片平富次郎や武隈徳三郎と同様に、差別教育に反対した。北海道旧土人保護法についても、アイヌ民族を「所謂「滅び行く民族」である」との前提に立った「不体裁な規定」であり、「問題がある」と批判した。

同時代の評価と向井の思想

向井の著述に対する同時代の評価としては、伊波普猷のコメントがある。これは『ウタリグス』第五巻第四号〔一九二五年〕に掲載された向井の「我と彼」に関するものである。「我と彼」は先駆的な思想を持つ者と現状に甘んじて向上心の乏しい者〔双方ともにアイヌの人であると想定される〕との対話形式の作品であるが、伊波はこれについて「『ウタリ・クス』の第三号に出て〔ゐる〕向井山雄といふアイヌの「彼と我と〔ママ〕」といふ論説は、最も進んだアイヌの叫び声で、何処に出しても恥かしくない新しい思想だと思ひます」と評した〔「目覚めつつあるアイヌ種族」〕。「新しい思想」

とした具体的理由は不明であるが、新旧思想の葛藤を対話形式で描き、未来志向で教育を重視した考えを表明したことが当時の伊波には新鮮に映ったということだろうか。

もうひとつ向井の思想の一端を伝えるエピソードを紹介しておきたい。向井は一九三五年〔昭和一〇年〕七月、札幌グランドホテルで行なわれた旧土人保護施設改善座談会に出席した。この座談会には主催者である北海道庁から学務部長・社会課長など五名が、協議員としてジョン・バチェラーの他、北海道帝国大学の学者四名、道庁技師二名が、アイヌ民族からは一〇名が出席して、他一四名を含む計三六名が参加した。この座談会では同化政策に関して幅広いテーマが取り上げられ興味深い議論がなされている。ここで向井は計四一回にわたって発言し、終始議論をリードした。ここでの向井の発言を紹介しておきたい。座談会の議題が「熊祭」に及び、吉田巖が「公衆の面前に於て動物を虐待するのをその侭認めてゐることは、当局の取締上から云つても矛盾していないか」「皆さんが今迄あの行事をどういふ気持で認めて来られたかといふことを、一つこの席上で承りたい」と言ったことに対し、向井は左のように述べている。

只今吉田さんから吾々がそれを認めて居つたやうにお叱りを蒙つたのですが、〔略〕吾々は決して喜んで居らぬ、それに依つて利益を得て居る者が、さういうことをやつてゐるやうに考へられる、〔略〕私今日までの経験に依りますと、色々な視察団体及相当の資格の方が見えると特に命令を以てその事をやらしめるやうな傾向があるので、甚だ私共不愉快に感じてゐる次第であります。この点から考へるとさういふ道庁の風習を改革して貰ひたいと思ふ。〔略〕

> 斯の如き事は教育上から云つても習慣上から云つても、人間としての価値上から申しましても、恂に遺憾千万なことであると、私は常に考へてゐる。〔略〕
> 北海道のアイヌを紹介する意味に於て、此処に土人部落ありといふやうな名勝の一つに掲げて、この事をなさしむることは、頗るアイヌ民族を侮辱したのみならず、日本国民としてのアイヌを無視した取扱のやうに思ふ。この点は私不愉快に感ずるのであります。

この向井の意見に対して、議論を仕向けた吉田巖は反論していない。

このほかの向井の記録としては・黒田格男・大島直行・古原敏弘・小川正人「伊達市噴火湾文化研究所所蔵のジョン・バチェラー関係資料2」〔『北海道立アイヌ民族文化研究紀要』第一三号、二〇〇七年に記載の図書目録〕に『一九二六年向井山雄日記』がある。この「略内容」として「日記本文は一月一日から十日まで記載あり。その後は「備忘録」1ページ目のみ記載あり」と書かれている。貴重な文献だが筆者は未見である。

一九四六年に向井は再建された北海道アイヌ協会の初代理事長に推されたが、一三年後にその地位を森久吉に譲るまで、この新生北海道アイヌ協会は大半の期間休眠化している。機関誌と位置づけた『北の光』も創刊号で発行を停止しており、この間の向井の思想を知ることができないのが残念である。

〔註1〕向井の学歴については、中村敏『日本プロテスタント海外宣教史——乗松雅休から現在まで』（新教出版社、二〇一一年）、福島恒雄『北海道キリスト教史』（日本基督教団出版局、一九八二年）などには「立教中学」とあるが、掛

川源一郎『バチラー八重子の生涯』は「大阪桃山中学校」としている。いずれも聖公会系の中学校であるが、現時点でいずれが正しいのか不明である。また、最終学歴を立教大学神学部卒とするものもあるが、正しくは聖公会神学院卒である。

〔註2〕『北海道キリスト教史』三一五頁では向井の司祭按手《あんしゅ》（キリスト教における聖職者・教職者を任命するときの儀式のこと）を一九二六年五月としている。なお聖公会聖職者は、主教・司祭・執事（Bishop, Priest, Deacon）に分類される。主教は各教区の長であり、主教の監督下に司祭が置かれる。

〔註3〕『伊達市史』（伊達市編さん委員会、一九九四年）三五三〜三五五頁

〔註4〕『アイヌ新聞』第一四号（一九四七年五月二五日、『アイヌ民族近代の記録』二七三頁参照）

〔註5〕梅木孝昭編『江賀寅三遺稿　アイヌ伝道者に生涯』（北海道出版企画センター、一九八六年）九三頁

五節　上西与一（?〜一九四四年?）

上西与一の略歴

『ウタリ之友』に寄稿した上西与一《うえにしともかず》についてもまとまった評伝はない。栗木安延〔一九三〇〜二〇〇二、専修大学経済学部教授。マルクス経済学者として労働運動史を専門とした〕による『近代日本社会運動史人物大事典』に「上西与一」の項があるが、元になっているのは永山正昭の「上西与一のこと」〔『星星之火通信』第六号、一九七七年一一月一〇日〕という文章である。

これは二〇〇三年にみすず書房から刊行された永山正昭の自伝『星星之火』に収録されている。永山

正昭〔一九一三〜一九九四〕は北海道小樽生まれの労働運動家で、官立無線電信講習所を一九三四年〔昭和九年〕に卒業後、無線技師として働きながら一九四六年に日本共産党に入党、『アカハタ』などの機関紙誌の編集に携わった。

この本には一九三四年から上西が亡くなる一九四四年頃までの交友が回顧されている。それによれば、上西の容貌は「背が高く茶色の目をして、一見混血人みたいにみえた」とあり、「北海道ではいくらか知られた上西農場の御曹司で、父が奇人で財産を蕩尽し、北大農学部予科を中退して無線技士になった」と記されている。永山は一九三四年春に同郷のよしみで上西と知り合った。上西は「広海汽船〔註〕の神速丸(後に広速丸と改名)で、無線部に対する差別反対を要求して停船ストを一人でやってのけ、上西は海事協同会からいわゆる〝不良船員〟のレッテルを貼られた。同時に無線技士のあいだに、一躍有名にもなった」〔『星星之火』二一六頁〕という。その後永山と上西は海員組合などの労働運動をともにする関係になった。上西は一九三七年頃に結婚、新婚後まもなく神戸で盲腸炎を患い入院した。その他やや私的なエピソードも書かれているが、「その年から一九三九年まで、わずか三年ほどが、上西の家庭生活の幸福な期間だった」という。

永山と上西の最後の出会いは、一九四四年暮れの芝浦であった。戦局の悪化により毎日のように各地で軍に徴用された船が撃沈されていた時期であった。上西は永山に「お前ともこれが最後だと思うよ」と「淡々と、むしろ快活な口調で」語り、「儂はもうどうにもならぬけれど、こうなったら目ぼしい連中は一人でも二人でも遮二無二下船させることだな」と言い残し、まもなく戦死したという。「合同葬に北海道から出てきた厳父は、一切合切病気の未亡人に渡してほしい、とり分はすべて放棄するから、と淡々としていた。品のいい老人で、立派というほかなかった」と永山は回顧している。

上西与一と上西晴治との関係

海員・無線技士の上西与一は労働運動家でありながらバチェラーの『ウタリ之光』に論考を発表していたが、ジョン・バチェラーとの具体的な接点は記録からは見つからない。ただ『ウタリ之光』五月号に掲載された「日本に生れて」のなかに「恩師バチラー博士に師事し」との一文があり、一定の師弟関係があったことがわかる。なお上西の生年も不明であるが、没年については永山の回顧から一九四四年ないし一九四五年と思われる。

さてこの上西与一は、戦後に発表された上西晴治《うえにしはるじ》〔一九二二～二〇〇九、小説家、北海道札幌工業高校教諭〕の小説「オコシップの遺品」〔『コシャマインの末裔』、筑摩書房、一九七九年所収〕に出てくる「洋吉」のモデルとなっている。作者である上西晴治と与一は同姓であるが、作中の関係と同じく両者は親戚関係にあったのだろうか。その事実関係は未確認である。この小説に描かれた洋吉に関する箇所を少し長くなるが引用しておきたい。

その頃、源一の家にガリ刷りの小冊子が毎月送られてきていた。「ウタリの友」といった。ナミ姉ちゃたちは楽しみにしていて、郵便配達さんが投げこんでゆくのを、取り合って読んでいた。真っ白い上質紙に細い文字がぎっしりと刷りこまれていた。

「洋吉おじちゃだ」

何度も同じところを読むので、あてずっぽうに開いていてもそこのところが出てくる。姉ちゃたちはやはり他人の目を恐れてか、読み終えると必ず奥の部屋の行李の中にしまいこんだ。

「洋吉おじちゃも、血統のことがつらいんだよ」

「毛深い方でもないし、隠せば隠し通せると思うけど」

姉ちゃたちのこんな会話を聞くことがあった。

洋吉おじちゃは母の兄の子で、東京に出てからもう十年以上にもなるという。小さい時から評判の頭よしだったので、当時アイヌの子弟教育に力を入れていた役所の推せんを受けて勉強したのだった。無線学校を卒えてから商船に乗りこみ、資格試験をつぎつぎ取得して、今では船の中で三番目に偉いという。勉強の話になると、出世頭としていつも洋吉おじちゃが登場する。

「勉強が好きで、焚火の灯で読んだものだよ」

偉いやつだ、と母は感心する。

「シャモの中に入って堂々とやったし、無線技師という立派な資格をもらった。ええか源坊、しっかりやれば、おまえにもきっとできるさ」

源一たちにとって洋吉おじちゃは英雄だった。成功をおさめた人物としてあこがれの的だった。

源一は「ウタリの友」が読みたくて、こっそり行李の中から取り出した。

上西与一の論考

小説「オコシップの遺品」のなかの「源一」〔上西晴治の分身〕がこっそり読んだ『ウタリ之友』〔一九三三年刊行分〕で、現在確認できる上西与一の論考は以下の六本である。

「日本に生れて」五月号
「レプラ療養所見学」六月号
「我々の使命」七月号
「男性社会と女性社会」一〇月号
「漫談」一〇月号
「青年社会と老年社会」一二月号

　このうち一〇月号の「男性社会と女性社会」という論考と筆者名「カミニシトモカヅ」による「漫談」という文章は『アイヌ民族近代の記録』には収録されていない。北海道立図書館北方資料室には写しが収蔵されている。

　『ウタリグス』に上西与一が書いた文章はわずか六編しか確認できないが、そこに表れた上西与一の思想はいかなるものであったか。『ウタリ之友』に投稿された上西与一の論考を検討してみよう。

　まず断っておきたいのは、これらの論考のなかで上西は、自らを称してはけっして「アイヌ（民族）」という言葉を用いていないということである。しかし上西は、『ウタリ之友』がアイヌ民族との密接な関係を持つジョン・バチェラーの主宰するキリスト教系雑誌であり、この雑誌への寄稿はすなわちアイヌ民族としてのアイデンティティの表明であることは十分理解していたと思われる。それは初めて上西の論考が掲載された『ウタリ之友』五月号〔「日本に生まれて」〕の次のような一文からも明らかである。「諸君よ　我々は小さな民族にこだわらず世界の文化を目当に国際人として活躍しようぢゃないか」。

また、この一文に「国際人」という言葉が使われていることにも注目したい。国際人という言い方は上西以外の寄稿者の文章には見られない言葉である。現代でこそ「国際人」という言葉はごく日常的に使用されているが、当時この言葉はどのようなニュアンスを持っていたのだろうか。上西は商船乗り組みの無線技師として諸外国を巡った経験から、幅広い視野を持っていたと思われる。たとえば、七月号の「我々の使命」では、世界と日本の関係や日本国内の民族問題としての朝鮮と日本の関係について論じている。その視点は相対的かつ客観的であり国際的である。上西の「国際人」を目指す発想はほかの論者にはないものであり、民族的アイデンティティに固執しない、多様な価値観を求めているように見えるものである。このような上西の執筆活動が『ウタリ之友』に限定されたものなのか、あるいは他の媒体でも行なわれていたものなのか興味のあるところだが、これも今後の調査を待つしかない。

〔註〕広海汽船は、江戸時代に北前船を運営した広海家が明治期に事業拡大のために設立した海運会社である。

六節　知里高央（一九〇七～六五年）

知里高央の略歴

上西与一に先んじて『ウタリ之友』に寄稿した知里高央《ちりたかなか》は、知里幸恵〔一九〇三～一九二二〕の弟であり、知里真志保《ましほ》〔一九〇九～一九六一〕の兄である。知里高吉、ナミの長男として登別に生れた。『アイヌ民族近代の記録』の「解題」〔六〇五～六〇六頁〕によれば、「室蘭商業学校、小樽高等商業学校を卒業、一九三三年四月、J・バチェラー宅にて家庭教師をし、一九三三年四月からは登別温泉に勤務、戦後は中高校の教師を勤めた」教育者であった。

知里高央を原著者とする『アイヌ語絵引き字引き』〔左巻山房、二〇一二年〕によれば、戦後、「幌別中学、室蘭商高、江差高校の教師として英語を教えた」とある。一九四六年に再建された社団法人北海道アイヌ協会の理事に就任している。知里幸恵・真志保があまりに高名であるため両者と比較すれば知る人ぞ知る存在と言えそうだが、晩年は「アイヌ語彙記録」を執筆するなどアイヌ語研究への並々ならぬ熱意を示した。「知里幸恵銀のしずく記念館」からのご教示や諸資料〔註〕に表れた足跡からまとめた略歴は次のようなものである。

一九〇七年　四月一五日知里高吉、ナミの長男として登別に生まれる

一九二八年　室蘭商業学校卒業、
一九三二年　小樽高等商業学校卒業
一九三二年　四月、ジョン・バチェラー宅にて家庭教師
一九三三年　四月から登別温泉勤務
一九三五年　東京にて就職（一九四四年まで）
一九四四年　幌別町にて就職（馬事訓練所、登別家畜衛生試験研究所）
一九四六年　社団法人北海道アイヌ協会理事
一九四九年　幌別中学教諭
一九五一年　室蘭商業高等学校（英語科）
一九五四年　江差高校赴任（英語科）
一九六五年　八月二五日死去
一九六七年　故知里高央遺稿整理保存会が『アイヌ語彙記録：遺稿』を謄写版で刊行（八九三頁）
一九八七年　娘婿の横山孝雄が知里高央との共著として『アイヌ語イラスト辞典』を刊行
二〇一二年　横山孝雄が知里高央との共著として『アイヌ語絵引き字引き』上巻を刊行、翌年下巻刊行

知里高央の人物評

同時代の人物評としては、戦後再建された北海道アイヌ協会の機関誌『北の光』に掲載された「アイヌ人物紹介」がある。そこで喜多章明は知里高央を次のように評した。

幌別村の人。小樽高商出身。頭脳明晰白面の紳士。君アイヌ族たることを気にする如きも世上果して君を目してアイヌ族と見るもの幾何ぞ。

喜多章明の筆は相変わらずである。あえてコメントは避けるがこうした視点で戦後の北海道アイヌ協会の再建にあたったとすれば、それは将来を展望した再建ではなく、単なる復古であったとしか思えない。なお青少年期においては、藤本英夫は『知里真志保の生涯』で、高央が室蘭商業高校時代「玉子売り」をして学資の足しにしようとしていたことや、「気のおけない」性格で「人の集まるところ」や「知里家の中でも」人気者であったことなどのエピソードを紹介している。

また、後年においては、作家の朴重鎬が一九八九年五月八日付北海道新聞の「朝の食卓」欄で「知里高央先生」と題して次のように回顧している。室蘭商業高校での教え子でもある朴は、『北の光』にある「アイヌの毛について」の一文をたまたま図書館で読んだ感慨とともにその人物像を語っている。

室蘭商業高校で知里先生から英語を教わったのは私が一年生の時だから、今から三十八年前の一九五一年のことである。授業を受けながら先生の学識の深さに感心したが、何より先生のどこか世俗的価値観を超越したような物腰や些事にこだわらぬ飄々とした態度に心ひかれた。〔略〕無論そのころ私は先生がアイヌであることも、高名なアイヌ語学者知里真志保氏のお兄さんであることも知っていた。私は先生のそのまことにおおらかな立ち居振る舞いに何とも名状しがたい孤高な意志を感じるとともに密かな共感をおぼえてもいた。

また、この記事から一八年後の二〇〇七年には、小林優幸〔当時江差民話研究会会長〕が同じく北海道新聞夕刊の「立待岬」欄に「ウエン・チャシ」と題して寄稿した。ここには同僚教員としての知里高央が一九六五年八月に急死した頃の思い出が記されている。

> 新米教師として、先生に接したのは二年にも満たないが、その豊富な語学力と博識にはいつも驚かされたものだ。あのころ、弟・真志保亡き後のアイヌ文化の伝承、とりわけ『アイヌ語辞典』の編纂に心血を注いでいたのだ。それは猛烈を極め、深夜、倒れた先生の机の上には、書き溜めたRの項までのカードが散らばっていたという。まさに、飛び出さんとして倒れた無念を、今なお、思われてならない。

さらに知里高央の人物像を詳細に述べている文章がある。鈴木史朗「知里高央さんの思い出」〔『久摺』第七集、釧路アイヌ文化懇話会、一九九八年〕である。鈴木は一九五五年から二年間、江差高校で英語教師として知里高央の同僚となった。ここには鈴木から見た知里高央の人物像がよく描き出されている。たとえば、「高央さんには「大酒飲み」という形容がつきまとっていたようだが、決してそうではなかった」「酒量もさほどではなく、少し酒を口にすると〔略〕突然陽気になって〔略〕「ラ・マルセイエーズ」を〔略〕フランス語で延々と歌い続ける」「いろいろな言語に興味を持ち、言語の統語法や形態の分析に熱中した」と知里との思い出を述べている。また、弟真志保との共通点として「共に語学の天才であった」こと、「ジョークを飛ばすのが巧み」で「どちらかといえば孤独で、寂しがり屋であった」ことなども述べている。なかでも興味深いのは、鈴木との次の会話である。

「真志保は金田一先生には、足を向けて寝られない筈なのに。」と高央さんが言ったので、「師を乗り越えて進まなければ、学問の進歩は望まれないのではないですか。」とわたしが切り返すと、「それはそうかも知れない。でも恩師を批判するばあい、弟子が守らなければならない分というか仁義というものがあるのではないか。」と答えた。

この会話では真志保のバチェラー批判に対しても、「かれは宣教師であり、言語学の専門家ではなかったのだから、辞書にしても欠陥を免れなかったのはやむをえないことだ」と語っている。

知里高央は真志保の葬儀で金田一京助から「アイヌ語の研究をするよう勧められた」という。登別にある知里幸惠銀のしずく記念館の二階展示室には一九六二年（昭和三七年）に金田一京助から受け取った書簡がガラスケースに展示されている。読んでみると、そこには知里高央から前向きな返事を受け取った金田一の喜びが綴られている。その後本格的に始めたアイヌ語研究については、鈴木の「知里高央さんの思い出」にも「高央さんも真志保先生が亡くなってから自らの死を迎えるまで、寸暇を惜しんで机に向かっていたのは、辞書を編纂するためであった」と書かれている。

知里高央の論考

知里高央は、姉幸惠・弟真志保とともに、その民族意識の高さと、果たそうとした仕事の高邁さを評価されるべき人である。残された数少ない論考からさらにその人と思想をできる限り明らかにしておく必要があろう。現在確認できる知里高央の論考は次の通りである。

「「ウタリ之友」発刊の祝辞に代へて」(『ウタリ之友』一九三三年三月号)
「ウタリの過去・現在・未来」(『ウタリ之友』一九三三年四月号)
「感想片々」(『ウタリ之友』一九三三年七月号)
「ウタリの職業について」(『ウタリ之友』一九三三年一二月号)
「アイヌの毛について」(『北の光』、一九四八年)

知里高央は「「ウタリ之友」発刊の祝辞に代へて」において、バチェラーのアイヌ民族に対する社会事業を評価しつつ、「ウタリの機関雑誌」としての『ウタリ之友』についても評価し、同誌でのウタリの語らいを同族に呼びかけた。

また、「ウタリの過去・現在・未来」では、「ウタリの向上発展」のために、「吾々は完全なる自己認識をなさねばならぬ」、そして「現在我々は如何なる位置にあるか、而して如何なる状態にあるかを判然と認識しなければならぬ」と述べ、「明治以前に於ける我がウタリ祖先の生活様式」は、たとえそれが「人類文明発展過程の原始時代」を脱していないものだとしても、「食糧問題・人口問題に脅かされること」なく、「山の幸・海の幸」に恵まれた彼らの「幸福の程度は松前氏の非人道的圧迫があったに拘らず大局的に今日に比較にならぬ程大なるものであつたらうと思はれる」とした。そうした考え方の根本には姉幸恵が

『アイヌ神謡集』の「序」で描き出したアイヌ民族の豊かな原風景があったものと思われる。

さらに当時一般的であった進化論に基づく優勝劣敗、適者生存、「滅びゆく民族」としてのアイヌ民族観に対して、「人間の真の幸福とはなにか」という原点に帰って姉幸恵になり代わって書いたと思われる文章もある。明治以降、和人の流入により「部落は村に　村は町にと発展して行った。彼等の自由の天地は忽ちに不自由の天地となつて了つた」という表現などに幸恵の「序」の影響が感じられる。一方で、現在においては、「我々の社会的位置――私は之を社会的義務の見界より見る――は和人と異なるところはない」として「一般和人の我々を見る目　我々に対する態度」に「神経過敏」となったり「恐怖心」を抱かず信念と自信を持って立ち向かうことを主張している。とくに印象的なのは、「我々の容貌体質は我々だけが之を享有すべく神が我々に与へ給うたものである」として、「我々は我々自身を公然と誇りを以って「アイヌである」と叫んで自他共に何等憚らぬ日が来るであらう」と結んでいることである。これは姉幸恵と全く同質の民族的アイデンティティの発露である。近代アイヌ文学における抵抗文学のひとつと位置付けることのできる論文であろう。

知里高央は戦後も『北の光』に「アイヌの毛について」と題する論考を発表し、「一体我々は何故に多毛を恥じなければならぬのか」と訴えた。そしてアイヌの人々が体質的な特徴について恥じる原因を「何とかしてアイヌだと思われ度くない」という観念と、容貌、体躯をシヤモと比較して見た場合に於ける誤れる醜美感を基礎とした劣等感が、意識的、或は無意識的に働いているためではなかろうか」と分析した上で、「然らば果して多毛そのものが人種学上から見て我々がそれによつて卑屈感を与えられなければならぬ程の理由となるであろうか」と反問している。続けて高央は「それよりも正々堂々と「俺はアイヌだ」と名乗つて立派に世の中に生活出来る様に努力した方がどのくらいいゝか知れない」と言い、「我々の素質がシヤモに劣つて居るものと一体誰が断定したか、又断定する理由があつたら承りたいものである」と結んでいる。これはまさに姉幸恵の言葉に等しい。知里幸恵はその日記に「私はアイヌだ。何処までもアイヌだ。何処にシサム〔和人のこと〕のやうなところがある？ たとへ、自分でシサムですと口で言ひ得るにしても、私は依然アイヌではないか」と書き残したことを今一度思い起こしたい。

〔註〕藤本英夫『知里真志保の生涯』（新潮社、一九八二年）六九頁および「知里幸恵銀のしずく記念館」より教示を受けた。

七節　山内精二（一九一一〜八五年）

山内精二の論考と略歴

山内精二は『ウタリ之友』へ四編の論考を寄せている。掲載された号と山内の論考は次の通りである。

「ウタリに対する希望」（一月号）

「ウタリに対する希望」〔三月号〕
「禁酒問題と信仰」〔四月号〕
「私が神より与へられたる恵の証言」〔六月号〕

山内についても現在得られる情報は多くはないが、『アイヌ民族近代の記録』の「解題」および『荒井源次郎遺稿　アイヌ人物伝』によれば、一九一一年一月北海道十勝町池田の生まれである。一九三〇年に十勝農業学校を卒業、札幌真駒内《まこまない》種畜牧場に入った〔註1〕。そこでキリスト教と出会うことになるが、この経緯を山内は「私が神を知った動機　私はある事のために　札幌に約一ヶ月半程の期間を過した。其の間私はバチラー博士と八重子オバサンに接し　その導きに依りてキリストを知り真実の神を知ったのである」〔「私が神より与へられたる恵の証言」より〕と述べている。その後、一九三一年八月に札幌で開催された「全道アイヌ青年大会」に十勝〔池田〕から参加し〔註2〕、一九三三年九月には救世軍士官学校に入学、翌年六月に卒業して、同年一一月には気仙沼《けせんぬま》小隊〔教会〕に入隊した。『ウタリ之友』に寄稿していた時期は救世軍士官学校に入学する前の時期であったことがわかる。山内がバチェラーと八重子によってキリスト教と出会いながら、同じキリスト教とはいえなぜ聖公会ではなく救世軍に入ったのか、その経緯は不明である。

救世軍はキリスト教会派の一つであるが、奉仕活動をより効率的に行なうため、軍隊組織を参考としており、たとえば教会を「小隊」、伝道者を「士官」と呼ぶなど実践本位の活動を旨とした。知里幸恵は上京する前、旭川にいた頃からこの救世軍の姿勢に共鳴しており、のちに自らが属する聖公会およびバチェラーの考え方への違和感を顕わにしていたことはすでに述べた〔註3〕。

東北で過ごした後半生

山内はその後の人生の大半を東北・仙台の地で過ごしたようである。『荒井源次郎遺稿　アイヌ人物伝』には、「戦時戦後は、仙台市で開拓農業に従事、約一〇年間当地で農業実行組合長を務めた。その間、一時北海道の池田コタンに帰郷、ウタリ青年の指導に当たり、後、再び仙台市に復帰した」と記載されている。筆者は山内の仙台での足跡を調べたが、吉葉恭行「戦時科学技術動員下の東北帝国大学——大久保準三文書を手掛りとして」〔『東北大学史料館紀要』第七号、二〇一二年〕に、当時東北帝国大学教授山口彌輔の「生物育成ノ刺戟生理（植物ノ刺戟生理ニ関スル研究）、および「植物のヴァイラス（Virus）に就テ」という研究題目の研究分担者の欄に「東北帝国大学雇山内精二」の名があった。また、キリスト教牧師としての著書に『キリストと教会』〔一九七〇年〕、『主イエスの山上の垂訓　八つの幸福』〔子羊舎、一九八二年〕などがある。

山内の救世軍入隊後のことは不明であるが、『ウタリ之友』に寄稿していた頃の山内の民族意識は明らかにアイヌ民族としてのものであった。掲載された四つの論考は主としてキリスト教に基づく意識改革をウタリに求めるものであったが、その根底には自らがアイヌ民族であるという意識があったものと思われる。

〔註1〕『蝦夷の光』第二号（一九三一年三月）の「蝦夷月旦」に「山内精一《ママ》君」の人物評（執筆者・喜多章明）がある。「十勝農校出身の新進青年。而も寡黙黙行の実際家である」と評されている。

〔註2〕山田伸一「「北海道アイヌ協会」と「全道アイヌ青年大会」」（『北海道立アイヌ民族文化研究センター研究紀要』

第六号、二〇〇〇年）三五、三九頁
〔註3〕知里幸惠の六月二二日の日記に救世軍と聖公会の違いについて葛藤した記述がある。幸惠はキリスト教の会派対立、世俗化し形式的な教会、そして惰性に流されているように見える信者や信仰のあり方に素朴な疑問・反発を覚えていた。

八節　江賀寅三（一八九四〜一九六八年）

最後に紹介する江《え》賀《が》寅三《とらぞう》は、近代後期に自伝を執筆した数少ないアイヌ民族のひとりである。

江賀寅三の自伝は、梅木孝昭編『江賀寅三遺稿　アイヌ伝道者の生涯』〔北海道出版企画センター、一九八六年〕として一九八六年に刊行された。洪水被害を受けて泥水を被った状態の江賀の直筆原稿を筆写して復元したものである。それが刊行される以前には、おそらく同じ直筆原稿を資料にしたと思われる森井諭による評伝『戦うコタンの勇者――アイヌ教育家・牧師、江賀寅三伝』〔日本イエス・キリスト教団東京教会出版部、一九六四年〕が出版されている。江賀はこの二つの書物によって「アイヌ伝道者」として広く世に知られている。江賀はアイヌ民族としてのアイデンティティを貫き、宗教家としても同族の救済に献身的な生涯を全うした。近現代のアイヌの人たちの精神的支柱をなす言論人のひとりである。現代アイヌ文学を代表する作家鳩沢佐美夫が晩年、敬意を抱いたことでもそのことがわかる〔註1〕。

江賀の生涯は、右の二冊によってすでに詳細に知られているため、ここではその略歴を記すにとどめたい。以下は主に『江賀寅三遺稿　アイヌ伝道者の生涯』と、小川正人「「北海道旧土人保護法」「旧土人児童教育規程」下のアイヌ教員——江賀寅三と武隈徳三郎を中心に」〔『北海道立アイヌ民族文化研究センター研究紀要』第二号〕から抜粋した。

江賀寅三の略歴

一八九四年　北海道胆振《いぶり》国山越《やまごし》郡長万部《おしゃまんべ》村字紋別に生まれる
一九〇八年　長万部高等小学校卒業
一九一〇年　北海道旧土人教育会虻田学園（実業補習学校）入学
一九一三年　沙流郡新平賀尋常小学校代用教員
一九一四年　浦河准教員養成所に学び准教員免許を得る
一九一七年　鵡川のキリスト教伝道者辺泥五郎と出会い、二月一一日にジョン・バチェラーより受洗
一九一七年　平取尋常小学校准訓導
一九一八年　静内郡遠佛《とおふつ》尋常小学校准訓導
一九二一年　遠佛小学校廃止、教員を退職、この後一九二二年まで札幌でバチェラーのアイヌ語辞典編纂の助手
一九二二年　浦河支庁長にあて「旧土人児童教育規程廃止ニ関スル意見書」を提出。同年秋、東洋宣教会聖書学院（東京市淀橋柏木町）に入学
一九二三年　脚気治療を兼ね帰郷、新平賀で伝道生活に入る

一九二五年　聖公会脱会
一九二七年　東洋宣教会ホーリネス教会から福音使の辞令を受け、この後、旭川・樺太で伝道
一九三二年　北海道日高へ戻り、荻伏《おぎふし》村（現浦河町内）姉茶《あねちゃ》で伝道活動
一九三五年　旧土人保護施設改善座談会（札幌）に出席
一九三八年　同年東洋宣教会から姉茶教会への補助打ち切り、教会解散へ。長万部へ移る
吉田巖を通じた依頼により「自叙伝を骨子とし」てアイヌの「生活現状」などを綴る文章を執筆
一九四〇年　長万部町役場戸籍係に勤務
一九四四年　静内町へ移り行政書士に就業
一九四六年　北海道アイヌ協会理事となる（一九六四年まで）
一九四七年　司法書士の資格取得
一九五二年　日高教育研究所発行の『日高教育情報』に「アイヌ教育史話」を連載
一九六二年　札幌新生教会を訪ね伝道の再開を伝える。同年森山諭らにより「江賀寅三自叙伝刊行後援会」設立
一九六四年　『戦うコタンの勇者——アイヌ教育家・牧師、江賀寅三伝』刊行
一九六八年　静内に教会設立なる。同年六月二八日死去

江賀は敬虔なキリスト者として生き、とくにその晩年はメディアに取り上げられたことなどから、「ア

イヌ伝道者」として注目された〔註2〕。前半生においては新平賀・平取・遠佛の各アイヌ学校で小学校教員のかたわら伝道や同族救済の活動を積極的に行なった。戦後は北海道アイヌ協会の理事を務めて民族運動の一翼を担った。また司法書士・行政書士としても同族の生活支援に尽力した。その活動領域は広くかつ多面的であった。

江賀寅三の著作の概要

　江賀の著作の研究では、小川正人「江賀寅三関係資料：目録と紹介」〔『北海道立アイヌ民族文化研究センター研究紀要』第三号、一九九七年〕が最も網羅的で詳しく、かつ代表的なものである。ここには「目録1　江賀寅三著作等文献目録」として三六件、「目録2　江賀寅三関係文献目録」として九八件の資料が紹介されている。現時点において小川の研究が江賀に関する書誌研究の到達点を示したもので、本書も小川の研究成果に依拠している。ここでは「江賀寅三自身の執筆になるもの、または江賀寅三の執筆・談話等を編集、再録した」と言う「目録1」記載の三六件の著作を対象として、その特徴や背景・意義などについて述べてゆく。

　近現代のアイヌ文学史全体を見れば多くの自叙伝がある。しかし江賀の自伝はアイヌ民族の文学史のなかでは、山辺安之助の『あいぬ物語』に次いで現れた著作である。『あいぬ物語』が山辺の口述を金田一京助が筆記したものであったのに対し、江賀の自伝は文字通りの自作である。

　江賀寅三の「自伝」あるいは「評伝」と呼べるものは三種類存在する。ただしいずれもその原型となったものは、後述するように江賀が一九三九年〔昭和一四年〕に執筆した「原稿ノート」五冊であると思われる。三種類の「自伝」ないし「評伝」とは、前出の梅木孝昭編『江賀寅三遺稿　アイヌ伝道者の生涯』、森井論『戦うコタンの勇者――アイヌ教育家・牧師、江賀寅三伝』、さらに江賀直筆の「アイヌ教育史話」（『日高教育情報』第六号、一九五二年五月三〇日発行）の第一号から第二八号（一九五四年三月三一日発行）である。「原稿ノート」五冊は一九三八年（昭和一三年）一月に吉田巖を介して東京出版社の杉岡孝之から執筆を要請されて書いたものである。三種類の自伝ないし評伝の執筆・出版時期を時系列にまとめると次のようになる。

一九三九年　一月、東京出版社から吉田巖へ執筆要請。二月、吉田はこれを江賀に取り次ぎ、執筆を要請。六月、江賀が原稿ノートを吉田に送付。吉田は読後感ノート一冊を添えてこれを江賀に返送（結局、原稿ノートの出版はならず）

一九五二年　五月『日高教育情報』第六号から「アイヌ教育史話」の連載開始（完結第二二回は一九五四年三月）

一九六四年　森山諭『戦うコタンの勇者――アイヌ教育家・牧師、江賀寅三伝』刊行

一九八六年　梅木孝昭編『江賀寅三遺稿　アイヌ伝道者の生涯』刊行

一九三九年の原稿執筆経緯については、『吉田巖資料集』二六および『吉田巖資料集』二七（帯広市教育委員会、二〇〇八～〇九年）に掲載された吉田巖の「日記」に断片的な記録がある。たとえば、一九三九年一月三〇日に「本日午前九時半頃、東京出版社　杉岡君より、アイヌ小説物についての希望申来る」とあって、この日の「日記」の帯広市教育委員会による注釈には「日記にある希望とはアイヌの生活小説を書いてくれるウタリの執筆者を紹介してほしいとの事で、吉田先生はのちに江賀寅三氏を紹介した」と記載されている。

吉田の江賀への執筆要請については、梅木が『アイヌ伝道者の生涯』の「発刊に寄せて」に書いた通り、「一九三八年（昭和一三年）二月二日の吉田巖氏の手紙には「（略）さて突然ですが、同族を代表する貴君の自叙伝を骨子として、本道樺太に於けるアイヌウタリ一万数千の生活現状と、深刻に大衆に訴うべき内容をもち、かねて内外後世にピラミッドたるべき金文字の要求せらるるや、久しくこれを満たす何ものもなかったことを遺憾としていました矢先、恰かも、右の内容をもつウタリの中の代表的執筆者の奮起を要求し、その適任者物色につき東都某書肆より小生に依頼状がありました。ついては第一に貴君を推薦したいのであります」というものであった」（註3）。

なお「東京出版社」とは一九二六年創業の「北海出版社」（札幌、『北海道年鑑』などを発行、一九三一年に東京にも進出）のことで、「杉岡君」とは同社の社員である。江賀の返事は翌二月五日に吉田宛に出され、同日の「日記」には、「江賀君より回答来る、杉岡氏へその内容を回答、江賀君に重ねて激励の書を認め」と記載されている。

興味深いのは、続いて二月八日の「日記」に、「本日寅三君よりの書状入手　余の学術的は別とし　大衆物のことをいつてやったのに対して　さすが筆をそめぬを未練とした筆致、いつでも執筆せしに　然しその目的云々に追及がやつて来た　さもあらん　さもあらん」との記載があることである。前後関係が不明だが、「さすが筆をそめぬを未練とした」とは、「そのような文章は初めて書くので未だ熟練していない」という意味であろう。ただ「目的云々に追及」の意味は不明であり、「さもあらんさもあらん」と何に吉田が頷いているのかも推測が難しい。翌三月六日の吉田日記にはさらに「北海出版社　杉岡氏より江賀君宛来書。即時回送の手続をとる」とあって、これが出版社からの江賀への直接の執筆依頼であったのかもしれない。

江賀の原稿はこのような経緯を経て一九三八年六月一二日に吉田に送付されている。同日の日記には、「午前十一時過、江賀寅三君より著書原稿送付し来る　受付く。開封して一読　余の□虻田学園当時のこと、寅三の在札当時の透視記事などに　なみだをもよほしつつ　よむ」とあり、吉田は翌一三日から一五日にかけて原稿を読み終えている〔註4〕。そして一七日に杉岡へ原稿の件で書状を書き、同日から再読にとりかかり二一日に終了している。二二日には読後感を「一冊のノート」に書き収めている。

注目すべきは翌二三日の次の記述である。

江賀君へ返す原稿への「読後感」を手控に写しとりて　君のノート五冊へ添へ　ノート一冊を一括して鉄南局より書留小包としてシンをして発送せしむ。

これにより、江賀の原稿が「ノート五冊」に書かれていたこと、そして吉田の読後感「ノート一冊」とともに江賀に「返送」されたことがわかる。筆者は、江賀の原稿は吉田から出版社へ送られたか、あるいは吉田の手元にとどまったと考え、後に森山・梅木が解読した洪水被害を蒙ったノートとは江賀の下書きノートと推測していたが、実際には原稿そのものが江賀自身に返送されていた可能性があることがわかった。戦後森山・梅木が目にしたノートはこの「原稿ノート」五冊であった可能性が高い〔註5〕。したがって梅木が苦労の末に筆写した「洪水の被害を受け、泥水を被ったためなかば判読出来ないような状態」であった「ノートやメモ」とはまさにこの「原稿ノート」五冊の可能性があり、『アイヌ伝道者の生涯』に筆写された自伝とは、一九三九年当時の江賀の思想や意見を忠実に再現したものと考えてよいだろう。

一方、森山の『戦うコタンの勇者——アイヌ教育家・牧師、江賀寅三伝』も「洪水で泥まみれになった数冊の江賀師のメモ」〔註6〕も後に梅木が「最近偶然に発見された」としたものと同一の資料であったと考えてまず間違いなかろう。森山はこのノートを「江賀寅三自叙伝刊行会があり、その責任を江賀師の友人堀江翠香氏（立正大卒）が引き受けていることを知り、洪水で泥まみれになった数冊の江賀師のメモも見せて貰った」〔註7〕とあるが、森山の手元から梅木が「偶然に発見された」とするまで、どのような経緯で資料が保管されていたのか、また梅木が整理した後、その資料が現在どこに保管されているのか、筆者は十分な情報を持ちえていない。

この時期の江賀の足跡を確認しておくと、一九三八年五月に東洋宣教会の姉茶教会が解散して江賀は故郷の長万部に帰郷し、一九四〇年一月に長万部町役場戸籍係に勤務するまでの間にあたる。おそらく江賀は長万部町内に滞在していたのであろう。執筆にあてる時間は十分にあったものと思われる。

江賀の「原稿ノート」五冊が執筆され、吉田の手を介して再び江賀の手に戻る経緯は概ね右の通りである。なお、この「原稿ノート」については、吉田から東京出版社の杉岡に「詳しくハガキにて申送る」〔六月二三日日記〕と記載されているだけで、その後については詳らかではない。原稿が結局出版されなかったその理由も不明である。吉田日記にはその後一〇月二二日に「江賀君より来書　原稿の経過はじめて安心」との記述があるが、その意味は不明である。ただし梅木は『アイヌ伝道者の生涯』で「吉田巖氏の希望に応え、執筆を進め、出版計画も進められていったのであったが、その頃戦時色はますます強まり、言論の統制、検閲等の問題上遂に発刊されずに終った」〔一〇頁〕と述べている。戦後判明した江賀の自伝は一九三九年までの半生が語られたものであるが、アイヌ差別に対する和人批判の箇所が散見され、当時の出版物の検閲体制を考えれば公刊は無理と判断されても仕方のない内容を含んでいた。換言すれば、当時江賀は自身に官憲の手が及ぶ可能性も予想していたはずで、その危険を顧みずに覚悟を持って著述したということであろう。

『戦うコタンの勇者』について

次に三つの自伝・評伝の特徴を見ておきたい。

まず森山諭の『戦うコタンの勇者――アイヌ教育家・牧師、江賀寅三伝』についてである。これは「評伝」だが、江賀の「原稿ノート」が資料として用いられたため、梅木の『アイヌ伝道者の生涯』と江賀直筆の「アイヌ教育史話」に共通するエピソードが多く出てくる。

また、森山の評伝にはほかの江賀の著作には見られないいくつかの特徴がある。まず著者森山は「数個の教会を主管し、いくつかの公職に責任を持ち、その間全国各地に巡回伝道する」聖職者であり、江賀の評伝を執筆する森山の狙いは江賀寅三を同じキリスト者として顕彰することにあった。近現代の日本社会において、民族差別、迫害など政治的・社会的な環境変化に翻弄されるなかで、アイヌ民族差別に抵抗し続けた江賀の民族意識の高さと強靭な精神を支えたのは信仰であったとのメッセージを森山は伝えたかったのであろう。『戦うコタンの勇者』の第二章・第三章には「アイヌの足跡を辿って」と題したアイヌ民族の歴史が略述されているが、それは「わがアイヌ牧師江賀寅三が、若かりし日にどうして和人を憎み、彼のウタリたちに対して、シャモへの敵愾心とを植えつけようとしたかを知るために」書かれたものである。アイヌ民族に関する知識が十分でない読者への啓蒙と同時に、著者森山自身の理解を確認するために設けられた解説であろう。森山は晩年の江賀と親交があった。江賀からの直接の聞き取りが可能であり、江賀自身も事前にこの本に目を通して内容を確認したと思われる。

この評伝は、当時無名の存在であった江賀の名を一躍全国に知らしめた。発行者は「日本イエス・キリスト教団東京教会出版部」であり、出版部数・頒布範囲も限定的であったと推測できるが、江賀寅三という人物が活字化されてその存在が明らかになった効果は大きかった。その後のテレビ放送や北海道による「北海道開発功労者の声」の録音〔一九六六年九月一九日、静内町役場にて〕などにつながり、江賀の人生を広く紹介する契機となったのである。森山が江賀に光を当てたその功績は大きかったと言えよう。ただし主としてキリスト教の視点から江賀の人生を回顧したものなので、自ずと解釈と見解に限界があったのも事実であった。

なお、この評伝はあとで紹介する「アイヌ教育史話」同様、江賀をそのアイヌ名である「シアンレク」あるいはそのイニシャル「S」を用いて語っていることにもふれておかねばならない。筆者は、オリジナルの「原稿ノート」もやはりこの「シアンレク」あるいは「S」を用いて三人称主語で書かれていたと推測している。吉田からの依頼は、「自叙伝を骨子」とした「アイヌ小説物」であったため、当時江賀は自らをアイヌ名で語ることでアイヌ民族の立場を強調し、かつ客体化することで「小説物」との要請にこたえようとしていたのではないだろうか。一方、森山がシアンレクという主語を用いたのもやはり、評伝としての位置付けからと思われる。

『アイヌ伝道者の生涯』について

次に梅木が筆写した『アイヌ伝道者の生涯』である。

前述の通り、これは梅木が「洪水の被害を受け、泥水を被ったためなかば判読出来ないような状態」から書き写されたものである。『アイヌ伝道者の生涯』の優れている点は、江賀寅三の貴重な一次資料の復元であることは言うまでもないが、「原稿ノート」にとどまらずに江賀が「少年時代から亡くなるまで、日記風に書き綴ってあった」「昔の紙質の悪いノートに鉛筆で」書かれた「何十冊」もの資料を、江賀の「遺族の人達が」「焼いて処分する」直前に「江賀先生の奥さんの承諾を得て〔梅木の〕自宅へ運び、泥で汚れて鉛筆の字が見えなくなっているノートを指先でこすりながら一字一字丹念に判読して、それを別なノートに書き写し、それをまた原稿用紙に清書したので、その作業に三年もかかった」と言われるほどの努力の賜物であるということであろう。したがって、「原稿ノート」の筆写にとどまらず、給与地整理に関しての「陳情書」〔一九二四年（大正一三年）七月〕、「旧土人児童教育規程廃止ニ関スル意見書」〔一九二二年（大正一一年）三月二〇日〕、さらに多くの貴重な写真などが掲載されており、江賀寅三の全体像を網羅した文献に仕上げられている。

『アイヌ伝道者の生涯』は第一章から第七章までが江賀のノートによる自伝で、終章は梅木が書いている。ここでは江賀の誕生から一九三九年までの人生が語られている。江賀の生まれた一八九四年から一九三九年は、アイヌ民族史においては、強制同化政策が行なわれ、とくに教育面では皇民化教育が進められた時期であった。その一方でアイヌ民族は「旧土人」として行政上位置づけされ、民族差別が社会全般に浸透した時代であった。この自叙伝にはその時代を生きた江賀寅三とアイヌ民族が直面していたさまざまな差別・苦難が描かれ、江賀がそれに対する抵抗として民族の救済を目指して飲酒癖という誘惑に打ち勝ちながら自立に向けて辿った足跡が記録されている。

江賀は高等小学校から虻田実業学校を経て道内四小学校の教員となり、またキリスト者としては聖公会・ホーリネス教会・独立教会を渡り歩きウタリ救済の道へ進んだが、結局はいずれも〝袋小路〟となり、方針の変更を余儀なくされた――という半生を語っている。江賀の歩んだ険路は、アイヌの人たちの社会進出を阻む和人社会の構造と差別意識が生み出したものだ。そうした険路を歩き、ついには言論統制に封じ込められた。またときには天災などの不運に翻弄されることもあった。江賀はしかし、自らの半生を語るにあたってその筆に過度の悲壮さはない。人生の岐路となった辺泥五郎の戒めと自身の覚醒についても、また、飲酒癖にまつわる自己の失敗談でさえ、大らかに語っている。差別・迫害を語る江賀の文章には怒りが満ちているが、苦難の描写のなかにも不思議なほどのびのびとした、ときにはユーモアさえも感じさせる文章があり、読む人を惹きつける才がある。

一九三九年までに江賀は、軍国主義下のキリスト教会へ加えられた厳しい宗教弾圧の結果として、江賀が主宰していたホーリネス教会による姉茶教会への援助打ち切りで袋小路に陥った。江賀は教育現場でも、また宗教家としても日本の国策により人生の自己実現を阻まれたと言える。しかし教育上の信念と宗教上の信仰を忍耐強く、最後まで貫き通した。その意志の強さが江賀をして江賀寅三たらしめたと言えるだろう。

なお『アイヌ伝道者の生涯』で用いられている主語は「私」である。森山の評伝と後述する「アイヌ教育史話」の人称が「シアンレク」ないし「S」となっており、それが「原稿ノート」のオリジナルの表現であろうと筆者は推測した。しかし梅木が筆写した「ノート」では「私」が使われている。ノートは複数あったので、これは梅木が「原稿ノート」原文の表現を自伝のようにするために「私」に変更したものか、あるいは梅木が筆写された原文がもともと「私」と書かれていたのか定かではない。

「アイヌ教育史話」について

最後に「アイヌ教育史話」についてふれておかねばならない。これは第二次世界大戦後の一九五二年（昭和二七年）に日高教育研究所発行の『日高教育情報』に連載されたものである。この論考の発表時期は本書の「近代」の枠からは外れ「現代」に入るが、この連載の中心部分を成すものは一九三九年（昭和一四年）に書かれた「原稿ノート」である。そこには一九三九年までの江賀の半生も描かれていることから、近現代にまたがった作品としてここで取り上げておくことにしたい。

「日高教育研究所」とは、戦後の教育改革の一環で各地に設立された教育研究所のひとつである。一九五一年六月に北教組日高地区協議会が主体となって開設された。同年一二月からは月刊で『日高教育情報』を発行し、江賀の「アイヌ教育史話」は、一九五二年五月三〇日発行の第六号から一九五四年三月三一日発行の第二八号まで連載された。戦後七年を経過しているが、新字体活字が地方の印刷会社にはまだ普及していなかったためであろうか、当誌の活字はなお旧字体である。この「アイヌ教育史話」は現在では北海道内の公立図書館にも見当たらず、入手が極めて困難である。筆者は北海道文化財保護協会理事の山本融定氏のご好意でその全編コピーをいただいた。

さて、江賀はこの「アイヌ教育史話」の著者名として「静内町　シアンレク」（シアンレクとは江賀のアイヌ名で、江賀によれば「真実を叫ぶ人」の意味）を用いているが、文中での主語は「S」である。また、一九五三年一二月二八日付『日高教育情報』の連載一〇回目からは、「アイヌ教師の自叙傳を中心とした日高教育史」との副題がついている。

江賀は連載一回目に、寄稿した経緯を次のように書いている。

> 荻野先生が来訪されて主題の如きものをとのお話があったので柄でもないが幾十星霜の見聞と体験のまゝにアイヌ教育に関連した断片録を披れきすることにした。

「荻野先生」とは荻野忠則のことで、「日高教育研究所開設準備のため、創立に中心的な役割を担っていた」〔註8〕三人のうちの一人である。研究所の開設後は所員に任命されていた。後年は教育界で活躍し、教育関係での著書がある。戦後教育の民主化を推進するに際し、かつて先住民族に対して行なわれた教育の実態を明らかにしておきたいとの思いからなされた寄稿依頼であったのだろうか。

「アイヌ教育史話」は全二二回の連載であるが、第一回分には「国会議員立候補の辺泥和郎」という記述があり、すなわち辺泥が立候補した一九四七年の総選挙を踏まえて書かれている。この記述から、少なくともこの第一回分は一九三九年に起草した「原稿ノート」とは別稿であることがわかる。第二回から第一八回までは「原稿ノート」を踏襲しているのではないかと思われる。つまりこの「アイヌ教育史話」は江賀の半生をさまざまなエピソードとともに振り返ったものである。江賀が教職を去り、キリスト教界へ本格的にかかわる前までの、主に教員だった時期までを「原稿ノート」をもとに書かれているのだと思われる。梅木の『アイヌ伝道者の生涯』で言えば九九頁までに相当しよう。「原稿ノート」と別に新たに書き下ろしたと思われるのは第一回および第一九～二二回〔最終回〕までの寄稿分である。

連載第一回〜第二二回の内容

第一回から見てみよう。ここには冒頭の「はじめに」に続いて「アイヌとは何ぞや」と問いかける文章が載っている。アイヌ民族差別に対する積年の怒りが冒頭で噴出したような文章である。このような直截な政府批判、日本社会批判は戦前の言論統制下では許されない行為であろう。この著述は、江賀のそれまで蓄積されてきた恨みと怒りが言論の自由化とともに公然と吹き出したものであった。以下旧字を新字に改めて引用する。

アイヌとは何ぞや
言い過ぎかも知らんがどうも日本先住民族であるアイヌに対して事毎にぎゃく待圧制ぶ辱という差別待遇に甘しさせられて来た。実に慨嘆にたえないものがある。これまさに先覚同胞である国民はもとより既往為政者の指導方針とその政策の至らざりしを敢えて今更反感を抱くわけではないが聊か腹の虫が穏かならぬ憾みがある。
アイヌとは、一、「人」である。〔略〕二、「考える者」である、実に人は考える者、思想の持ち主である、善悪、正邪をよく判断すべきはこの考える者なのである。〔略〕三、「我等は聴く」である、広範囲に聴いて悟る者はこれ即ちアイヌなのである。

この連載第一回には、「原稿ノート」起草後、発表できなかった江賀の苛立ちが、冒頭からほとばしり出ているように筆者には感じられる。江賀の本音と言ってよいだろう。

「原稿ノート」を下地にした稿は連載第一八回〔『日高教育情報』第二五号〕の半ばで終わる。この第一八回目の連載のなかで「アイヌ精神の発露」という小見出しの文章が差し込まれている。それは「Sが学院修養中、一日アイヌ研究の泰斗金田一京助先生をお訪ねした。アイヌ博士の名声高い丈けあつて、アイヌに関する事は何でも詳しい。恰も活き字引の感がある。その際聞いた感話の記憶を辿つて見よう」という書き出しで始まる〔註9〕。そして江賀はこの「アイヌ精神の発露」という文章を連載最終回まで続ける。内容はアイヌ民俗論と民族に関する持論の展開である。左記はその小見出しである。

アイヌ精神の発露（その一）、アイヌの歴史〔この項はさらに、アイヌは白色人種、軍旅長と近衛兵、屯田兵、人種差別の声、亡国の民、文化の遅れた原因、反感の原因、アイヌ政策、慰労のために酒、アイヌの生活概況と教育状態、旧土人保護法、の項に分別〕、部落、交際、罪悪を裁判するには、地方又は部落の間に葛藤、刑罰は犯罪の性質程度、一家の担任者、離婚問題、衣、食、住、宗教、仏教、天理教、基督教、教育、「教育」開拓時代、貰い子論〔一、貰い子の多い訳、二、アイヌ民族の将来に与える影響、三、貰い子の成長〕、アイヌは何人種か、教育なき民は亡ぶ、これでいいのか

この第一八回から最終第二二回までの江賀の論考は、アイヌの人自身によるアイヌ民俗論としては、これまで本書で見てきた武隈徳三郎『アイヌ物語』〔一九一八年〕、千徳太郎治『樺太アイヌ叢話』〔一九二九年〕、貝澤藤蔵『アイヌの叫び』〔一九三一年〕、貫塩喜蔵〔法枕〕『アイヌの同化と先蹤』〔一九三四年〕、川村才登「アイヌの手記」〔一九三四年〕に続くものと言える。

このうち、「アイヌ精神の発露（その一）」には金田一から聞いたという中里徳蔵とその子徳太郎の逸

話が書かれているが、これは金田一が「あいぬの話」〔『採訪随筆』、人文書院、一九三七年、所収〕に書いた話をベースにしたものと思われる。ただし江賀が聞いた金田一の話の詳細部には「あいぬの話」とは異なる部分がある〔註10〕。また、これに続く連載第一九回の「アイヌの歴史」も「金田一先生は猶も続けてアイヌ歴史について物語る」と書き出されていることから、金田一の話をベースにしたものと思われるが、文中、どこまでが金田一から聴取したものか判別できない。また第二〇回の「部落」以下の二つの文章――「罪悪を裁判するには」と「地方又は部落の間に葛藤」――は、武隈徳三郎の『アイヌ物語』の「(六)アイヌの裁判法」からの引用と思われる〔註11〕。

「アイヌ精神の発露」のなかで「教育」以降の文章の人称は「S」〔シアンレク＝江賀〕が用いられ、内容も「S」の経験談・持論が中心となる。こうしたことから「アイヌ教育史話」の江賀のアイヌ民族論は、金田一京助からの聞き書きとかつて同じ小学校教員であった武隈徳三郎の著作からの抜き書き、そして江賀自身の経験と見解によって混合的に構成されたものと言える。

このなかで注目すべき江賀の見解は「アイヌは何人種か」で開陳されている。江賀は河野広道〔一九〇五～一九六三、当時北海道新聞北方文化研究室長、昆虫学者、アイヌ研究者、河野常吉の二男、河野本道の父〕による「近文アイヌの熊祭模様」がラジオで放送〔室蘭第一放送〕された際に「アイヌも近来ひらけて我々日本人同様になる。今のうち古い儀式など保存して置く必要がある」と河野が語ったことを取り上げた。

現代、《ママ》アイヌに関する研究に泰斗たる河野博士がかかる言葉を放送したことは誠に遺憾である。一体アイヌを何処の人種だと思つているのか。しかも他国人呼ばわりするとは知識人の言葉としては受取れない。アイヌはアイヌでいいのだ。だがアイヌに対し「我々日本人云々」とは一体何処の人種か。日本人でないのか」と反問、抗議したくなる。同じ日本人である以上アイヌ対シヤモ。若しくは土人対和人と呼称すべきである。日本人対朝鮮人或は支那人等とは違うのである。社会人特に知識人よろしく言葉の使い分けに気をつけてもらいたい。〔略〕アイヌこそ日本先住民族なのだ。〔略〕誤つた優越感をもつたシヤモがこうした誤つた言語を弄するのである。

江賀の主張は極めて明確である。江賀は「アイヌはアイヌでいい」と「日本人」を構成する一民族としてのアイヌ民族の存在と位置および帰属を強調した上で、同じ「日本人」である和人から他国人のような呼び方をされていることを痛烈に批判している。アイヌ民族は日本国を構成する民族のひとつであり、その意味で和人と同等・並列に存在している。つまり江賀にとって「日本人」とはアイヌ民族と和人などを含む多民族構成体としての総称である。そしてこの日本列島における存在の順序については、むしろ和人種よりも先だったと言うのである。辺泥和郎や平村幸雄のアイヌ民族先住論と同根の思想と言えよう。同時にそれは本書でこれまで述べてきたアイヌの言論者たちの主張、すなわち「同化」とは民族的アイデンティティの喪失ではなく、和人との対等化による民族意識の獲得であることを江賀自身の言葉で主張したものであった。

江賀寅三の教育論

私はアイヌ族に生れ、アイヌ特有の宗教の中に養育せられ、長ずるに及びて小学校に学びました。

アイヌ族が逐年亡び行くは無学の致す所であると信じ、如何にもして同族を開発しなければならぬ、これには自ら先覚者となり、指導者となつて働く決心で、教員になりました。

これは聖書学院発行『きよめの友』第八五〇号〔一九二三年一月一八日〕に「アイヌ兄弟の證」と題された文章の冒頭の一節である。江賀は当初明石和歌助について獣医となることを志望していたが、長ずるに及んで右の希望から「アイヌ学校」の教員となった。一九一三年から二一年まで新平賀尋常小学校の代用教員を皮切りに平取・遠佛の各小学校で教員を務めたことはすでにふれた。

江賀の教員としての最終勤務は遠佛尋常小学校であるが、江賀は和人児童とアイヌ児童の別学教育を批判した。そして混合教育の実現を訴え、それを実践すべく自らこの「アイヌ学校」を閉校して教職を辞した。江賀の積年の教育論は、教員退職後の翌一九二二年に著した浦河支庁長に宛てた「旧土人児童教育規程廃止ニ関スル意見書」によく表れている。これは「道庁の意を受けた（浦河）支庁が、江賀寅三に対し「現行のアイヌ教育」に就ての意見を求めたことに対する回答文書である」〔梅木孝昭『アイヌ伝道者の生涯』一二四頁〕。

ここで江賀は一九一六年の「旧土人児童教育規程改正」について、その利害を論じた上で、アイヌ子弟に対する修業年限と教科目の縮減（六年→四年、七科目→五科目）を「不幸事」と批判した。江賀は旧土人児童教育規程による「害」として、「既往二十年前ノ土人児童ハ、和人児童ト混同シテ教育ヲ受ケ何等支障ナク充分ノ気概ヲ以テ相当ノ成績ヲ挙ゲ、現在ノ和人ト比肩シテ十分ノ技倆ヲ現シテ居ル者多々アリ」とし、このような差別的扱いについて「旧土人トイエド専ラ無神経無感情ノ動物ニアラザルベシ。旧土人ナル我等ニトリテ無下ノ不愉快ヲ感ズルモノナリ」と述べている。そして「誰カ自己ノ開発ノ低度ナルニヨリ、普通義務教育ヲモ受クルコト能ハザルヲ喜ンデ自認シ得ンヤ、人情トシテモ議論トシテ飽マデ同等ノ権利ノモトニ活社会ニ競争セントスルニハ、教育ノ恩恵ニ依ラズンバ必ズ生存ニ敗ヲトルベシトハ一般ノ自覚スル所ナリ」と訴えて、和人子弟との完全な平等教育の復活実現を要求した。これは武隈徳三郎が『アイヌ物語』〔一九一八年〕で展開した教育論、あるいは向井山雄や森竹竹市が一九三五年に「旧土人保護施設改善座談会」〔於札幌〕で要求した「共学」〔和人とアイヌ子弟の分離教育批判〕と同様の主張であった。

この意見書を総括すれば、その内容はアイヌ民族としての強固な民族意識に裏打ちされており、教育制度のなかにおけるアイヌ民族子弟の教育環境の整備や教育機会の平等を訴え、さらには民族への偏見と差別に対する批判をその骨子としている。その意味で江賀の意見書は彼の言論活動のなかで最も訴えたかったことであった。

アイヌ民族の名だたる論者は一様に「教育」の重要性を説いた。アイヌ民族にとって、教育とは和人との対等化を実現し、近代日本社会を生き抜くためのいわば唯一の抵抗の手段であった。ところが和人施政者にとってアイヌ民族教育とは、アイヌの人たちを日本に同化させるための統治の手段でしかなかった。このように「教育」という言葉は、「同化」の意味が和人とアイヌの人々の間で二重化していたように、全く異なる概念で捉えられていたのである。

近代のアイヌ民族の言論人のなかで、雄弁で知られた向井山雄・貝澤藤蔵・貫塩喜蔵・川村才登などは、いずれもバチェラーと関係を持ったキリスト教系の人物であった。「雄弁」とは換言すれば、それだけ演説する機会、発言する場所を自ら求めていたということである。とくに近代後期に彼らがアイヌ同族と和人に向けて行なった言論活動はほぼ同時期に集中しており、こうした一連の動きの背景にバチェラーを起点とした組織的な連携があったのではないかと筆者が仮説を立てていることはすでに書いた。とくに全道アイヌ青年大会〔一九三一年〕以降に堰を切ったように活発化したこれらの人たちの著述・講演活動、そしてその内容的な共通性、個々の講演の足取りなど、今後詳細に検証してみる価値がありそうである。当時バチェラーはすでに聖公会を退職し、道庁社会課の嘱託として喜多章明と同僚の関係にあった。道庁社会課がバチェラーを嘱託にしたということには、バチェラー独自の動きを封じ込める狙いが当局にあったとも想像できる。そのなかでいつしか喜多は「和製バチェラー」を自称するようになった。その実態は別としても、「北海道アイヌ協会」の立ち上げや『蝦夷の光』の発行など当局主導によるアイヌ民族統制・アイヌ民族の同化を強力に進めていくなかで、バチェラーは、アイヌ民族が講演や著述など自らの言葉で同族に語り、アイヌ民族を知らない多くの和人にアイヌ民族の現状を啓蒙する必要性を強く感じていたのではないか。

「神の前の平等」というキリスト教の教義は、日本への同化に直面するアイヌの人々にとって、従属ではなく、あくまでも民族として対等の立場を求める精神的な拠り所となる可能性を秘めていた。事実、キリスト教の影響を受けた人を含む当時のアイヌの言論者たちは、「同化」の概念を「対等化」と解釈し、「近代化」志向と併存させることで「同化」概念の多重化を行なった。キリスト教の思想は、「滅びゆく民族」言説、強制同化に対してある程度有効に働きかけたのではないかと思われる。そして江賀寅三の人生と著作はそれを証明しているように思える。

〔註1〕鳩沢の一九七〇年（昭和四三年）一月一五日の日記には「江賀寅三自叙伝、改めて読んでみた。如何なるお考えか、とにかくお会いしてみたい」とあり、また、江賀が六月二八日に亡くなったその二日後の日記には、「江賀牧師、死すとか——、新聞で読む。今年の一月奴と訪れたのも偶然なのだろうか。まだまだ死んではほしくない人だった。せめても告別式なりとも参列したかった。祈ろう、神のみもとの師を、アーメン」との記述がある。江賀との会見があったと思われる一月一六日の日記には「唯、あらゆる面で感謝のすべてであった。多くを語らせたゆえんはなんであろう。仕合せとはこの状態である。自然という言葉そして含むところはやはり、このつながりである。吾が神よすこやかに、祈ろう、心をこめて」と記述されている。

〔註2〕一九六四年には二本のテレビ番組が日本放送テレビ・北海道放送とNHKで放送された。前者は対談「世の光人生を語る」（二月九日・一五日放送）で、後者はドキュメンタリー「ある人生　われらウタリに」（一二月二七日放送）である。

〔註3〕梅木は吉田の手紙の日付を「昭和一三年」（一九三八年）と書いているが、前後関係から「昭和一四年」（一九三九年）ではないかと思われる。ただし筆者は昭和一三年であったことを否定する資料を有していない。

〔註4〕このエピソードは、梅木『アイヌ伝道者の生涯』の三五～三七頁に記載されている。「アイヌ教育史話」にも同様のエピソードが書かれており、この二作が当時の「原稿ノート」を元にしていることが確認できる。

〔註5〕小川正人「江賀寅三関係資料：目録と紹介」（『北海道立アイヌ民族文化研究センター研究紀要』第三号、一九九七年三月）によれば、「管見の限りでは、ノートは同じ内容のものが複数あり、江賀が何回か下書きを重ねた跡を示すものと推測する」とあり、江賀が手元に保管していたノートには、吉田から「返送」された「原稿ノート」五冊以外に「下書き」に相当するノートも存在した可能性があることがわかる。

〔註6〕この洪水被害とはおそらく一九五五年（昭和三〇年）七月三日の豪雨による静内川堤防決壊により、静内市街地全域に浸水した災害のことであろう。

〔註7〕森井論『戦うコタンの勇者——アイヌ教育家・牧師、江賀寅三伝』（日本イエス・キリスト教団東京教会出版部、一九六四年）の「序」（一頁）参照。

〔註8〕日高教育研究所ホームページ（https://sites.google.com/site/rigaojiaoyuyanjiusuo/）の「沿革」の項参照

〔註9〕江賀が「学院修養中」とした時期は、一九二二年（大正一一年）に東洋宣教会聖書学院に入学し、翌年八月に脚

気療養のため北海道に帰郷するまでの期間と思われる。一九二二年は知里幸恵が五月一三日から亡くなる九月一八日まで金田一宅に寄寓していた。江賀の学院入学は同年秋であり、知里幸恵滞在中には訪問していないと推測する。幸恵の在京時期の日記・書簡類にも江賀来訪を記録した記述はない。また、金田一の『北の人』『思い出の人々』に代表される随筆のなかには江賀寅三との交流を記録したものは筆者が知るかぎりない。

〔註10〕一九二二年（または一九二三年）に江賀が金田一を訪ねて聴取した内容と逸話の細部が異なるのは、当時金田一が記憶に頼った談話のためか、あるいは江賀の記憶違いの可能性があるが、金田一が後年、すなわち一九三七年にこの逸話を書き下ろした際には、当時すでに活字化されていた『沖縄教育』第一四六号に発表された違星北斗の「ウタリクスの先覚者中里徳太郎氏を偲びて」の内容を踏襲したのであろう。違星北斗の研究家山科清春のホームページ「違星北斗.com　コタン」には、ここには「先年アイヌ研究の大家金田一京助氏が余市にゆき中里氏に会してその熱血悲壮な奮闘談をきき金田一氏はさめ〴〵泣いたと云ふ逸話もあります」と記載されているとのことである。また山科は「この北斗の講演が、この金田一の文章の元ネタになっている、ということも十分考えられる」と述べている。

〔註11〕武隈徳三郎は一九一七年（大正六年）、当時平取尋常小学校に赴任していた江賀が同校で排斥された際に、江賀を強く擁護し、旧土人児童教育規程に対する考え方にも江賀と協調するものがあった。江賀と武隈に焦点を当てた論考としては小川正人の「「北海道旧土人保護法」「旧土人児童教育規程」下のアイヌ教員――江賀寅三と武隈徳三郎を中心に」（『北海道立アイヌ民族文化研究センター研究紀要』第二号、一九九六年）がある。

第9章

内なる越境文学としての近代アイヌ文学

ここまで日本の明治維新以降、第二次世界大戦期までになされたアイヌ民族の人たちによる文学・言論活動の歴史を述べてきた。本書は「近現代アイヌ文学史論」と題し、全体としては第二次世界大戦後の「現代」までを視野に入れている。本書はその〈近代編〉に相当する。〈近代編〉を終えるにあたって、これまで近代アイヌ文学の特徴を述べる際にたびたび用いてきた「内なる越境文学」について、ここで改めて整理しておく必要があるだろう。

まず確認しておきたいことは、近代のアイヌの人たちが、父母、祖先から受け継いできた言語と居住地を他民族〔和人〕によって奪われたという事実は、この日本列島に住む人たちが深く認識しなければならないということである。その上で、大半の近代アイヌ文学が日本語で著されていることに大きな特徴があることを認識しなければならない。なぜならば序章にも述べた通り、近代アイヌ文学が日本語で書かれていることは、そもそもアイヌ民族が自ら選択した結果ではないからである。このことは近代アイヌ文学を「内なる越境文学」として位置付けるひとつの大きな根拠となる。「内なる越境」とは通常の平和的で能動的な越境ではない。先住民族が近代に強いられた辛苦に満ちた〝経験〟である。本書最終章では「内なる越境文学」としての観点から「近代アイヌ文学史論」を総括しておきたい。

一節　越境文学とは何か

「越境文学」とは、作者が生まれながらにして母語として与えられた、あるいは与えられるはずであった言語と母国の境界を自ら越境し、その後、新たな世界で後天的に身につけた言語（非母語）によって創作表現した文学のことである。それは国家や民族がつくる物理的・言語的環境（境界）を創作者が乗り越えることによって成立するが、重要なことは、その多くの場合、作者の民族的アイデンティティと表現手段としての言語が必ずしも一致していないということである。

現代の「越境文学」は、創作者が自らの意志に従って比較的自由にこの境界を越え、自主的に選択した言語によって表現する文学に進化している。現代における移動・通信手段の進歩は、この越境の実現をはるかに容易なものとした。越境文学の歴史はリービ英雄〔一九五〇～、小説家、法政大学国際文化学部教授〕によれば、四囲を海で隔絶された日本列島の歴史を振り返ると、かつて朝鮮半島から渡来・帰化したと言われる山上憶良による和歌が存在したように、奈良時代にまでも遡ることができる〔リービ英雄『越境の声』、岩波書店、二〇〇七年、四五頁参照〕と言う。

以来現代にいたるまで、帰化・亡命・難民・植民地化・移民・留学など、内外を問わず作者の文学的な越境にいたる歴史的・政治的・個人的な経緯や動機は極めて多様になった。「越境文学」とはこのように歴史的・地理的なパースペクティブで捉えることができる文学である。越境の形態や言語のヴァリエーションが多様化したことにより、現代の「越境文学」はその文学的可能性をさらに拡げ、作者・読者双方の意識に地殻変動をもたらしていると言ってよい。

たとえば日本におけるリービ英雄や楊逸・多和田葉子らの存在は、日本国民＝日本語＝日本文学という等式がすでに成り立たないことを証明している。「越境文学」はこの等式のなかに定住してきた読者の常識もその根底から否定した。とくに日本のように島国であり、長い鎖国時代を経験し、日本語を話し日本人であることの必然性を神話のように刷り込まれている民族ほどそのショックは大きいのである。

二節　「内なる越境」とその特徴

二つの研究から

次に、「内なる」という形容詞を付した「越境」とはどのような状況を言うのかを考えてみたい。「内なる越境」という概念の定義・用法は民族学・文化人類学・政治学などの研究分野でも確立しているとは言えない。アイヌ民族に関する諸問題を扱った著作・論文にもこの概念を用いた研究は多くはないと思われる。日本の文学史・文芸評論における「内なる越境文学」というカテゴリーあるいは研究テーマの状況も同様である。

その数少ない研究のなかから「内なる越境」の論点をあぶり出した研究として、戴エイカ〔ノースカロライナ州立大学教授〕「「われわれ日本人」「純粋な日本人」そして「内なる越境」」〔大阪市立大学『人権問題研究』第五号、二〇〇五年〕と、宮田文久「「内なる越境」と「断絶による継承」――『三月の五日間』をめぐって」〔『日本大学大学院総合社会情報研究科紀要』第一三号、二〇一二年〕の二例を紹介しておきたい。

戴の論文では「在日」の人たち〔旧植民地出身者とその子孫〕の「自己同定のあり方」という観点から「内なる越境」を考察している。そこでは「内なる越境」は、「言語や文化の純粋な共同体を立ち上げる内部の可変的な国境線」としての「内的国境」〔姜尚中による定義＝後掲論文参照〕の「境界を越え向こう側へ行くことではなく、境界の排除のロジックを無意味にしていく個人の内部のプロセスである」とした。そして「在日」と対置される「この越境から見えてくる「純粋な日本人」は、もう特権的な位置を占めてはいない」と結論し、「純粋な日本人の消滅」を告げている。戴の言う「内なる越境」とは、多文化共生の観点から、「在日」の人たちの近代日本における経験を、「内なる越境」という生活経験によって「内的国境」を積極的に溶解・消滅しうることを解き明かした現代的な定義である。このロジックは、対置された日本人・日本語の側から見ると、リービ英雄が唱えた「日本語の勝利」という概念、つまり日本語を日本人の独占から解放したことで日本語がユニヴァーサル性を持つことになったという逆説的な見解にも通底しよう。これをさらに敷衍するならば、「内なる越境」は国民国家・国民文学という砦に大きな風穴を開ける起爆剤になりうるということでもあろう。

また、宮田文久は「内なる越境」を「ポスト「越境文学」としての「内なる越境」という視座からの議論」と位置付けている。これは「越境文学の文脈における、特殊な「越境者」〔「母語の外へ出る」旧来の意味における「越境者」たちのこと。宮田は多和田葉子を例に挙げている〕以外にも開かれた「内なる越境」の可能性」を論じたものである。日本国外に出ることで物理的な境界を超えることなく、疑似的かつ精神的な国外への越境状態、つまり越境した先と精神的にシンクロナイズ化している状態を「内なる」概念とした。自身が居場所を移動することなく、いながらにして作者の位置が越境しているという意味では、本節でこれから論じようとしている近代アイヌ文学の「内なる越境」に通じるものがある。

この二者の論文では、戴の「日本」という存在の本質に検証のベクトルを向けた、多様な価値観を論じるプロセスとしての「内なる越境」の意義と、宮田の「越境」の物理的条件にこだわらない「内なる」越境の位置的なヴァリエーションの指摘にそれぞれ特徴がある。いずれも現在から将来に向けての分析に力点を置いている。現代において「内なる越境」の持つ意味はかように「前向き」である。

しかし本節では両者の言う「内なる越境」とはやや視座を異にして時間軸を遡り、近代日本に発生した歴史的諸事実から、近代のアイヌ民族をとりまく社会的環境を舞台にした「内なる越境」のプロセスと意味を考えていきたいと思う。

「内的国境」とは何か

歴史的観点から「内なる越境」を論じていく前提として、戴が引用した「内的国境」という言葉にふれなければならない。

「内的国境」という概念は、フィヒテ〔ヨハン・ゴットリーブ・フィヒテ、一七六二～一八一四、ドイツの哲学者〕が一八〇七～〇八年にベルリン学士院で行なった連続講演のなかに現われる。ここでフィヒテは、ナポレオン支配下のドイツ国民に対し教育の重要性を説きつつ、ドイツ文化・民族の優れていることを語り、ドイツの独立と団結を呼びかけたのであった。後に「ドイツ国民に告ぐ」と名付けられたこの一四回に及ぶ連続講演の第一三回目において、フィヒテはとくにドイツ語という言語の同一性による内的国境論を展開した。フィヒテは次のように述べている。

国と国との最初の本然的の真に自然なる境界は疑いもなくその内的境界であるということである。すべて同一の言語を話す者は、あらゆる人工の加わる以前既に、多数の眼に見えぬ紐帯に依って自然的に結びつけられているのである。彼等は相互に理解し、また益々明瞭に理解し合う能力をもっておる。彼等は互に相属するものであり、自然に一体をなし、また一の分つべからざる全体である。他の血統及び他の言語の民族がかくの如き全体を自己の中に取入れ自己と混和せしめようと欲する事は決して許されぬ。

〔略〕それの山これの川の間に住んでいる人間は、この住所のために始めて同一民族となるのではなくして、それとは逆に、彼等は始めより既に住所というようなものよりも更に高尚なる自然法則に依って同一国民なるが故にこそ、幸いにもたまたま住所を同じうした時、同じ山同じ川の間に囲まれて住むようになったというべきである。

されぱドイツ国民は、共通の言語及び思想の傾向に依って十二分に相互に結合され、他の諸民族と截然と区画され、欧州の中部に他の類縁なき民族の隔壁として住んで、外国の襲撃に対して国境を守るに十分なるほど多数且つ勇敢で、自己の力に信頼し、自己の思想の傾向上他の附近の民族の動静を知らんとする心もなく、他民族の事柄に干渉して彼等を不安ならしむることに依ってその敵意を刺戟することを避けつつ、生活していたのである。

〔フィヒテ述『ドイツ国民に告ぐ』、岩波文庫、一九四〇年改版、二八一〜二八二頁、旧字旧仮名遣いは改めた〕

当時ドイツはナポレオンの占領下にあり、かつ域内は諸侯分立による連邦制であったため、現在の「ドイツ」という国民国家は未成立であった。したがってフィヒテはドイツをドイツたらしめるものは、言語・思想の共通性であるとしたのである。言語は民族の文化・慣習の基盤であり、言語の同一性によって形成された内的国境は、戦争や植民地化による〔外的境界としての〕国家の領域とは異次元のもので、民族的な一体性に基づく内的境界として、その強靭さに期待したのであった。

フランスの哲学者エティエンヌ・バリバール〔一九四二～〕の「フィヒテと内的国境」〔『現代思想』一九九三年五月号〕によれば、フィヒテは「「一つの民族が同一の民族である」ようにさせるものについての、この総合的な呈示には、見た通り四つの本質的な観念が結び合わされている」として、次の四項目を挙げている。

a　国家の一体性より優位に立ち、国家を一個の分離しえない全体となす一民族の一体性は、領土的なものではなく言語的なものである。

b　国語は社会的絆の本質である、なぜなら国語は自然な仕方で（あらゆる「技巧」、政治的「技術」のあらゆる応用、熟考の末あらゆる「約束事」に先んじて）、（中性のＥｓ［それ］で示される）全体の諸部分が互いに理解ないし協調しあう基本的な場をなすからである。

c　国語が持つ自然的なるものの本性＝自然は精神的なものである。この意味で言語的な国境、或いは言語の同一性を介して現れる国境とは「内的」であって「外的」ではない。

d　外的なものは内的なものに影響を及ぼすことがある。歴史的、文化的に異質な民族の混和〔略〕は、一民族の精神的な同一性を、その歴史の意味＝方向［Sens］を破壊する。混和は民族の将来を鎖

〔『現代思想』一九九三年五月号、五九〜六〇頁〕

すのだ。

そしてバリバールは「自らの国語と文化を所有していれば、各個人は自己の内に共同体のすべてを確かに担い持つ」〔六二頁〕ことを述べた。換言すれば、民族的アイデンティティが成立しうる基礎のひとつに言語的・文化的な一体性が存在するということであろう。

また、姜尚中〔一九五〇〜、政治学者、東京大学名誉教授〕は、「内的国境とラディカルポリシー」〔『思想』一九九六年九月号〕で、フィヒテの「内的国境」を「言語や文化の純粋な共同体を立ち上げる内部の可変的な国境線」と定義している。姜は、現代日本において「内的国境」あるいは「日本民族の根源性」は、「すでにその過去の起源において決定されており、歴史的に生成してきた君民一体の民族共同体に求められている」ものであり、「このような国民精神の昇華された文化ナショナリズムは、「普遍主義」を標榜しつつ、他方ではその究極の源泉を「君民一体の日本民族共同体」に求めることで、そのまわりにフィヒテの言う「内的国境」の境界線を張り巡ら」したとしている。そしてそれは、「敗戦の翌年〔一九四六年八月二七日〕の第九〇帝国議会貴族院本会議での憲法改正案をめぐって当時の吉田茂首相に対して質問演説をおこない、憲法改正にともなう君主主義と民主主義の対立を超える第三の道として「民族共同体」〔「国民共同体」national community, Volks-gemeinschaft〕にもとづく「共同体民主主義」への発展」を唱えた南原繁〔一八八九〜一九七四、政治学者、当時東京帝国大学総長、貴族院議員〕の見解にも表明されているとして次のように述べている。

南原において民族の一体性を創造するフィヒテ的な「内的国境」の理念が、「文化国家」(Kultur-nation) の理想として語られるとき、日本国民の同一性と純粋性は、新しい民主主義の死活的な条件でなければならなかったのだ。いやより正確に言えば、南原の講演は、日本は敗戦によって不純な「帝国臣民」を国境の外に排除して本然の民族的な純粋性と同一性に立ち帰り、民族の「根源性」をよりハッキリと自覚するようになったと言いたいのである。

〔姜尚中前掲論文、二六〜二八頁〕

フィヒテとバリバール、そして姜の論文はいずれも政治哲学に関するものである。しかし北海道に先住したアイヌ民族の近代文学と無縁ではない。日本の場合、近隣諸国に帝国主義的覇権を求める一方、自民族に対し「内的国境」を巡らすことで民族の文化・民族の純血性を守り、周辺異民族に対する優越を堅持する仕組みとしてあるべきものだったからである。アイヌ民族は本来、日本の「内的国境」の境界外に存在したが、日本の同化政策によりその境界内への越境を強制された。その政策は以下に述べるように多くの問題を孕んでいた。

三節　近代日本とアイヌ民族の「内なる越境」

日本における「包摂」と「排除」

フィヒテは一九世紀初頭、「内的国境」をこのように考えたが、一九世紀の後半から国境線を諸外国と確定した近代日本の「内的国境」は、フランス占領下のドイツと異なり、言語と文化の同一性にとどまらず、民族・血統に基づく人種をベースとしながら、法的な位置づけとしての内地と外地の区分、日本国籍（戸籍）の付与や広く社会一般における差別意識の普及までを含めた政策的かつ社会的な境界を形成した。日本の「内的国境」の特徴を考えるにあたってまず「日本人とは何か」という「内的国境」の内側からの視点を検討しておきたい。

小熊英二〔一九六二～、歴史社会学者、慶應義塾大学総合政策学部教授〕は『〈日本人〉の境界――沖縄・アイヌ・台湾・朝鮮　植民地支配から復帰運動まで』〔新曜社、一九九八年〕で、「「日本人」とは、どこまでの範囲の人々を指す言葉であったのか」「その「日本人」の境界は、どのような要因によって設定されてきたのか」〔三頁〕という問いを設定して詳細な研究を行なった。そして「「日本人」であって「日本人」でない存在」すなわち「「日本人」の境界にあたる人々」として「近代日本の沖縄、アイヌ、台湾、朝鮮」〔四頁〕の人々を検証対象として挙げている。

小熊の見解は、「「日本」あるいは「日本人」とは不動の実体ではなく、時期や状況によって変動する言説上の概念にすぎない」ため、「そもそも「本当の日本人」などという概念は、厳密には成立しえない」〔四頁〕という逆説を前提としている。しかし「近代国民国家における「国民」とは、共通の「国語」や共通の文化、そして共通の忠誠対象ばかりでなく、共通の歴史をもつ集団として創造される」ものであるがゆえに、「国語」教育と日本文化の注入、天皇への忠誠心育成ばかりでなく、「日本人」として共有すべき公認の歴史観を教育することが「日本人」への同化政策において欠かせないわけである」〔一〇頁〕とした。つまり、沖縄・アイヌ・台湾・朝鮮の人々を日本の「内的国境」のなかに言語・忠誠心・歴史の強制という政策によって「越境」させようとしたわけである。

そして、そのプロセスにおいて日本が採用したいわゆる「同化政策」には、「包摂」と「排除」という二律背反性があったことを小熊は指摘している。フィヒテが言語と文化の同一性と規定した「内的国境」の要件は、近代日本においては、「日本語」と「日本文化」に置換されるが、その「内的国境」のなかに、さらに「本然の民族的な純粋性と同一性」を持ち、「日本民族の根源性」〔姜尚中〕に根ざした「大和民族」〔和人〕が存在するという二重の「内的国境」が構築された。日本語を話し、日本文化をまとってはいても、〃純血種〃の大和民族でなければ日本の「内的国境」には入れないという明確な排除の論理を内在させたものであった。「包摂」と「排除」は二重の「内的国境」を形成するためのいわば「篩《ふる》い」であった。これを意図的に都合よく使い分けることによって近代日本の「内的国境」は形成されたのである。

では日本は何を包摂し、何を排除したのか。小熊はそのメルクマールを次のように挙げている。

「包摂」……国民教育、国内法適用、国民参政権
「排除」……「旧慣」温存、植民地自治

〔『〈日本人〉の境界』一一頁〕

これをアイヌ民族への政策に照らし合わせて見てみよう。アイヌ民族に対して日本政府は日本国籍を付与し、平民に編入した。また日本式姓名への改名を要求し、日本語教育を実施、北海道旧土人保護法により給与地を与えるなどして日本への「包摂」〔同化〕を進めた。しかしその反面、行政上は「旧土人」と呼称し、和人との区別を明確にして、生業を含む伝統習俗を禁止した。また教育面でも同法でアイヌ学校を作りながら、その実際の運用では簡易教育を実施するなど和人と差別した。無償下付される土地につ

いても、その広さや耕作適地か否かにおいて和人との格差は明白であった。一連のアイヌ民族への「同化政策」には、このような「包摂」〔同化〕と「排除」〔異化〕が混合していたのである。アイヌ民族の立場からすれば、その目的と実態、いわば建前と本音が政策レベルで混在していると見えたのは当然であった。

小熊の研究で注目すべきは、こうした「包摂」と「排除」の二律背反性によって「実際の当事者たちが、二者択一の言葉におさまらないアンビヴァレンス〔両義性のこと〕をもっていた」〔『〈日本人〉の境界』一三頁〕との指摘である。たとえば「「日本人」としての平等は欲しても、「日本人」として同化されることは拒否したいといった指向をもつ被支配者が自己の立場を表現しようとしたとき、「包摂」と「排除」の枠内でしか「政治の言葉」が存在しない場合、そうした既存の言葉によって表現されえないものを抱えこむことになる」〔同書一三頁〕という分析に展開する。まさにこのような傾向に基づく言論が近代アイヌの人たちから生まれていることは本書ですでに見てきた通りである。

さらに、「もともと被支配者側は、自己の願望を表現することに多くの困難を負う。彼らが従来から使用していた語彙には「近代的」な「政治の言葉」はなく、したがって「近代的」と認知されうるようなかたちで表現を行なおうとすれば、支配側が使用する「政治の言葉」を借りるしかない」〔同書一四頁〕との指摘には説得力がある。彼らが日本から「借りた」「政治の言葉」には、近代アイヌ文学が最大のテーマとした「同化」という大変重い言葉が含まれていることは言うまでもない。

同様の指摘は竹ケ原幸朗〔一九四八〜二〇〇八、四国学院大学文学部教授〕からもなされている。竹ケ原は『竹ケ原幸朗研究集成』第一巻（教育のなかのアイヌ民族）〔社会評論社、二〇一〇年〕で次のように述べている。

周知のように、近代日本の天皇制国家のアイヌ政策の基本的特質は、アイヌの〈日本人〉化を強制するとともに、一方では、アイヌであるが故に〈日本人〉社会から排除するという二重の差別構造を内在化した同化（主義）政策と規定できよう。それは現代においても支配的なアイヌ政策である。〔一七頁〕

このように日本の「内的国境」は、「包摂」と「排除」の二律背反的な「同化政策」によって作り出された点が、フィヒテの言語・文化的同一性による一九世紀初頭の「内的境界」と異なる特徴である。この近代日本の「内的国境」は後に「単一民族国家日本」というさらなるフィクションを作り上げる土壌となっていく。

以上のことから近代日本の「内的国境」とは近代アイヌの人たちが強制された「内なる越境」の「境界」と理解することができる。

本書が近代アイヌ文学の特徴として論じようとする「内なる越境」とは、まず第一には、彼らの生来の土地がまるごと日本の「内的国境」のなかに吸収されたことにより生まれ、いながらにしてその地を異郷とされた状態を指している。そして衣食住にかかわる生活すべてを否定され、その最たるものとして日本語教育により本来の言語であるアイヌ語を奪われたことが挙げられよう。そうした過程のなかから、非母語としての日本語によって著された文学がすなわち「内なる越境文学」としての近代アイヌ文学である。

アイヌ民族は、日本の外地あるいは内地に、生まれながらの越境者として位置付けられ、またそれを意識せざるをえない社会的環境下に置かれた。「内なる」とは、故郷を異郷に倒置〔逆転〕させられたという意味でもある。そこにはマジョリティがけっして体得しえぬマイノリティの辛苦が深く沈潜している。このようにして生まれた「内なる越境文学」を文学として成立せしめたものとは、逆説的に言えば、日本人＝日本語＝日本文学という等式を疑うことのない意識（あるいは信仰）の下に「越境」とは無縁に「定住」してきた和人の存在であることは言うまでもない。

「内なる越境」の歴史的経緯

次に近代アイヌ民族の「内なる越境」の歴史的経緯を簡単に振り返っておこう。

和人とアイヌ民族の接触は概ね一四世紀頃に遡ると考えられている〔榎森進『アイヌ民族の歴史』、草風館、二〇〇七年、一〇〇～一〇二頁〕。その接触がとくに濃厚になったのは、日本史で言えば江戸時代で、この間、松前藩によるアイヌ民族支配が商場知行制から場所請負制に変質を遂げた。この過程で、アイヌ民族に対する強制労働、収奪、虐待など和人の一方的かつ非人道的な支配が長期にわたって行なわれていった。アイヌ民族を現地の労働力と見なした松前藩は、アイヌ民族に日本語の使用、和人との接触・混血、和人地への移動を禁止し、また和人に対してはアイヌ地への通行を厳しく制限した。つまり幕府・松前藩の幕藩体制下の日本は、自ら積極的にアイヌ地との間に「国境」を構築したのである。

ところが一八世紀になり、ロシアの南下によって北方警備が急務になると、アイヌ地を日本領として確保するため、アイヌ民族を日本人化する政策に一転した。幕府はアイヌ民族教化のため一九世紀初めに三官寺――有珠《うす》の善光寺、厚岸《あっけし》の国泰寺、様似《さまに》の等樹院――を設置し、松前藩を本州に移封して蝦夷地を幕府直轄地とした（幕府は一七九九年に東蝦夷地、一八〇七年に西蝦夷地を天領化したが一八二一年に松前藩が復帰、一八五五年に再びほぼ全島を天領化した）。その後一八六九年（明治二年）、明治政府は「蝦夷地」と呼んでいた島の呼称を「北海道」に改め、アイヌ民族の言語・文化・習俗・生計手段を剥奪する「同化政策」を進めた。日本は自らの利害を優先してアイヌ民族を一方的に日本人に組み入れることで、蝦夷地を領有したのである。

明治政府による「同化政策」とは次のようなものである。

一八七一年　戸籍法公布によりアイヌの人たちを平民に編入。アイヌ伝統の習俗（耳環、入墨、死者の家を焼いて転住する習慣）などを禁止。日本語の習得を奨励する布達

一八七二年　北海道土地売貸規則・地所規則制定によりアイヌ民族が生計の対象としていた土地を所有権設定対象として事実上アイヌ民族から取り上げ

一八七六年　戸籍登録に伴い「創氏」し、名前には「普通ノ邦言」を用いることを布達（開拓使根室支庁）

一八七七年　北海道地券発行条例制定。これによって、アイヌ居住地は官有地に組み入れられる

一八七八年　開拓使布達によりアイヌの人の呼称を「旧土人」と定める

一八九九年　北海道旧土人保護法公布

一九〇一年　旧土人児童教育規程公布。和人児童と区別し、アイヌ児童に簡易教育を実施

（以上、公益社団法人北海道アイヌ協会のホームページ「主な沿革」を参考とした）

このような経過により、北海道・樺太・千島に居住していたアイヌの人たちは、古来住み習わしてき

た土地にいながらにして生活環境を転変させられた。つまり「異郷」〔日本〕へ越境することを余儀なくされたのである。

四節　近代アイヌ文学のテーマとしての「同化」と「同化政策」

「狭間のような空間」のなかで

現代を代表する越境文学者・多和田葉子によれば、越境文学は単に作者が「越境」しているか否かではなく、越境に伴う「葛藤」と「軋轢」のなかから生まれた「狭間のような空間」をその土壌として考えるべきだと言う〔リービ英雄『越境の声』〕。

近代のアイヌ人たちのように「内なる越境」によって「狭間のような空間」で葛藤することを強要された人々が生み出した文学は、必然的にその「土壌」をもたらした「同化」ないし「同化政策」に対していかに対応するかということが最大のテーマとなった。

アイヌの人たちはその葛藤を文学や論考のテーマとして訴え、その直截な表現が民族文学や抵抗文学としての近代アイヌ文学の特徴とされた。しかしまず認識すべきことは、そうした彼らの文学や論考が、アイヌ語の禁止と引き換えに押し付けられた日本語で書かれたという事実である。そして何より重要なことは、その文学を生み出す過程から彼らが「同化」を考える際の基盤となった「民族的アイデンティティ」をつかんだことであった。知里幸恵や違星北斗に見られる「私はアイヌだ」との宣言はその一例である。

しかしながら近代における「同化」と、またその「同化」を考える際の基盤となる「民族的アイデンティティ」とは何かを考察しておかないと、当時の彼らの文学表現や論考を理解することはできない。先住少数民族にとって「同化」「同化政策」「民族的アイデンティティ」は三位一体の関係にある。これまでに取り上げてきた例も振り返りながら、今一度これらの概念を整理しておきたい。

「同化政策」とは何か

まず近代日本における「同化政策」の定義をふまえておきたい。

「同化政策」とは現在、「植民地領有国または支配民族が、植民地先住民または国内少数民族の固有の言語、文化、生活様式などを圧殺して、自国民に同化させようとする政策」（『ブリタニカ国際大百科事典』二〇一四年）、あるいは「本国ないし支配民族が、植民地原住民ないし国内少数民族を、自分たちの生活様式、考え方になじませ、一体化しようとする政策」（『大辞林』第三版、三省堂、二〇〇六年）などと定義されている。ここに使われている「同化」とは、「ある特定の文化が別の異質文化に包摂されたり、またはある特定の文化を担う集団ないし個人が別の異質文化の担い手になる現象」のことで「生物の同化現象と区別して社会的同化」であると一般的に説明されている（『日本大百科全書（ニッポニカ）』小学館、一九九四年より部分引用）。今日では「同化」「同化政策」という言葉はこのような定義に基づき共通認識化している。

その上で近代日本の同化政策について見ていこう。同化政策のきっかけとなる対外拡張の歴史的経緯をふりかえると、明治維新後の日本は、蝦夷地〔北海道〕、琉球王国〔沖縄〕、台湾、樺太、千島列島、大韓帝国〔朝鮮〕、南洋諸島などを次々にその版図に組み入れた。そして獲得した領土の住民〔他民族〕に対して同化政策を実施した。各地域を領有した年とその根拠は次の通りである。

蝦夷地（北海道）　一八五五年〔安政二年〕幕府再天領化、一八六九年〔明治二年〕北海道と改称
琉球王国（沖縄）　一八七二年〔明治五年〕琉球藩設置、一八七九年〔明治一二年〕琉球王国消滅
台湾　一八九五年〔明治二八年〕馬関条約で清国から割譲
南千島　一八五五年〔安政二年〕日露和親条約
北千島　一八七五年〔明治八年〕千島樺太交換条約
南樺太　一九〇五年〔明治三八年〕ポーツマス条約でロシアから割譲
関東州　一九〇五年〔明治三八年〕ポーツマス条約でロシアから租借権を移譲
大韓帝国　一九一〇年〔明治四三年〕韓国併合条約
南洋諸島　一九二二年〔大正一一年〕ヴェルサイユ条約により国際連盟の委任統治領として統治

こうした領有地に対する法治根拠として、一九一八年〔大正七年〕大日本帝国憲法の適用範囲を明確にするため「共通法」〔法律第三九号〕が公布・施行された。その結果、右の地域のうち行政上「外地」に該当するものは、

台湾・朝鮮・関東州・南洋諸島とされた。ちなみに樺太はこの共通法により「内地」と規定されている。しかし法律や行政上の概念と一般の人々の意識には当然のことながらズレがあった。たとえば、北海道・沖縄は当初から法的には「内地」であったが、これらの地にあっては本州・四国・九州を「内地」と呼ぶ慣わしがあった。北海道と沖縄は「外地」ならざる「外地」、「内地」ならざる「内地」というあいまいで両義的な位置づけに置かれた地域であった。

アイヌ民族と沖縄〔琉球〕の人々に共通しているのは、自民族と「日本人」の呼称を区別している点である。アイヌ民族は自分たちのことを「アイヌ」〔ウタリ〕と言い、日本人のことを「シサム」「シャモ」と呼ぶ。また、沖縄の人々は自分たちのことを「ウチナンチュウ」と言い、日本人のことを「ヤマトンチュウ」「ナイチャー」と呼ぶ。アイヌ民族も沖縄の人々もそれぞれアイヌ語・琉球語といった独自の言語〔琉球語の場合は方言ともされるが〕を持っていて、「内地」の日本人〔和人〕とは民族的・文化的に異なる民族としての意識があることがその背景にはある。とくにアイヌ語は日本語とはまったく異なる言語であることは言語学上も明らかであり、この点ではアイヌ民族はフィヒテの言う「内的国境」の外にある民族と自他ともに認めていたと言ってよいであろう。日本はまさにこの事実に基づき、明治以前はアイヌ民族の居住地を「蝦夷地」〔アイヌ地〕と呼んで「和人地」とは異なる統治外の地域としてきたのである。

そのため日本人は、建前上は「われわれ日本人」に組み入れながらも、本音ではアイヌ民族を域外の異民族として「純粋な日本人」とは認めていなかった。その一方では社会的差別を内包した強制同化によってそうした状況の早期解決を図ろうとしたわけである。日本の同化政策とは、このように、「包摂」と「排除」、あるいは「同化」と「異化」が混在・併存し、建前と本音で都合よく使い分けられた政策であった。

「同化」とは何か

次に「同化」という言葉について考えてみたい。

本書ではこれまで、近代アイヌ民族の言論者たちが「同化」を人種的な混血化や和人化ではなく、和人との「平等化」や「対等化」、さらには生活様式や教育の「近代化」の意味で用いてきたことを述べてきた。また、アイヌの人たちが用いた「同化」の意味と和人のそれとの間でその言葉の概念のすれ違いが生じていたことにも言及してきた。それでは近代日本がアイヌ民族に対する同化政策を実施していた時期、「同化」という言葉は一般にはどのように理解され、また使用されていたのであろうか。

辞典における「同化」の語義解説の内容を辿ってみると、一八八九年〔明治二二年〕に刊行された大槻文彦編『言海』に「同化」の項目はない。一九一七年〔大正六年〕の『大日本国語辞典』には、「異性質のものが同性質のものにかはること」「聴き又は読みたる物事の意義を了解して、自己の智識となすこと」、心理学用語として「意識の中の要素が統合する事を言い、統覚作用の内容的方面を抽象して名づけたるもの」と三項目の説明がなされているが、「社会的同化」についての説明はない。さらに一九三四年〔昭和九年〕の『広辞林』には生物学の用法が追加されているが主な説明は従来通りである。戦後一九五二年〔昭和二七年〕に刊行された『辞海』には言語学上の用法が追加され、計五項目の説明に拡張してはいるが、やはりそこまである。前掲『日本大百科全書』〔一九九四年〕のような「社会的同化」の説明がなされるようになったのは比較的最近のことである。一九世紀後半から二〇世紀初頭にかけて、当時の一般的な人々が言葉を理解し、使用するときの手助けとなった辞書には「社会的同化」の説明がなされていないなかで、アイヌ民族の言論者たちが、その著述に「同化」と書いたとき、これはどのような意図で用いた言葉であったのか。使用した側、読んだ側の双方に共通の理解が得られていたのか検証しておく必要がある。

近代のアイヌの人たちが「同化」というとき、この言葉はどのように意図されて用いられたのか。当時、「同化」を「社会的同化」の意味で使用していたのは、施政者や和人の学者、新聞・雑誌などのメディア、そしてアイヌ民族のなかでも言論活動を行なった人たちに限定されていた。しかし「社会的同化」と言ってもその意味は幅広い。「包摂」と「排除」という二律背反性を持った政策としての「同化」を語るとき、その言葉は「人種的混血」「和人化」「近代化」「同質化」「対等化」「平等化」など多義性を帯びていた。したがって「同化」という言葉は、その使用された背景・文脈・前後関係を斟酌して読まれなければ、その正確な意味の理解にはいたらないだろう。

こうした点をもう少し敷衍しておきたい。

高木博志〔一九五九〜、京都大学人文科学研究所教授〕によれば、「日本において、「同化」＝assimilationという名辞が、異民族統治を意識して使われるのは、一八九五年の日清戦争による台湾領有を契機とする」〔歴史学研究会編『国民国家を問う』、青木書店、一九九四年、「Ⅸアイヌ民族への同化政策の成立」一六八頁〕とされている。同論文によれば、「現在、植民地研究史において、同化主義の登場は、伊沢修二台湾総督府学務部長が「台湾の領有とともに最初に同化（生物学の用語の翻訳）を唱えた〔略〕ことをもって嚆矢とされる」〔一六九頁〕という。一八九五年は一八九九年の北海道旧土人保護法制定の四年前であるが、すでに一八七一年以降の一連の「同化政策」は実施されていた。したがって右の事実に則して言えば、一八七一年以降九五年までは現在使われている「同化政策」という用語認識はなかったということになる。一八九九年の北海道旧土人保護法成立直前にようやく「同化」という名称が、それも一部の当局者によって用いられたという事実に注目したい。しかも当初は「生物学の用語の翻訳」として用いられたという点も、先に引用した当時の国語辞典の語義に照らしてうなずける。その後「同化」という言葉は、北海道旧土人保護法制定前後に政府・議会・当局者の間で頻繁に用いられることになるが、使用者の範囲は限定的であったと思われる。

さらに高木は、当時の「同化」の用法について、基本的には「「日本人」への同質化（勧農と教育）」〔『国民国家を問う』一七五頁〕の意味で使用されているとしている。「同質化」とはいろいろな解釈ができようが、「勧農と教育」の関連で考えれば、少なくとも混血化の意味ではなく、前述の通り、アイヌ民族の言論者が言う和人との「平等化」あるいは一般的な「近代化」の意味に近いと理解できるのではないだろうか。高木によれば、当時「同化主義」を論じた岩谷英太郎〔一八六五～没年不詳〕についても、「岩谷における同化主義とは、あくまで教育のレベルで「風俗習慣を改良して漸次和人に同化せしめ」むとすることにあり〔略〕、一九三〇年代にみられるような混血し「日本人」に埋没するような優生学的同化主義ではない」〔同書一七六頁〕としている。また、「アイヌ民族の側も現状改善を目的として主体的に取り組み、その中で同化主義を至上とする考え方が定着した」〔同書一七七頁〕と指摘する。したがって、当時のアイヌの人たちの「同化」容認とは、当初の日本政府の同化政策自体がそうであったように、教育・近代化に対する賛意・同意であって、優生学的な意味での混血化の承認ではない。

当時の「同化」の実態について、現代の研究成果をさらに見ていきたい。

矛盾する「同化」の概念

東村岳史〔一九六三〜、名古屋大学大学院国際開発研究科教授〕が一九九七年に著した「対アイヌ民族政策における「同化」のレトリック」〔『国際開発研究フォーラム』第八号〕では、「「同化」とはいったいいかなる概念なのであろうか」との問いを冒頭に掲げ、「実は「同化」という概念がたいへんあいまいなまま使われていた」と指摘している。小川正人などの先行研究や当時の言説を参照しつつ、「同化政策」の名の下に「教化」「救済」「同化」「保護」「保存」「滅亡」「融合」などの目的が政策ごとに混入しており、それらは年代が下るにしたがって、「滅びゆく」言説の流布とあいまって次第に「混血」による「同化完了」へと内容を変質させていったと分析した。そして「同化政策」言説の特徴として次の四つを挙げている。

・「教化」「救済」「同化」「保護」が目標とするものの内容がより「日本人化」を目指したものとなったこと
・「保護」論と「滅亡」（危惧）論の認識上のすれ違い
・「滅亡論」と「同化論」の論者による齟齬
・「学問上の必要性」からの「保存」論の存在

戦前のアイヌ民族同化政策の遂行過程には、右のようなさまざまなすれ違いが、アイヌ民族との関係で、また和人間の議論においても発生していたことを東村は報告している。

さらに、戦後に流布した「アイヌ民族は民族としてはもはや存在しない」などという暴論が決定的に論理破綻していることを明らかにしている。東村は、一九八九年に日本民族学会が出した声明〔註〕を紹介した上で、結局「「同化」の論理そのものに内包された矛盾」があり、「「同化」の目標とされる中身も認知基準も変容し、一貫した方針などなかったこと、そして「同化」の「主体」／「客体」という二分法的発想は破綻してしまうこと」を結論としたのである。

次に小熊英二の前掲『〈日本人〉の境界——沖縄・アイヌ・台湾・朝鮮　植民地支配から復帰運動まで』で、岩谷英太郎に代表される当時の日本の同化論を見ておこう。小熊は岩谷の言う「同化」について、究極においては「日本人」に同化することを目的とするが、和人と同じ教育を施すこともせず、「アイヌは対外関係上から「日本人」に編入せざるをえないが、対内的には「日本人」と同列にあつかうことはできない」と捉えており、「〈将来〉の同化と〈当面〉の分離。〈対外的〉な包摂と〈対内的〉な排除。こうした矛盾した要素を両立させていた」のが岩谷の同化主義であるとした。

つまり「究極においては矛盾するはずの同化と排除が、「漸進」の名のもとに、最終目的と一時的便宜というかたちをもって同居させられていた」〔六五〜六六頁〕のが日本の同化主義の大きな特徴であった。

もうひとつ、最後にアイヌ民族の言論者の立場に立ち、その言説の内容を詳細に検討した関口由彦の「「滅び行く人種」言説に抗する「同化」——一九二〇〜一九三〇年代のアイヌ言論人の抵抗」〔『国立民族学博物館報告書』第二九号、二〇〇五年〕を見ておこう。関口のこの論考は第7章「近代後期の言論者たち」の三節「『蝦夷の光』を舞台とした言論」の平村幸雄の項でもふれた。

関口の研究は、「一九二〇〜一九三〇年代を中心とするアイヌの人々の言論活動が、支配者側が用いた「同化」概念を「流用」しながら「滅び行く言説」に抗する」ものであったとして、違星北斗・平村幸雄などの言論をケーススタディとして検証したものである。その結論は、彼らは「同化」「滅び行く」という意味を微妙にずらし、「「アイヌ」を存続し得るものと構想しなおし、自らのアイデンティティを構築」したとするものであった。たとえば違星北斗の場合は、「「野蛮」／「文明」という価値づけ（序列）と結びつかない「血」に基づいて、「和人」と区別された「アイヌ」という「種的同一性」を設定し、それが上位カテゴリーとしての「日本人」に内包されることを「同化」として捉えた」とする。また平村幸雄の言説については「「アイヌ」であることと「和人」であることが両立しうるとするアイデンティティ認識に基づいた「和人化」としての「同化」を主張した」と述べている。そして「違星や平村などのアイヌ言論人たちは、「アイヌ」としてのアイデンティティの維持と「同化」志向を二者択一的には捉えておらず、むしろ両立するもの」と考え、「「アイヌ」でありながら「日本人」になること〔＝「日本人化」〕が可能」と捉えたとした。

「アイヌの血」という概念

ここでアイヌの言論者が頻用した「アイヌの血」という言葉を思い出したい。「アイヌの血」という概念は、武隈徳三郎が『アイヌ物語』のなかで述べて以降、森竹竹市の詩「アイヌ亡びず」や、平村幸雄・辺泥和郎・貫塩喜蔵・貝澤藤蔵・川村才登らの論考に用いられてきた。彼らは「アイヌの血」は古くから和人のなかに流れており、「和人は最早我等の血族である」〔平村幸雄〕と同時に、「アイヌウタリーの血を多分に混ぜた民族が即ち大和民族」〔辺泥和郎〕であることから、むしろ日本列島の先住民はアイヌ民族であるとの主張の根拠として用いている。この「アイヌの血」概念とは、人種的な概念だけではなく、アイヌ民族がアイヌ民族として存在する際の最大の根拠として用いられた。「アイヌの血」が今も昔も、またこれからも日本人の体内に「永遠に流るる」〔森竹竹市〕ということは、アイヌ民族の存在を認識する最大の要因であることの宣言である。民族の存在認識の要因とは、すなわち民族的アイデンティティを表象する概念であるということである。したがって、アイヌ民族の意識における「アイヌの血」とは、当時「アイデンティティ」という言葉、概念がまだ存在しなかった時代に、現在の概念で言うところのアイデンティティを意味した言葉として用いられたと考えるべきであろう。さらに言えば、「アイデンティティ」という言葉自体がアイヌの人たちにとっては支配者側から「借りてきた言葉」であるのに対し、「アイヌの血」こそ、彼らが自ら生み出して使用したアイヌの人たちの言葉であった。

さてこの「アイデンティティ」の本質を考えると、「アイヌ」であることと「日本人」であることが矛盾しないという考え方は極めて自然な流れ・発想であったと言える。そもそも「アイデンティティ」とは相対的かつ可変的な概念だからである。「アイデンティティ」はその対象に応じて姿を変えるのが特徴である〔したがって本来はリービ英雄の著書名のように「アイデンティティズ」と複数形で書くのが正しいと思われる〕。「アイデンティティ」が語られた文脈は注意深く読み解かなければそれが意味する真意を読み解くことはできない。

したがってアイヌ民族の「アイデンティティ宣言」と「同化容認論」は論理的にも矛盾することなく併存しうる。なぜならば「同化」「民族的アイデンティティ」ともに相対的で多様な概念だからである。とくに「同化」とは、あるときは混血化・近代化を意味し、またあるときは平等化・同質化・対等化を意味する。ケースバイケース、文脈に応じて多用な解釈が可能なのである。また「民族的アイデンティティ」も相対性、多義性を持っており、「同化政策」が二律背反性を持った政策であったことを勘案すれば、「同化」「同化政策」「民族的アイデンティティ」の三者の関係に画一的な解釈はむしろ論理的に成立しないことは自明である。

つまりアイヌの人たちは自分たちに降りかかったさまざまな「同化政策」が二律背反性を持った矛盾する政策であったことを起点として、マイノリティの立場から「同化」を帰納的に考えて、そこに多様な意義を見出し、ついには民族としての「アイデンティティ」の発見にいたったと言えないだろうか。

一方、マジョリティである和人は優生学や進化論の大原則から演繹的に思考し、アイヌ民族を「滅びゆく」民族と断定し、教化・吸収すべきと結論づけた「同化」概念を導き出した。このため和人はついにアイヌの人たちの「アイデンティティ」を理解できなかったのだと言えよう。帰納法・演繹法の思考経路の違いと言ってしまえばそれまでだが、このすれ違いは近代から現代にかけてもなお続いているように思える。「同化」と「アイデンティティ」は、アンチテーゼの関係にない以上、矛盾・相反することなく併存しうる。

〔註〕「民族学、文化人類学の分野における、基本的な概念のひとつは「民族」である。この「民族」の規定にあたっては、言語、習俗、慣習その他の文化的伝統に加えて、人びとの主体的な帰属意識の存在が重要な要件であり、この意識が人びとの間に存在するとき、この人びとは独立した民族とみなされる。アイヌの人びとの場合も、主体的な帰属意識がある限りにおいて、独自の民族と認識されなければならない」（日本民族学会研究倫理委員会、一九八九年）

五節　近代アイヌ文学の声、再び

このように近代におけるアイヌ民族をめぐる「同化」「アイデンティティ」の諸相を見てきた後に、近代アイヌ文学・論考のなかからいくつかの〝声〟を改めて聞いておこう。すべて本書で既出の人たちの言葉である。これまで述べてきた「同化」に対する考え方をふまえて、彼らの〝声〟がどのように聞こえるか、再度耳を傾けてみていただきたいと思う。主に言論発表の年代順に特徴的なセンテンスのみを羅列する。

一九一八年　武隈徳三郎（『アイヌ物語』）

現今のアイヌは日本帝国の臣民たることを自覚せり。〔略〕土人をして和人に同化し、立派なる日本国民たらしむるこそ、アイヌの本懐なれ。或る一部の学者・識者は、アイヌ種族の亡ぶることを憂ひらると雖も、「アイヌ」は決して滅亡せず。縦令其の容貌風習に於て漸次旧態を失ふも、「アイヌ」の血液量は必ず減少せず。故に予は今後「アイヌ種族」は滅亡するが如きことは無くして、大和人種に同化すべきものなりとの信念を有せり。

一九二三年　知里幸恵（「日記」）

私はアイヌだ。何処までもアイヌだ。何処にシサムのやうなところがある？　たとへ、自分でシサムですと口で言ひ得るにしても、私は依然アイヌではないか。そんな口先ばかりでシサムになったって何になる。シサムになれば何だ。アイヌだから、それで人間ではないといふ事もない。同じ人ではないか。私はアイヌであったことを喜ぶ。

一九二七年　違星北斗（「アイヌの姿」）

吾人は自覚して同化することが理想であつて模倣することが目的ではない。

鮮人が鮮人で貴い。アイヌはアイヌで自覚する。シャモはシャモで覚醒する様に、民族が各々個性に向って伸びて行く為に尊敬するならば、宇宙人類はまさに壮観を呈するであらう。

吾アイヌ！　そこに何の気遅れがあらう。奮起して叫んだこの声の底には先住民族の誇まで潜んでゐるのである。

一九三〇年　平村幸雄（「アイヌとして生きるか？将たシャモに同化するか？――岐路に立ちて同族に告ぐ」）

今日アイヌは其の種の保存は思ひ得られない事である。吾々の祖先が和人化して其血液が多量に和人の中に入つて居る事は近世の学者が証明して居る。〔略〕和人は最早我等の血族である。我等がアイヌ種族として存在出来得ない将来を持つて居る事を考へたならば、当然の帰結として和人化すべき途をとらなければならない。

一九三一年　小信小太郎（「文字を知つた吾等の喜び」）

吾等同族が今やその醜い過去、暗黒な道程を脱して現代物質文明の水平線々上に浮び上らんとして、平等の社会人たるべく生甲斐ある生命への躍進こそ之即ち「蝦夷の光」ではないか。

一九三一年　バチェラー八重子（「若きウタリに」）

國も名も家畑までもうしなふも失はざらむ心ばかりは

一九三一年　辺泥和郎（「ウタリ乃光リ」第三号）

私は誇る。我々はアイヌであるが故に誇りたい。〔略〕アイヌと呼ばれる事は、我々がシャモと云ふのと何のかわりもないはづではないか。

我々は我大日本帝国建国の其昔より此地に住んで居たのではないか。

一九三三年　辺泥和郎（「ウタリ乃光リ」第七号）

数多い種族の集りで出来た大和民族の中に、何と云っても我々アイヌウタリーの血が一番多く混ぜられてある事実なのである。〔略〕併し決して我々アイヌウタリーの血がなくなったのではなかったのである。かくの如く我々アイヌウタリーの血を多分に混ぜた民族が即ち大和民族となって今日世界に君臨して居るのである。

一九三四年　川村才登（「アイヌの手記」）

日本国民が大和民族であると言ふならば殊更先住民族であるアイヌは立派な大和民族でなければならぬ。〔略〕互の身体の中にアイヌ人、朝鮮人、台湾人幾つかの血が流れて今日の日本人が出来上つて居る。

アイヌは亡びた何時の間にか死んだかと言ふが是はまちがつた言葉であります。是は内地人と同化しアイヌと言ふ名を取りさつたのである。

一九三四年　貫塩法沈（「アイヌの同化と先蹤」）

「アイヌは滅亡ゆく民族と云ふ」余りにも冷かなそして何んたる悲想感言であらう。私は此の言葉を耳にする時、度毎に涙遇ぐむのである。如何となれば、私は唯アイヌと云ふ三字を嫌うふのではない、或は滅亡ゆくと云ふ淋寞心からではなく、茲に大日本帝国臣民の一人として、アイヌ乍らも我が国体の精華を思ふ所以からである。

一九三七年　森竹竹市（「アイヌの血」〔詩集『原始林』から最終節を抜粋〕）

虐げらるる悲憤
堪え難き世人の嘲笑
私は可愛い子孫まで
この憂愁を與へたくない

しかし——アイヌ民族の風貌が
現生《このよ》から没しても
其の血は！
永遠に流るるのだ
日本人の體内に

恣意的な抜粋との批判を覚悟でアイヌ民族の文学・言論の特徴的な表現を抽出した。本節を読んだ上でアイヌの人たちの言葉にここで改めて接してもらいたかったからである。「同化」「アイヌの血」などの言葉がこれまでとは違った意味に読み取れるのではないだろうか。

六節　近代アイヌ文学の特徴と意義——結論として

マジョリティが生み出した死角

一九九三年の「国際先住民年」、一九九七年の「北海道旧土人保護法の廃止」と「アイヌ文化振興法〔通称〕の施行」、一九九五〜二〇〇四年に設定された「世界の先住民の国際一〇年」など国内外でのさまざまな動きに刺激されて、日本国内ではアイヌ民族に関する多くの著作・研究成果が発表された。本書で紹介・引用した研究の多くはこの時期になされたものである。それらは近代のアイヌの人たちの言論活動に関する研究を大きく進展させた。

近代アイヌ文学は、内なる越境文学として日本の〝死角〟に生まれたと言える。その〝死角〟とは自然かつ必然的に生み出されたものではなく、マジョリティである和人が意図して生み出したものである。マジョリティが〝死角〟を作るために意図して目をそむけたのは、優生学や社会進化論への盲従、少数民族への優越感、自己過信、純血性への渇望、そして異民族に対する理由なき拒否感を持つがためである。死角を虚構し、さらに虚勢をはってマイノリティを差別・誹謗する和人の姿勢には今なお嫌悪感を持たざるをえない。

近代アイヌ文学はこのように不条理な死角、ネグレクトのなかで生まれ、生き続けた。内なる越境文学としての近代アイヌ文学は、マイノリティがマジョリティに対して挑んだ知的なレジスタンスである。

特徴と意義のまとめ

最後にこれまでの議論を近代アイヌ文学の特徴と意義という観点から改めて要約して本章を閉じたいと思う。まず特徴については次のようにまとめることができよう。

一、アイヌ民族は近代日本が築き上げた「内的国境」のなかに内なる越境を強いられ、「包摂」（同化）と「排除」（異化）の二律背反した「同化政策」の対象とされた。アイヌ語を奪われたアイヌ民族はいわば

「借り物」としての日本語で文学表現・言論活動を行なった。とくに日本語教育の本格化はアイヌ語によらない「内なる越境文学」の胎動となった。

二、近代アイヌ文学は「同化にいかに対応するか」をその最大テーマとした。しかし当時は社会的同化の概念は一般に定着しておらず、二律背反性を持つさまざまな「同化政策」から帰納的に導き出された「同化」には多様な解釈が内包されていた。

三、近代アイヌ文学でなによりも重要なことは、民族的アイデンティティの発見であった。知里幸恵や違星北斗の「アイヌ宣言」とでも呼ぶべき言葉やアイヌの人たちの言論に多用された「アイヌの血」という言葉には民族の「アイデンティティ」の意味が込められていた。「アイヌの血」とは「アイデンティティ」という概念がまだ存在していなかった当時の民族的帰属意識を表現した言葉である。和人と混血してもなお民族の証しとして永遠に生き残るもの、それこそ「民族的アイデンティティ」の意識にほかならない。

四、近代アイヌ文学に登場する「同化」と「アイヌの血（民族的アイデンティティ）」はいずれも相対的で多義性・多様性を持った概念として用いられ、論理的にも矛盾することなく併存する概念として使用されたものであった。

さらにより巨視的には近代アイヌ文学の意義としては次の二点にまとめることができよう。

一、近代アイヌ文学は、近世以降の「日本語文学」の嚆矢であり、「日本語文学」に初めて「少数民族文学」、本格的な「抵抗文学」をもたらした。

二、また「内なる越境文学」の先駆けとなり、日本語文学の普遍性、多様性を切り拓き、現代アイヌ文学の飛躍へ重要な礎を築いた。

重要なことは、近代に続く現代アイヌ文学の基本的な土壌を作ったことである。現代アイヌ文学のテーマは近代アイヌ文学の流れをふまえて「同化から異化へ」、あるいは「「包摂」からの離脱」となるが、第二次世界大戦後はより多くのアイヌ文学者・言論者によって民族としての訴え、主張が広範になされることとなった。現代アイヌ文学は「同化」されることから自らを解放し、むしろアイヌ民族としての異化を積極的に発信する文学となった。

現代アイヌ文学の「異化」指向は、「内なる越境」からの〝出境〟と言い換えることができるが、この動きはまさに「境界の排除のロジックを無意味にしていく個人の内部のプロセス」として「「純粋な日本人の消滅」を告げ」〔戴エイカ〕るべき位置に到達するにいたっている。マイノリティが「内なる越境」のベクトルを「内的国境」の内側から外側に向けたとき、マジョリティの純血神話は消滅・無化されるからである。

あとがき

近代アイヌ文学の特徴のひとつに、抵抗文学としての側面を持つことが挙げられる。このため著作者とその作品は民族自立・解放運動と表裏一体の関係に位置付けられることが多い。したがって文学論的見地からの作品評は思いのほか少なく、民族史や運動史の観点から作品が紹介されることがほとんどである。しかしながら、「明治以後のアイヌ運動は、文学活動が支柱だったといえましょう」（成田得平「森竹エカシのアイヌ精神を継がん！」『レラコラチ』）との言葉にもあるように、近現代のアイヌ史において、文学の果たした役割はきわめて大きい。にもかかわらず、近現代アイヌ文学の位置付けとその研究はまだ緒についたばかりである。

私は第1章でまずアイヌ民族に対する日本語教育の歴史について述べたが、それは日本語を非母語として教育された世代にとって「内なる越境」は、「平成」時代が終わろうとしている今とは想像もできないくらい錯綜した思いがあったということを知るべきだと思うからである。それは、とくに知里幸恵やバチェラー八重子、そして森竹竹市のようにアイヌ語を母語として育った人たちの日本語文学を読解するときには忘れてはならないことなのである。読み取るべきはそこから生まれた人間としての必然の心の叫びである。

その結果として紡ぎだされたアイヌ民族の日本語文学をどのように読むか、それは我々一人ひとり（和人自身〕の課題であり、ひいては日本人が他国・他民族の歴史に向き合うとき、どのような視座に立つかという問題でもある。近現代のアイヌ文学――とくに近代のアイヌ文学――を読むときにはアイヌ民族の歴史、そして近世以降アイヌの人たちを酷使・虐待してきた日本の歴史を学び理解することがまず求められる。その上で、近現代アイヌ文学のほとんどが日本語で書かれざるをえない事実を認識し、その意味を咀嚼し、アイヌの人たちの先住民族としての誇り・抵抗・被差別の実態と侮蔑に耐えてきた心情に思いをよせて読まれなければならない。近代アイヌ文学には職業作家はひとりもいない。文学をなした人も文学に描かれた名もなき人々も、その一人ひとりの心を無視して文学は成り立たない。文学の原点は人間の心を大切にすることである。このことを肝銘して〈現代編〉につなげていきたい。

二〇一八年二月

須田 茂

主な参考文献

序章

梅棹忠夫『文明の生態史観』中公文庫、一九七四年
川田順造『無文字社会の歴史』岩波現代文庫、二〇〇一年
羽田正『新しい世界史へ』岩波新書、二〇一一年
榎森進『アイヌ民族の歴史』草風館、二〇〇七年
宮島利光『アイヌ民族と日本の歴史』三一新書、一九九六年
小笠原信之『アイヌ近現代史読本』緑風出版、二〇〇一年
新谷行『増補　アイヌ民族抵抗史』三一新書、一九七七年
河野本道『アイヌ史／概説』北海道出版企画センター、一九九六年
貝澤正編『アイヌ史の要点』北海道ウタリ協会アイヌ史編集委員会、一九八四年
北海道大学アイヌ・先住民研究センター「二〇〇八年北海道アイヌ民族生活実態調査報告書――現代アイヌの生活と意識」
北海道ウタリ協会アイヌ史編集委員会『アイヌ史資料集』
加藤周一『文学とは何か』角川書店、一九七一年
深澤百合子『新北海道の古代―3　擦文・アイヌ文化』北海道新聞社、二〇〇七年
『千葉大学ユーラシア言語文化論集４』二〇〇一年
ジョン・バチェラー『蝦和英三對辭書』国書刊行会、一九七五年（復刻）

第1章

E・H・カー『歴史とは何か』岩波新書、一九六二年
小坂洋右『流亡――日露に追われた北千島アイヌ』北海道新聞社、一九九二年
藤本英夫『金田一京助』新潮社、一九九一年
北道邦彦『アイヌの叙事詩』北海道出版企画センター、二〇一二年
樺太アイヌ史研究会編『対雁の碑』北海道出版企画センター、一九九二年
福島恒雄『北海道キリスト教史』日本基督教団出版局、一九八二年
福島恒雄『教育の森で祈った人々――北海道キリスト教教育小史』小樽朝祷会、一九八五年
仁多見巌訳編『ジョン・バチェラーの手紙』山本書店、一九六五年
小川正人『近代アイヌ教育制度史研究』北海道大学出版会、一九九七年
小川正人「「北海道旧土人保護法」「旧土人児童教育規程」下のアイヌ教員――江賀寅三と武隈徳三郎を中心に」『北海道立アイヌ民族文化研究センター研究紀要』第二号、一九九六年
小川正人・山田伸一編集『アイヌ民族近代の記録』草風館、一九九八年
竹ケ原幸朗「北海道旧土人教育会蛇田学園の研究」『日本教育学会大会研究発表要綱』、一九九三年
竹ヶ原幸朗『教育のなかのアイヌ民族――近代日本アイヌ教育史』社会評論社、二〇一〇年
武田銀次郎編著『樺太教育発達史』青史社、一九八二年（復刻）
武隈徳三郎『アイヌ物語』富貴堂書房、一九一八年
野村義一『野村義一と北海道ウタリ協会』草風館、二〇〇四年
久木幸男「山県良温のアイヌ教育活動」『横浜国立大学教育紀要』第二〇集、一九八〇年
富樫利一『維新のアイヌ金成太郎』未知谷、二〇一〇年
久保寺逸彦『アイヌの文学』岩波新書、一九七七年

知里幸惠『アイヌ神謡集』岩波文庫、二〇〇〇年
違星北斗『違星北斗遺稿コタン』草風館、一九九五年
村井紀「近代日本文学とアイヌ民族」『マイノリティとは何か——概念と政策の比較社会学』ミネルヴァ書房、二〇〇七年

第2章

山辺安之助『あいぬ物語——附あいぬ語大意及語彙』博文館、一九一三年
佐藤忠悦『南極に立った樺太アイヌ』東洋書店、二〇〇四年
金田一京助『金田一京助全集』第六巻、三省堂、一九九三年
金田一京助『ユーカラの人びと』平凡社、二〇〇四年
金田一京助『言語学五十年』宝文館、一九五五年
『郷土研究』第一巻第一〇号、郷土研究社、一九一三年
神谷忠孝「大正期の北海道文学」『北海道文教大学論集』第一三号、二〇一二年
宮内寒弥『からたちの花』大観堂、一九四二年
西成彦・崎山政毅編『異郷の死——知里幸惠、そのまわり』人文書院、二〇〇七年
中島河太郎「中山太郎伝」『学部創設三十五周年記念論文集』(和洋女子大学)、一九八五年

第3章

青山樹左郎『極北の別天地』豊文社、一九一八年
『北海道大百科事典』上巻、北海道新聞社、一九八一年
田村将人「樺太アイヌ教育の黎明期(1)——千徳太郎治と山辺安之助の動きを中心に」『itahcara』、二〇〇三年
村崎恭子「北千島アイヌ語絶滅の報告」『民族学研究』第二七巻第四号、一九六三年
千徳太郎治『樺太アイヌ叢話　全』市光堂、一九二九年

長見義三『色丹島記』新宿書房、一九九八年
『樺太アイヌ民族誌――工芸に見る技と匠』アイヌ文化振興・研究推進機構、二〇〇四年
荻原眞子（解説）・丹菊逸治（翻刻・訳注）「〈資料〉千徳太郎治のピウスツキ宛書簡――「ニシパ」へのキリル文字の手紙」『千葉大学ユーラシア言語文化論集4』、二〇〇一年

第4章

小川正人「音更（開進）尋常小学校関係資料」『北海道立アイヌ民族文化研究センター研究紀要』第五号、一九九九年
テッサ・モーリス‐スズキ『辺境から眺める』みすず書房、二〇〇〇年
荒井源次郎『荒井源次郎遺稿　アイヌ人物伝』加藤好男、一九九二年
貝澤藤蔵『アイヌの叫び』「アイヌの叫び」刊行会、一九三一年
伊波普猷『伊波普猷全集』第一一巻、平凡社、一九七六年
金田一春彦『日本語の生理と心理』至文堂、一九六二年
『北海道人類学会雑誌』北海道人類学会、一九一九年
帯広市図書館編集『吉田巖資料集』一六、帯広叢書第五〇巻
石村義典『評伝河野常吉』北海道出版企画センター、一九九八年
『汐見二区沿革史――大地は語り継ぐ』鵡川町汐見二区自治会、一九八七年
『鵡川町史』鵡川町史編纂委員会、一九六八年
山本朗登「小学校教員検定試験制度の教員供給における位置づけに関する一考察――明治期の兵庫県を事例として」『神戸大学大学院人間発達環境学研究科研究紀要』第二巻第一号、二〇〇八年
『アイヌ史資料集』第二期第七巻、北海道出版企画センター、一九八四年
『日新随筆――東北海道アイヌ古事風土記資料』帯広市社会教育叢書、一九五六年
蝦名賢造『遠藤隆吉伝――巣園の父、その思想と生涯』西田書店、一九八九年

堀内光一『軋めく人々アイヌ』新泉社、一九九三年
『佐々木喜善全集』Ⅳ、遠野市立博物館、二〇〇三年
『特別展石田収蔵　謎の人類学者の生涯と板橋』板橋区立郷土資料館、二〇〇〇年
佐藤誠輔『遠野先人物語　佐々木喜善小伝』遠野市教育文化振興財団、二〇〇四年
山田野理夫『遠野物語の人』椿書院、一九七四年
山田野理夫『柳田國男の光と影』農山漁村文化協会、一九七七年
『女学世界』第二四巻第七号、一九二四年七月
『童話研究』一九二五年一月
『金田一京助全集』第一五巻、三省堂、一九九三年
『文献上のエカシとフチ』札幌テレビ放送、一九八三年
『喜田貞吉著作集』第一三巻、平凡社、一九七九年
『郷土史ふれない』振内郷土史編集委員会、二〇一〇年三月
加藤九祚『天の蛇――ニコライ・ネフスキーの生涯』河出書房新社、一九七六年
ニコライ・ネフスキー『月と不死』平凡社、一九七一年
遠藤隆吉『巣園集續』巣園学舎出版部、一九三八年
『日本地理大系一〇　北海道・樺太篇』改造社、一九三〇年
三木理史『国境の植民地・樺太』塙書房、二〇〇六年
池田裕子「樺太庁の教員養成策――一九三九年の樺太庁師範学校創設に至るまで」『稚内北星学園大学紀要』第七号
池田裕子「日本統治下樺太における学校政策の端緒――初等教育機関を中心に」『日本とロシアの研究者の目から見るサハリン・樺太の歴史』北海道大学スラブ研究センター、二〇〇六年
佐々木長左衛門『アイヌの話』佐々木豊栄堂、一九三一年（第四版）
『北海道教育史　地方編二』北海道立教育研究所、一九五七年

『北海道教育史　全道編四』北海道教育委員会、一九六四年
『樺太沿革・行政史』全国樺太連盟編、一九七八年
『樺太庁施政三十年史』樺太庁編、一九三六年

第5章

知里幸恵『アイヌ神謡集』知里真志保を語る会、二〇〇二年
『知里幸恵書誌』知里森舎、二〇〇四年
佐々木長左衛門『アイヌの話』佐々木豊栄堂、一九二三年
北道邦彦編訳『知里幸惠の神謡　ケソラプの神・丹頂鶴の神』北海道出版企画センター、二〇〇五年
藤本英夫『銀のしずく降る降るまわりに――知里幸恵の生涯』草風館、二〇〇六年
藤本英夫『知里幸惠――十七歳のウエペケレ』草風館、二〇〇二年
富樫利一『銀のしずく「思いのまま」――知里幸恵の遺稿より』彩流社、二〇〇一年
『知里幸恵遺稿　銀のしずく』草風館、二〇〇一年
中井三好『知里幸惠――十九歳の遺言』彩流社、一九九一年
北海道文学館編『知里幸惠「アイヌ神謡集」への道』東京書籍、二〇〇三年

第6章

違星北斗『違星北斗遺稿コタン』希望社出版部、一九三〇年
山科清春「違星北斗年譜」、「違星北斗.Com コタン」http://www.geocities.jp/bzy14554/
金倉義慧『旭川・アイヌ民族の近現代史』高文研、二〇〇六年
『金田一京助全集』第一四巻、三省堂、一九九三年
上村英明『先住民族の近代史』平凡社、二〇〇一年

田中英夫『西川光二郎小伝』みすず書房、一九九〇年
『北海道文学全集』第一一巻（アイヌ民族の魂）、立風書房、一九八一年
松尾尊兊『大正デモクラシー』岩波書店、一九七四年
湯本喜作『アイヌの歌人』洋々社、一九六三年
田中綾「抵抗の文学・アイヌ歌人たち」『短歌往来』一九九六年一〇月号、ながらみ書房
野田紘子「連載評論アイヌの歌人（一）違星北斗　貧しさ病そして思想」『辛夷』一九九八年五月号
本田優子「うたが生まれる時代――短歌定型で歌ったアイヌたち」、藤井貞和編『短歌における批評とは』岩波書店、一九九九年
久保田正文「違星北斗のうた」『現代短歌往来』筑摩書房、一九九八年
木村敏男『北海道俳句史』北海道新聞社、一九七八年
北海道文学館編『北海道文学大事典』北海道新聞社、一九八五年
『北海道歌壇史』北海道歌人会、一九七一年
バチェラー八重子『若きウタリに』岩波現代文庫、二〇〇三年
バチェラー八重子『復刻双書〈北海道の名著〉第二巻　若きウタリに』北海道編集センター、一九七四年
掛川源一郎『バチラー八重子の生涯』北海道出版企画センター、一九八八年
掛川源一郎『写真集　若きウタリに』研光社、一九六四年
末武綾子『バチラー八重子抄』北書房、一九七一年
円地文子監修『近代日本の女性史９　学問・教育の道ひらく』集英社、一九八一年
保高みさ子「神への愛と信仰を苦難の同胞にそそいだコタンのマリア」『女の一生　人物近代女性史八――人類愛に捧げた生涯』講談社、一九八四年
村井紀「バチェラー八重子の短歌に驚く」『図書』二〇〇三年七月号、岩波書店
丹菊逸治「バチェラー八重子の『アイヌ語短歌』」『itahcara』第五号、itahcara編集事務局、二〇〇六年
花崎皋平「知里幸惠とアイヌ民族の詩人たち」、北海道文学館編『知里幸惠「アイヌ神謡集」への道』東京書籍、二〇〇三年

野田紘子「連載評論　アイヌの歌人（三）（四）――バチラー八重子　祈りに生き祈りに死す」『辛夷』一九九八年一二月号、一九九九年二月号
野田紘子「連載評論　アイヌの歌人（五）（六）――森竹竹市　生きている限り」『辛夷』一九九九年五月号、一〇月号
仁多見巌『異境の使徒――英人ジョン・バチラー伝』北海道新聞社、一九九一年
半澤成二『大正の雑誌記者――婦人公論記者の回想』中央公論社、一九八六年
森まゆみ『『婦人公論』にみる昭和文芸史』中公新書ラクレ、二〇〇七年
『コタンの痕跡――アイヌ人権史の一断面』旭川人権擁護委員連合会、一九七一年
『別冊太陽　先住民アイヌ民族』平凡社、二〇〇四年
須貝光夫『この魂をウタリに――鳩沢佐美夫の世界』栄光出版社、一九七六年
森竹竹市『レラコラチ――風のように　森竹竹市遺稿集』えぞや、一九七七年
森竹竹市『今昔のアイヌ物語』自費出版、一九五五年
『生誕百年記念「アイヌを生きる」森竹竹市文学展・写真展報告集』森竹竹市研究会、二〇〇二年
『森竹竹市遺稿集　銀鈴』森竹竹市研究会、二〇〇三年
『森竹竹市遺稿集　ウェペケル――アイヌ語と物語世界（改訂版）』二〇〇五年
『森竹竹市遺稿集　評論』森竹竹市研究会、二〇〇九年
山本融定「生誕百年　森竹竹市小伝」『北海道の文化』七四号、北海道文化財保護協会、二〇〇二年
篠原昌彦『アイヌ詩人森竹竹市の文学とその時代』一耕社、二〇〇四年
篠原昌彦「森竹竹市『原始林』『レラコラチ』における日本語と母語の問題」『苫小牧駒澤大学紀要』第一二号、二〇〇四年
山田伸一「「北海道アイヌ協会」と「全道アイヌ青年大会」」『北海道立アイヌ民族文化研究センター研究紀要』第六号、北海道立アイヌ民族文化研究センター、二〇〇〇年
川村湊編『アイヌ現代文学作品選』講談社文芸文庫、二〇一〇年
山田伸一「森竹竹市について」、北大院近代史ゼミ「森竹竹市宛喜田貞吉書簡（一九二九―一九三四）」『地方史研究』第二四

五号、一九九三年
『しらおい文芸』創刊号～第三号、一九七二～七三年
『青空』青空詩社、一九三一～三六年
白老ペンクラブ編『白老ペン』第五号、第六号（森竹筑堂特集）、一九八五年、一九八六年
白老町編『白老町史』、一九七五年
山川力『アイヌ民族文化史への試論』未來社、一九八〇年
大塚一美『生きているユーカラ』一九九八年

第7章

『近代日本社会運動史人物大事典』日外アソシエーツ、一九九七年
砂澤クラ『ク　スクッ　オルシペ――私の一代の話』北海道新聞社、一九八三年
荒井和子『焦らず挫けず迷わずに――エポカシエカッチの苦難の青春』北海道新聞社、一九九三年
荒井源次郎『アイヌの叫び』北海道出版企画センター、一九八四年
飯部紀昭『アイヌ群像　民族の誇りに生きる』御茶ノ水書房、一九九五年
貫塩法枕『アイヌの同化と先蹤』北海小群更生団、一九三四年、サッポロ堂書店が一九八六年に復刻
松本成実・秋間達男・館忠良『コタンに生きる――アイヌ民衆の歴史と教育』徳間書店、一九七七年
貫塩喜蔵『アイヌ叙事詩サコロペ』白糠町、一九七八年
渡辺惇『北荒の黒百合――コタンの教員・奈良農夫也の生き方』渡辺惇発行（自費出版）、一九九四年
『白糠町史』下巻、白糠町史編集委員会、一九八七年
『北海道教育史　地方編二』北海道立教育研究所、一九五五年
『美幌町史』美幌町、一九五三年
『美幌町百年史』美幌町、一九八九年

『美幌町史　年表』美幌町、一九八九年
『帯広市史』帯広市史編纂委員会、一九六〇年
山本悠二「国民更生運動の開始と中央教化団体連合会――『強化団体連合会史論』その五」『東北福祉大学紀要』、一九八四年
計良光範『アイヌ社会と外来宗教』寿郎社、二〇一三年
帯広市図書館編集『吉田巖日記』一五、帯広叢書第三四巻、一九九三年
荻野富士夫『北の特高警察』新日本出版社、一九九一年
小川正人「「アイヌ教育制度」の廃止――「旧土人児童教育規程」廃止と一九三七年「北海道旧土人保護法」改正」『北海道大学教育学部紀要』、一九九三年
山田伸一「「北海道アイヌ協会」と「全道アイヌ青年大会」」『北海道立アイヌ民族文化研究センター研究紀要』第六号、二〇〇〇年
『アイヌ史　北海道アイヌ協会・北海道ウタリ協会活動編』北海道ウタリ協会、一九九四年
喜多章明『アイヌ沿革史――北海道旧土人保護法を巡って』北海道出版企画センター、一九八七年
小坂博宣『知里真志保　アイヌの言霊に導かれて』クルーズ、二〇一〇年
『平取町史』平取町、一九七四年
藤本英夫『知里真志保の生涯』草風館、一九九四年
貝澤正『アイヌ　わが人生』岩波書店、一九九三年
関口由彦「「滅び行く人種」言説に抗する「同化」――一九二〇～三〇年代のアイヌ言論人の抵抗」『国立民族学博物館研究報告』第二九号、二〇〇五年
吉田菊太郎『アイヌ文化史』北海道アイヌ文化保存協会、一九五八年
近森聖美「アイヌ文化と私――祖父・辺泥五郎の足跡をたどって」『(財)アイヌ文化振興・研究推進機構　平成二〇年度年度普及啓発セミナー報告集』
山本融定「聖公会伝道師――辺泥五郎師小伝」『北海道の文化』第七八号、北海道文化財保護協会、二〇〇六年

宮武公夫『海を渡ったアイヌ――先住民展示と二つの博覧会』岩波書店、二〇一〇年
『北海道考古学第一〇輯』北海教育評論社、一九七四年
『鵡川町史』鵡川町史編纂委員会、一九六八年
村上久吉『あいぬ実話集』旭川市立郷土博物館、一九五五年
佐藤全弘・藤井茂編『新渡戸稲造事典』教文館、二〇一三年
高西直樹『長崎を訪れた人々　昭和篇』葦書房、一九九五年
『新旭川市史』第四巻通史四、旭川市史編集会議編、二〇〇九年

第8章

田端宏・桑原真人監修『アイヌ民族の歴史と文化』山川出版社、二〇〇〇年
岩田靖夫『ヨーロッパ思想入門』岩波書店、二〇〇三年
『ジョン・バチラー遺稿　わが人生の軌跡』北海道出版企画センター、一九九三年
浅野清「アイヌ口承文芸の伝承者　金成マツ略伝」(第一回)『いぶり文芸』第四五集、二〇一四年
黒田格男・大島直行・古原敏弘・小川正人「伊達市噴火湾文化研究所所蔵のジョン・バチェラー関係資料1」『北海道立アイヌ民族文化研究紀要』第一二号、二〇〇六年
『伊達市史』伊達市編さん委員会、一九九四年
梅木孝昭編『江賀寅三遺稿　アイヌ伝道者に生涯』北海道出版企画センター、一九八六年
永山正昭『星星之火』みすず書房、二〇〇三年
知里高央(横山孝雄編)『アイヌ語絵引き字引き』左巻山房、二〇一二年
鈴木史朗「知里高央さんの思い出」『久摺』第七集、釧路アイヌ文化懇話会、一九九八年
吉葉恭行「戦時科学技術動員下の東北帝国大学――大久保準三文書を手掛りとして」『東北大学史料館紀要』第七号、二〇一二年

森井論『戦うコタンの勇者――アイヌ教育家・牧師、江賀寅三伝』日本イエス・キリスト教団東京教会出版部、一九六四年
江賀寅三「アイヌ教育史話」『日高教育情報』第六号（一九五二年五月三〇日発行）～第二八号（一九五四年三月三一日発行）
『吉田巖資料集』二六および二七、帯広市教育委員会、二〇〇八年、二〇〇九年
金田一京助「あいぬの話」『採訪随筆』人文書院、一九三七年
『きよめの友』第八五〇号、聖書学院、一九二三年一月一八日

第9章

リービ英雄『越境の声』岩波書店、二〇〇七年
リービ英雄『アイデンティティズ』講談社、一九九七年
須田茂「越境文学のパースペクティブ〈序論〉」『Pegada9』、二〇一〇年
須田茂「リービ英雄というレボリューション」『Pegada11』、二〇一一年
戴エイカ「「われわれ日本人」「純粋な日本人」そして「内なる越境」」『人権問題研究』第五号、大阪市立大学、二〇〇五年
宮田文久「「内なる越境」と「断絶による継承」――『三月の五日間』をめぐって」『日本大学大学院総合社会情報研究科紀要』
　第一三号、二〇一二年
フィヒテ述『ドイツ国民に告ぐ』岩波文庫、一九四〇年改版
エティエンヌ・バリバール「フィヒテと内的国境」『現代思想』一九九三年五月号
姜尚中「内的国境とラディカルポリシー」『思想』一九九六年九月号
小熊英二『〈日本人〉の境界――沖縄・アイヌ・台湾・朝鮮　植民地支配から復帰運動まで』新曜社、一九九八年
竹ケ原氏幸朗『竹ケ原幸朗研究集成』第一巻（教育のなかのアイヌ民族）、社会評論社、二〇一〇年
藤田文子『北海道を開拓したアメリカ人』新潮社、一九九三年
松村明編『大辞林』第三版、三省堂、二〇〇六年
大槻文彦『言海』六合館、一九〇四年

上田萬年・松井簡単治編纂『大日本国語辞典』冨山房、金港堂、一九一七年
金沢庄三郎編纂『廣辞林』三省堂、一九三四年
金田一京助編纂『辞海』三省堂、一九五二年
『日本大百科全書　ニッポニカ』小学館、一九九四年
歴史学研究会編『国民国家を問う』青木書店、一九九四年
東村岳史「対アイヌ民族政策における「同化」のレトリック」『国際開発フォーラム』八、一九九七年
ノエミ・ゴッドフロア「明治時代におけるアイヌ同化政策とアカルチュレーション」『アルザス日欧知的交流事業日本研究セミナー「明治」報告書』

〔※各章で重複する文献は除いた〕

や

ゆ

よ

ら

り

る

わ

に

ぬ

ね

の

は

ひ

た

ち

つ

と

な

人　名　索　引

あ

い

う

え

お

須田 茂(すだ·しげる)
1958年東京都生まれ。学習院大学法学部政治学科卒。民間企業に勤務する傍ら明治以来の近現代のアイヌ文学を研究し、その成果を本書の元となった「近現代アイヌ文学史稿(一)~(八)」として札幌の同人誌『コブタン』に発表。現在同誌に「現代編」を連載している。北海道文化財保護協会会員。神奈川県川崎市在住。

近現代《きんげんだい》アイヌ文学史論《ぶんがくしろん》——アイヌ民族《みんぞく》による日本語文学《にほんごぶんがく》の軌跡《きせき》〈近代編《きんだいへん》〉

発　行　2018年(平成30年)5月31日 初版第1刷

著　者　須田 茂

装幀者　菊地信義

発行者　土肥寿郎

発行所　有限会社寿郎社
〒060－0807 北海道札幌市北区北7条西2丁目37山京ビル
電話 011－708－8565　FAX 011－708－8566
E-mail doi@ju-rousha.com
URL http://www.ju-rousha.com/
郵便振替 02730-3-10602

印刷所　モリモト印刷株式会社

ISBN 978-4-909281-02-9 C0095

好評既刊

永久保秀二郎の『アイヌ語雑録』をひもとく

中村一枝［編注］

百余年前、春採アイヌ学校の教師・永久保秀二郎がいきいきと記録した当時のアイヌの〈言葉〉と〈伝承〉。その貴重な集録＝永久保の手書きのアイヌ語・日本語辞典＝を、二〇年の歳月をかけて読み解いたアイヌ語・アイヌ文化研究に資する労作。アイヌ語を知るよろこびがここにある。A5判並製三二四頁　定価：本体二六〇〇円＋税

ウレシパ物語

アイヌ民族の〈育て合う物語〉を読み聞かせる

富樫利一［著］

怖い話、悲しい話、愉快な話……。自然＝神々とともに生きるアイヌ民族の多様な口承文芸の世界を、課外授業の一環として小学生・中学生に読み聞かせてきたアイヌ文化アドバイザーの著者の、その語り口を生かした民話集（一九編）。藤野千鶴子の挿絵も楽しい親子で読める本。四六判上製一九二頁　定価：本体一七〇〇円＋税